As Garras do Desejo

OBRAS DA AUTORA PUBLICADAS PELA EDITORA RECORD

Trilogia dos Príncipes
O Príncipe Corvo
O Príncipe Leopardo
O Príncipe Serpente

Série A Lenda dos Quatro Soldados
O gosto da tentação
O sabor do pecado
As garras do desejo
O fogo da perdição

ELIZABETH HOYT

A LENDA DOS QUATRO SOLDADOS

As Garras do Desejo

LIVRO TRÊS

Tradução de
Carolina Simmer

3ª edição

EDITORA RECORD
RIO DE JANEIRO • SÃO PAULO
2022

EDITORA-EXECUTIVA
Renata Pettengill

SUBGERENTE EDITORIAL
Mariana Ferreira

ASSISTENTE EDITORIAL
Pedro de Lima

REVISÃO
Gloria Carvalho

DIAGRAMAÇÃO
Beatriz Carvalho

CAPA
Renata Vidal

ILUSTRAÇÃO DA CAPA
OneVectorStock (adaptada do original)

FOTOS DA CAPA
© Ysbrand Cosijn / Trevillion Images (mulher);
© Lee Avison / Trevillion Images (homem)

TÍTULO ORIGINAL
To Beguile a Beast

CIP-BRASIL. CATALOGAÇÃO NA PUBLICAÇÃO
SINDICATO NACIONAL DOS EDITORES DE LIVROS, RJ

H849
3ª ed.

Hoyt, Elizabeth, 1970-
As garras do desejo / Elizabeth Hoyt; tradução de Carolina Simmer. – 3ª ed. – Rio de Janeiro: Record, 2022.

Tradução de: To Beguile a Beast
Sequência de: O sabor do pecado
Continua com: O fogo da perdição
ISBN 978-85-01-08234-3

1. Ficção americana. I. Simmer, Carolina. II. Título. III. Série.

20-65160

CDD: 813
CDU: 82-3(73)

Camila Donis Hartmann – Bibliotecária – CRB-7/6472

Copyright © 2009 by Nancy M. Finney

Texto revisado segundo o novo Acordo Ortográfico da Língua Portuguesa.

Todos os direitos reservados. Proibida a reprodução, no todo ou em parte, através de quaisquer meios. Os direitos morais da autora foram assegurados.

Direitos exclusivos de publicação em língua portuguesa somente para o Brasil adquiridos pela
EDITORA RECORD LTDA.
Rua Argentina, 171 – Rio de Janeiro, RJ – 20921-380 – Tel.: (21) 2585-2000, que se reserva a propriedade literária desta tradução.

Impresso no Brasil

ISBN 978-85-01-08234-3

Seja um leitor preferencial Record.
Cadastre-se no site www.record.com.br e receba informações sobre nossos lançamentos e nossas promoções.

EDITORA AFILIADA

Atendimento e venda direta ao leitor:
sac@record.com.br

Para meu marido, Fred,
e os vinte anos maravilhosos que passamos juntos...
apesar das pedras que foram parar na pia do primeiro andar.

Agradecimentos

Agradeço à EILEEN DREYER, que responde até as perguntas médicas mais nojentas e bizarras com tranquilidade; à minha agente, SUSANNAH TAYLOR, que tem nervos de aço mesmo quando o prazo é para *ontem*; à minha editora, AMY PIERPONT, cujas sugestões editoriais são sempre certeiras; à sua assistente maravilhosa, ALEX LOGAN; à equipe de vendas espetacular da GCP, incluindo BOB LEVINE; ao departamento de marketing genial da GCP, incluindo MELISSA BULLOCK, RENEE SUPRIANO e TANISHA CHRISTIE; ao departamento de arte fantástico da GCP, especialmente a DIANE LUGER por minhas capas maravilhosas e por versões mais picantes delas no miolo (rawww!); e por último, mas com certeza não menos importante, à minha revisora, CARRIE ANDREWS, que mais uma vez decifrou meu uso mais criativo da gramática inglesa.

Obrigada a todos!

Prólogo

Era uma vez, muito, muito tempo atrás, um soldado que caminhava de volta para casa, atravessando as montanhas de uma terra estrangeira. O trajeto era íngreme e cheio de pedras, ladeado por árvores retorcidas e escuras, e um vento frio açoitava suas bochechas. Mas o soldado não hesitava em sua marcha. Ele já tinha visto lugares mais assustadores e estranhos que aquele, e havia poucas coisas no mundo que ainda lhe causavam medo.

Nosso soldado lutou com extrema bravura em sua guerra, mas muitos soldados também o fizeram. Velhos, jovens, bem-apessoados ou azarados, todos os guerreiros se esforçam para enfrentar a batalha da melhor maneira possível. É mais frequente que a sorte determine quem sobrevive e quem morre do que a justiça. Então, no que dizia respeito à sua coragem, à sua honra, ao seu valor, talvez nosso soldado não fosse melhor do que milhares de seus companheiros. Mas havia um aspecto em que era muito diferente. Ele era incapaz de mentir.

E, por causa disso, o chamavam de Contador de Verdades...

— Contador de Verdades

Capítulo Um

A escuridão começava a cair quando o Contador de Verdades chegou ao cume da montanha e avistou um castelo magnífico, preto como piche...

— Contador de Verdades

ESCÓCIA
JULHO, 1765

Quando a carruagem sacolejou ao fazer uma curva, tornando o castelo decrépito visível sob a luz fraca do entardecer, Helen Fitzwilliam finalmente — e mais tarde do que deveria — percebeu que talvez tivesse cometido um erro terrível ao embarcar naquela jornada.

— Chegamos? — Jamie, seu filho de cinco anos, estava ajoelhado sobre a almofada bolorenta do assento do veículo, espiando pela janela. — Achei que a gente ia para um castelo.

— Mas aquilo é um castelo, seu bobo — respondeu a filha dela de nove anos, Abigail. — Não está vendo a torre?

— Só porque tem uma torre, não significa que é um castelo — rebateu o menino, franzindo o cenho ao olhar para a construção suspeita. — Não tem fosso. Se aquilo for *mesmo* um castelo, não é dos melhores.

— Crianças — disse Helen num tom ríspido demais, o que era compreensível. *Fazia* quase duas semanas que os três estavam enfurnados em carruagens apertadas. — Não briguem, por favor.

Naturalmente, seus filhos fingiram não ouvir.

— É cor-de-rosa. — Jamie tinha pressionado o nariz contra a janelinha, embaçando o vidro com sua respiração. Ele se virou e fez cara feia para a irmã. — Você acha que um castelo de verdade seria cor-de-rosa?

Helen se controlou para não soltar um longo suspiro, esfregando a têmpora direita. Fazia algumas horas que sentia uma enxaqueca se aproximando, e era possível que a dor viesse com tudo no pior momento. Ela não tinha pensado bem sobre aquele plano. Na verdade, ela nunca foi boa em pensar muito sobre as coisas como deveria, não é? A impulsividade — decisões tomadas no calor do momento e arrependimentos que levavam muito tempo para serem esquecidos — era a característica mais marcante na sua vida. E era por isso que, aos trinta e um anos, ela se via atravessando um país estrangeiro, pronta para jogar seus filhos e a si mesma à mercê de um desconhecido.

Como era tola!

Uma tola que precisava pensar bem na história que contaria, pois a carruagem já estava parando diante das imponentes portas de madeira.

— Crianças! — chiou ela.

Diante daquele tom, os dois rostinhos viraram rápido em sua direção. Os olhos castanhos de Jamie estavam arregalados, enquanto Abigail exibia medo no cenho franzido. A filha era observadora demais para uma menininha; tinha uma sensibilidade excessiva ao humor dos adultos.

Helen respirou fundo e se forçou a sorrir.

— Vai ser uma aventura, meus queridos, mas lembrem-se do que eu disse antes. — Ela olhou para Jamie. — Qual é o nosso sobrenome?

— Halifax — respondeu o menino na mesma hora. — Mas eu ainda sou Jamie, e Abigail ainda é Abigail.

— Sim, querido.

Essa parte foi decidida ao saírem de Londres, quando ficou óbvio que Jamie teria dificuldade em *não* chamar a irmã pelo nome verdadeiro. Helen exalou. Teria de torcer para o nome de batismo das crianças ser comum o suficiente para que eles não fossem descobertos.

— Nós morávamos em Londres — disse Abigail, parecendo compenetrada.

— Essa parte vai ser fácil de lembrar — murmurou Jamie —, porque a gente morava *mesmo*.

A menina lançou um olhar crítico para o irmão e continuou:

— Mamãe trabalhava na casa da viscondessa-mãe Vale.

— E nosso pai morreu, mas está vivo... — Os olhos de Jamie se arregalaram, aflito.

— Não entendo por que temos que dizer que ele morreu — murmurou Abigail no silêncio que se seguiu.

— Porque ele não pode nos encontrar, meu bem. — Helen engoliu em seco e se inclinou para dar um tapinha no joelho da filha. — Está tudo bem. Se nós conseguirmos...

A porta da carruagem foi escancarada, e a carranca do cocheiro os encarou.

— Vocês não vão sair? Parece que vai chover, e pretendo estar são e salvo na estalagem quando isso acontecer, certo?

— É claro. — Helen assentiu para o homem, que sem dúvida foi o condutor mais rabugento que encontraram naquela viagem deplorável. — Pegue nossas malas, por favor.

O cocheiro soltou uma risada desdenhosa.

— Já fiz isso.

— Venham, crianças.

Ela torceu para não estar corando diante daquele homem horroroso. A verdade era que eles só tinham duas malas de pano — uma de Helen e a outra das crianças. O cocheiro provavelmente achava que essa família estava arruinada. Mas, de certa forma, ele estava certo, não estava?

Helen afastou aquele pensamento triste. Agora não era o momento para desanimar. Ela precisava estar totalmente focada para ser o mais persuasiva possível e ter sucesso.

Quando saíram da carruagem alugada, ela deu uma olhada ao redor. O antigo castelo se agigantava adiante, inabalável e silencioso. A construção principal era um retângulo atarracado feito de pedras gastas em um tom pálido de cor-de-rosa. Nos cantos superiores, torres circulares altas se projetavam das paredes. Diante do castelo havia uma espécie de caminho que um dia fora pavimentado com pedras, mas agora se mostrava desnivelado, cheio de ervas daninhas e lama. Algumas árvores o ladeavam, lutando contra o vento cada vez mais intenso. No fundo, montanhas pretas se estendiam pelo horizonte que escurecia.

— Tudo certo? — O cocheiro subia para seu assento, não se dando nem ao trabalho de olhar para trás. — Já vou.

— Pelo menos deixe um lampião! — gritou Helen, mas o barulho do veículo se afastando abafou sua voz.

Horrorizada, ela ficou olhando a carruagem desaparecer.

— Está escuro — observou Jamie, olhando para o castelo.

— Mamãe, não tem nenhuma luz acesa — disse Abigail.

A menina parecia assustada, e Helen também sentiu uma onda de receio. Ainda não tinha notado a falta de iluminação. E se não tivesse ninguém em casa? O que fariam?

Um problema de cada vez. Ela era a adulta ali. Uma mãe devia transmitir segurança para seus filhos.

Helen ergueu o queixo e sorriu para Abigail.

— Talvez elas estejam acesas nos fundos, e não conseguimos ver daqui.

A menina não pareceu muito convencida com isso, mas, obediente, concordou com a cabeça. Helen pegou as malas e seguiu para os degraus de pedra baixos que levavam às enormes portas de madeira. Elas eram cercadas por um portal gótico, quase enegrecidas pelo tempo, e as dobradiças e os trincos eram de ferro — bem medieval. Helen ergueu a aldrava de ferro e bateu.

O som ecoou desesperadamente pelo interior do castelo.

Ela permaneceu encarando a porta, se recusando a acreditar que ninguém atenderia. O vento fazia com que suas saias girassem em um redemoinho. Jamie arrastou as botas no chão de pedra, e Abigail emitiu um sussurro quase inaudível.

Helen umedeceu os lábios.

— Talvez não estejam nos escutando por estarem na torre.

Ela bateu de novo.

Já estava completamente escuro. O sol tinha desaparecido e levado consigo o calor do dia. Era pleno verão e fazia bastante calor em Londres, mas a jornada da família para o norte mostrou que as noites da Escócia podiam ser bem frias, independentemente da estação. Um raio lampejou no horizonte. Que lugar ermo! Era difícil entender por que alguém escolheria morar ali.

— Ninguém vai atender — disse Abigail, quando um trovão ressoou ao longe. — Acho que não tem ninguém em casa.

Helen engoliu em seco enquanto pingos de chuva caíam em seu rosto. O último vilarejo por onde passaram ficava a quase vinte quilômetros. Ela precisava encontrar abrigo para seus filhos. Abigail tinha razão. Não havia ninguém ali. Ela os tinha conduzido a um caminho sem saída.

Mais uma vez, ela tinha fracassado com eles.

Os lábios de Helen tremeram diante desse pensamento. *Não desmorone na frente das crianças.*

— Talvez exista um estábulo ou outra construção no... — começou ela, quando uma das enormes portas de madeira se escancarou, surpreendendo-a.

Helen deu um passo para trás, quase caindo da escada. Primeiro, o vão parecia assustadoramente escuro, como se certa mão fantasmagórica tivesse aberto a porta. Mas, então, algo se moveu, e um vulto se tornou visível. Era um homem alto, esbelto e muito, muito intimidador. Ele segurava uma única vela, cuja luz era insuficiente. Ao seu lado havia uma fera gigante de quatro patas, grande demais para ser de qualquer raça de cachorro que ela conhecesse.

— O que vocês querem? — perguntou o homem com rispidez, sua voz tão baixa e rouca que parecia nunca ter sido usada, ou talvez utilizada demais. O sotaque era sofisticado, mas seu tom não era nada hospitaleiro.

Helen abriu a boca, lutando para encontrar as palavras. Ele era completamente diferente do que imaginou. Deus do céu, o que era aquele monstro ao seu lado?

Foi então que um relâmpago atravessou o céu, próximo e incrivelmente forte. O homem e seu animal foram iluminados por ele como se estivessem em um palco. A fera era alta, cinza, esguia, com olhos pretos brilhantes. Seu dono era ainda pior. O cabelo preto e escorrido caía emaranhado sobre seus ombros. Ele usava uma calça velha, perneiras e um casaco grosso, digno de ser jogado no lixo. Um lado do seu rosto com barba por fazer era retorcido por cicatrizes vermelhas e feias. Um único olho castanho-claro refletia o relâmpago, diabólico.

E a parte mais horripilante era o buraco fundo no lugar em que seu olho esquerdo deveria estar.

Abigail gritou.

ELAS SEMPRE GRITAVAM.

Sir Alistair Munroe fechou a cara para a mulher com os filhos em sua escada. Atrás deles, a chuva subitamente desabou numa cascata, fazendo as crianças se apertarem contra as saias da mãe. Crianças, especialmente as menores, quase sempre gritavam e fugiam dele. Às vezes, até mulheres adultas faziam isso. No ano anterior mesmo, uma jovem bastante dramática desmaiou ao vê-lo, em plena High Street de Edimburgo.

Alistair quis dar um tabefe naquela tola.

Em vez disso, fugiu como um rato doente, erguendo a capa e baixando seu chapéu para tentar esconder o máximo possível o lado mutilado do rosto. Aquela reação era esperada em cidades e vilarejos. Era por isso que ele evitava frequentar lugares tumultuados. Mas não imaginava que uma menina fosse gritar na porta de sua casa.

— Pare com isso — rosnou ele, e a menina fechou a matraca.

Havia duas crianças, um menino e uma menina. O menino parecia um passarinho de penugem castanha, que podia ter qualquer idade entre três e oito anos. Alistair era incapaz de avaliar esse tipo de coisa, já que evitava crianças sempre que podia. A menina era mais velha. Pálida e loura, encarava-o com olhos azuis que pareciam grandes demais em seu rosto magro. Talvez fosse uma deficiência de sua linhagem — era comum que tais anomalias indicassem deficiências mentais.

Os olhos da mãe eram da mesma cor, notou ele quando, depois de certa relutância, finalmente se dignou a encará-la. Ela era linda. É claro. Uma beldade estonteante tinha de aparecer na sua porta durante uma tempestade. Seus olhos tinham a cor exata de campânulas recém--desabrochadas, seu cabelo era de um louro brilhante e seus seios eram tão magníficos que qualquer homem acharia excitante, até mesmo um recluso como ele. Afinal de contas, aquela era a reação natural de um macho a uma fêmea de capacidade reprodutora óbvia, independentemente do quanto a sensação o incomodasse.

— O que vocês querem? — repetiu ele para a mulher.

Talvez a família inteira sofresse de alguma deficiência mental, porque os três continuaram encarando-o, mudos. O olhar da mulher estava vidrado no buraco no rosto dele. Claro. Alistair tirou o tapa-olho de novo — aquela porcaria era um estorvo —, e seu rosto com certeza inspiraria pesadelos a ela naquela noite.

Alistair respirou pesadamente. Ele estava prestes a se sentar para comer seu jantar de mingau e salsichas fervidas quando ouviu as batidas. Por pior que fosse sua refeição, ela ficaria ainda menos apetitosa se esfriasse.

— A mansão Carlyle fica a uns três quilômetros daqui, naquela direção.

Ele indicou com a cabeça o oeste. Os três com certeza eram visitantes perdidos de seu vizinho. Então fechou a porta.

Ou melhor, tentou fechar a porta.

A mulher enfiou o pé na fresta, impedindo-o. Por um instante, Alistair cogitou bater a porta no pé dela, mas um resquício de civilidade se fez presente, impedindo-o. Ele a encarou, estreitando o olho e esperando por uma explicação.

O queixo da mulher se empinou no ar.

— Sou sua governanta.

Definitivamente era um caso de problemas mentais. Talvez resultado do excesso de procriação entre as mesmas famílias aristocratas, já que, apesar de sua lerdeza mental, tanto ela quanto as crianças usavam roupas sofisticadas.

O que só tornava sua declaração ainda mais absurda.

Ele suspirou.

— Eu não tenho governanta. Acredite, senhora, a mansão Carlyle fica logo depois da colina...

A mulher teve a audácia de interrompê-lo.

— Não, o senhor não entendeu. Sou sua *nova* governanta.

— Eu repito. Não. Tenho. Governanta. — Alistair falou devagar, para que o cérebro confuso daquela mulher pudesse entender as palavras. — Nem pretendo ter. Não...

— Este não é o castelo Greaves?

— Sim.

— E o senhor é Sir Alistair Munroe?

Ele fez uma careta.

— Sim, mas...

A mulher tinha deixado de encará-lo. Em vez disso, se agachou para revirar uma das malas aos seus pés. Alistair a observou, irritado, perplexo e levemente excitado, já que a posição lhe dava uma visão espetacular do que havia por baixo do corpete do vestido. Se ele fosse um homem religioso, acreditaria que testemunhava uma aparição.

Ela emitiu um som satisfeito e voltou a se empertigar, abrindo um sorriso glorioso.

— Aqui está. É uma carta da viscondessa Vale. Ela me enviou para ser sua governanta.

A mulher lhe entregou um pedaço de papel amassado.

Alistair encarou a folha por um instante antes de tirá-la de sua mão. Ergueu a vela para iluminar os garranchos. Ao seu lado, Lady Grey, sua lebréu escocesa, deixou claro que desistiu de jantar salsichas. Com um suspiro pesado, ela se deitou sobre as lajotas do hall de entrada.

Alistair terminou de ler a carta ao som da chuva caindo pesadamente no quintal. Então ergueu o olhar. Ele só encontrara Lady Vale uma vez na vida. Ela e o marido, Jasper Renshaw, o visconde Vale, tinham visitado o castelo sem terem sido convidados havia pouco mais de um mês. Na época, não teve a impressão de que a viscondessa fosse uma mulher intrometida, mas a carta lhe informava que ele tinha uma nova governanta. Que loucura. O que a esposa de Vale achou que estava fazendo? Por outro lado, era quase impossível compreender o funcionamento da mente feminina. Ele teria de mandar a governanta excessivamente bonita e de roupas excessivamente caras embora quando amanhecesse, junto com sua prole. Infelizmente, os três eram, no mínimo, protegidos de Lady Vale, e não seria de bom-tom expulsá-los dali no meio da noite.

Alistair fitou os olhos azuis da mulher.

— Como é mesmo seu nome?

Ela corou, tão bonita quanto o sol nascendo sobre um campo primaveril.

— Eu ainda não disse. Meu nome é Helen Halifax. *Sra*. Halifax. Nós estamos ficando bem molhados aqui fora, sabe?

Um canto da boca de Alistair se ergueu diante do tom ríspido do comentário. A mulher não tinha qualquer deficiência mental, afinal.

— Pois bem. Melhor entrar com seus filhos, Sra. Halifax.

O SORRISINHO NO canto da boca de Sir Alistair surpreendeu Helen. Ele chamou sua atenção para a mandíbula larga e firme, elegante e masculina. O sorriso o revelava como um homem, e não o monstro grotesco que ela pensou a princípio.

Seu sorriso, porém, desapareceu, é claro, assim que ele percebeu que era observado. No mesmo instante, seu rosto tomou um ar pétreo e levemente cínico.

— A senhora vai continuar se molhando se não entrar logo.

— Obrigada. — Helen engoliu em seco e seguiu para o hall escuro. — É muita *bondade* da sua parte nos convidar, Sir Alistair.

Ele deu de ombros e saiu andando.

— É o que a senhora pensa.

Que homem mal-educado! Nem se ofereceu para carregar as malas. É claro, a maioria dos cavalheiros não carrega os pertences de suas governantes. Mesmo assim, teria sido uma gentileza pelo menos se oferecer.

Helen segurou as malas, uma em cada mão.

— Venham, crianças.

Os três precisaram andar rápido, quase correr, para acompanhar Sir Alistair e o que parecia ser a única fonte de luz do castelo — sua vela. A cadela gigante seguia ao lado dele, esguia, escura e alta. Na verdade, era bem parecida com o dono. Passaram por um salão e entraram em um corredor mal iluminado. A vela oscilava adiante, lançando sombras assustadoras contra as paredes encardidas e contra os tetos altos, cheios de teias de aranha. Jamie e Abigail seguiam-na de perto, um de cada lado. Jamie estava tão cansado que simplesmente se arrastava, mas Abigail olhava de um lado para o outro, curiosa, enquanto andava rápido.

— Mas que lugar sujo, né? — sussurrou a menina.

Sir Alistair se virou ao mesmo tempo, e, a princípio, Helen achou que ele ouviu o comentário.

— Já comeram?

Ele tinha parado tão de repente que Helen quase pisou em seus pés. Ela parou perto demais dele. Teve de levantar a cabeça para encontrar seus olhos, e, com a vela na altura do peito dele, a luz dava um ar diabólico ao seu rosto.

— Tomamos chá na hospedaria, mas... — começou Helen, ofegante.

— Ótimo — disse ele, voltando a lhe dar as costas. E, enquanto fazia uma curva no corredor e desaparecia de vista, concluiu: — Podem dormir em um dos quartos de hóspedes. Amanhã, vou chamar uma carruagem para levá-los de volta a Londres.

Helen pegou as malas e correu para alcançá-lo.

— Mas eu realmente não...

O homem subia uma escada de pedra estreita.

— A senhora não precisa se preocupar com os custos.

Por um instante, Helen ficou parada ao pé da escada, encarando as costas firmes que se afastavam em um ritmo apressado. Infelizmente, a luz também estava indo embora.

— Rápido, mamãe — chamou Abigail.

Como uma boa irmã mais velha, ela já segurava a mão de Jamie e o puxava pelos degraus.

O homem desagradável parou no patamar.

— Não vai subir, Sra. Halifax?

— Sim, Sir Alistair — respondeu Helen com os dentes cerrados. — Mas creio que o senhor deveria pelo menos *experimentar* a sugestão de Lady Vale sobre contratar uma...

— Não preciso de uma governanta — disse ele, ríspido, e continuou a subir a escada.

— Acho difícil de acreditar — insistiu Helen, arfando —, pelo que notei até agora do estado do castelo.

— Ainda assim, prefiro minha casa do jeito que está.

Helen estreitou os olhos. Ela se recusava a acreditar que qualquer pessoa, mesmo aquele homem grosseiro, realmente *gostasse* de sujeira.

— Lady Vale foi muito específica quando me orientou a...

— Lady Vale se enganou sobre meu desejo de contratar uma governanta.

Eles haviam chegado ao topo da escada, e Sir Alistair parou para abrir uma porta estreita. Então entrou no quarto e acendeu uma vela.

Helen o observou do corredor. E esperou até que ele voltasse para encará-lo, determinada.

— Pode até ser que o senhor não *queira* uma governanta, mas parece bem óbvio que *precisa* de uma.

O canto da boca dele se ergueu de novo.

— Pode argumentar o quanto quiser, senhora, mas isso não muda o fato de que não preciso nem quero sua presença aqui.

Sir Alistair indicou o quarto com uma das mãos. As crianças entraram correndo. Como ele não se deu ao trabalho de sair da frente da porta, Helen foi obrigada a entrar de lado, quase roçando os seios contra seu peito.

Enquanto passava, ela ergueu o olhar.

— Já aviso que estou determinada a fazê-lo mudar de ideia, Sir Alistair.

O homem inclinou a cabeça, e seu olho brilhou à luz da vela.

— Boa noite, Sra. Halifax.

E fechou a porta suavemente atrás de si.

Helen encarou a porta fechada por um instante, depois olhou ao redor. O quarto era grande e entulhado. Cortinas compridas horrorosas cobriam uma das paredes, e uma cama enorme com pilares grossos e adornados dominava o ambiente. Em um canto, via-se uma única lareira pequena. Sombras ocultavam o outro lado do cômodo, mas a silhueta dos móveis amontoados passava a impressão de que o lugar era usado como depósito. Abigail e Jamie já tinham desabado sobre a cama enorme. Duas semanas atrás, Helen nem cogitaria deixar que os dois chegassem perto de algo tão empoeirado.

Porém, duas semanas atrás, ela ainda era amante do duque de Lister.

Capítulo Dois

O Contador de Verdades parou diante do castelo preto. Quatro torres se agigantavam, uma em cada extremidade, altas e imponentes contra o céu noturno. Ele estava prestes a ir embora quando as grandes portas de madeira se abriram. Um rapaz lindo estava do outro lado, trajando uma túnica dourada e branca e usando um anel com uma pedra leitosa no dedo indicador.

— Boa noite, viajante — disse o rapaz. — Gostaria de entrar para se proteger do frio e do vento?

Ora, o castelo era um lugar agourento, mas a neve caía ao seu redor, e Contador de Verdades gostou da ideia de uma lareira acesa. Então concordou com a cabeça, e entrou no castelo preto...

— Contador de Verdades

Estava escuro. Muito escuro.

Deitada na cama, Abigail prestava atenção nos sons do castelo. Ao seu lado, Jamie roncava. O irmão se encostou nela, com a cabeça aconchegada em seu ombro, a respiração quente dele soprando contra seu pescoço. Abigail estava quase na beira do colchão. Do outro lado da cama, sua mãe respirava baixinho. A chuva tinha parado, mas dava para ouvir os pingos no telhado. Pelo som, parecia que um homenzinho escalava a parede, chegando mais perto a cada passo. Abigail estremeceu.

Ela estava morrendo de vontade de fazer xixi.

Talvez, se ficasse deitada, voltaria a cair no sono. Mas então veio o medo de acordar com o colchão molhado. Havia muito tempo que ela não fazia xixi na cama, mais ainda se lembrava de como ficou envergonhada na última vez em que isso aconteceu. A Srta. Cummings, sua babá, a obrigou a contar à mamãe o que tinha acontecido. Abigail quase vomitou tudo o que tinha comido no café da manhã antes da confissão. No fim das contas, mamãe não ficou irritada, mas a olhou com preocupação e pena, e isso foi tão ruim quanto.

Abigail odiava decepcionar a mamãe.

Às vezes, mamãe a encarava com uma expressão triste, e Abigail sabia: ela não era tão normal. Não ria como as outras meninas, não brincava de boneca, nem tinha várias amigas. Preferia ficar sozinha. Gostava de passar o tempo pensando. E, às vezes, se preocupava com as coisas em que pensava; não conseguia evitar. Não importava o quanto isso decepcionasse a mamãe.

Então, a menina suspirou. Não havia outra opção. Teria de usar a comadre. Em silêncio, ela se inclinou e espiou embaixo da cama, mas estava escuro demais para enxergar o chão. Afastando um pé das cobertas, lentamente o baixou até tocar o chão com o dedão.

Nada aconteceu.

O piso de madeira estava gelado, mas não havia ratos ou aranhas ou qualquer outro inseto nojento. Não por perto, pelo menos. Abigail respirou fundo e saiu totalmente da cama. Sua camisola ficou presa no lençol, expondo as pernas ao frio. No colchão, Jamie murmurou alguma coisa e se virou na direção da mamãe.

A menina se sacudiu para arrumar a roupa e depois puxou a comadre de baixo da cama. Então ergueu a camisola e se agachou. O som do líquido batendo no recipiente soava alto pelo cômodo, abafando os pingos no telhado.

Ela suspirou, aliviada.

Algo fez barulho do outro lado da porta. Abigail ficou imóvel, ainda fazendo xixi na comadre. Uma luz oscilante surgiu na fresta debaixo da porta. Havia alguém no corredor. Ela se lembrou do rosto de Sir Alistair, cheio de cicatrizes horríveis. Ele era tão alto — até mais alto que o duque. E se tivesse resolvido expulsá-los do castelo?

Ou pior?

Abigail prendeu a respiração, esperando, suas coxas doendo por estar agachada sobre a comadre, o bumbum ficando gelado no ar noturno. No corredor, alguém escarrou — um pigarro demorado, rouco, gosmento, que fez o estômago da menina se revirar — e cuspiu. Então veio o som de botas se arrastando pelo piso, se afastando.

Ela esperou até os passos desaparecerem antes de se afastar da comadre. Então a enfiou embaixo da cama e pulou para o colchão, puxando as cobertas sobre sua cabeça e a de Jamie.

— Que foi? — murmurou o menino, voltando a se encostar nela.

— Shh! — chiou Abigail.

Ela prendeu a respiração, mas só ouviu os sons que Jamie fazia chupando o dedo enquanto dormia. Ele não devia mais fazer aquilo, mas a Srta. Cummings não estava ali para lhe dar uma bronca. Abigail deu um abraço apertado no irmãozinho.

Mamãe tinha dito que eles precisavam ir embora de Londres. Que não podiam mais morar na casa grande com a Srta. Cummings e todos os outros criados que conhecia desde que nasceu. Tiveram de deixar os vestidos bonitos, os livros de figuras e o maravilhoso bolo com creme de limão para trás. Na verdade, deixaram para trás tudo que Abigail conhecia. Mas mamãe não devia ter imaginado o quanto aquele castelo era horrível. Nem como os corredores eram escuros e sujos, como o dono era assustador. E se o duque soubesse como esse lugar era terrível, com certeza os deixaria voltar para casa.

Não deixaria?

Abigail ficou deitada no escuro, ouvindo o que parecia ser um homenzinho subindo pelas paredes e desejando estar segura em sua casa em Londres.

Helen acordou na manhã seguinte com o brilho fraco do sol através da janela. Ela se certificou de manter abertas as cortinas na noite anterior para despertarem ao amanhecer. Se é que um único raio de luz lutando para atravessar um vidro embaçado e sujo podia ser chamado de amanhecer. Ela respirou fundo e esfregou a vidraça com a ponta da cortina, mas só conseguiu criar uma mancha engordurada de poeira.

— Nunca vi um lugar tão sujo — comentou Abigail, crítica, enquanto observava o irmão.

Havia várias poltronas na outra extremidade do quarto, como se uma antiga castelã as tivesse guardado ali e se esquecido delas. Jamie pulava de uma para a outra. Sempre que aterrissava, uma nuvenzinha de pó subia da almofada. O rostinho dele já estava coberto por uma leve camada de poeira.

Ah, meu Deus, como conseguiria seguir em frente com o plano? O castelo era imundo, seu patrão era um homem sórdido, mal-educado e feroz, e ela não sabia por onde começar.

Por outro lado, não havia escolha. Quando abandonou o duque, Helen sabia o tipo de homem que ele era. O tipo que não abre mão de nada que seja seu. Não importava que os dois não dormissem juntos fazia anos e que ele tivesse tido outras mulheres nesse meio-tempo. Lister ainda pensava nela como sua amante. Sua *posse*. E as crianças eram dele também. Ele era o progenitor. Não importava que mal tivesse falado com os filhos ao longo dos anos e que jamais tivesse reconhecido formalmente sua paternidade.

Lister era possessivo. Se suspeitasse que Helen tentaria fugir com Abigail e Jamie, ele os teria tirado dela, sem dúvida. Uma vez, quase oito anos antes, quando Abigail ainda era bebê, Helen mencionou abandoná-lo. Então, ao voltar para casa depois de sair para fazer compras, ela descobriu que a filha tinha desaparecido. A babá estava aos prantos. Lister ficou com a bebê até a manhã seguinte — aquela noite ainda assombrava Helen. Quando o duque finalmente apareceu em sua porta pela manhã, ela estava quase doente de tanta preocupação. E Lister? Ele entrou despreocupado na casa com a filha no colo e deixou bem claro que, se Helen quisesse ficar com Abigail, precisava se conformar com o relacionamento que tinham. Ela era dele, e nada nem ninguém mudaria isso.

Então, quando decidiu abandonar o duque, Helen sabia que teria de desaparecer. Pela segurança dos filhos, Lister jamais poderia encontrá-los. Com a ajuda de Lady Vale, ela fugiu de Londres em uma carruagem emprestada. Então trocou de veículo na primeira estalagem da estrada para o norte, e seguiu alugando carruagens diferentes sempre que possível. Preferiu seguir por rotas menos movimentadas e ser o mais discreta possível.

Foi Lady Vale quem teve a ideia de transformar Helen na nova governanta de Sir Alistair. O castelo Greaves ficava bem longe da alta sociedade londrina, e a viscondessa tinha certeza de que Lister jamais pensaria em procurá-la lá. Por esse motivo, o lar de Sir Alistair era o esconderijo perfeito. Mas Helen se perguntou se Lady Vale tinha noção da precariedade do lugar.

Ou da teimosia do dono.

Um passo de cada vez. Ela não tinha mais para onde ir. Aquele foi o caminho que escolheu, e precisava encontrar uma forma de fazer seu plano dar certo. As consequências do fracasso eram terríveis demais para se considerar.

Jamie caiu de mau jeito e escorregou de uma das poltronas, causando uma avalanche de poeira.

— Por favor, pare com isso — ralhou Helen.

As duas crianças a encararam. Não estavam acostumados ver a mãe erguendo a voz. Porém, até mais ou menos uma semana atrás, Helen tinha uma babá para tomar conta dos filhos. Ela só os via quando queria — na hora de dormir, no chá da tarde, em passeios pelo parque. Momentos em que os três estavam de bom humor. Se Abigail ou Jamie ficassem cansados, ou irritados, ou incomodados, sempre havia a opção de mandá-los de volta para a Srta. Cummings. Infelizmente, a babá ficou em Londres.

Helen puxou o ar, tentando se acalmar.

— Está na hora de irmos trabalhar.

— Trabalhar com o quê? — perguntou Jamie.

O menino se levantou e começou a chutar uma almofada que também havia caído no chão.

— Sir Alistair disse que nós iríamos embora hoje cedo — comentou Abigail.

— Sim, mas vamos convencê-lo a nos deixar ficar, não vamos?

— Quero ir para casa.

— Não podemos, querida. Eu já expliquei isso. — Helen abriu um sorriso persuasivo. Não contou a eles o que Lister faria se os encontrasse. Não queria assustar as crianças. — Sir Alistair realmente precisa de alguém para limpar o castelo e deixá-lo em ordem, não acham?

— Sim, mas... — respondeu Abigail. — Mas ele disse que gosta do castelo sujo.

— Que bobagem. Acho que ele só é reservado demais para pedir ajuda. Além do mais, é nosso dever como cristãos amparar os mais necessitados, e me parece que Sir Alistair está de fato em uma situação muito precária.

Abigail pareceu hesitante.

Helen bateu as palmas antes que a filha excessivamente observadora fizesse outra objeção.

— Vamos descer e pedir um café da manhã excelente para Sir Alistair e para nós. Depois, vou consultar a cozinheira e as empregadas sobre a melhor forma de limpar e organizar o castelo.

Até Jamie pareceu se animar diante da menção ao café da manhã. Helen abriu a porta e os três se espremeram no corredor estreito.

— Acho que passamos por aqui ontem — disse ela, e seguiu para a direita.

No fim das contas, aquele *não* era o caminho que eles haviam feito com Sir Alistair, mas, depois de alguns erros de percurso, os três acabaram encontrando o térreo do castelo. Helen notou que a filha começou a andar mais devagar enquanto seguiam para os fundos, no que parecia ser a direção da cozinha.

De repente, a menina parou.

— Eu preciso falar com ele?

— Com quem, querida? — perguntou Helen, apesar de saber muito bem de quem ela falava.

— Com Sir Alistair.

— Abigail tem medo de Sir Alistair! — cantarolou Jamie, implicando com a irmã.

— Não tenho — disse a menina, indignada. — Não muito. É só que...

— Você levou um susto e gritou com ele — disse Helen. Ela olhou para as paredes encardidas do corredor, pensando em como responder à filha. Abigail era sensível demais, passava dias remoendo até as críticas mais bobas. — Sei que você está incomodada, meu bem, mas pense nos sentimentos de Sir Alistair. Não deve ser agradável escutar uma moça gritando de medo ao lhe ver.

— Ele deve me odiar — sussurrou a menina.

O coração de Helen ficou apertado. Às vezes, era tão difícil ser mãe. Querer proteger seus filhos do mundo e de suas próprias fraquezas, ao mesmo tempo que precisava inspirar respeito e educação.

— Duvido que ele sinta algo tão forte como ódio — disse Helen, gentilmente. — Mas talvez seja uma boa ideia pedir desculpas, não acha?

Abigail ficou quieta, mas concordou com a cabeça. Seu rosto magro parecia pálido e preocupado.

Helen respirou fundo e continuou na direção da cozinha. Ela achava que o café da manhã tornaria tudo melhor.

Porém, no fim das contas, não havia muito o que comer no castelo Greaves. A cozinha era um cômodo imenso, extremamente velho. As paredes cobertas com gesso e o teto abobadado tinham sido brancos um dia, mas sua cor agora era um cinza manchado. Uma lareira cavernosa, que precisava ser varrida urgentemente, ocupava uma parede inteira.

A julgar pela poeira nas panelas empilhadas nos armários, ninguém cozinhava muito naquele lugar.

Helen olhou ao redor, horrorizada. Havia um único prato sujo sobre uma das mesas, como se alguém tivesse feito uma refeição ali havia pouco tempo. Deve haver uma despensa com comida em algum lugar, ela pensou. Então começou a abrir armários e gavetas, quase entrando em pânico. Quinze minutos depois, analisou seus achados: um único saco de farinha branca, um pouco de aveia, chá, açúcar e um punhado de sal. Também encontrou um pedacinho ressecado de bacon pendurado na despensa. Helen encarou a comida, se perguntando como aquilo poderia resultar em um café da manhã, quando finalmente percebeu o maior problema.

Não havia cozinheira.

De fato, ela não havia visto ninguém naquela manhã. Nenhum criado ou lacaio. Nenhum engraxate ou camareira. Será que Sir Alistair tinha *algum* empregado?

— Estou com fome, mamãe — gemeu Jamie.

Helen o encarou por um instante, ainda atordoada pela magnitude do trabalho que tinha diante de si. Uma vozinha gritava em sua cabeça: *Não vou conseguir! Não vou conseguir!*

Mas não havia escolha. Ela *precisava* conseguir.

Engolindo em seco, Helen ignorou a vozinha e arregaçou as mangas.

— Então é melhor botarmos a mão na massa, não é?

ALISTAIR PEGOU UMA velha faca de cozinha e abriu o selo de uma carta grossa que chegou naquela manhã. Seu nome estava rabiscado do lado de fora em uma caligrafia grande, espiralada e quase ilegível que reconheceu imediatamente. Aquela era, provavelmente, outra tentativa de Vale de convencê-lo a ir a Londres ou qualquer bobagem parecida. O visconde era um homem persistente, mesmo quando não recebia nenhum indício de que sua insistência seria recompensada.

Alistair estava sentado no interior da maior torre do castelo. Quatro janelas grandes eram distribuídas em intervalos iguais pela parede curva, deixando entrar bastante luz, tornando o lugar um escritório perfeito. Três mesas largas ocupavam boa parte do cômodo. Suas superfícies estavam cobertas com livros abertos, mapas, espécimes de animais e insetos, lentes de aumento, pincéis, prensas para preservar folhas e flores, várias pedras interessantes, cascos de árvores, ninhos de passarinho e seus desenhos a lápis. Na parede, nos espaços entre as janelas, viam-se expositores de vidro e prateleiras abrigando mais livros, mapas e vários periódicos e artigos científicos.

Ao lado da porta havia uma pequena lareira acesa, apesar do calor do dia. Lady Grey estava envelhecendo e gostava de ficar aquecida no tapetinho diante do fogo. A cadela estava esparramada, tirando sua soneca matinal, enquanto Alistair trabalhava, sentado à mesa maior, que também fazia de escrivaninha. Mais cedo, os dois tinham feito sua caminhada diária. Mas Lady Grey não percorria mais a mesma distância, e Alistair foi forçado a diminuir o passo nas últimas semanas para que a cadela conseguisse acompanhá-lo. Daqui a pouco, teria de deixar sua velha amiga para trás.

Mas se preocuparia com isso depois. Ele desdobrou a carta e a leu enquanto o fogo estalava levemente ao fundo. Ainda era cedo e ele não tinha dúvida de que seus convidados inesperados da noite anterior estariam dormindo. Apesar de ter se apresentado como governanta, a Sra. Halifax lhe parecia mais uma dama da alta sociedade. Talvez tivesse ido parar ali por causa de uma aposta... Alguém pode ter duvidado que ela teria coragem de encarar o deformado Sir Alistair e seu castelo sombrio. Ele estava envergonhado e irritado com esse pensamento terrível. Então, Alistair se lembrou da expressão de genuíno choque no rosto da mulher ao ver sua aparência. Aquilo certamente não foi uma brincadeira. E, de toda forma, Lady Vale não era uma mulher frívola que faria algo desse tipo.

Alistair suspirou e jogou a carta sobre a mesa. Não havia nenhuma menção ao plano da esposa de Vale de enviar uma suposta governanta para sua casa. Em vez disso, a carta estava cheia de notícias sobre o traidor de Spinner's Falls e a morte de Matthew Horn — uma pista falsa que foi desmentida rapidamente.

De leve, ele tracejou a borda de seu tapa-olho enquanto olhava pela janela. Seis anos atrás, na colônia americana, Spinner's Falls foi o lugar em que o vigésimo oitavo regimento da infantaria caiu numa emboscada. Quase todo o regimento foi massacrado pelos índios da tribo Wyandot, aliados dos franceses. Os poucos sobreviventes — incluindo Alistair — foram capturados e obrigados a marchar pela mata da Nova Inglaterra. E quando chegaram ao acampamento dos índios...

Seus dedos tocaram um canto da carta. Ele sequer era membro do vigésimo oitavo regimento. Era apenas um civil, encarregado de pesquisar e descrever a fauna e a flora da Nova Inglaterra. Faltavam apenas três meses para seu retorno à Inglaterra quando teve o azar de seguir para Spinner's Falls. Três meses. Se tivesse ficado com o restante do exército britânico em Quebec, como era seu plano original, tudo seria diferente.

Com cuidado, Alistair redobrou a carta. Agora, Vale e outro sobrevivente, um colono chamado Samuel Hartley, tinham provas de que o regimento foi traído em Spinner's Falls. De que um traidor contou aos franceses e seus aliados indígenas o dia em que passariam pela região. Os dois tinham certeza de que encontrariam o traidor para expô-lo e puni-lo. Alistair bateu com a carta de leve sobre a mesa. Desde a visita do visconde, a ideia de um traidor começou a fazer sentido em sua mente. O fato de esse traidor estar livre — estar *vivo* — enquanto tantas pessoas boas tinham morrido era insuportável.

Três semanas atrás, Alistair finalmente tomou uma atitude. Se havia um traidor, com certeza ele tinha se comunicado com os franceses. E ninguém melhor do que um francês para responder seus questionamentos sobre o assunto. Ele tinha um colega de trabalho na França, um homem chamado Etienne LeFabvre, para quem escreveu e perguntou se tinha ouvido algum boato sobre Spinner's Falls. Desde então, esperava com impaciência pela resposta. Alistair franziu o cenho. O relacionamento entre a Inglaterra e a França não era bom, como de costume, mas com certeza...

Seus pensamentos foram interrompidos quando a porta da torre se abriu. A Sra. Halifax entrou com uma bandeja.

— Que diabos a senhora está fazendo?! — exclamou ele, ríspido, a surpresa deixando seu tom mais duro do que esperava.

Ela parou, e sua boca larga e bonita se torceu para baixo em desagrado.

— Eu trouxe seu café da manhã, Sir Alistair.

Ele se esforçou para não perguntar como é que ela havia conseguido essa proeza. A menos que tivesse capturado um dos ratos do castelo e o fritado, não havia muito o que comer por ali. As últimas salsichas na despensa tinham sido seu jantar na noite anterior.

A mulher se adiantou e fez menção de colocar a bandeja em cima de um valiosíssimo tomo italiano sobre insetos.

— Aí, não.

Diante do comando, ela ficou imóvel.

— Ah, só um instante. — Alistair se apressou para liberar o espaço, empilhando papéis no chão, ao lado de sua cadeira. — Pode colocar aqui.

A Sra. Halifax acomodou a bandeja sobre a mesa e destampou um prato. Nele, havia duas fatias malcortadas de bacon, completamente torradas, e três biscoitos pequenos e duros. Ao lado, viam-se uma tigela grande de mingau e uma xícara de chá-preto muito escuro.

— Eu queria trazer um bule de chá — dizia ela enquanto arrumava a refeição sobre a mesa —, mas parece que o senhor não tem um. Um bule, no caso. Sendo assim, tive que ferver o chá em uma panela.

— Quebrou no mês passado — murmurou Alistair.

Que artimanha era aquela? E ele teria que consumir aquela gororoba diante dela?

A Sra. Halifax o fitou, bela, com suas bochechas coradas e seus olhos azuis brilhantes. Aquela maldita.

— O que quebrou?

— O bule. — Graças a Deus ele colocou o tapa-olho naquela manhã. — Isto é muito... *gentil* da sua parte, Sra. Halifax. Mas não precisava ter se dado ao trabalho.

— Não foi trabalho nenhum — mentiu ela descaradamente. Ele sabia muito bem o estado da sua cozinha.

Alistair estreitou o olho.

— Imagino que a senhora queira partir agora cedo...

— Terei que comprar outro, não é? Outro bule, quero dizer — continuou ela, como se tivesse desenvolvido uma surdez instantânea. — O chá não fica com o mesmo gosto quando é fervido em uma panela. Prefiro bules de cerâmica.

— Vou alugar uma carruagem...

— Há quem prefira os de metal...

— ... do vilarejo...

— Os de prata são muito caros, sem dúvida, porém um belo bule de estanho...

— ... *para eu poder ter paz!*

Suas últimas palavras saíram em um grito. Lady Grey ergueu a cabeça, ao pé da lareira. Por um instante, a Sra. Halifax o encarou com os olhos azul-campânula arregalados.

Mas então abriu aquela boca exuberante e disse:

— O senhor *tem* dinheiro para comprar um bule de estanho, não tem?

Lady Grey bufou e se virou para o calor da lareira.

— Sim, eu tenho dinheiro para comprar um bule de estanho! — Ele fechou o olho por um momento, irritado por ter caído na conversa da mulher. Mas então a encarou e respirou fundo. — Mas a senhora vai embora assim que eu...

— Que bobagem.

— O que disse? — perguntou Alistair, rouco, em um tom muito calmo.

A Sra. Halifax empinou o queixo, impertinente.

— Eu disse *que bobagem*. O senhor claramente precisa de mim. Sabia que o castelo está quase sem comida? Bem, é claro que *sabe*, mas isso não está certo. Não está. Vou comprar mantimentos também, quando eu for ao vilarejo procurar o bule.

— Não *preciso*...

— Espero que o senhor não queira que nós nos alimentemos apenas de aveia e um pouco de bacon.

Ela levou as mãos ao quadril e o encarou com uma expressão rígida. Alistair franziu a testa.

— É claro que...

— E as crianças precisam de verduras e legumes frescos. Imagino que o senhor também.

— A senhora não...

— Irei ao vilarejo hoje à tarde, está bem?

— Sra. Halifax...

— E o bule, o senhor prefere de cerâmica ou de estanho?

— De cerâmica, mas...

Ele estava falando com um cômodo vazio. A mulher já havia fechado a porta levemente atrás de si.

Alistair encarou a porta. Nunca tinha sido tão manipulado na vida — e por uma mulher tão pequena e bela, que havia julgado ser de inteligência limitada na noite anterior.

Lady Grey ergueu a cabeça quando a Sra. Halifax saiu, então voltou a se deitar sobre as patas e parecia encará-lo com pena.

— Pelo menos eu pude escolher o bule — murmurou Alistair, na defensiva.

A cadela soltou um grunhido e o ignorou.

HELEN FECHOU A porta da torre e não resistiu em abrir um sorrisinho. Rá! Ela com certeza venceu *aquela* discussão com o Senhor Furioso. Achou melhor descer correndo as escadas da torre antes que ele fosse até a porta e a chamasse de volta. Os degraus e as paredes da torre eram de pedras antigas, do início até chegar à porta no fim da escada. Ela terminava em um corredor estreito, escuro e com cheiro de mofo, mas pelo menos era forrado com lambris e carpete.

Ela esperava que o café da manhã de Sir Alistair não estivesse frio demais, porém, se estivesse, a culpa seria dele. Helen demorou até conseguir encontrá-lo, percorrendo os andares melancólicos do castelo antes de pensar em procurá-lo nas torres. Ela devia ter imaginado que aquele homem se esconderia em uma torre velha, como um personagem de um conto de terror infantil. Antes de abrir a porta, ela se preparou para não demonstrar nenhuma reação à sua aparência. Felizmente, ele havia colocado o tapa-olho naquela manhã. Mas ainda deixou o cabelo solto, batendo nos ombros, e parecia fazer mais de uma semana que não se barbeava. Seu queixo estava bem escuro com a barba por fazer. Ela não se surpreenderia se ele mantivesse aquela aparência apenas para intimidar as pessoas.

E também havia sua mão.

Helen hesitou diante da lembrança. Ela não havia notado a mão na noite anterior, mas, esta manhã, quando abriu a porta da torre, ele segurava uma folha de papel entre dois dedos e o dedão. O indicador e o mindinho da mão direita tinham sido amputados. O que causou uma mutilação tão horrível? Será que Sir Alistair sofreu algum acidente? E esse acidente terrível também deformou seu rosto e o fez perder o olho? Se fosse o caso, ele não aceitaria ser alvo de pena nem da compaixão dela.

Ela mordeu o lábio. A última impressão que teve de Sir Alistair a fez sentir uma pontada de remorso. Ele havia se mostrado rabugento e desleixado. Grosseiro e sarcástico. Tudo que Helen esperava depois da noite anterior. Mas havia outra coisa. Sentado àquela mesa enorme, escondido atrás de seus livros, dos papéis e da bagunça, ele parecia...

Solitário.

Helen piscou, olhando para o corredorzinho escuro. Bem, aquilo era bobagem. Ele seria extremamente ríspido se ela lhe dissesse sua impressão dele. Ela nunca conheceu alguém tão indisposto a ser alvo das preocupações de outro ser humano. Porém não havia como negar: Sir Alistair parecia solitário. Ele vivia sozinho, afastado da civilização naquele enorme castelo sujo, cuja única companhia era uma grande cadela. Será que alguém, mesmo um homem que parecia detestar outras pessoas, conseguia ser feliz de verdade nessas circunstâncias?

Ela balançou a cabeça e voltou a andar na direção da cozinha. Naquele momento, não havia espaço em sua vida para esse tipo de pensamento. Não podia se deixar abalar pelas emoções. Ela já havia feito isso antes, e olhe só o que tinha acontecido — teve de fugir com os filhos, apavorada. Não, era melhor ser pragmática sobre o castelo e seu dono. Precisava se concentrar em Abigail e Jamie.

Helen fez uma curva e ouviu gritos na cozinha. Meu Deus! E se um malfeitor tivesse invadido a cozinha? Abigail e Jamie estavam lá sozinhos! Ela ergueu as saias e correu pelo restante do caminho, entrando esbaforida no cômodo.

A cena com a qual se deparou não a tranquilizou. Um homenzinho atarracado gesticulava com os braços e berrava com as crianças, que estavam paradas diante dele. Abigail segurava a frigideira com as duas mãos, determinada, apesar do rosto pálido. Atrás da irmã, Jamie alternava o peso entre os pés, com os olhos arregalados e admirados.

— ... vocês todos! Ladrões e assassinos, roubando lugares onde não deviam se meter! A forca é um destino generoso demais pra vocês!

— Fora! — gritou Helen. Ela avançou na direção da criatura, que reprimia seus filhos. — Eu disse: Fora!

O homenzinho deu um pulo e girou em direção ao som de sua voz. Ele usava um colete encardido sobre calças grandes demais e meias remendadas. O cabelo era de um ruivo grisalho, e os fios formavam uma nuvem despenteada em ambos os lados da cabeça.

Seus olhos assustados se estreitaram ao vê-la.

— Quem é você?

Helen se empertigou.

— Sou a Sra. Halifax, governanta deste castelo. Agora, saia desta cozinha, ou serei forçada a chamar Sir Alistair.

O homenzinho arfou.

— Não fala bobagens, mulher. Sir Alistair não tem governanta. Sou eu que cuido do castelo. E saberia *muito* bem se ele tivesse uma!

Por um instante, Helen encarou aquele ser repulsivo, desconcertada. Ela havia pensado que Sir Alistair não tinha nenhum empregado. De fato, a ideia, por mais desanimadora que fosse, seria preferível àquele criado desagradável à sua frente.

— Qual é o seu nome? — perguntou ela, por fim.

O homenzinho inflou o peito magrelo.

— Wiggins.

Helen concordou com a cabeça e cruzou os braços. Se havia aprendido uma coisa nos seus anos em Londres era não deixar que valentões notassem seu medo.

— Veja bem, Sr. Wiggins, talvez Sir Alistair não tivesse uma governanta antes, mas agora tem, e sou eu.

— Que absurdo!

— Pois lhe asseguro que é verdade. E digo mais: é melhor o senhor se acostumar com a ideia.

Wiggins coçou o traseiro, pensativo.

— Bem, se for mesmo verdade, a senhora tem um baita trabalho pela frente.

— De fato. — Helen amenizou seu tom. Sem dúvida, o homenzinho foi pego de surpreso ao encontrar pessoas desconhecidas na cozinha do castelo. — Espero poder contar com a sua ajuda, Sr. Wiggins.

— Hum — resmungou ele, evasivo.

Ela resolveu não insistir por enquanto.

— Pois bem. O senhor gostaria de tomar café?

— Não. — Wiggins seguiu para o corredor, arrastando os pés. — O patrão deve estar querendo falar comigo e me passar os afazeres do dia, não é?

E saiu da cozinha, pisando duro.

Abigail colocou a frigideira de ferro sobre a mesa.

— Aquele homem fede.

— É verdade — concordou Helen. — Mas não devemos julgá-lo por isso. No entanto, quero que vocês dois fiquem longe dele quando eu não estiver perto.

Jamie concordou com a cabeça vigorosamente, enquanto Abigail só parecia preocupada.

— Bem, chega de confusão — disse Helen em um tom agitado. — Vamos lavar a louça, e depois podemos começar a limpar a cozinha.

— *Nós* vamos limpar essa cozinha? — Jamie olhou para as teias de aranha no teto, boquiaberto.

— É claro — disse Helen, cheia de confiança, ignorando o estômago revirando. A cozinha estava *muito* suja. — Muito bem. Vamos pegar água para lavar a louça.

Os três tinham encontrado uma pequena bomba de água no pátio do estábulo mais cedo. Helen encheu um balde na ocasião, mas usou tudo enquanto preparava o café da manhã. Jamie carregou o balde de estanho enquanto seguiam para o lado de fora. Helen segurou a alavanca da bomba e abriu um sorriso encorajador para as crianças antes de puxá-la para cima com as duas mãos. Infelizmente, a bomba estava bastante enferrujada, e usá-la exigia grande esforço.

Dez minutos depois, ela afastou o cabelo suado da testa e encarou o balde com água até a metade.

— Não é muito — comentou Abigail com ar duvidoso.

— Pois bem, é suficiente por enquanto — arfou Helen.

Ela pegou o balde e voltou para a cozinha, seguida pelas crianças.

Então, botou o balde no chão e mordeu o lábio. A água precisava ser aquecida para lavar a louça, mas o fogo tinha apagado desde que havia preparado o café. Só restavam algumas brasas queimando nas cinzas da lareira.

O Sr. Wiggins entrou na cozinha enquanto ela encarava o fogo, desanimada. O homenzinho olhou para o balde com uma quantidade ridícula de água e resmungou.

— Começou bem, hein? Ora, a cozinha tá tão limpa que quase fiquei cego de olhar tanto brilho! Ah, não se preocupa. Sua estadia será breve. O patrão mandou que eu alugasse uma carruagem no vilarejo.

Helen se empertigou, contrariada.

— Tenho certeza de que isso não será necessário, Sr. Wiggins.

O homenzinho apenas deu uma risada irônica e saiu.

— Mamãe — disse Abigail, baixinho —, se Sir Alistair pediu uma carruagem para voltarmos para casa, talvez a gente não precise limpar a cozinha.

De repente, Helen se sentiu tomada pelo cansaço. Ela não era governanta. Não sabia limpar uma cozinha. Não sabia o suficiente nem para manter uma lareira acesa, pelo visto. O que estava fazendo, insistindo em uma tarefa tão impossível? Talvez Sir Alistair tivesse razão.

Talvez fosse melhor admitir sua derrota e aceitar a carruagem que os levaria embora do castelo.

Capítulo Três

O castelo preto era cavernoso e escuro, com corredores sinuosos que levavam a outros corredores. O Contador de Verdades seguiu o belo rapaz, e, apesar de os dois andarem por minutos arrastados, não encontraram mais ninguém pelo caminho. Finalmente, o rapaz conduziu o Contador de Verdades a uma grande sala de jantar e o ofereceu uma refeição com carne assada, um pão delicioso e uma variedade de frutas exóticas. O soldado comeu tudo, sentindo--se grato, pois fazia muitos anos que não se alimentava tão bem. Enquanto o convidado comia, o rapaz permaneceu sentado em sua cadeira, sorrindo, observando...

— Contador de Verdades

Helen apoiou a cabeça na lateral da carruagem enquanto o veículo fazia uma curva e o castelo desaparecia de vista.

— O castelo era muito sujo — disse Abigail, sentada diante da mãe. Helen suspirou.

— Sim, meu amor, era.

Um castelo muito sujo com um dono rabugento — e ela foi vencida pelos dois. Enquanto entrava com os filhos na carruagem alugada que os esperava, Helen viu um movimento na janela da torre mais alta. Sem dúvida, Senhor Furioso estava se vangloriando por tê-la derrotado.

— Nossa casa em Londres é muito melhor — disse Abigail. — E talvez o duque fique feliz quando descobrir que voltamos.

Helen fechou os olhos. *Não. Não, ele não ficaria.* Era óbvio que Abigail achava que os três voltariam para Londres agora, mas isso não era uma opção. Lister não os receberia de braços abertos. Ele tomaria as crianças dela e a jogaria na rua.

Isso se ela tivesse sorte.

Helen olhou para a filha e tentou sorrir.

— Nós não vamos voltar para Londres, meu amor.

O rosto da menina perdeu a animação.

— Mas...

— Só precisamos encontrar outro lugar para ficar.

E nos esconder.

— Quero ir para casa — disse Jamie.

A têmpora de Helen começou a latejar.

— Não podemos ir para casa, querido.

O menino fez beicinho.

— Eu quero...

— É impossível. — Helen puxou o ar e continuou em um tom mais tranquilo: — Sinto muito, meus amores. Mamãe está com dor de cabeça. Vamos conversar sobre isso mais tarde. Por enquanto, vocês só precisam saber que temos que encontrar outro lugar para ficar.

Mas aonde poderiam ir? Apesar de o castelo Greaves ser imundo, e seu dono, extremamente desagradável, o lugar era o esconderijo perfeito. Helen mexeu nas saias, procurando o saquinho de couro que escondia por baixo dos panos. Lá dentro, carregava moedas e algumas joias— o pé-de-meia que havia feito com os presentes de Lister. Dinheiro não era problema, mas seria difícil encontrar um lugar para uma mulher solteira e duas crianças sem causar comentários.

— Querem que eu leia o livro de contos de fadas? — perguntou Abigail, baixinho.

Helen a fitou e tentou sorrir. Às vezes, sua filha era um anjo.

— Sim, por favor. Eu adoraria.

A menina ficou aliviada e se inclinou para revirar a mala de pano aos seus pés.

Ao seu lado, Jamie pulava no assento.

— Lê a história do homem com coração de ferro!

Abigail pegou um maço de papéis e cuidadosamente o folheou até encontrar o trecho que queria. Então pigarreou e começou a ler devagar:

— Era uma vez, em uma época muito distante, quatro soldados que voltavam para casa após anos em guerra...

Helen fechou os olhos, deixando a voz alta da filha tomar conta de sua mente. O "livro" de contos de fadas era, na verdade, um monte de folhas soltas. As histórias originais foram escritas em alemão, e Lady Vale as traduziu para sua amiga, Lady Emeline Hartley. Quando a viscondessa enviou Helen e as crianças para o norte, pediu a ela que as passasse a limpo, para que depois pudesse encadernar a tradução e enviá-la para Lady Emeline. Durante a jornada até a Escócia, Helen leu os contos para os filhos, que os adoravam.

Ela olhou pela janela. Lá fora, colinas roxas e verdes passavam rápido, aproximando-os cada vez mais do vilarejo de Glenlargo. Se ainda fosse a governanta do Senhor Furioso, compraria mantimentos ali. Algo mais apetitoso que bacon mofado e aveia.

Ah, se ao menos ela não fosse tão inútil! Havia passado toda a vida adulta sendo o brinquedinho de um aristocrata rico. Não aprendera nenhuma habilidade prática.

Só que isso não era bem verdade. No passado, antes de Lister, antes de cortar relações com sua família, quando ainda era jovem e inocente, Helen costumava ajudar o pai em suas consultas. Ele era médico — muito bem-sucedido — e às vezes a levava junto quando visitava pacientes. Ah, não para ajudar com os tratamentos — essa não era uma tarefa digna de moças —, mas para anotar em um caderninho as observações dele sobre os pacientes, uma agenda das próximas consultas, listas.

Várias listas.

Ela era ajudante do papai, a organizadora de listas dele. A pessoa que mantinha sua vida e seu ofício em ordem. Não era uma tarefa complicada, mas era importante. E, agora que parou para pensar no assunto, não era isso que governantas faziam? Claro, elas precisavam saber limpar e manter a casa em ordem, mas normalmente não delegavam essas tarefas para *outras* pessoas?

Helen se empertigou tão de repente que Abigail gaguejou e se interrompeu.

— O que houve, mamãe?

— Quieta, querida. Preciso pensar. Tive uma ideia.

A carruagem havia chegado a Glenlargo, um vilarejo minúsculo quando comparado a Londres, mas que tinha tudo de que uma comunidade pequena e isolada precisava: lojas, artesãos e pessoas que poderia contratar.

Helen se levantou na carruagem que balançava, curvando-se, e bateu no teto.

— Pare! Ei, pare a carruagem!

O veículo parou de supetão, quase jogando-a de volta ao banco.

— O que vamos fazer? — perguntou Jamie, animado.

Então Helen não conseguiu controlar seu sorriso.

— Chegou a hora de recrutarmos um reforço.

ALISTAIR PASSOU A tarde na torre, escrevendo — ou pelo menos tentando escrever. Como nos dias anteriores, as palavras se recusavam a surgir. Em vez disso, a lixeira ficava cada vez mais cheia de papéis amassados, todos cobertos com rascunhos rabiscados de um artigo sobre texugos. Para ele, escrever sempre foi tão fácil quanto respirar, mas agora... agora, parecia que jamais seria capaz de terminar um texto. Alistair se sentia um idiota fracassado.

Quando o relógio bateu quatro horas e ele notou que Lady Grey havia saído da torre, resolveu que aquela seria uma ótima desculpa para abandonar suas tentativas ridículas e procurar a cadela. Além do mais, não comia nada desde aquele café da manhã execrável.

Enquanto Alistair descia pela escada em caracol da torre, notou a quietude do castelo. O lugar quase sempre era silencioso, é claro, mas, ontem à noite, quando a Sra. Halifax e os filhos invadiram seu lar, tudo pareceu menos morto. Ele balançou a cabeça diante do pensamento mórbido. Ao observar a mulher partindo naquela manhã, havia ficado feliz por retomar sua solidão — a presença de Wiggins era quase imperceptível. Era bom ficar sozinho. Era bom não ser interrompido enquanto trabalhava.

Quando conseguia trabalhar.

Alistair fez uma careta quando chegou ao corredor, seguindo para seus aposentos primeiro. Lady Grey gostava de dormir sob a luz do sol que atravessava as janelas à tarde. Mas o quarto estava exatamente como deixou naquela manhã: vazio e bagunçado. Ele franziu a testa ao olhar para a cama desarrumada, com a coberta e o lençol caído no chão. Hum... talvez a ideia de contratar uma governanta não fosse tão ruim.

Ele voltou para o corredor e chamou:

— Lady Grey!

O som de unhas contra o piso de pedra, anunciando a aproximação da cadela, não veio.

A maioria dos cômodos naquele andar estava fechada, então Alistair seguiu para o de baixo. Lá, havia uma velha sala de estar que ele, às vezes, a usava. Ele procurou, mas Lady Grey não estava deitada em nenhuma das poltronas. Mais adiante no corredor ficava o quarto que designou para a Sra. Halifax. Ele deu uma olhada lá dentro e não viu nada além da cama arrumada. O cômodo estava tão abandonado que nem parecia que alguém havia dormido ali. Então, Alistair achou ter escutado o som de uma carruagem se afastando de novo, vindo do quintal. Que bobagem. Continuou sua busca. No térreo, verificou todos os cômodos sem sucesso, terminando na biblioteca.

— Lady Grey!

Ele permaneceu na biblioteca empoeirada por um instante. Havia uma faixa de sol da tarde ali, entrando pelo espaço que costumava ser coberto por uma cortina que caiu e não foi substituída, onde a cadela gostava de tirar sonecas às vezes. Porém, hoje, ela não estava lá. Alistair franziu o cenho. Lady Grey tinha mais de dez anos, e seu ritmo estava diminuindo nitidamente.

Droga.

Ele se virou e seguiu para a cozinha. A cadela não costumava ir sozinha para lá. Ela não se dava bem com Wiggins, e aquele era o cômodo mais frequentado pelo criado. Na verdade...

Alistair parou de supetão ao ouvir vozes. Vozes altas, infantis. Não estava imaginando aquilo — havia crianças na cozinha. E o mais estranho — o mais inesperado — foi que a sua primeira reação foi ficar contente. No fim das contas, eles não o tinham deixado. Seu castelo não estava morto.

É claro, a sensação que veio logo depois foi indignação. Como aquela mulher ousava desafiar uma ordem sua? Ela já devia estar quase em Edimburgo a esta altura. Seria necessário chamar outra carruagem, e, desta vez, se precisasse, ele mesmo se certificaria de que aquele traseiro bonito ficaria grudado no assento. Não havia espaço em seu castelo, em sua vida, para uma governanta atraente demais e seus fedelhos. Alistair seguiu para a cozinha com determinação e o passo firme.

Então as vozes infantis ficaram claras o suficiente para que entendesse as palavras.

— ... *não* podemos voltar para Londres, Jamie — dizia a menina.

— Não entendo por quê — respondeu o menino em um tom rebelde.

— Por causa *dele*. Foi o que mamãe disse.

Alistair franziu a testa. A Sra. Halifax não podia voltar para Londres por causa de um homem? Quem? Seu marido? Ela se apresentou como viúva, mas se seu marido ainda estivesse vivo e a mulher tivesse fugido... Droga. O homem podia ser violento. Havia poucas opções para mulheres que casavam com homens assim, e fugir era uma delas. Aquilo mudava a situação.

Porém não significava que ele a receberia de volta de braços abertos. Alistair sentiu um sorriso travesso surgir em sua boca.

Então ficou sério e entrou na cozinha. As crianças estavam na outra extremidade do cômodo, agachadas diante da lareira. Quando o viram, se levantaram depressa, encarando-o com uma expressão culpada. E revelaram Lady Grey deitada entre os dois, diante do fogo. A cadela estava de barriga para cima, com as patas gigantes voltadas para o ar. Ela o encarou com ar envergonhado e as orelhas comicamente caídas, mas não fez menção de se levantar. Por que o faria? Era óbvio que estava sendo paparicada pelas crianças.

Humpf.

O menino se adiantou.

— Não é culpa dela, de verdade! Lady Grey é uma boa menina. A gente só estava fazendo carinho. Não fique bravo.

Que tipo de monstro aquelas crianças achavam que ele era? Alistair fechou ainda mais a cara e se aproximou do grupo.

— Onde está sua mãe?

O menino olhou para trás, para a porta externa da cozinha, e recuou um passo enquanto dizia:

— Na área dos estábulos.

E o que ela estava fazendo lá? Dando um banho em seu cavalo, Griffin? Trançando margaridas na crina do animal?

— E o que vocês dois estão fazendo aqui?

A menina passou na frente do irmão, protegendo-o. Seu corpo estava retesado, e o peito magro praticamente tremia de tensão.

— Nós voltamos.

Alistair ergueu uma sobrancelha. Ela parecia uma mártir pronta para a fogueira.

— Por quê?

A menina o encarou com os olhos azuis da mãe.

— Porque o senhor precisa de nós.

Alistair a encarou.

— O quê?

Ela respirou fundo e falou devagar:

— Seu castelo é sujo e feio, e o senhor precisa de nós para deixá-lo bonito.

ABIGAIL ENCAROU O rosto de Sir Alistair. Algumas vezes, durante o trajeto até a Escócia, eles tinham passado por pedras enormes, fincadas em campos, permanecendo eretas sem qualquer apoio. Mamãe disse que se chamavam *menires* e que haviam sido deixadas lá por pessoas antigas, mas ninguém sabia por quê. Sir Alistair parecia um menir — grande, firme, um pouco assustador. Suas pernas eram enormes, seus ombros eram largos, e seu rosto... A menina engoliu em seco.

Ele tinha uma barba escura falhada, porque não crescia sobre as cicatrizes em um dos lados do rosto. Elas atravessavam os pelos, vermelhas e feias. Hoje, a órbita ocular estava coberta por um tapa-olho. Abigail ficou aliviada por esse detalhe, pois, caso contrário, não seria capaz de encará-lo. O olho que restava era castanho-claro, da cor de chá sem leite, e ele olhava para baixo como se ela fosse um inseto. Um besouro, talvez. Um daqueles grandes e nojentos, que saíam correndo quando alguém virava uma pedra.

— Hum — disse Sir Alistair.

Ele pigarreou, emitindo um som arranhado, estrondoso. Então franziu a testa. E isso fez as cicatrizes vermelhas se contorcerem em sua bochecha.

Abigail olhou para o chão. Ela não sabia o que fazer agora. Devia se desculpar por ter gritado na noite anterior, mas não tinha coragem. Seu avental novo estava preso com alfinetes ao corpete do vestido, e ela puxou o pano. Nunca tinha usado um avental antes, mas mamãe comprou dois no vilarejo, um para cada uma. E disse que precisariam deles para ajeitar a cozinha do castelo. Abigail desconfiava de que limpar a cozinha não seria tão divertido quanto a mamãe fingia acreditar.

A menina ergueu o olhar para Sir Alistair com timidez. Os cantos da boca dele estavam voltados para baixo, mas, estranhamente, sua carranca não era tão assustadora quanto havia sido na noite anterior.

Ela inclinou a cabeça. Se Sir Alistair não fosse um cavalheiro muito alto e muito sério, ela acharia que ele também não sabia o que fazer.

— Quase não havia comida na despensa hoje cedo — disse Abigail.

— Eu sei.

Os lábios dele formaram uma linha reta.

Jamie voltou a se concentrar na grande cadela cinza diante do fogo. Foi ele que a viu quando entraram na cozinha. E tinha saído correndo para acarinhá-la, apesar dos avisos da irmã mais velha. Jamie adorava cachorros de todo tipo e nunca achava que poderiam mordê-lo. Abigail sempre ficava com medo de levar uma mordida quando via um cão desconhecido.

De repente, ela sentiu saudade de casa, em Londres, onde conhecia todo mundo e tudo era familiar. Se estivessem em casa agora, os dois estariam tomando chá e comendo pão com a Srta. Cummings. Apesar de nunca ter gostado muito da Srta. Cummings, só de pensar naquele rosto esquelético e magro, no pão com manteiga que ela sempre servia, Abigail sentiu o peito doer. Mamãe disse que eles talvez nunca voltassem a Londres.

Agora, Sir Alistair franzia a testa olhando para a cadela enorme como se estivesse irritado com ela.

— Mamãe deve voltar logo — disse Abigail para distraí-lo.

— Ah — respondeu ele. A velha cadela colocou uma das patas sobre a bota do dono. Sir Alistair olhou para a menina, que deu um passo para trás. Ele era tão sério. — Como vocês se chamam?

— Sou Abigail — respondeu ela —, e ele é o Jamie.

— Vamos tomar chá quando mamãe voltar — contou o menino.

Ele não parecia nem um pouco nervoso com a presença do dono do castelo. Mas era só porque estava distraído, fazendo carinho na cadela.

Sir Alistair resmungou.

— E vamos comer ovos e presunto e pão com geleia — recitou Jamie.

O irmão em geral tinha uma memória ruim, mas não quando se tratava de comida.

— Ela também vai fazer um pouco para o senhor — disse Abigail, preocupada.

— Mamãe não cozinha muito bem — continuou o menino.

Abigail franziu a testa.

— Jamie!

— Ora, mas é verdade! Ela nunca cozinhou antes, não é? Nós sempre...

— Calado! — sussurrou a irmã, ferozmente. Estava com medo de Jamie contar que sempre tiveram criados. Às vezes, ele era tão burro, mesmo para seus cinco anos.

Jamie a encarou com os olhos arregalados, e então os dois fitaram Sir Alistair.

O homem estava agachado, coçando o queixo da cadela. Abigail notou que faltavam dois dedos em sua mão. Ela estremeceu, enojada. Talvez ele não tivesse percebido.

Jamie esfregou o nariz.

— Ela é uma boa menina.

A cadela inclinou a cabeça e balançou uma pata gigante no ar, como se tivesse entendido o elogio.

Sir Alistair concordou com a cabeça.

— É mesmo.

— Nunca vi um cachorro tão grande. — Jamie voltou a fazer carinho nela. — De que raça ela é?

— Lebréu escocês — respondeu o dono do castelo. — Seu nome é Lady Grey. Meus ancestrais usavam lebréus como ela para caçar cervos.

— Legal! — disse Jamie. — O senhor já caçou cervos com ela?

Sir Alistair fez que não com a cabeça.

— É difícil encontrar cervos nesta região. E, hoje em dia, a única coisa que Lady Grey caça são salsichas.

Com cuidado, Abigail se inclinou e tocou a cabeça quente da cadela. E se esforçou para permanecer bem longe de Sir Alistair, para não o tocar sem querer. A cadela lambeu seus dedos com a língua comprida.

— Ela continua sendo uma boa menina, mesmo que só cace salsichas.

Sir Alistair virou a cabeça para conseguir enxergá-la com seu único olho.

Abigail ficou paralisada, os dedos agarrando os pelos ásperos de Lady Grey. Os dois estavam tão próximos que ela conseguia ver pontos de um castanho mais claro no olho dele, que pareciam formar uma estrela na íris. Esses pontos eram quase dourados. Sir Alistair não sorria, mas seu rosto também não era mais uma carranca. Seu rosto continuava horrível, mas havia algo triste nele também.

A menina abriu a boca para falar.

E, nesse momento, a porta da cozinha se abriu.

— Quem quer chá? — perguntou mamãe.

HELEN FICOU IMÓVEL ao se deparar com Sir Alistair diante da lareira, ajoelhado com os filhos dela. *Minha nossa*. Ela havia esperado que ele não descobrisse o retorno deles até que o chá estivesse pronto. Não apenas o homem poderia ficar mais tranquilo após a refeição, mas ela também gostaria de um pouco de energia antes de encarar o Senhor Furioso. Fazer compras tinha sido muito mais difícil do que imaginou.

Mas não aconteceu dessa forma. Sir Alistair se levantou devagar, as botas gastas se arrastando nas lajotas da lareira. Céus! Ela o viu naquela manhã mesmo, mas já havia se esquecido de como era alto — de como era grande no geral. Na verdade, especialmente ao lado de Abigail e Jamie — e intimidante. Talvez fosse por isso que ela se sentiu um pouco sem ar.

Ele sorriu, e a expressão fez arrepiar os pelos da sua nuca.

— Sra. Halifax.

Helen engoliu em seco e ergueu o queixo.

— Sir Alistair.

O dono do castelo se moveu em sua direção, atlético, másculo e bastante perigoso.

— Confesso que sua presença em minha cozinha me pegou de surpresa.

— É mesmo?

— Creio — ele deu a volta por trás dela, e Helen girou o pescoço para tentar não o perder de vista — que dispensei seus serviços hoje cedo.

Ela pigarreou.

— Sobre essa questão...

— Na verdade, tenho quase certeza de que a vi saindo em uma carruagem.

— Ora, eu...

— Uma carruagem que contratei para levá-la embora.

Aquele ar em sua nuca era a respiração dele?

Helen se virou, mas o homem estava bem longe, perto da lareira agora.

— Expliquei para o cocheiro que o senhor se equivocou.

— *Eu* me equivoquei? — O olhar dele bateu na cesta que ela carregava. — Então a senhora foi ao vilarejo?

Ela ergueu o queixo. Não adiantaria de nada se permitir ser intimidada por ele.

— Sim, fui.

— E comprou ovos, presunto, pão e geleia.

Sir Alistair foi direto até ela, seus passos compridos devorando a distância entre os dois.

— Sim, comprei.

Helen tentou se afastar — sem perceber o que estava fazendo! — e se viu pressionada contra a mesa da cozinha.

— E que tipo de equívoco a senhora disse ao cocheiro que *eu* cometi? Ele tirou a cesta de suas mãos.

— Ah!

Helen tentou pegá-la de volta, mas o homem a levou para longe, sem fazer esforço nenhum.

— Nada disso, Sra. Halifax. Quero saber como convenceu o cocheiro a trazê-la de volta. — Sir Alistair tirou o presunto da cesta e o colocou sobre a mesa da cozinha. — A senhora subornou o homem?

— Certamente que não. — Preocupada, ela o observou colocar o pão e a geleia ao lado do presunto. Ele estava irritado? Achando graça? Era impossível saber. Helen respirou fundo, aborrecida. — Eu disse que o senhor tinha se confundido.

Ele a encarou.

— Eu me confundi?

Se a mesa não estivesse às suas costas, ela talvez tivesse saído correndo.

— Sim. O senhor se confundiu. Eu disse que só precisava da carruagem para fazer compras em Glenlargo.

— É mesmo? — Sir Alistair já tinha esvaziado a cesta, e agora examinava os itens dispostos sobre a mesa. Além de presunto, pão, geleia e ovos, ela havia comprado chá, uma linda chaleira esmaltada de marrom, manteiga, quatro belas maçãs redondinhas, cenouras, um pedaço de queijo amarelo cremoso e um arenque. Ele a encarou. — É um banquete maravilhoso. A senhora usou seu próprio dinheiro?

Helen corou. É claro que teve de usar o próprio dinheiro.

— Bem, eu...

— Quanta generosidade da sua parte, senhora — disse ele com a voz rouca. — Acho que nunca ouvi falar de uma governanta que sustenta o patrão.

— Tenho certeza de que o senhor me pagará de volta...

— Tem? — murmurou Sir Alistair.

Helen fincou as mãos no quadril e soprou a mecha de cabelo que caiu sobre seus olhos. Aquela fora a tarde mais cansativa de sua vida.

— Sim, tenho. O senhor vai me pagar de volta porque implorei e perturbei aquele cocheiro desprezível até que ele concordasse em parar em Glenlargo. E então tive que achar as lojas, convencer o padeiro a reabrir a padaria... O homem fecha ao meio-dia, acredita? Negociei com o açougueiro para não ter que pagar o preço absurdo que ele queria me cobrar, e deixei bem claro para o dono da mercearia que não compraria maçãs com minhocas. — Ela nem mencionou a tarefa mais trabalhosa que teve no vilarejo. — E, depois disso tudo, tive que convencer o cocheiro a nos trazer de volta para cá e me ajudar a descarregar as compras. Então, sim, o mínimo que o senhor poderia fazer seria devolver meu dinheiro!

Um canto daqueles lábios largos e sensuais se ergueu.

Helen se inclinou para a frente, sentindo-se prestes a cometer um ato violento.

— E não ouse rir de mim!

— Eu nem sonharia com uma coisa dessas. — Sir Alistair pegou uma faca na gaveta. — Abigail, você consegue colocar a água para ferver sozinha?

Ele começou a fatiar o pão.

— Sim, senhor.

A menina se levantou com um pulo para ajudar.

Helen deixou os braços caírem ao lado do corpo, sentindo-se um pouco desalentada.

— Quero tentar de novo. O trabalho de governanta.

— E eu, como seu patrão, não tenho direito a dar minha opinião, pelo visto. Não, não mexa nisso. — Este último comentário foi direcionado ao fato de ela estar desembrulhando o presunto. — Ele precisa ser fervido, o que vai levar horas.

— Ora, mas que coisa.

— Sim, mas que coisa, Sra. Halifax. — Ele a fitou com seu olho castanho-claro. — Pode passar manteiga no pão. Presumo, é claro, que a senhora saiba passar manteiga no pão?

Helen não se deu ao trabalho de responder à pergunta ofensiva; apenas pegou uma faca e começou a espalhar a manteiga. O humor de Sir Alistair parecia ter melhorado, mas ele ainda não disse se permitiria que ela e as crianças ficassem. Ela mordeu o lábio, olhando de soslaio para o dono do castelo. O homem parecia bem tranquilo, cortando pão. Helen bufou. Era fácil para ele estar tranquilo; ele não tinha de se preocupar se teria um teto sobre a cabeça naquela noite.

Sir Alistair ficou em silêncio durante um tempo, apenas cortando o pão e lhe passando as fatias. Abigail havia feito o chá e agora lavava o bule novo com água quente antes de enchê-lo. Logo, os quatro se sentaram à mesa para tomar chá, comendo pão com manteiga, geleia, maçãs e queijo. Só quando já estava em sua segunda fatia de pão que Helen se deu conta de como aquela cena seria estranha para qualquer um que entrasse no cômodo. O patrão fazendo uma refeição com a governanta e os filhos dela, na cozinha.

Helen o encarou, e viu que ele a observava. Seu cabelo comprido caía sobre a testa e o tapa-olho, lhe dando a aparência de um malfeitor rabugento. Então ele sorriu — não de um jeito muito amigável —, deixando-a nervosa.

— Eu estava aqui pensando com os meus botões, Sra. Halifax — começou ele com a voz rouca.

Ela engoliu em seco.

— Pois não?

— Qual, exatamente, era seu cargo na casa da viscondessa Vale?

Droga.

— Bem, eu cuidava dos arranjos domésticos.

O que era verdade, tecnicamente, já que Lister lhe dera uma casa. É claro, ela contratou uma governanta para cuidar de tudo...

— Mas a senhora não era a governanta oficial, imagino, ou Lady Vale teria mencionado isso na carta.

Helen tratou de dar outra mordida no pão para ganhar tempo para pensar.

Sir Alistair a observava daquele jeito desconcertante, deixando-a envergonhada. Ela já fora encarada por outros homens, era considerada uma beldade, e negar isso seria apenas falsa modéstia. E, é claro, como amante do duque de Lister, foi objeto de curiosidade. Então estava acostumada a ser alvo de olhares masculinos. Mas o de Sir Alistair era diferente. Os outros homens a encaravam com desejo, especulação ou uma curiosidade grosseira, mas não a viam de verdade. Eles apenas enxergavam o que Helen representava para eles: um prazer físico, um prêmio valioso ou um objeto a ser apreciado. Ao encará-la, Sir Alistair olhava para *ela*. Helen, a mulher. O que era muito embaraçoso, pois a sensação que ela tinha era de estar nua na frente dele.

— A senhora certamente não era a cozinheira — murmurou ele, interrompendo seus pensamentos. — Creio que isso já esteja claro.

Ela fez que não com a cabeça.

— Talvez fosse uma dama de companhia?

Helen engoliu em seco.

— Sim, imagino que o senhor poderia se referir assim ao meu cargo.

— Ainda assim, nunca ouvi falar de uma dama de companhia que pudesse ficar com os filhos no trabalho.

Ela olhou para as crianças do outro lado da mesa. Jamie estava focado em devorar uma maçã, mas Abigail alternava o olhar entre a mãe e Sir Alistair com uma expressão preocupada.

Helen abriu seu melhor sorriso para aquele homem abominável e jogou uma bomba na conversa.

— Eu contei que contratei dois lacaios, três criadas e uma cozinheira enquanto estava no vilarejo hoje?

A Sra. Halifax era uma mulher surpreendente, refletiu Alistair enquanto baixava sua xícara devagar. Ela estava determinada a permanecer no castelo Greaves, apesar de sua falta de hospitalidade; determinada a comprar bules e comida; determinada, na verdade, a se tornar governanta de tudo; e agora tinha contratado uma equipe inteira de criados.

Ela o deixava atordoado.

— A senhora contratou meia dúzia de criados — disse ele lentamente.

As sobrancelhas dela se franziram, criando duas linhas pequenas na testa normalmente lisa.

— Sim.

— Criados que não desejo e de que não preciso.

— Creio que não há dúvidas de que o senhor precisa deles — argumentou a mulher. — Já falei com o Sr. Wiggins. Ele não me parece um homem confiável.

— Wiggins *não* é confiável. E também é barato. Seus criados esperam receber bons salários, não é? — Homens adultos costumavam fugir quando ele usava aquele tom de voz.

Mas a Sra. Halifax, não. Ela ergueu o queixo levemente arredondado.

— Sim.

Que fascinante. A mulher parecia não se sentir nem um pouco intimidada por ele.

— E se eu não tiver condições de pagá-los?

Seus belos olhos azuis se arregalaram. Será que essa ideia não passou por sua cabeça? Que um homem poderia viver em um castelo sem criados porque não tinha dinheiro para bancá-los?

— Eu... não sei — gaguejou a Sra. Halifax.

— De fato tenho o suficiente para contratar criados, se quisesse. — Alistair abriu um sorriso gentil. — Mas não quero.

Na verdade, ele até poderia ser chamado de rico, se os relatórios de seu contador estivessem corretos. Os investimentos que fez antes de partir para as colônias tinham dado muito certo. E seu livro sobre a fauna e a flora da Nova Inglaterra também fora um sucesso espetacular. Então, sim, Alistair tinha condições de contratar meia dúzia de criados — e mais algumas dezenas, caso se importasse com isso. Era irônico, considerando que jamais teve a intenção de acumular fortuna.

— Então por que não contratá-los, se o senhor pode? — A Sra. Halifax parecia perplexa.

Alistair se recostou na velha cadeira da cozinha.

— Por que eu deveria gastar meu dinheiro com criados inúteis para mim?

Ele não acrescentou que os criados, sem dúvida, fariam fila pelos corredores para apreciar o patrão e suas cicatrizes.

— Cozinheiras não são inúteis — argumentou Jamie.

Alistair ergueu uma sobrancelha e olhou para o menino. Ele estava sentado à sua frente, com os cotovelos na mesa, segurando um pedaço de pão com geleia.

— É mesmo?

— Não se ela souber fazer torta de carne — explicou Jamie. Suas bochechas estavam sujas de geleia. Também havia geleia na mesa diante dele. — Ou creme de ovos.

Alistair sentiu sua boca formar um sorriso. Quando tinha a idade de Jamie, sua comida favorita era creme de ovos fresquinho, recém-saído do forno.

— Essa cozinheira sabe fazer torta de carne e creme de ovos?

— Creio que sim — respondeu a Sra. Halifax, empertigada.

— Por favooor, podemos ficar com a cozinheira? — Os olhos do menino estavam arregalados e cheios de intensidade.

— Jamie! — brigou Abigail.

Os olhos dela não pareciam nem um pouco pidões. Que interessante.

— Não acho que a mamãe consiga fazer uma torta de carne. Você acha?

Alistair olhou de soslaio para a Sra. Halifax. Um belo rubor começava a se espalhar por suas bochechas. E descia por seu rosto também, desaparecendo sob o lenço de seda que ela passou em torno do pescoço e prendeu sob o corpete elegante. A mulher notou que era observada, arregalando com tristeza os olhos azuis. Foi a visão daqueles olhos, muito mais que a pele delicada de seu pescoço, que fez uma onda de desejo súbita e completamente inconveniente atravessar o corpo de Alistair.

Ele empurrou a cadeira para longe da mesa e se levantou.

— Darei à cozinheira, e à senhora, uma semana de teste. Uma semana. Se, até lá, eu não estiver convencido da utilidade de cozinheiras e de uma governanta, estarão todos na rua. Entendido?

A mulher fez que sim com a cabeça, e, por um instante, Alistair sentiu uma leve pontada de culpa ao ver a expressão preocupada no rosto dela. Então a boca dele se retorceu diante da própria tolice.

— Se a senhora me der licença, preciso trabalhar. Venha, Lady Grey.

Ele deu um tapa na perna e observou a cadela se levantar lentamente. Então saiu da cozinha sem olhar para trás.

Maldita mulher! Aparecendo em seu castelo, questionando suas ordens, fazendo exigências, ocupando seu tempo, quando tudo que ele queria era ser deixado em paz. Alistair foi subindo a escada da torre de dois em dois degraus, mas então teve de parar para esperar por Lady Grey. Ela subia devagar e com movimentos pesados, como se sentisse dor. A visão o deixou ainda mais irritado. Por quê? Por que tudo tinha que mudar? Era pedir muito escrever seus livros em paz?

Ele suspirou e desceu a escada até chegar à cadela.

— Venha, menina.

Alistair se inclinou e, com cuidado, a pegou no colo, pressionando-a contra o peito. Sob suas mãos, sentia o coração de Lady Grey batendo, as pernas trêmulas. Ela era pesada, mas ele a manteve em seus braços enquanto subia até a torre. Ao chegar, ajoelhou-se e a acomodou em seu lugar favorito, no tapete diante da lareira acesa.

— Não precisa ficar com vergonha — sussurrou ele enquanto acariciava as orelhas dela. — Você é uma menina corajosa. É, sim, e, se precisar de ajuda para subir as escadas, estarei aqui para isso.

Lady Grey suspirou e apoiou a cabeça no tapete.

Alistair se levantou e seguiu para a janela da torre com vista para os fundos do castelo. Havia uma horta antiga ali, escalonada em degraus que levavam a um riacho. Além dela, colinas roxas e verdes se ondulavam até o horizonte. A horta fora coberta por mato, que pendia das paredes de apoio e cobria os caminhos. Fazia anos que ninguém cuidava daquilo. Desde que Alistair partiu para as colônias.

Ele nasceu e cresceu no castelo. Não se lembrava da mãe, que faleceu durante o parto de uma menina natimorta pouco antes de ele completar três anos. A morte da mãe poderia ter tornado o castelo um lugar triste, mas, apesar de ela ter sido muito amada, isso não aconteceu. Alistair cresceu correndo pelas colinas, pescando com o pai no riacho e discutindo sobre história e filosofia com Sophia, sua irmã mais velha. Ele abriu um sorriso irônico. Sophia geralmente ganhava as discussões, não apenas por ser cinco anos mais velha, mas também por ser mais estudiosa.

Na época, Alistair achava que também se casaria um dia, que traria sua esposa para o castelo e criaria uma nova geração da família Munroe, como todos os seus ancestrais. Mas isso não aconteceu. Aos vinte e três anos, ele ficou noivo de Sarah, mas ela morreu de uma forte febre antes do casamento. O luto o impediu de se comprometer com outra pessoa nos anos seguintes, e então, por algum motivo, seus estudos se tornaram prioridade. Aos vinte e oito, ele viajou para as colônias e lá permaneceu por três anos antes de retornar, prematuramente velho aos trinta e um.

E depois que voltou das colônias...

Alistair tocou o tapa-olho enquanto olhava para a paisagem. Depois que voltou, já era tarde demais, certo? Não perdeu apenas um olho, mas também sua alma. O que lhe restava não era digno de companhias civilizadas, e ele sabia disso. Manteve-se afastado das pessoas para proteger a si mesmo, mas também, e talvez mais importante, para protegê-las. Alistair testemunhou sofrimento, sentiu o cheiro podre da morte, e conheceu muito bem a selvageria escondida por trás do fino véu da sociedade. Seu próprio rosto lembrava aos outros da animalidade ao redor. Lembrava-lhes de que também podiam ser vítimas dela.

Ele era um homem resignado, satisfeito, apesar de não estar esfuziante de alegria. Tinha os estudos; tinha as colinas e o riacho. Tinha Lady Grey para lhe fazer companhia.

E então *ela* apareceu.

Alistair não precisava que uma governanta impertinente e bonita demais invadisse sua casa e sua vida. Não necessitava de mudanças no seu refúgio. Não queria aquele desejo súbito que enrijecia seus músculos e deixava sua pele formigando de irritação. Ela ficaria chocada — *enojada* — se soubesse as sensações físicas que provocava nele.

Alistair deu as costas para a janela, desgostoso. Em breve, a Sra. Halifax cansaria de bancar a governanta e encontraria outro lugar para se esconder do que — ou de quem — quer que fosse. Enquanto isso, ele não a deixaria distraí-lo de seu trabalho.

— FAZ MAIS de quinze dias — disse Algernon Downey, o duque de Lister, em um tom de voz calmo, controlado. — Mandei que contratasse os melhores homens em Londres. Por que eles não conseguem encontrar uma mulher com duas crianças?

Ele se virou na última sílaba e encarou Henderson, seu secretário fazia anos, com um olhar gélido. Os dois estavam no escritório de Lister, um cômodo elegante, recém-decorado em branco, preto e vermelho-escuro. Era um espaço apropriado para um duque e o quinto homem mais rico da Inglaterra. Na outra extremidade da sala, Henderson ocupava uma cadeira diante da escrivaninha espaçosa. Era um homenzinho franzino, só pele e osso, que usava um par de óculos de meia-lua empoleirados sobre a testa. Sobre um dos joelhos, apoiava um caderno aberto e um lápis, onde tomava notas com a mão trêmula.

— Admito que seja uma situação muito angustiante, Vossa Alteza, e peço perdão — disse Henderson em uma voz sussurrada. Ele folheou o caderno, como se pudesse encontrar uma resposta para a própria incompetência em suas folhas. — Mas é preciso ter em mente que a Sra. Fitzwilliam e as crianças, com certeza, estão usando disfarces. Além do fato de a Inglaterra ser um país muito grande.

— Estou ciente do tamanho da Inglaterra, Henderson. Quero resultados, não desculpas.

— É claro, Vossa Alteza.

— Com meus recursos, meus homens, meu dinheiro e meus contatos, ela já devia ter sido encontrada.

Henderson concordou com um balanço rápido da cabeça, parecendo um passarinho.

— Sem dúvida, Vossa Alteza. É claro, conseguimos rastreá-la até a estrada para o norte.

Lister abanou a mão em um gesto ríspido.

— Isso faz quase uma semana. Ela pode ter tentado nos despistar e seguido para o País de Gales ou para a Cornualha, quem sabe até tenha embarcado em um navio para as colônias. Não. Isso é simplesmente inaceitável. Se os homens que estão trabalhando no caso agora não conseguem encontrá-la, contrate outros. Imediatamente.

— Pois bem, Vossa Alteza. — Henderson lambeu os lábios, nervoso. — Cuidarei disso logo. Agora, sobre a viagem da duquesa para Bath...

O secretário começou a tagarelar sobre os planos de viagem da sua esposa, mas o duque mal prestou atenção. Ele era o duque de Lister desde os sete anos de idade; seu título existia havia séculos. Ocupava seu lugar na Câmara dos Lordes e possuía inúmeras propriedades, minas e navios. Cavalheiros de todos os níveis o respeitavam e o temiam. Mesmo assim, uma mulher — a filha de um médico charlatão, ainda por cima! — achava que poderia simplesmente abandoná-lo, e pior, levar seus filhos bastardos.

Inaceitável. Toda aquela situação era simplesmente inaceitável.

Lister seguiu até as janelas altas de seu escritório, adornadas com cortinas de seda listradas em branco e preto. Ele a encontraria, a traria de volta com as crianças, e então deixaria bem claro o quão estúpido era tentar passar por cima dele. Ninguém que ousasse fazer isso permanecia vivo para contar a história.

Ninguém.

Capítulo Quatro

*Quando o Contador de Verdades ficou de barriga cheia, o belo rapaz
o levou a um quarto ricamente decorado e lhe desejou um boa-noite.
Lá, o soldado dormiu sem sonhar e, ao acordar, se deparou com o
anfitrião ao lado da cama.*

*— Tenho procurado um homem corajoso para cumprir uma tarefa —
disse o rapaz. — Você é esse homem?*

— Sim — respondeu o Contador de Verdades.

O belo rapaz sorriu.

— Veremos...

— Contador de Verdades

A Sra. McCleod, a nova cozinheira, era uma mulher alta, emburrada
e que raramente falava, refletiu Helen na tarde seguinte. Ela havia
trabalhado em uma mansão em Edimburgo, mas não gostou da correria e da barulheira da cidade e acabou se mudando para o vilarejo
de Glenlargo, onde seu irmão era padeiro. Helen imaginou que a Sra.
McCleod teria se cansado da vida pacata do interior e da padaria do
irmão, pois certamente não hesitou em aceitar o emprego.

— Espero que a cozinha seja satisfatória para suas necessidades —
disse ela, retorcendo o avental.

A cozinheira era praticamente tão alta quanto um homem, e seu
rosto era largo e achatado. Ela se mantinha inexpressiva, mas as gran-

des mãos avermelhadas se moviam com rapidez e destreza enquanto abriam a massa sobre a mesa da cozinha.

— A lareira precisa ser varrida.

— Ah, sim. — Helen lançou um olhar nervoso para a lareira gigantesca. Ela acordou ao nascer do sol e limpou a cozinha o máximo possível para receber a cozinheira, mas não teve tempo de limpar a lareira. Suas costas estavam extremamente doloridas, e a água quente e o forte sabão de soda cáustica deixaram suas mãos queimadas. — Vou pedir que uma das criadas cuide disso, pode ser?

A Sra. McCleod virou a massa com habilidade em uma assadeira de torta e começou a remover as bordas.

Helen engoliu em seco.

— Bem, preciso cuidar de outros afazeres. Volto em uma hora para ver como vão as coisas, está bem?

A cozinheira deu de ombros. Ela já arrumava legumes e pedaços de carne dentro da torta.

Helen concordou com a cabeça, apenas para passar a impressão de que sabia o que estava fazendo, e seguiu para o corredor. Lá, pegou um caderninho e um lápis minúsculo. Aqueles tinham sido os primeiros itens que havia comprado em Glenlargo no dia anterior. Ela abriu o caderno na terceira folha e escreveu: *limpar lareira.* Esse item era o último do que estava se tornando uma lista bem longa, que incluía, entre outros, *arejar a biblioteca, arrancar as trepadeiras das janelas da sala de estar, polir o piso do hall de entrada* e *encontrar a prataria de qualidade.*

Ela guardou o caderno e o lápis, ajeitou o cabelo e seguiu para a sala de jantar. Já havia decidido que aquele seria o primeiro cômodo do castelo a ser completamente arrumado. Assim, Senhor Furioso poderia apreciar um jantar decente hoje à noite e, mais importante, perceber como era útil ter uma governanta. Na verdade, ela passou a manhã inteira sem ver o dono do castelo. Quando levou seu café da manhã até a torre, ele gritou para que deixasse a comida do lado de fora. Helen esperava que o homem não passasse o dia inteiro trancado lá em cima, amuado, e resolvesse expulsá-los num surto de mau humor naquela noite. Por isso, limpar ao menos a sala de jantar era fundamental.

Porém, ao chegar ao cômodo, a cena com que se deparou foi completamente caótica. Uma das criadas berrava e cobria a cabeça com um avental. A outra empunhava uma vassoura enquanto perseguia um pássaro pela sala. Jamie e Abigail ajudavam a criada com a vassoura, e os dois lacaios — jovens rapazes do vilarejo — estavam inclinados, gargalhando.

Por um instante, Helen ficou boquiaberta de tão horrorizada. *Por quê?* Por que tudo tinha de ser tão difícil? Então se controlou. As costas doloridas, criados difíceis, o castelo imundo: nada disso importava. *Ela* estava encarregada de tudo. Se não conseguisse colocar ordem na situação, ninguém seria capaz. E, se não conseguisse colocar ordem naquilo, Sir Alistair a dispensaria junto com as crianças na semana seguinte. Era simples assim. Helen correu para as janelas da parede do outro lado da sala de jantar. Eram de um modelo antigo, gradeadas em losango, e praticamente emperradas por conta do tempo, mas ela encontrou uma menos empacada e a empurrou até que abrisse.

— Espante-o para cá — disse Helen para a criada com a vassoura.

A moça, uma ruiva robusta que obviamente tinha bom senso, lhe obedeceu, e, alguns minutos depois, o pássaro se viu livre.

Helen bateu a janela e a fechou com o trinco.

— Pois bem. — Ela se virou para sua tropa e respirou fundo. — O que aconteceu?

— Ele veio da chaminé! — exclamou Jamie. A agitação do menino era tamanha que seu cabelo estava arrepiado e o rosto, todo vermelho. — Nellie estava varrendo a lareira — ele apontou para a criada que agora removia o avental do rosto —, e o passarinho caiu junto com um monte de sujeira.

Na lareira, via-se uma montanha de fuligem e o que parecia um velho ninho de pássaros.

— Eu tomei um susto tão grande, senhora — concordou Nellie.

— Mas ficou parada, gritando, enquanto ele voava pela sala. — A ruiva apoiava a vassoura sobre um dos ombros, como um mosquete, com a outra mão na cintura.

— Ah, Meg Campbell, agora você vai ficar me infernizando só porque conseguiu enxotar um passarinho com uma vassoura? — rebateu Nellie.

As criadas discutiam, enquanto os lacaios riam.

Helen começou a sentir um latejar nas têmporas.

— Basta!

A cacofonia de vozes se silenciou, e todos os olhos se voltaram em sua direção.

— Você — Helen apontou para o lacaio mais alto —, vá varrer a lareira da cozinha.

— Mas isso é trabalho de mulher — reclamou o rapaz.

— Bem, esse é o seu trabalho hoje — disse Helen. — E quero ver tudo muito limpo.

— Puxa — resmungou o lacaio alto, mas saiu da sala.

Helen se virou para os outros.

— Meg, venha me ajudar a lustrar a mesa de jantar. Vocês dois — ela gesticulou para a outra criada e o lacaio mais baixo —, terminem de desentupir a chaminé. Não queremos botar fogo na sala ao acendê-la à noite.

O grupo passou a tarde inteira trabalhando, limpando, varrendo, lustrando e até levando tapetes e cortinas para batê-los do lado de fora. Às seis da noite, a sala de jantar estava impecável e o fogo ardia na lareira, apesar de a fumaça ainda não sair completamente pela chaminé.

Helen olhou ao redor, massageando a base das costas doloridas com uma das mãos. Que trabalheira! Nunca mais desmereceria o trabalho de uma criada. Ao mesmo tempo, não conseguia conter o sorriso em seu rosto. Ela decidiu que faria algo e o fez! Helen agradeceu às criadas e aos lacaios cansados e os conduziu à cozinha para tomarem uma merecida xícara de chá.

— O que faremos agora, mamãe? — perguntou Abigail.

As crianças tinham sido ótimas a tarde toda. Até Jamie ajudou a limpar as janelas.

Ela sorriu para os filhos.

— Agora, vamos nos arrumar para cumprimentar Sir Alistair quando ele descer.

— E vamos comer juntos com ele na sala de jantar! — exclamou Jamie.

Helen sentiu uma pontada de tristeza.

— Não, querido, nós vamos comer nossa refeição maravilhosa na cozinha.

— Mas por quê? — perguntou ele.

— Porque mamãe é a governanta, e não é apropriado jantarmos com Sir Alistair — disse Abigail. — Somos criados agora. Comemos na cozinha.

Helen concordou com a cabeça.

— Isso mesmo. Mas a torta de carne vai ser gostosa do mesmo jeito na cozinha, não acham? Agora, vamos nos arrumar.

Porém, quarenta e cinco minutos depois, quando Helen e as crianças retornaram à sala de jantar, Sir Alistair ainda não tinha aparecido.

— Acho que ele continua na torre — comentou Abigail, franzindo a testa como se conseguisse enxergar o dono do castelo quatro andares acima. — Talvez até durma lá.

Por instinto, Helen e Jamie olharam para cima. A Sra. McCleod disse que o jantar estaria pronto às sete. Se o Senhor Furioso não aparecesse logo, a comida esfriaria, e, mais importante, ele poderia ofender a única cozinheira qualificada da região.

Então não tinha outro jeito. Helen encarou os filhos.

— Meus queridos, que tal pedirem que uma das criadas prepare um chá para vocês na cozinha?

Abigail a encarou.

— Mas o que a senhora vai fazer, mamãe?

Ela alisou seu avental novo.

— Vou tirar Sir Alistair do seu esconderijo.

A BATIDA À PORTA veio no mesmo instante em que Alistair acendia as velas. O cômodo já ficava escuro, e ele ainda não havia terminado de registrar suas observações sobre os texugos. O texto faria parte de sua próxima grande obra: uma longa lista da fauna e da flora da Escócia, da Inglaterra e do País de Gales Era uma tarefa extensa, que provavelmente o classificaria como um dos melhores cientistas do seu tempo, coisa que admitia sem falsa modéstia. E, hoje, foi a primeira vez que conseguiu escrever em semanas — meses, para ser sincero. Ele iniciou o trabalho avidamente três anos antes, mas, desde o ano passado, diminuiu o ritmo, vacilando. Foi acometido por uma letargia que tornava o ato de escrever extremamente difícil. De fato, nas últimas semanas, praticamente não havia feito progresso.

Hoje, porém, ele acordou sabendo exatamente o que colocar no papel. Era como se um fôlego restaurador tivesse sido soprado em seus pulmões por uma divindade invisível. Alistair passou o dia imerso em seus escritos e desenhos, produzindo mais do que havia feito em meses.

Então, quando a batida à porta interrompeu seu trabalho, não ficou nada satisfeito.

— O que foi? — rosnou ele.

A porta estava trancada, para evitar que certa mulher entrasse quando bem entendesse.

— O jantar está pronto — respondeu a governanta.

— Então traga-o aqui — disse ele, distraído. Era difícil desenhar com precisão o focinho de um texugo.

Fez-se silêncio, e, por um instante, Alistair pensou que ela tivesse ido embora.

E aí a mulher tentou girar a maçaneta.

— Sir Alistair, seu jantar foi servido na mesa lá embaixo, na sala de jantar.

— Que bobagem — rebateu ele. — Conheço as condições da minha sala de jantar. Faz mais de uma década que ninguém a usa, está imunda. Nenhum ser vivo comeria naquele lugar.

— Passei o dia limpando tudo.

Isso o fez hesitar, lançando um olhar desconfiado para a porta. Será que ela passou o dia todo esfregando e varrendo a sala de jantar? Seria uma tarefa hercúlea. Por um instante, Alistair sentiu uma pontada de culpa.

Mas, então, recuperou o bom senso.

— Se isso for verdade, Sra. Halifax, e se eu realmente tiver uma sala de jantar limpa, muito obrigado. Com certeza vou usá-la em algum momento. Mas não hoje. Vá embora.

Desta vez, o silêncio durou tanto que ele teve certeza de que conseguira dispensá-la. Alistair voltou a desenhar o texugo, e se dedicava à parte difícil em torno dos olhos quando um *paf!* alto esmurrou a porta. No susto, sua mão deu um solavanco, e o lápis rasgou o papel.

Ele abriu uma carranca ao olhar para o desenho estragado.

— Sir Alistair. — Do outro lado da porta, a Sra. Halifax parecia falar enquanto trincava os dentes. — Se o senhor não sair para comer a comida deliciosa que a Sra. McCleod passou o dia inteiro preparando, na sala de jantar que eu e os outros criados passamos o dia inteiro limpando, vou mandar os lacaios arrombar a porta.

Alistair ergueu as sobrancelhas.

— Passei o dia inteiro esfregando e lustrando, varrendo e espanando — continuou a mulher.

Ele baixou o lápis, se levantou e se aproximou da porta.

— E creio que seria uma simples questão de cortesia... — dizia ela quando Alistair abriu a porta.

A Sra. Halifax emudeceu, boquiaberta, e o fitou.

Ele sorriu e apoiou um ombro no batente da porta.

— Boa noite, Sra. Halifax.

A mulher começou a dar um passo para trás, mas então parou, apesar de os grandes olhos azuis ainda parecerem desconfiados.

— Boa noite, Sir Alistair.

Ele se agigantou sobre ela, para ver se conseguiria espantá-la.

— Pelo que entendi, meu jantar está pronto lá embaixo.

A governanta apertava as mãos, mas permaneceu firme.

— Sim.

— Então será um prazer compartilhar minha refeição com a senhora.

Os olhos dela se estreitaram.

— O senhor não pode jantar comigo. Sou sua governanta.

Alistair deu de ombros e bateu na coxa para chamar Lady Grey.

— Eu jantei com a senhora ontem.

— Mas na cozinha!

— Então é apropriado que eu jante com a senhora na minha cozinha, mas não na sala de jantar? Não compreendo sua lógica, Sra. Halifax.

— Não creio que...

Lady Grey passou pelos dois e começou a descer as escadas. Alistair sinalizou que a governanta fosse primeiro.

— E espero que seus filhos também jantem conosco.

— Abigail e Jamie? — perguntou ela, como se tivesse outros filhos pela casa.

— Sim.

A Sra. Halifax estava num degrau abaixo dele na escada, mas lançou um olhar por cima do ombro que deixava bem claro que duvidava da saúde mental do patrão. Talvez ele tivesse mesmo enlouquecido. Crianças nunca jantavam com adultos, pelo menos não na aristocracia.

Quando os dois chegaram ao corredor que levava à sala de jantar, a bela governanta ainda protestava, apesar de Alistair ter certeza de que ela já tinha desistido da ideia de jantar na cozinha. Agora, suas objeções eram apenas teimosia.

Ele assentiu para as crianças quando as viu à espreita no corredor.

— Vamos entrar?

Jamie foi correndo para a sala de jantar, mas Abigail franziu a testa e olhou para a mãe, em busca de orientação.

A Sra. Halifax pressionou os lábios, parecendo extremamente incomodada para uma mulher tão bonita.

— Vamos jantar com Sir Alistair hoje. Mas esta será a única vez.

Ele tomou seu braço com firmeza e a guiou para a sala de jantar.

— Pelo contrário, quero que a senhora e as crianças jantem comigo todas as noites enquanto estiverem no castelo Greaves.

— Eba! — gritou o menino. Ele já havia encontrado um lugar à mesa.

— Isso é impossível! — chiou a governanta.

— O castelo é meu. Permita-me lembrar à senhora que posso agir como eu quiser aqui.

— Mas os outros criados vão achar que... vão achar que...

Alistair a fitou. Seus olhos azul-campânula estavam arregalados e aflitos. Talvez ele devesse sentir pena dela.

Mas não sentiu.

— Vão pensar o quê?

— Que sou sua amante.

Os lábios dela estavam vermelhos e entreabertos; o cabelo, sedoso e dourado; a pele do pescoço e do colo, tão macia e delicada que podia ser feita de plumas.

A ironia seria suficiente para matá-lo.

A boca de Alistair se retorceu.

— Senhora, não me importo com o que os outros pensam sobre mim ou qualquer outra pessoa. Achei que, a essa altura, isso já estivesse óbvio. Podem ir embora do castelo hoje mesmo, ou jantar comigo esta noite e em todas as outras de agora em diante. A escolha é sua.

Alistair puxou a cadeira dela, fazendo barulho, e esperou para ver se a preocupação com sua reputação seria suficiente para finalmente fazê-la ir embora.

A Sra. Halifax respirou fundo, seus belos seios se inflando sobre o decote quadrado do vestido. Ela estava sem o lenço naquela noite, fato que o incomodava. Quilômetros de pele macia à mostra onde não havia tecido. Ele sentia o sangue correndo em suas veias, pulsando em seu membro mais instintivo.

— Vou ficar.

Ela se sentou na cadeira que lhe fora oferecida.

Alistair empurrou o assento com gentileza e fez uma mesura acima de seus cabelos dourados.

— Estou cheio de alegria.

Que homem horroroso, horroroso!

Helen fervilhava de raiva enquanto observava Sir Alistair dar a volta na mesa e se sentar. Ele não precisava se preocupar com a sociedade nem com as consequências de se gabar desse fato, e, como resultado, a colocou em uma posição insustentável apenas por um capricho! Ela respirou fundo e gesticulou para Tom, o lacaio mais alto. O criado mantinha-se a um canto aquele tempo todo, observando a conversa, boquiaberto.

— Pegue pratos e talheres para mim e as crianças — ordenou ela. Tom saiu, apressado.

— A Sra. McCleod fez torta de carne — contou Jamie a Sir Alistair.

— É mesmo? — respondeu Senhor Furioso ao filho dela em um tom tão sério que poderia ser usado para se reportar a um bispo.

Helen franziu a testa. Lister nunca se interessou por nada que Jamie ou Abigail diziam.

— Sim, e está com um cheiro ma-ra-vi-*lho*-so. — Jamie arrastou a sílaba para enfatizar a deliciosa refeição que os aguardava.

Apesar de ter passado a tarde inteira trabalhando, o menino estava praticamente eufórico, cheio de energia. Helen não conseguiu evitar e abriu um sorriso para ele, apesar de temer que sua exaustão estivesse apenas esperando pela hora de dormir. Durante a viagem para o norte, em várias ocasiões, o cansaço do menino era tamanho que ele perdia a compostura no fim do dia. Isso fazia com que colocá-lo para dormir fosse uma tarefa extremamente complicada. Ela também nunca mais desmereceria o trabalho das babás.

Sir Alistair se sentava na cabeceira da mesa, como era apropriado. Jamie estava à sua direita, Abigail, à esquerda, e Helen ocupava a outra extremidade, felizmente o mais longe possível do dono do castelo. O rosto de Jamie mal alcançava a mesa. Se eles fossem fazer isso toda noite, teria de adaptar algo que fosse mais alto para o filho se sentar.

— Mamãe disse que não deveríamos jantar com o senhor. — Os olhos azuis de Abigail estavam cheios de preocupação.

— Ah, mas o castelo é meu, e eu faço as regras aqui — falou Sir Alistair. — E desejo que você, seu irmão e sua adorável mãe jantem comigo. O que acha?

Abigail franziu a testa, pensativa, antes de responder:

— Tudo bem. Gosto de comer na sala de jantar. Nós lustramos a mesa e tiramos a poeira do tapete hoje. O senhor não acreditaria na nuvem de poeira que saiu dele. Nellie, a criada, tossiu tanto que achei que fosse engasgar.

— E tinha um pássaro na chaminé! — contou Jamie.

Sir Alistair olhou para a lareira, que era cercada por velhas pedras entalhadas com uma cornija de madeira pintada.

— De que cor era o pássaro?

— Preto, mas tinha a barriga mais clara, e era muito rápido — respondeu Jamie.

O dono do castelo assentiu enquanto Tom voltava com mais pratos e talheres.

— Devia ser uma andorinha. Às vezes, elas fazem ninhos nas chaminés.

Meg e Nellie trouxeram as bandejas de comida. Meg observou a cena com curiosidade enquanto servia o jantar; Nellie, por outro lado, ficou encarando o rosto cheio de cicatrizes de Sir Alistair, boquiaberta, até perceber que Helen a fitava de cara feia. Só então a mulher baixou a cabeça e se focou no trabalho. Além da torta de carne, a cozinheira havia preparado ervilha, cenoura, pão fresco e frutas cozidas. Por um instante, a sala foi tomada pelo silêncio quando as criadas retornaram à cozinha.

Sir Alistair olhava para a mesa. Os pratos com comida fumegavam, e as taças brilhavam sob a luz das velas. Ele ergueu sua taça de vinho e assentiu com a cabeça para Helen.

— Meus parabéns. A senhora conseguiu fazer um banquete surgir como em um passe de mágica, e ainda conseguiu limpar esta sala de jantar. Se eu não estivesse vendo os resultados com meus próprios olhos, não acreditaria que isso fosse possível.

Helen se viu sorrindo tolamente. Por algum motivo, as palavras dele deixaram seu corpo mais quente do que qualquer cortejo romântico clichê que já tenha ouvido pelos bailes de Londres.

Sir Alistair a observou por cima da borda da taça enquanto bebia, e ela não sabia para onde olhar.

— Por quê? — perguntou Jamie.

O olhar do dono do castelo se voltou para o menino, e Helen respirou fundo, desejando poder se abanar.

— Por que o quê? — perguntou ele.

— Por que as andorinhas fazem ninhos nas chaminés às vezes? — explicou Jamie.

— Que pergunta boba — disse Abigail.

— Ah, mas não existem perguntas bobas para um naturalista — respondeu Sir Alistair, e, por um instante, Abigail pareceu arrasada.

Helen abriu a boca para defender a filha.

Mas, então, Sir Alistair sorriu para a menina. Apenas o canto dos seus lábios se ergueu, mas Abigail relaxou, e a mãe fechou a boca.

— Por que uma andorinha faria ninho em uma chaminé? — repetiu ele. — Por que lá, e não em outro lugar?

— Ela estava fugindo de um gato? — sugeriu Abigail.

— Ela estava com frio e quis ficar perto do fogo — respondeu Jamie.

— Mas faz séculos que ninguém acende a lareira — rebateu a irmã.

— Então não sei.

Jamie desistiu e espetou um pedaço de torta de carne com o garfo. Mas Abigail continuava com a testa franzida.

— Por que uma andorinha faria um ninho em uma chaminé? Não parece uma decisão muito inteligente. Além de pouco higiênica.

— Sua ideia sobre a andorinha querer criar os filhotes longe do alcance de um gato foi boa — disse Sir Alistair. — Mas talvez a andorinha também goste de fazer ninhos em lugares que outros pássaros não usam.

A menina o encarou.

— Não entendi.

— Os pássaros, e os animais em geral, precisam comer e beber da mesma forma que nós. Precisam de espaço para viver e crescer. Mas se outra ave, principalmente uma da mesma espécie, estiver por perto, as duas podem brigar. Pássaros defendem seus lares.

— Mas alguns pássaros gostam de viver juntos — disse Abigail. Suas sobrancelhas estavam unidas em um sinal de teimosia. — Pardais estão sempre em bandos, bicando o chão.

— Sempre? — Sir Alistair passou manteiga em uma fatia de pão. — Eles também fazem ninhos juntos?

A menina hesitou.

— Não sei. Nunca vi um ninho de pardal.

— Nunca? — Sir Alistair olhou para Helen com as sobrancelhas levemente erguidas. Ela deu de ombros. As crianças sempre viveram em Londres. Os pássaros da cidade deviam fazer ninhos em algum lugar, mas ela não se lembrava de já tê-los visto. — Ah. Então terei que lhes mostrar alguns.

— Legal! — exclamou Jamie. Infelizmente, sua boca estava cheia.

O dono do castelo inclinou a cabeça na direção do menino, seus olhos brilhando.

— Pardais fazem ninhos sozinhos, mas você tem razão, mocinha. Alguns pássaros e animais vivem juntos e até criam os filhotes em grupo. Por exemplo, estou redigindo minhas descobertas sobre texugos no momento, e eles gostam de viver agrupados em vários lugares, chamados de tocas.

— O senhor também pode nos mostrar um texugo? — pediu Jamie.

— Eles são bem tímidos — disse Sir Alistair enquanto cortava sua fatia de torta de carne. — Mas posso mostrar uma toca aqui perto, se quiserem.

A boca do menino estava cheia de ervilhas, mas ele concordou com a cabeça com entusiasmo, para mostrar o quanto gostaria de visitar uma toca de texugo.

— É isso que o senhor faz em sua torre? — perguntou Helen. — Escreve sobre texugos?

Ele a encarou.

— Sim, entre outras coisas. Estou escrevendo um livro sobre os animais, pássaros e flores da Escócia e Inglaterra. Sou um naturalista. Lady Vale não mencionou esse fato antes de enviá-la para cá?

Helen fez que não com a cabeça, evitando o olhar do patrão. A verdade era que não houve muito tempo para Lady Vale lhe contar qualquer coisa. Quando ela pediu ajuda a Melisande, estava fugindo de Lister e temia que alguém já estivesse em seu encalço. A amiga sugeriu Sir Alistair porque ele vivia na Escócia — bem longe de Londres —, e Helen aceitou a ideia na hora. Ela estava desesperada.

— O senhor escreveu muitos livros?

Ela se sentia uma tola por não ter pensado no que ele fazia em seu escritório abarrotado.

— Apenas um. — Sir Alistair bebericou o vinho, observando-a. — *Uma breve análise da fauna e da flora da Nova Inglaterra.*

— Mas eu conheço esse livro. — Ela o fitou, surpresa. — Ninguém fala de outra coisa em Londres. Ora, vi duas damas elegantes quase se agredirem enquanto discutiam sobre quem levaria a última cópia de uma livraria na Bond Street. Diz-se que uma biblioteca não é completa sem ele. O senhor o escreveu?

Ele inclinou a cabeça em um gesto irônico.

— Confesso que sim.

Helen se sentia estranha. O livro em questão era um volume muito elegante, grande, cheio de ilustrações coloridas à mão que ocupavam páginas inteiras. Ela jamais teria imaginado que Sir Alistair seria capaz de escrever algo tão bonito.

— O senhor também o ilustrou?

— De certa forma. As figuras são baseadas nos meus desenhos — respondeu ele.

— É maravilhoso — disse Helen, sincera.

Sir Alistair ergueu a taça, mas não fez qualquer comentário, com o olho focado nela.

— Quero ver o livro — disse Jamie.

Abigail tinha interrompido a refeição. Ela não repetiu o pedido do irmão, mas era óbvio que também estava curiosa.

O dono do castelo inclinou a cabeça.

— Imagino que devo ter uma cópia na biblioteca. Vamos procurar?

— Eba! — gritou Jamie de novo, tendo engolido a comida desta vez.

Sir Alistair olhou para Helen do outro lado da mesa, erguendo a sobrancelha sobre o tapa-olho. Aquilo parecia um desafio.

ALISTAIR SE LEVANTOU de sua mesa de jantar recém-polida e deu a volta para ajudar a Sra. Halifax a se levantar da cadeira. Ela o encarou, desconfiada de seus bons modos, então ele ofereceu o braço apenas para deixá-la ainda mais atordoada.

A governanta apoiou a ponta dos dedos em sua manga, como se tocasse uma panela quente.

— Não queremos tomar seu tempo. Sei que o senhor é ocupado.

Ele se inclinou para vê-la melhor. Não ia deixá-la escapar tão fácil assim.

— Infelizmente, não tenho outros compromissos no momento, senhora. Pegue uma vela.

A Sra. Halifax não respondeu, apenas assentiu, apesar de pressionar levemente os lábios. Ela pegou um dos candelabros sobre um aparador. Alistair a conduzia para a biblioteca, com as crianças em seu encalço. Ele estava consciente dos dedos levemente pressionados sobre seu braço e do calor que emanava dela enquanto andavam lado a lado. As mulheres, especialmente as belas, não costumavam se aproximar tanto dele. Dava para sentir o cheiro do sabão que ela usou para lavar o cabelo — um leve aroma de limão.

— Aqui estamos — disse ele ao chegarem diante da biblioteca.

Alistair abriu a porta, e todos entraram. A Sra. Halifax imediatamente se afastou, o que não o surpreendia, na verdade, mas era decepcionante. Que idiotice sentimental. Já devia ter se acostumado com o fato de que mulheres fugiam dele. Então ficou quieto, mas pegou a vela da governanta e começou a acender as outras no cômodo.

Aquela fora a biblioteca de seu pai e de seu avô. Ao contrário de muitas grandes bibliotecas, esta era usada, e seus livros, lidos e relidos. O cômodo retangular era formado por uma parede externa que abrigava algumas das maiores janelas do castelo. Essas janelas ficavam escondidas atrás de cortinas compridas e empoeiradas, que não eram abertas havia anos. Exceto uma janela cuja cortina caíra permitindo a entrada do raio de sol da tarde de Lady Grey. As paredes restantes eram cobertas por estantes do chão ao teto, todas abarrotadas de livros. Uma pequena lareira ocupava uma das extremidades do cômodo. Duas poltronas decrépitas e uma mesinha ficavam diante dela.

Alistair terminou de acender as velas e se virou. As crianças e a Sra. Halifax continuavam aglomeradas perto da porta. Um canto da boca dele se ergueu.

— Entrem. Sei que não está tão maravilhosamente limpo quanto a sala de jantar, mas não creio que lhes vá fazer mal.

A Sra. Halifax murmurou algo baixinho e franziu a testa para uma das poltronas diante da lareira. A peça estava torta; uma das pernas quebrada fora substituída por dois livros. Abigail passava o dedo por uma estante e inspecionava a poeira que coletava.

Mas Jamie saiu correndo na direção de um globo terrestre e o observou.

— Não estou vendo a Inglaterra.

O globo estava praticamente obscurecido pela poeira.

— Ah. — Sir Alistair puxou um lenço e o passou pela superfície. — Pronto. Agora a Inglaterra está visível, e a Escócia também. Estamos aqui.

Ele apontou para a área ao norte do estuário do rio Forth.

Jamie apertou os olhos e ergueu a cabeça.

— Cadê o seu livro?

Alistair olhou ao redor, franzindo a testa. Fazia bastante tempo que não via seus escritos.

— Ali, creio eu.

Ele seguiu para um canto onde havia vários volumes grandes empilhados no chão.

— Esses livros deviam estar em uma prateleira — murmurou a Sra. Halifax. — Não acredito que o senhor guarde sua própria obra no chão.

Alistair resmungou antes de revirar a pilha com Jamie.

— Ah, aqui está.

Ele colocou o livro sobre o piso e o abriu. O menino imediatamente se jogou ao chão para observar as páginas mais de perto, e Abigail se sentou ao seu lado para ver.

— O senhor deve ter passado muito tempo na Nova Inglaterra. — A Sra. Halifax estava em pé atrás das crianças, olhando para o livro por cima de seus ombros. — Tome cuidado com as páginas ao folheá-las, Jamie.

Alistair seguiu para o lado dela.

— Três anos.

Ela o fitou, seus olhos azuis surpreendentemente brilhantes no cômodo à luz de velas.

— O quê?

— Três anos. — Alistair pigarreou. — Passei três anos na Nova Inglaterra, coletando as informações para esse livro.

— É bastante tempo. A guerra não interferiu em seu trabalho?

— Pelo contrário. Passei o tempo todo acompanhando os regimentos do exército de Sua Majestade.

— Mas não era perigoso?

As sobrancelhas dela estavam unidas de preocupação.

Por ele.

Alistair desviou o olhar. Os olhos da Sra. Halifax eram bonitos demais para aquele cômodo encardido, e ele se arrependeu do impulso de tê-los levado até ali. Por que se expor assim, permitir que tivessem esse vislumbre de sua vida, de seu passado? Aquilo foi um erro.

— Sir Alistair?

Ele não sabia o que dizer. Sim, foi perigoso — tão perigoso que deixou para trás um olho, dois dedos e seu orgulho nas florestas da América do Norte —, mas não podia dizer aquilo. Ela só estava querendo conversar.

Alistair foi salvo por Jamie, que olhou para cima de repente.

— Onde está Lady Grey?

A cadela não os havia seguido até a biblioteca.

Ele deu de ombros.

— Deve ter dormido na frente da lareira da sala de jantar.

— Mas ela vai sentir nossa falta — disse Jamie. — Vou buscá-la.

O menino se levantou com um pulo antes de qualquer um ter tempo de intervir, saindo em disparada da biblioteca.

— Jamie! — gritou Abigail. — Jamie, não corra!

E foi atrás dele.

— Desculpe — disse a Sra. Halifax.

Alistair franziu a testa, surpreso.

— Pelo quê?

— Os dois às vezes são muito impetuosos.

Ele deu de ombros. Não estava acostumado com crianças, mas aquelas pareciam bem interessantes.

— Eu... — começou a governanta, mas foi interrompida por um grito agudo.

Alistair saiu correndo sem esperar por ela. Atravessou o corredor. Ninguém gritou de novo, mas ele tinha certeza de que o som viera da sala de jantar. Talvez Abigail tivesse visto uma aranha. Mas, quando chegou à porta, teve certeza de que se tratava de algo completamente diferente.

Lady Grey estava deitada diante da lareira, como ele preveria, mas Jamie estava ajoelhado diante dela, sacudindo-a freneticamente, enquanto Abigail permanecia de pé, imóvel, pálida, com as mãos pressionadas contra a boca.

Não.

Lentamente, Alistair seguiu para a lareira, seguido pela Sra. Halifax. Abigail apenas o encarou, seu rosto coberto por lágrimas silenciosas.

Mas Jamie olhou para cima quando ele se aproximou.

— Ela está passando mal! Lady Grey está passando mal. O senhor precisa ajudá-la.

Alistair se ajoelhou ao lado da velha cadela e tocou seu corpo. Ele já estava esfriando. Deve ter acontecido enquanto ela dormia, durante o jantar, ou enquanto ele mostrava a biblioteca para a Sra. Halifax, completamente alheio ao que acontecia.

Ele precisou pigarrear para falar.

— Não há nada que eu possa fazer.

— Tem, sim! — clamou o menino. Seu rosto estava vermelho, lágrimas brilhavam em seus olhos. — Tem, sim! O senhor precisa fazer alguma coisa!

— Jamie — murmurou a Sra. Halifax.

Ela tentou segurar o braço do filho, mas ele se desvencilhou e se jogou sobre a cadela.

Abigail saiu correndo da sala.

Alistair tocou a cabeça do menino de leve. Ela tremia sob sua palma enquanto a criança soluçava. Lady Grey fora presente de Sophia muitos anos atrás, antes de sua partida para as colônias. Ele não a levou consigo; era apenas um filhote na época, e temia que a longa viagem de navio a deixasse enclausurada demais. Porém, quando ele voltou para casa destruído, com sua vida tomando um rumo que nunca imaginou, Lady Grey estava lá. Veio correndo pelo quintal para recebê-lo, apoiando as patas nos ombros do dono enquanto ele fazia carinho em suas orelhas, e, sorrindo, com a língua pendendo da boca. Ela andava ao seu lado quando passeavam pelo campo, se deitava ao pé do fogo enquanto ele escrevia seu livro. Ela encostava o focinho em sua mão quando ele acordava tarde da noite, encharcado de suor após pesadelos terríveis.

Alistair engoliu em seco com dificuldade.

— Boa menina — sussurrou ele, rouco. — Muito boa.

E acariciou seu corpo, sentindo os pelos ásperos que esfriavam.

— Ajude-a! — Jamie se levantou e bateu na mão que tocava sua cabeça. — *Ajude*-a!

— Não posso — disse Alistair, com a voz embargada. — Ela morreu.

Capítulo Cinco

O belo rapaz levou o Contador de Verdades até o pátio do castelo. Um velho jardim ornamentado ocupava o espaço, formado por arbustos de teixos e decorado com estátuas de cavaleiros e guerreiros. Uma pequena gaiola cheia de andorinhas era mantida em um canto, e os pássaros inutilmente batiam as asas contra as grades. No centro do jardim, via-se uma grande jaula de ferro. Havia palha suja espalhada pelo chão, e uma criatura enorme estava encolhida em um canto. Ela era de um preto fosco, com escamas apodrecidas e cabelo emaranhado. Tinha dois metros e meio de altura, e chifres enormes que se curvavam até seus ombros. Os olhos da criatura eram amarelos e injetados. Ao ver o rapaz, ela pulou contra as grades e rosnou com a boca cheia de presas gotejantes.

O belo rapaz apenas sorriu e se virou para Contador de Verdades.

— Está com medo agora?

— Não — respondeu o soldado.

Seu anfitrião riu.

— Então você será o guardião deste monstro...

— Contador de Verdades

Ela cometeu um erro terrível. Naquela noite, Helen acariciava a cabeça suada de Jamie enquanto se recriminava. Seu filho chorou até dormir, arrasado com a morte de Lady Grey. Do outro lado da cama, Abigail permanecia em silêncio. Ela não emitiu mais nenhum som desde aquele único grito agudo na sala de jantar. Agora, a menina estava deitada de lado, de costas para Jamie, seu corpinho pequeno sob as cobertas.

Helen fechou os olhos. O que tinha feito com seus queridos? Ela tirou os filhos da segurança de seu lar em Londres, os afastou de tudo que conheciam, de tudo que lhes era familiar, e os trouxe para aquele lugar estranho e escuro, onde cadelas velhas e adoráveis morriam. Talvez ela tivesse se equivocado. Talvez conseguisse suportar Lister e a vida desesperançada e aprisionada que tinha como sua amante esquecida, apenas pelo bem das crianças.

Mas não. Nos últimos anos, Helen tinha consciência de que era só uma questão de tempo até chegar o dia em que o ofenderia de algum jeito e não encontraria os filhos em casa quando acordasse pela manhã. No fim das contas, aquele havia sido o principal motivo para abandonar o duque: seria impossível viver sem Abigail e Jamie.

Ela abriu os olhos e se levantou, seguindo para as janelas escuras. Mas a vista não era nada reconfortante. A hera sobre as paredes externas cobria praticamente todo o vidro que fazia a lua parecer apenas uma poeira brilhante. Sob a janela, uma mesinha servia de escrivaninha para a transcrição do livro de contos de fadas de Lady Vale. Ela tocou os papéis que deixou ali. Ela deveria trabalhar um pouco mais nele, se não estivesse tão inquieta naquela noite.

Helen olhou de novo para os filhos. Jamie estava desmaiado de exaustão, e Abigail continuava imóvel. Apenas para garantir que a filha não estivesse acordada, ela deu a volta na cama e se inclinou sobre seu corpinho.

Então tocou seu ombro de leve — não o suficiente para acordá-la caso estivesse dormindo — e sussurrou:

— Vou dar uma volta, querida. Não vou demorar.

As pálpebras fechadas de Abigail não se moveram, mas, mesmo assim, Helen desconfiava de que a menina estivesse acordada. Ela suspirou e deu um beijo na bochecha da filha antes de sair do quarto e fechar a porta com cuidado.

O corredor estava escuro, é claro, e ela não tinha ideia de aonde poderia ir. O castelo não era um lugar muito propício a caminhadas meditativas. Ainda assim, Helen estava inquieta e precisava se movimentar. Ela vagou até o fim do corredor, sua única vela iluminando a parede com uma luz trêmula. O castelo tinha cinco andares principais. O quarto que dividia com as crianças ficava no terceiro, junto com vários outros cômodos que deviam ter sido belos quartos e salas de estar no passado. Helen passou os dedos pelos painéis entalhados do corredor, distraída. Em algum momento, teria de pedir às criadas que espanassem e polissem a velha madeira, mas aquele andar estava bem longe na sua lista de prioridades.

De repente, ela parou e estremeceu. Estava fazendo planos — planos *futuros* — para o castelo, quando poderia ser expulsa dali no dia seguinte. Sem dúvida, Lister tinha homens procurando por ela e pelas crianças naquele exato momento. Essa ideia fez sua pele se arrepiar de medo, lhe deu vontade de fugir imediatamente. Mas ela havia frequentado eventos de caça no campo e sabia o que acontecia com os pássaros que fugiam quando os batedores se aproximavam. Levavam tiros durante o voo. Não. Era melhor manter a calma e ficar onde estava, naquele esconderijo que havia encontrado.

Helen estremeceu e começou a descer as escadas no fim do corredor. Os degraus eram retos e firmes, mas estavam expostos. Será que Sir Alistair teria condição de custear um tapete decente? Talvez fosse uma boa ideia pendurar alguns quadros no patamar. Ela descobrira um depósito de pinturas recentemente. As obras estavam apoiadas na parede e cobertas por um pano em um dos quartos fechados do segundo andar.

A escada levava aos fundos do castelo, bem perto da cozinha. Helen hesitou ao chegar no térreo. A cozinha estava iluminada. Com certeza não era nenhum dos empregados novos. As criadas e os lacaios vinham e voltavam para o vilarejo todos os dias. A Sra. McCleod se mudaria para o castelo, mas, depois de dar uma olhada em seus aposentos, decidiu que só o faria quando tudo estivesse limpo. A luz na cozinha significava que Sir Alistair estava fazendo um lanche noturno ou que o Sr. Wiggins estava espreitando por lá. Helen estremeceu. Ela não tinha ânimo para lidar com aquele homenzinho asqueroso no momento.

Tomada essa decisão, só restava seguir para a frente do castelo. A sala de jantar estava escura quando passou por ela, e, por um momento, Helen se perguntou o que o patrão havia feito com o corpo da grande cadela. Ela o deixou sozinho ali e foi cuidar de Jamie e Abigail. Quando o viu pela última vez, ele estava agachado diante de Lady Grey, em silêncio. Seus olhos permaneciam secos, mas todos os ossos de seu corpo exalavam tristeza.

Helen afastou o olhar da sala de jantar. Ela não queria sentir compaixão por Sir Alistair. O homem era desagradável e fazia questão de deixar claro que não a desejava ali sempre que podia. Seria melhor pensar que ele não se importava com nada nem com ninguém. Mas essa ilusão já tinha ido por água abaixo, certo? O patrão podia usar a máscara de um ogro insensível, mas, por dentro, era um ser humano. Um ser humano capaz de sofrer.

Ela chegou à frente do castelo, parando diante das portas imensas por onde entraram na primeira noite. Precisou baixar a vela para puxar o ferrolho pesado e abri-las. Sir Alistair executava essa tarefa sem demonstrar nenhum esforço. Era óbvio que ele tinha alguns músculos sob aquele velho casaco de caça que costumava usar. De repente, a imagem do dono do castelo sem roupas surgiu em sua mente excessivamente fértil, e ela ficou paralisada, sentindo surpresa e um calor estranho. Meu Deus! Será que acabou mesmo se tornando uma libertina? Porque imaginar Sir Alistair nu só serviu para aguçar sua curiosidade: Ele teria um peito peludo? Sua barriga era tão reta quanto parecia? E, enquanto estava ali parada na escuridão, poderia muito bem pensar naquilo — será que seu membro viril era grande ou pequeno? Grosso ou fino?

Uma libertina, sem dúvida.

Helen respirou fundo, afastando os pensamentos impuros, e colocou a vela no degrau de pedra do castelo. A lua estava alta o suficiente para ajudá-la a enxergar um pouco na escuridão enquanto seus olhos se ajustavam. As árvores que ladeavam o caminho até o portão farfalhavam baixinho ao vento, suas copas se balançando contra o céu noturno. Helen estremeceu. Tinha se esquecido de trazer um xale.

Havia uma trilha que levava à lateral do castelo, e ela decidiu segui-la. Quando chegou do outro lado, a lua brilhava, grande e cheia, sobre as colinas ao longe. Sua luz era quase tão clara quanto a do dia, e, ao desviar o olhar, Helen percebeu que não estava sozinha. Uma silhueta masculina alta se destacava contra o céu, como um monólito antigo, sério, imóvel, solitário. Ele poderia estar na mesma posição há séculos.

— Sra. Halifax — disse Sir Alistair, rouco, enquanto ela fazia menção de ir embora. — Veio me atormentar até durante a noite?

— Desculpe — murmurou Helen. Ela sentiu que as bochechas começavam a corar e ficou grata pela escuridão, não apenas por esconder seu rubor, mas também por esconder a expressão em seu rosto. Sua imaginação descontrolada conjurou a mesma imagem nebulosa dele nu. *Nossa!* — Não queria incomodar.

Ela se virou para voltar para o castelo, mas a voz dele a interrompeu.

— Fique.

Helen o fitou. Sir Alistair permanecia de frente para as colinas, mas virou a cabeça para ela.

Ele pigarreou.

— Fique e converse comigo, Sra. Halifax.

Era uma ordem, pronunciada em tom autoritário, mas Helen achou ter escutado um pingo de súplica sob a aspereza daquela voz, e isso a fez se decidir.

Ela se aproximou de onde ele estava.

— Sobre o que o senhor quer conversar?

O dono do castelo deu de ombros, voltando a virar o rosto.

— As mulheres não vivem tagarelando sobre algo?

— O senhor se refere à moda, fofoca ou a algum outro assunto fútil? — perguntou ela com doçura.

Sir Alistair hesitou, talvez surpreso com a firmeza no tom de voz de Helen.

— Desculpe.

Ela piscou, certa de que escutara errado.

— Como é?

Ele deu de ombros.

— Não estou acostumado com a companhia de pessoas civilizadas, Sra. Halifax. Por favor, me perdoe.

Agora, era a vez de Helen de se sentir desconfortável. O homem obviamente estava sofrendo pela morte de sua leal companheira; foi cruel de sua parte atacá-lo. Na verdade, considerando que, nos últimos catorze anos, ela ganhou a vida servindo às necessidades de um homem, aquele era um comportamento muito estranho de sua parte.

Helen afastou esse pensamento estranho e se aproximou um pouco mais de Sir Alistair, tentando pensar em um assunto neutro para conversarem.

— Gostei muito da torta de carne do jantar.

— Sim. — Ele pigarreou. — Notei que o menino comeu duas fatias.

— Jamie.

— Hum?

— O nome dele é Jamie — disse Helen, mas sem qualquer censura.

— Pois bem. Jamie, então. — Sir Alistair se mexeu um pouco. — Como o Jamie está?

Ela olhou para os pés, perdida em pensamentos.

— Chorou até dormir.

— Ah.

Helen fitou a paisagem iluminada pela lua.

— A mata é tão fechada aqui.

— Nem sempre foi assim. — A voz dele era baixa, a rouquidão fazendo-a vibrar de forma reconfortante. — O caminho até o riacho era cercado por jardins.

— O que aconteceu com eles?

— O jardineiro morreu, e nunca contratei outro.

Ela franziu a testa. A antiga horta escalonada era visível sob a luz prateada da lua, mas dava para notar que estava cheia de ervas daninhas.

— Quando foi que o jardineiro morreu?

Sir Alistair jogou a cabeça para trás, observando as estrelas.

— Há dezessete... não, dezoito anos?

Helen o encarou.

— E o senhor nunca mais contratou um jardineiro?

— Não parecia haver necessidade.

Os dois silenciaram. Uma nuvem passou diante da lua. De repente, Helen se perguntou quantas noites ele passou assim, sozinho e solitário, observando o jardim arruinado.

— O senhor...?

Sir Alistair inclinou a cabeça.

— Pois não?

— Perdoe-me. — Ela ficou feliz por sua expressão ser obscurecida pela noite. — O senhor nunca se casou?

— Não. — Ele hesitou, mas então disse, rouco: — Tive uma noiva, mas ela faleceu.

— Sinto muito.

Sir Alistair fez um movimento, talvez uma tentativa desanimada de dar de ombros. Não era como se precisasse da piedade de Helen.

Mas ela não conseguia ficar quieta.

— E também não tem família?

— Tenho uma irmã mais velha que mora em Edimburgo.

— Edimburgo é perto daqui. O senhor deve vê-la com frequência.

Helen pensou com tristeza na própria família. Ela não via ninguém — suas irmãs, seu irmão, sua mãe e seu pai — desde que fora viver com Lister. Como pagou caro por seus sonhos românticos.

— Faz anos que não vejo Sophia — respondeu o dono do castelo, interrompendo seus pensamentos.

Ela encarou o perfil obscuro do patrão, tentando enxergar sua expressão.

— Brigaram?

— Nada tão sério assim. — O tom de voz dele se tornou frio. — Apenas evito viajar mais do que o necessário, Sra. Halifax, e minha irmã não vê motivo para me visitar.

— Ah.

Sir Alistair se virou devagar, encarando-a. Suas costas ficaram para a lua, e seu rosto foi totalmente obscurecido. De repente, ele parecia maior, agigantando-se sobre ela, mais próximo — e mais ameaçador — do que Helen se dera conta.

— A senhora está fazendo muitas perguntas sobre mim esta noite, Sra. Halifax — resmungou ele. — Mas acho que prefiro conversar sobre a senhora.

A LUZ DA LUA ACARICIAVA o rosto dela, destacando uma beleza que não precisava de ornamentos adicionais. Mas os encantos da governanta não o distraíam mais. Alistair os notava, os admirava, mas também era capaz de enxergar além da camuflagem superficial e ver a mulher por baixo de tudo. Uma mulher vivaz, que ele suspeitava não ser acostumada ao trabalho, mas que ainda assim havia passado o dia todo limpando sua sala de jantar imunda. Uma mulher que não tinha o costume de se sustentar sozinha, mas que entrou em seu lar e em sua vida por pura insistência. Que interessante. O que a motivava? Que tipo de vida deixou para trás? Quem era o homem de quem se escondia? Alistair observou a Sra. Halifax, tentando ver a expressão em seus olhos azul-campânula, mas a noite os obscurecia.

— O que o senhor quer saber sobre mim? — perguntou ela.

Sua voz soava tranquila, quase masculina em sua objetividade, e o contraste com o corpo extremamente feminino era surpreendente. Fascinante, na verdade.

Ele inclinou a cabeça, analisando-a.

— A senhora disse que é viúva.

A governanta ergueu o queixo.

— Sim, é claro.

— Há quanto tempo?

Ela afastou o olhar, hesitando por uma fração de segundo.

— Três anos no próximo outono.

Alistair concordou com a cabeça. A Sra. Halifax era muito talentosa, mas estava mentindo. O marido continuava vivo? Ou ela fugia de outro homem?

— E o que o Sr. Halifax fazia?

— Era médico.

— Mas imagino que não tenha sido bem-sucedido.

— Por que o senhor diz isso?

— Se ele fosse bem-sucedido — explicou Alistair —, a senhora não teria que trabalhar agora.

A governanta levou uma das mãos à testa.

— Perdoe-me, mas este assunto me deixa angustiada.

Sem dúvida, ele devia sentir pena agora e desistir do interrogatório, mas ela estava encurralada, e sua curiosidade o incentivava a insistir. A angústia da Sra. Halifax só servia para deixá-lo mais interessado. Alistair se aproximou, chegando tão perto que seu peitoral quase encostou no ombro da mulher. Seu nariz captou o aroma de limão do cabelo dela.

— A senhora tinha carinho por seu marido?

Ela baixou a mão e o encarou, falando em um tom azedo:

— Eu era perdidamente apaixonada por ele.

A boca de Alistair se curvou em um sorriso nada gentil.

— Então sua morte foi uma tragédia.

— Sim, foi.

— A senhora era jovem quando se casou?

— Tinha apenas dezoito anos.

Ela baixou o olhar.

— E o casamento era feliz.

— Extremamente feliz. — A voz dela soava desafiadora, e a mentira era óbvia.

— Como era a aparência dele?

— Eu... — A governanta abraçou o próprio corpo. — Por favor, podemos mudar de assunto?

— Certamente — respondeu Alistair, falando arrastado. — Onde a senhora morava em Londres?

— Já lhe disse. — Sua voz soava mais firme agora. — Trabalhei na casa de Lady Vale.

— É claro — murmurou ele. — Eu me equivoquei. Sempre esqueço que a senhora tem vasta experiência com administração doméstica.

— Não é vasta — sussurrou a governanta. — O senhor sabe disso.

Por um instante, os dois ficaram em silêncio, e o único som que se ouvia era o vento soprando pela curva do castelo.

Então, muito baixinho, com o rosto ainda voltado para o outro lado, ela disse:

— É só que eu... preciso de um lugar para ficar por enquanto.

Então algo dentro de Alistair se agitou em triunfo. Ela era sua. Não podia ir embora. Não fazia sentido, essa sensação de triunfo. Desde que aquela mulher chegou ao castelo, ele tentava colocá-la na rua, mas, por algum motivo ficou extremamente satisfeito por saber que ela precisava ficar e que sua honra o impelia a *permitir* que ficasse.

Não que tenha deixado o sentimento transparecer.

— Confesso, Sra. Halifax, que estou surpreso com uma coisa.

— Que coisa?

Alistair se inclinou, a boca quase roçando aquele cabelo com cheiro de limão.

— Eu teria imaginado que uma dama de sua beleza estaria cercada de pretendentes.

A governanta virou a cabeça, e, de repente, o rosto dos dois estava a poucos centímetros de distância. Ele sentiu a respiração dela roçar em seus lábios quando ela falou:

— O senhor me acha bonita.

O tom de voz dela era estranhamente inexpressivo.

Alistair inclinou a cabeça, observando a testa lisa, a boca farta e os belos olhos grandes.

— Extremamente bonita.

— E deve achar que beleza é motivo suficiente para se casar com uma mulher. — Agora, seu tom era amargurado.

O que o misterioso Sr. Halifax fez com a esposa?

— A maioria dos homens pensa assim, sem dúvida.

— Eles nunca levam em consideração a personalidade da mulher — murmurou ela. — Suas preferências e aversões, seus medos e suas esperanças, sua alma.

— Nunca?

— Não.

Os belos olhos agora exibiam um ar sombrio e trágico. O vento soprou uma mecha de cabelo encaracolado sobre o rosto dela.

— Pobre Sra. Halifax — zombou Alistair baixinho. Ele cedeu ao impulso e ergueu a mão esquerda, que não fora mutilada, afastando a mecha de cabelo do rosto dela. Sua pele era macia como seda. — Que tragédia ser tão bonita.

A testa imaculada se franziu.

— O senhor disse *a maioria dos homens*.

— Disse?

Alistair baixou a mão.

Ela o encarou, agora com olhos observadores.

— O senhor não acha que a beleza é o critério mais importante na escolha de uma esposa?

— Ah, temo que a senhora tenha se esquecido da minha aparência. A ordem natural das coisas é que uma esposa bonita acabe traindo ou odiando seu marido feio. Seria uma tolice para um homem tão repulsivo quanto eu se afeiçoar a uma beldade. — Ele sorriu para aqueles belos olhos hipnotizantes. — E posso ser muitas coisas, Sra. Halifax, mas não sou tolo.

Alistair fez uma mesura e se virou para o castelo, deixando para trás a governanta, uma tentação solitária e extremamente sedutora.

— Quando vamos voltar para casa? — perguntou Jamie na tarde seguinte.

Ele pegou uma pedra e a jogou.

A pedra não foi longe, mas Abigail franziu a testa mesmo assim.

— Não faça isso.

— Por que não? — choramingou o menino.

— Porque você pode acertar alguém. Ou alguma coisa.

Jamie olhou ao redor do pátio dos velhos estábulos, que estaria vazio se não fosse pelos dois e por alguns pardais.

— Em quem?

— Não sei!

Abigail também queria jogar uma pedra, mas esse não seria o comportamento adequado para uma dama. Além do mais, eles deviam estar limpando um tapete velho. Mamãe mandou que um dos lacaios pendurasse uma corda no pátio, que agora, exibia uma fileira de tapetes pendurados, todos esperando para serem batidos. Os braços de Abigail estavam doloridos, mas, mesmo assim, ela acertou o tapete com a vassoura que empunhava. A sensação de bater em alguma coisa era quase boa. Uma grande nuvem de poeira voou.

Jamie se agachou para pegar outra pedra.

— Quero ir para casa.

— Você fica repetindo isso o tempo todo — reclamou Abigail, irritada.

— Mas eu quero. — Ele se levantou e jogou a pedra, que acertou a parede dos estábulos e caiu no chão de pedras cinza do pátio. — Nós nunca precisamos limpar tapetes na nossa casa antiga. E a Srta. Cummings nos levava ao parque às vezes. Aqui, a única coisa que temos para fazer é trabalhar.

— Bem, não podemos voltar para casa — rebateu a irmã. — E eu já lhe disse...

— Ei! — gritou uma voz atrás deles.

Abigail olhou por cima do ombro, ainda segurando a vassoura.

O Sr. Wiggins se arrastava em direção aos dois, seu cabelo ruivo balançando na brisa enquanto seus braços atarracados acenavam no ar.

— Que que você tá fazendo, jogando pedras por aí? Parece que tem miolo mole.

A menina se empertigou.

— Ele não tem miolo...

O Sr. Wiggins bufou como um cavalo surpreso.

— Se não é coisa de quem tem miolo mole jogar pedras que podem acertar qualquer um, incluindo eu, então não sei o que é.

— Não fale desse jeito! — exclamou Jamie.

Ele tinha se levantado, e estava com as mãos fechadas em punhos ao lado do corpo.

— Não falá como? — O homem imitava seu sotaque. — Quem você pensa que é, um almofadinha de miolo mole de Londres?

— Meu pai é um duque! — berrou Jamie, com o rosto corado.

Abigail congelou, horrorizada.

Mas o Sr. Wiggins apenas jogou a cabeça para trás e riu.

— Não me diga, um duque? Então você é o quê? Um duquinho? Rá! Bem, duquinho ou não, para de jogar pedras.

Então ele foi embora, ainda rindo.

A menina esperou, prendendo a respiração até o homem sair de seu campo de visão, antes de se virar para o irmão, furiosa, e sussurrar:

— Jamie! Você sabe que não podemos falar nada sobre o duque.

— Ele me chamou de almofadinha. — O rosto do menino continuava vermelho. — E o duque *é* nosso pai.

— Mas a mamãe disse que não podemos contar isso para ninguém.

— Odeio esse lugar!

Jamie baixou a cabeça como um touro e saiu correndo pelo pátio.

Ou pelo menos começou a correr. Quando chegou à esquina do castelo, trombou com Sir Alistair, que vinha na direção oposta.

— Opa, calma.

Sem fazer qualquer esforço, ele segurou o menino com as duas mãos.

— Me solte!

— Pois não.

Sir Alistair ergueu as mãos, deixando Jamie livre. Mas, após ganhar sua liberdade, o menino pareceu ficar sem ação. Ele permaneceu parado diante do dono do castelo com a cabeça baixa, fazendo beicinho.

Sir Alistair o observou por um instante e então olhou para Abigail com uma sobrancelha erguida. Seu cabelo cobria parte do rosto, as cicatrizes brilhavam foscas sob a luz do sol, e seu queixo ainda exibia a barba por fazer, mas, mesmo assim, ele não era nem de perto tão assustador quanto o Sr. Wiggins.

A menina alternou o peso entre os pés, ainda empunhando a vassoura.

— Nós estávamos batendo os tapetes.

Ela gesticulou levemente para a fileira de tapetes às suas costas.

— Entendi. — Sir Alistair olhou de volta para Jamie. — Eu estava indo pegar uma pá nos estábulos.

— Para quê? — resmungou o menino.

— Vou enterrar Lady Grey.

Jamie curvou os ombros e chutou as pedrinhas no chão.

Todos ficaram em silêncio por um instante.

Até Abigail lamber os lábios e dizer:

— Si-sinto muito. — Sir Alistair a encarou com uma expressão nada amigável, mas a menina reuniu toda a sua coragem e continuou, antes que o medo e a vergonha a impedissem: — Sinto muito sobre Lady Grey, e quero pedir desculpas por ter gritado.

Ele piscou.

— O quê?

Abigail respirou fundo.

— Na primeira noite, quando chegamos. Desculpe por ter gritado ao ver o senhor. Aquilo não foi gentil da minha parte.

— Ah. Bem... obrigado.

Sir Alistair desviou o olhar, pigarreando, e então outro silêncio se seguiu.

— Podemos ajudar? — perguntou a menina. — A enterrar Lady Grey, quero dizer.

Ele franziu a testa, as sobrancelhas se unindo acima do tapa-olho.

— Têm certeza de que querem fazer isso?

— Sim — disse ela.

Jamie concordou com a cabeça.

Após os observar por um instante, o dono do castelo assentiu.

— Pois bem. Esperem aqui. — Ele entrou nos estábulos e voltou com uma pá. — Vamos.

E seguiu para os fundos do castelo sem olhar de novo para os dois.

Abigail soltou a vassoura e, com o irmão em seu encalço, seguiu Sir Alistair. Ela olhou de esguelha para Jamie. Havia lágrimas nos seus olhos. Ele havia passado um bom tempo chorando na noite anterior, e o som fez o peito dela doer. A menina franziu a testa e se concentrou no caminho. Era cheio de pedras e desnivelado; Sir Alistair agora os guiava por um jardim antigo, seguindo na direção do rio. Aquilo era bobagem, porque fazia pouco tempo que conheciam Lady Grey, mas Abigail também queria chorar. Ela nem sabia por que tinha pedido para ajudar a enterrar a cadela.

Abaixo do jardim o trecho de gramado era plano. Sir Alistair o atravessou com passos pesados, e, conforme se aproximavam do riacho, Abigail ouvia o som de água correndo. Mais acima, algumas pedras embarreiravam a corrente, e o líquido jorrava entre elas, formando uma espuma branca. Porém, na altura do jardim, a água se acalmava, formando uma piscina sob a sombra de algumas árvores. Na base de uma, via-se uma protuberância envolta por um tapete velho.

Abigail afastou o olhar, sentindo um bolo na garganta.

Mas Jamie foi direto para o montinho.

— É ela?

Sir Alistair concordou com a cabeça.

— Parece bobagem desperdiçar um bom tapete — murmurou a menina.

O olho castanho-claro do dono do castelo focou-se nela.

— Lady Grey gostava de se deitar nesse tapete diante da lareira da minha torre.

Abigail afastou o olhar, envergonhada.

— Ah.

Jamie se agachou e acariciou o tapete desbotado como se fosse o pelo da cadela. Sir Alistair posicionou a pá e começou a cavar perto da árvore.

Abigail se aproximou do riacho. A água estava transparente e fria. Algumas folhas boiavam preguiçosamente sobre a superfície. Com cuidado, ela se ajoelhou e olhou para as pedras no fundo. Pareciam tão próximas, apesar de ser nítido que o riacho tinha mais de um metro de profundidade.

Às suas costas, Jamie perguntou:

— Por que o senhor vai enterrá-la aqui?

A menina conseguia ouvir o som da pá raspando a terra.

— Lady Grey gostava de passear comigo. Eu vinha pescar aqui, e ela gostava de tirar uma soneca debaixo daquela árvore. Ela gostava daqui.

— Que bom — comentou Jamie.

Então o único som que se ouvia era o de Sir Alistair cavando. Abigail se inclinou sobre a piscina natural e enfiou os dedos na água. Estava mais fria do que esperava.

Atrás dela, a terra parou de ser cavada, e ela ouviu o som do tapete sendo arrastado. Sir Alistair grunhiu. A menina aproximou o rosto da piscina, observando uma alga balançando lá embaixo. Se ela fosse uma sereia, se sentaria naquelas pedras do fundo e teria um jardim de algas. O riacho fluiria ao seu redor, e nenhum som da superfície penetraria seu universo. Ela estaria segura. Feliz.

Um peixe prateado brilhou entre as pedras, e Abigail se empertigou.

Quando se virou, Sir Alistair alisava um monte de terra sobre o túmulo de Lady Grey. Jamie segurava uma florzinha branca que tirou do jardim, e a colocou sobre a terra.

O irmão se virou para ela, segurando outra flor.

— Quer uma, Abby?

E a menina não sabia por quê, mas, de repente, seu peito parecia prestes a explodir. Ela morreria se isso acontecesse.

Então se virou e saiu correndo pela colina que levava ao castelo, o mais rápido possível, com o vento batendo contra seu rosto, afastando todos os pensamentos de sua mente.

NOS PRIMEIROS ANOS, quando ela ainda era ingênua e apaixonada, Helen passou muitas noites em claro esperando Lister, caso ele se dignasse a visitá-la. E, em muitas noites, acabava desistindo de sua vigília e indo dormir sozinha e solitária. Mas as noites de espera tinham ficado para trás — há muitos anos. Então, era muito irritante se dar conta de que estava andando de um lado para o outro da biblioteca escura, à meia-noite, de camisola e penhoar, aguardando o retorno de Sir Alistair.

Onde aquele homem tinha se metido?

Ele não apareceu para o jantar, e, quando ela fora buscá-lo na torre, encontrou o cômodo vazio. No fim das contas, após esperar ao ponto de o pato assado estar completamente gelado, teve de comer sem ele, contando apenas com a companhia das crianças na sala de jantar agora arrumada. Ao interrogar os filhos durante a refeição de pato frio e molho solidificado, Jamie contou sobre o enterro da cadela naquela tarde. Abigail apenas mexeu nas ervilhas no prato e pediu que fosse liberada da mesa mais cedo, alegando uma enxaqueca. A filha era jovem demais para ter enxaquecas, mas Helen ficou com pena da menina e a deixou ir para o quarto em paz. Aquilo era outro motivo de preocupação — Abigail e seu rostinho calado, tristonho. Ela gostaria de saber o que fazer para ajudar a filha.

Depois, Helen passou o restante da noite decidindo sobre as próximas refeições e a reforma da cozinha com a Sra. McCleod. Em seguida, ela obrigou Jamie a tomar banho diante da lareira da cozinha, o que resultou em uma poça de água que precisou ser enxugada antes de colocar o menino na cama. Durante esse tempo todo, Helen manteve os ouvidos atentos a qualquer ruído, esperando o retorno de Sir Alistair. Mas só escutou o Sr. Wiggins cambaleando para os estábulos, caindo de bêbado. Pouco depois, começara a chover.

Onde ele estaria? E, mais importante, por que ela se importava? Helen parou diante da pilha de livros que ainda abrigava a grande obra do patrão sobre os pássaros, os animais e as flores da América do Norte. Então colocou sua vela sobre uma mesa comprida posicionada contra a parede, se inclinou e pegou o tomo, colocando-o sobre superfície. Uma pequena nuvem de poeira subiu, fazendo-a espirrar. Então, ela aproximou a vela o suficiente para conseguir iluminar as páginas sem sujá-las com gotas de cera, e abriu o livro.

A primeira folha exibia uma ilustração elaborada, pintada à mão, de um arco clássico. Através dele, viam-se uma floresta exuberante, o céu azul e um lago de água transparente. De um lado do arco, havia uma bela mulher usando uma toga, obviamente uma alegoria. Ela estava com a mão estendida, convidando o leitor a entrar no arco. O outro lado era ocupado por um homem usando calças e paletó de camurça, com um chapéu de aba mole na cabeça. Ele trazia uma mala pendurada em um dos ombros, segurando uma lupa em uma das mãos, e uma bengala na outra. Sob a imagem, lia-se a legenda: O NOVO MUNDO DÁ AS BOAS-VINDAS A ALISTAIR MUNROE, BOTÂNICO DE SUA MAJESTADE, PARA DESCOBRIR SUAS MARAVILHAS.

Aquele homenzinho representava Sir Alistair? Helen se aproximou para olhar melhor. Se fosse o caso, o desenho era completamente diferente dele. A figura tinha uma boca em formato de coração, bochechas rechonchudas coradas, e parecia mais uma mulher vestida de homem. Ela franziu o nariz e virou a página. Lá estava o título, escrito em uma caligrafia elaborada: UMA BREVE ANÁLISE DA FAUNA E DA FLORA DA NOVA INGLATERRA, POR ALISTAIR MUNROE. Na página seguinte, as palavras:

A dedicatória
À Sua Majestade mais serena,
GEORGE,
Pela graça de Deus
REI DA GRÃ-BRETANHA e de suas colônias.
Se vos aprouver,
Dedico-lhe este livro e meu trabalho.
Seu humilde servo,
Alistair Munroe
1762

Helen tracejou as letras com o dedo. O rei de fato deve ter ficado satisfeito com a dedicatória, pois ela se lembrava de ouvir falar que o autor fora nomeado cavaleiro pouco tempo depois da publicação do livro. Helen virou mais páginas e parou, prendendo a respiração subitamente. Ontem à noite, quanto tinham olhado o livro, ela não havia prestado muita atenção. A cabeça empolgada das crianças tampava as páginas. Mas agora...

Diante de seus olhos, ocupando a página inteira, estava a ilustração de uma flor com longas pétalas curvadas, pendurada em um galho sem folhas. Os botões eram extravagantes e múltiplos, aglomerados, belamente pintados em um tom lavanda. Abaixo da planta, havia um galho com uma das flores dissecada, exibindo suas diferentes partes. Ao lado, um galho com as pétalas se abrindo. Em uma delas, via-se uma espalhafatosa borboleta amarela e preta, cada perna e antena desenhada com detalhes meticulosos. E no final estavam as palavras: RHODODENDRON CANADENSE.

Como um homem tão rabugento, tão *grosseiro*, podia ser o artista que havia desenhado as imagens originais daquele livro? Helen balançou a cabeça e virou outra página. A biblioteca estaria em silêncio completo se não fosse pela chuva que batia contra as janelas. As ilustrações exuberantes capturavam sua atenção, e ela não saberia dizer se havia passado horas ou minutos ali, hipnotizada pelos desenhos e pelas palavras, passando as páginas lentamente.

E ela também não saberia dizer o que quebrou o feitiço — com certeza não foi um som, porque a chuva encobria qualquer barulho de fora —, mas ergueu o olhar após um tempo e franziu a testa. A vela tinha derretido até se tornar um cotoco amuado, e então Helen a pegou com cuidado antes de sair da biblioteca. O corredor estava vazio e escuro, a chuva batendo contra as enormes portas da frente. O que ela fez em seguida foi totalmente inexplicável.

Ela colocou a vela sobre uma mesa e puxou as portas. Por um instante, a madeira teimosa se recusou a se mover, mas então cedeu, movendo-se com relutância. A chuva imediatamente a acertou com o vento, encharcando-a quase da cabeça aos pés. Helen arfou de surpresa e de frio, e observou a escuridão do lado de fora.

Nada se mexia.

Mas como era tola! Tinha se molhado toda por motivo nenhum. Ela estava empurrando as portas para fechá-las quando o viu: uma silhueta grande saindo das árvores que ladeavam o caminho até o portão. Um homem a cavalo. Um alívio imenso a inundou, mas então ficou irritada com a visão.

Ela cambaleou ligeiramente enquanto descia a escada, seu cabelo grudando em seu rosto devido à chuva, e gritou com a força de todas as horas que passou preocupada com ele.

— O que o senhor está fazendo? Acha que passo o dia inteiro limpando e esfregando as coisas, planejando uma refeição, só para o senhor não aparecer, como se isso não fosse nada de mais? Sabia que as crianças lhe esperaram? Jamie ficou decepcionado com sua ausência. E tivemos que comer pato frio. Bem frio! Acho que não há pedidos de desculpa suficientes para dar à Sra. McCleod, e ela é a única cozinheira em um raio de quilômetros!

Sir Alistair estava um pouco inclinado sobre o cavalo, sem chapéu, e os ombros de seu velho casaco de montaria brilhavam de tão molhados.

Ele devia estar completamente encharcado. Seu rosto, mortalmente pálido, virou-se para ela, e um canto de sua boca se curvou em um sorriso zombeteiro.

— Suas boas-vindas são extremamente agradáveis, Sra. Halifax.

Helen segurou as rédeas do cavalo, ficou parada na chuva e piscou para ele.

— Nós fizemos um acordo. Eu faria minhas refeições na sala de jantar, e o senhor, o *senhor!*, apareceria para comer. Como ousa fazer um pacto comigo e não o cumprir? Como ousa me ignorar?

Ele fechou os olhos por um instante, e ela viu as rugas de cansaço marcadas em seu rosto.

— Devo pedir desculpas mais uma vez, Sra. Halifax.

Helen franziu a testa. Sir Alistair parecia doente. Quanto tempo ele passou cavalgando naquela tempestade?

— Mas aonde o senhor foi? O que era tão importante para que saísse por aí no meio de uma tempestade?

— Um capricho — disse ele com um suspiro, fechando os olhos. — Apenas um capricho.

E ele caiu do cavalo.

Helen gritou. Felizmente, o cavalo era bem-treinado e permaneceu imóvel, sem se assustar nem o pisotear. O patrão caiu de costas no chão, e, enquanto ela se inclinava sobre seu corpo inerte, algo se mexeu sob o casaco. Um pequeno focinho preto e então uma cabecinha chorosa surgiram entre as dobras molhadas do tecido.

Sir Alistair protegia um cachorrinho sob o casaco.

Capítulo Seis

Todos os dias, o Contador de Verdades vigiava a criatura monstruosa no centro do jardim. Era um trabalho monótono. O monstro ficava emburrado em um canto da jaula, as andorinhas batiam as asas sem parar, e as estátuas encaravam o nada, impassíveis.

À noite, antes de o sol se pôr, o belo rapaz vinha liberá-lo de seu posto, sempre fazendo a mesma pergunta:

— Viu algo que desse medo hoje?

E, todas as noites, o Contador de Verdades respondia:

— Não...

— Contador de Verdades

— Sr. Wiggins! — gritou Helen na tempestade. — Sr. Wiggins, venha me ajudar!

— Quieta — gemeu Sir Alistair, aparentemente se recuperando do desmaio. — Se Wiggins não estiver dormindo, está desmaiado de bêbado. Talvez as duas coisas.

Ela olhou para ele de cara feia. O homem estava caído em uma poça, com o filhotinho enroscado em seu peito, os dois tremendo de frio.

— Preciso de ajuda para levá-lo para dentro do castelo.

— Não — ele se esforçou para se sentar —, não precisa.

Helen segurou o braço do patrão e o puxou com força, tentando ajudá-lo a se levantar.

— Que homem teimoso.

— Que mulher teimosa — murmurou Sir Alistair em resposta. — Não machuque o cachorro. Paguei um xelim por ele.

— E quase morreu trazendo esse animal para casa — arfou Helen.

O homem se levantou com um impulso, e ela passou os braços em torno do peito frio dele para equilibrá-lo. Isso a posicionava sob seu braço, com a bochecha contra a lateral de seu corpo. Ele apoiou um braço pesado sobre os ombros dela. — O senhor é maluco.

— É assim que governantas falam com seus patrões?

Sir Alistair batia os dentes de frio, mas manteve o cachorrinho aconchegado em seu outro braço.

— O senhor pode me demitir amanhã — rebateu Helen enquanto, desajeitada, o ajudava a subir a escada.

Apesar do sarcasmo, Sir Alistair se apoiava pesadamente sobre seus ombros, e ela sentia a respiração árdua do patrão sob sua bochecha. Ele era um homem grande, teimoso, mas devia ter passado horas cavalgando na chuva.

— Não se esqueça, Sra. Halifax, que tentei e fracassei em demiti-la desde a noite em que apareceu na minha porta. Cuidado.

Ele caiu sobre o batente da porta, desequilibrando-a.

— O senhor só precisa me acompanhar — arfou Helen.

— Mas que mulher mandona — comentou Sir Alistair, entrando cambaleante no castelo. — Não sei como eu sobrevivia sem a senhora.

— Nem eu. — Helen o apoiou contra uma parede e fechou a porta. O cachorrinho choramingou. — Vai ser bem feito se o senhor tiver uma febre.

— Ah, como são doces as palavras femininas — murmurou ele. — Tão delicadas, tão gentis, que bastam para despertar os instintos protetores de qualquer homem.

Helen soltou um riso irônico e o guiou escada acima. Os dois deixavam um rastro de água que teria que ser enxugado pela manhã. Apesar das palavras sarcásticas, Sir Alistair estava pálido e não parava de tremer; Helen temia que ele ficasse gravemente doente. Na época em que ajudava o pai com suas consultas, vira muitos homens fortes serem derrotados por febres. Eles estavam risonhos e vivos em uma semana, e mortos dias depois.

— Cuidado com o degrau — disse ela.

Sir Alistair era alto e pesado o suficiente para fazê-la duvidar de sua capacidade de impedi-lo de cair escada abaixo, caso ele tropeçasse.

O homem apenas resmungou em resposta, o que a deixou ainda mais preocupada — ele tinha perdido as forças até para brigar com ela? Enquanto o ajudava a subir lentamente, a mente dela começou a focar nas suas próximas ações. Teria de pegar água quente, talvez preparar um chá. Na noite passada, a Sra. McCleod deixou uma chaleira perto da lareira em brasa da cozinha — talvez tivesse feito o mesmo hoje. Ela deixaria o patrão no quarto e correria para buscar a chaleira.

Mas Sir Alistair tremia quando chegaram ao corredor diante da porta de seu dormitório. O cachorrinho corria o risco de cair de seu braço.

— Pode me deixar aqui — resmungou ele, quando chegaram à porta.

Helen o ignorou e abriu a porta do quarto.

— O senhor é um idiota.

— Vários cientistas importantes em Edimburgo e do continente discordariam disso.

— Duvido que eles já tenham lhe visto quase morto, agarrado a um cachorrinho molhado.

— É verdade.

Sir Alistair seguiu cambaleando para a cama. Seu quarto era enorme. Uma cama com dosséis gigantes ocupava o espaço entre duas janelas cobertas com cortinas pesadas, cujo tecido se esparramava pelo chão. Em uma parede, via-se uma grande lareira antiga, feita da mesma pedra cor-de-rosa que o restante do castelo. Por um instante, Helen se perguntou se, desde sua construção, aquele quarto sempre fora usado pelos castelãos.

Mas então afastou o pensamento.

— Na cama, não. Vai molhar tudo.

Ela o guiou para a única poltrona imensa que havia diante da lareira fria. Sir Alistair afundou no assento, tremendo, enquanto Helen se inclinava e remexia o fogo. Uma brasa fraca ainda brilhava ali. Com cuidado, ela empilhou pedaços de carvão e soprou até o fogo ganhar força. A água da chuva escorria do seu cabelo, passando por seu rosto e pingando no chão. Ela tremia, mas com certeza não sentia tanto frio quanto o patrão.

Helen se levantou e encarou Sir Alistair.

— Tire as roupas.

— Ora, Sra. Halifax, quanta ousadia. — As palavras soavam levemente arrastadas, como se ele estivesse bêbado, apesar de seu hálito não cheirar a álcool. — Eu nem imaginava que a senhora tivesse más intenções com a minha pessoa.

— Humpf.

Ela pegou o cachorro trêmulo e o colocou perto do fogo, onde ele se sentou, formando um montinho triste e molhado. Depois, se preocuparia com o animal. Agora, seu dono dele era a prioridade.

Helen se empertigou e começou a remover o casaco encharcado dos ombros de Sir Alistair. Ele se inclinou para a frente para ajudá-la, mas seus movimentos eram desajeitados. Ela jogou o casaco molhado diante da lareira, onde começou a fumegar. Então, ajoelhou-se diante do patrão e começou a abrir os botões do colete molhado. Sentindo que ele a observava com os olhos semicerrados, seu coração inevitavelmente disparou. Ela abriu o colete, o removeu e o jogou sobre o casaco. Quando passou para os botões da blusa, estava consciente de que ofegava. Helen se concentrou, encarando o material transparente grudado na superfície dura do peito de Sir Alistair. Sob o tecido, pelos encaracolados faziam sombra. Dava para sentir a respiração quente dele no topo de sua cabeça. Aquela posição era íntima demais.

Determinada, ela tirou a camisa dele antes que pensasse demais no que fazia, mas ainda assim hesitou ao vislumbrar o torso nu do patrão. O corpo dele era mais belo do que ela havia imaginado. Os declives largos e fortes de seus ombros levavam a músculos surpreendentemente fortes em seus braços, e seu peito era amplo, coberto com pelos escuros e encaracolados na parte superior. Mamilos marrom-avermelhados despontavam entre os fios, duros, pontudos e expostos de uma maneira chocante. A barriga firme exibia apenas uma fina linha de pelugem escura que circulava o umbigo antes de se alargar embaixo e desaparecer sob o cós da calça. Antes de se dar conta do que fazia, ela esticou a mão na direção da sedutora faixa de pelos.

Mas então se controlou, escondendo a mão ousada entre as saias e falou bruscamente:

— Levante-se para eu poder tirar o restante das roupas. O senhor está quase azul de tanto frio.

— Sra. Halifax, só a sua preocupação já basta para m-me aquecer — respondeu ele, arrastando as palavras enquanto se levantava. Mas o comentário malicioso foi estragado por seus dentes batendo.

— Humpf.

Helen sabia que seu rosto inteiro estava extremamente corado, mas ainda precisava tirar a calça molhada de Sir Alistair. Começou pelos botões, afastando as mãos desastradas dele que tentavam lhe ajudar. O patrão oscilou quando ela chegou ao último botão, e, de repente, Helen não estava mais preocupada com seu rubor nem com o que ele pensaria de sua pessoa.

— Vá para a cama — ordenou.

— Que mulher mandona — murmurou Sir Alistair, mas suas palavras saíram arrastadas de novo, e ele seguiu devagar para a cama gigante.

Lá, ela o fez se apoiar no colchão enquanto tirava suas botas, calça, meias e roupas de baixo. E teve apenas um breve vislumbre das pernas peludas e compridas e de um tufo de pelos escuros no meio delas antes de empurrá-lo para a cama e cobri-lo.

Helen esperou ouvir algum comentário sarcástico — talvez algo sobre sua pressa em levá-lo para a cama —, mas Sir Alistair apenas fechou os olhos. E esse silêncio a encheu de medo. Ela parou apenas para pegar o cachorrinho e colocá-lo sob as cobertas, ao lado do dono, antes de ir correndo para a cozinha.

Graças a Deus! A Sra. McCleod realmente havia deixado uma chaleira de água aquecida nas brasas da lareira da cozinha. Helen rapidamente preparou o chá e levou o bule, uma xícara e bastante açúcar, junto com uma velha panela de metal que servia para aquecer camas, para o quarto. Quando entrou, arfando por ter subido rápido as escadas, o corpo dele continuava inerte sob as cobertas, e o coração dela se apertou.

Mas, então, Sir Alistair se mexeu.

— Eu estava começando a achar que a visão do meu corpo nu havia sido suficiente para fazê-la fugir do castelo.

Helen soltou um riso irônico enquanto depositava a bandeja na mesa de cabeceira.

— Tenho um filho pequeno. Já tive muitas oportunidades de ver o corpo masculino desnudo, lhe garanto. Hoje mesmo, dei banho em Jamie.

Ele resmungou.

— Esperava que meu físico fosse um pouco diferente do de um menino.

Helen pigarreou e disse de forma afetada:

— Há algumas diferenças, é claro, mas ainda assim existem semelhanças.

— Humpf. — Ela sabia que o patrão a observava enquanto levava o aquecedor de cama para a lareira para enchê-lo com carvões em brasa. — Então me despir foi tão desinteressante quanto dar um banho no pequeno Jamie?

— É claro — respondeu Helen com uma serenidade que julgou ser admirável.

— Mentirosa — disse ele, rouco.

Ela ignorou o comentário e levou a panela quente de volta para a cama.

— Pode se afastar um pouco?

Sir Alistair concordou com a cabeça, seu rosto cansado e franzido. Ele conseguiu se virar no colchão, e Helen afastou as cobertas para passar o aquecedor no lençol. Por mais que se esforçasse, era impossível não olhar para a linha comprida da perna, do quadril e da lateral desnuda do patrão. Ela sentiu um frio na barriga. Rapidamente, afastou o olhar.

Quando ela terminou, ele girou de volta e gemeu, fechando o olho.

— Está muito bom.

— Que bom. — Ela levou a panela para a lareira e voltou depressa. — Tente se sentar para tomar um pouco de chá.

O olho de Sir Alistair se abriu, surpreendentemente atento e focado no peito dela.

— A senhora está encharcada. Precisa ir cuidar de si.

Helen olhou para baixo e viu que seu penhoar e sua camisola estavam quase transparentes. Seus mamilos retesados eram claramente marcados pelo tecido fino. Meu Deus! Mas, no momento, sua modéstia não importava.

— Cuidarei de mim assim que o senhor estiver acomodado. Agora, sente-se.

— Vou recompensar sua ajuda não solicitada mais tarde — alertou Sir Alistair, mas se arrastou pelo travesseiro até estar meio sentado.

— Pois bem — respondeu Helen enquanto enchia a xícara de açúcar e servia o chá fumegante.

— Não creio que o açúcar irá melhorar seu chá, Sra. Halifax — disse ele, de forma arrastada, às suas costas.

— Ah, cale-se. — Ela se virou e descobriu que o olhar do patrão estava em sua bunda. — Está quente e doce, e é disso que o senhor precisa agora. Beba.

Sir Alistair pegou a xícara que lhe era oferecida e bebeu, fazendo uma careta.

— Seu chá poderia tirar ferrugem de uma barra de ferro. Está tentando me matar?

— Sim, é exatamente isso que estou tentando fazer — murmurou Helen, em um tom tranquilizador. Um pedacinho do seu coração se apertou diante daquelas palavras ásperas. Ele era tão teimoso, tão rabugento, mas precisava tanto dela agora. — Tome um pouco mais.

Sir Alistair bebeu outro gole, fitando-a o tempo todo com um olhar fixo, desconcertante. Enquanto observava aquela garganta forte engolir o chá, Helen sentiu que os dedos tremiam. Ela se apressou para pegar a xícara e devolvê-la para a bandeja.

— Obrigado, Sra. Halifax — disse ele com o olho agora fechado, afundando na cama. Mas seu rosto voltou a ter cor. — Creio que vou conseguir sobreviver a esta noite sem a senhora.

Helen franziu a testa.

— Talvez eu devesse buscar mais lenha ou servir mais chá.

— Meu Deus, por favor, chega de chá. A senhora pode se retirar. A menos — Sir Alistair abriu o olho castanho-claro e lhe lançou um olhar sarcástico — que queira se juntar a mim.

A primeira reação de Helen foi arregalar os olhos diante do convite indelicado, e, por um instante crucial, ela não soube o que dizer nem o que fazer. Então se virou e saiu do cômodo, com a risada do patrão ecoando atrás de si enquanto corria para o próprio quarto.

Talvez fosse a lembrança dos seios voluptuosos da governanta marcados no tecido molhado na noite anterior. Talvez fosse o aroma de limão de seu cabelo que parecia ter permanecido em seu quarto, como um fantasma. Ou talvez fosse apenas sua necessidade biológica se mostrando presente. Independentemente do motivo, Alistair acordou na manhã seguinte com a visão dos lábios fartos e vermelhos dela envolvendo seu membro dolorosamente rijo. Um sonho erótico vívido demais, mas seu corpo não parecia saber a diferença entre realidade e fantasia.

Ele gemeu e afastou as cobertas. Sua cabeça — e seu corpo inteiro, na verdade — doía demais, porém seu pênis permanecia orgulhosamente ereto. Alistair contemplou essa parte instintiva do próprio corpo. Que ironia o fato de que até o homem mais intelectual do mundo poderia ser reduzido àquele desejo carnal latejante apenas pela visão de lábios carnudos e de seios macios e redondos. Seu falo se aprumou diante da imagem vívida da Sra. Halifax. Orgulhosa. Brigona.

Completamente nua.

Alistair engoliu em seco e se tocou, subindo os dedos pelo membro teso como aço, fechando a mão ao redor da cabeça latejante. O inchaço de seu pau já havia afastado o prepúcio, e o sêmen brilhava entre seus dedos. A Sra. Halifax imaginária se ajoelhou diante dele e aninhou os seios entre as próprias mãos. Então os ergueu, oferecendo-os, devassa e tímida ao mesmo tempo, mordendo o lábio inferior. Ele apertou a cabeça do seu pau, sentindo a onda de prazer atingir seus testículos. Os seios dela eram grandes e robustos, transbordando das mãos pequenas. Ela segurou os próprios mamilos rosados entre o dedão e o indicador e os apertou com força, lançando-lhe um olhar malicioso. Alistair gemeu e desceu a mão, pressionando com suavidade. Se ela unisse aquelas colinas macias, se ele se inclinasse para a frente e enfiasse o pênis entre aqueles seios maravilhosos, quentes...

Ao seu lado, um ganido de cãozinho soou.

Por instinto, Alistair deu um pulo e agarrou as cobertas.

— Merda!

Então se lembrou do cachorro e permitiu que o corpo desabasse de novo sobre os travesseiros. Ele olhou para baixo. O filhote estava encolhido no colchão, meio escondido nos lençóis que antes o cobriam.

— Está tudo bem, garoto — disse Alistair. — A minha estupidez não é culpa sua.

E o fato de ele permanecer ereto e latejante também não era culpa do filhotinho.

Aquela não era a primeira manhã em que acordava naquele estado. E, desde que voltou das colônias, só contou com a própria mão para satisfazer seus desejos animalescos. Certa vez, muitos anos antes, ficou tão frustrado com a situação que visitou uma área pouco respeitável de Edimburgo. Lá, procurou os serviços de uma mulher que era paga para satisfazer os desejos eróticos dos homens. Porém, quando a prostituta escolhida viu seu rosto sob a luz das velas de seu quarto alugado, ela aumentou o preço. Alistair foi embora, humilhado e enojado consigo mesmo, com a mulher gritando xingamentos às suas costas. Ele nunca mais repetiu essa experiência terrível. Em vez disso, se contentava com a própria mão sempre que sua mente era dominada pela luxúria.

O cachorrinho saiu de baixo das cobertas ao ouvir sua voz, desajeitado, balançando o rabo de alegria. Era um spaniel marrom e branco com orelhas caídas e o focinho cheio de pintas. O dono de sua ninhada era um fazendeiro que morava pouco depois de Glenlargo. Selar Griffin e sair em busca de um cão foi um capricho. A visão de Jamie jogando pétalas sobre o túmulo de Lady Grey não saía de sua cabeça, deixando-o incomodado por horas no dia anterior. Ainda mais perturbadora era a cena de Abigail fugindo correndo do enterro. Pobrezinha, tão tensa e antipática. Nada doce e gentil, como uma menina deveria ser. Alistair soltou uma risadinha irônica. De certa forma, ela fazia com que ele se lembrasse de si mesmo.

O filhote esticou as patas grandes demais, a barriga redonda quase tocando a cama, e bocejou. Sem dúvida, ele desejaria fazer xixi em um futuro próximo, e, sendo um filhote, não teria o cuidado de encontrar um lugar adequado.

— Espere um pouco, garoto — murmurou Alistair.

Ele se levantou, suas juntas estalando, e começou a se vestir, mas só conseguiu colocar as roupas de baixo antes de a porta se abrir de repente. Pela segunda vez naquela manhã, ele agarrou os lençóis. O cachorrinho se virou e latiu para a intrusa.

Alistair suspirou, engolindo um palavrão, e encarou os olhos azul-campânula.

— Bom dia, Sra. Halifax. Já pensou em bater à porta antes de entrar? Aqueles belos olhos piscaram, e ela franziu a testa.

— O que o senhor está fazendo fora da cama?

— Tentando encontrar minhas calças, já que perguntou. — Ele apoiou o punho fechado contra o quadril, agradecendo aos céus por não ter tirado o tapa-olho na noite anterior. — Se a senhora me der privacidade, posso cumprimentá-la com trajes mais apropriados.

— Humpf. — Em vez de ir embora, a governanta passou por ele e pôs a bandeja que trazia ao lado da cama. — O senhor precisa voltar para a cama.

— O que eu *preciso* — disse Alistair, rouco, muito ciente de que seu pênis tinha recuperado o ânimo diante da entrada dela — é me vestir e levar o cachorro para fora.

— Eu trouxe leite morno e pão para o senhor — respondeu ela em um tom alegre, e então parou com os braços cruzados, como se esperasse que ele comesse aquela papa.

Alistair fitou a tigela sobre a mesa de cabeceira. Estava cheia de leite. Pedaços encharcados de pão flutuavam na superfície, formando uma gororoba nojenta.

— Começo a me perguntar — disse ele enquanto abandonava os lençóis e pegava o cachorrinho — se a senhora não estaria tentando me enlouquecer de propósito.

— O quê...?

— Sua insistência em interromper meu trabalho, contratar criados de que não preciso e atrapalhar minha vida no geral não pode ser por acaso.

— Eu não...!

Enquanto ela balbuciava, irritada, ele colocou o cachorro diante da tigela. O filhotinho enfiou a cara e uma pata no recipiente e começou a comer, derramando leite e pedaços de pão pela mesa. Alistair encarou a governanta.

Que recuperou a fala.

— Eu *jamais*...

— E ainda temos o problema dos seus trajes.

A Sra. Halifax olhou para baixo.

— O que há de errado com meus trajes?

— Esse vestido — Alistair gesticulou para a renda no peito dela, e acabou esbarrando em seus seios quentes e macios — é elegante demais para uma governanta. Mas a senhora insiste em ficar se pavoneando pelo castelo nele, em uma tentativa de me distrair.

As bochechas da Sra. Halifax coraram, e seus olhos azuis brilharam de indignação.

— Eu só tenho dois vestidos, se o senhor quer saber. A culpa não é minha se não gosta deles.

Alistair deu um passo para a frente, seu peito quase tocando o vestido. Ele não sabia mais se tentava forçá-la a ir embora ou se queria atraí-la. O aroma cítrico penetrava suas narinas.

— E a sua insistência em entrar no meu quarto sem bater?

— Eu...

— A única conclusão a que consigo chegar é que a senhora deseja me ver despido. De novo.

O olhar da Sra. Halifax desceu — talvez de forma inevitável — para o ponto em que as roupas de baixo de Alistair formavam uma tenda sobre seu falo exaltado. Os lábios fartos e atraentes dela se abriram. Meu Deus! Aquela mulher o deixava louco.

Ele não conseguiu evitar baixar a cabeça, observando aquela boca vermelha carnuda enquanto ela a lambia, nervosa.

— Talvez eu devesse satisfazer sua curiosidade.

Sir Alistair pretendia beijá-la, Helen sabia. Suas intenções estavam expostas em cada traço de seu rosto, no ar sedutor de seu olhar, na pose determinada de seu corpo. Ele pretendia beijá-la, e a pior parte é que ela queria que Sir Alistair o fizesse. Queria sentir aqueles lábios ora sarcásticos, ora maldosos, contra os seus. Queria sentir o gosto dele, inalar seu aroma masculino enquanto ele a provava. Na verdade, ela começou a se inclinar em sua direção, a elevar o rosto, a sentir o coração disparando. Ah, sim, ela ansiava por aquele beijo, talvez mais do que qualquer coisa.

E então as crianças entraram no quarto. Na verdade, primeiro veio Jamie, correndo como sempre, com a irmã o seguindo em um ritmo mais lento. Sir Alistair disse um palavrão bem cabeludo baixinho e se virou para enrolar os lençóis ao redor da cintura. Mas nem precisava ter se preocupado, porque as crianças tinham outro foco.

— Um cachorrinho! — gritou Jamie, se jogando em cima do pobre animal.

— Cuidado — disse Sir Alistair. — Ele ainda não...

Mas o aviso veio tarde demais. Jamie ergueu o cachorro, e, ao mesmo tempo, um jato fino de líquido amarelo jorrou no chão. O menino ficou parado ali, boquiaberto, segurando o animal diante de si.

— Ah...

Sir Alistair encarou a cena, inexpressivo, com o peito magnífico ainda exposto. Helen teve pena do homem. Ele quase morreu de frio na noite anterior, nem conseguiu se vestir naquela manhã, e já era assolado por um cachorro com incontinência urinária e crianças correndo.

Ela pigarreou.

— Creio que...

Mas foi interrompida por uma risada. Uma risada doce, alta, de menina, que não ouvia desde que saíram de Londres. Helen se virou.

Abigail continuava parada ao lado da porta, com ambas as mãos cobrindo a boca, a risada escapulindo entre os dedos. Ela baixou os braços.

— Ele fez xixi em você! — cantarolou a menina para o coitado do irmão. — Fez xixi, fez xixi, fez xixi! Acho que devemos chamá-lo de Pipi.

Por um instante, Helen ficou com medo de Jamie se debulhar em lágrimas, mas então o filhotinho se remexeu, e o menino apertou o animal contra seu peito, sorrindo.

— Ele continua sendo um cachorrinho bonito. Mas não devemos chamá-lo de Pipi.

— Pipi com certeza está fora de cogitação — retumbou Sir Alistair, e as duas crianças tomaram um susto, olhando para ele como se tivessem se esquecido de que estava ali.

Abigail ficou séria.

— O cachorro não é nosso, Jamie. Não podemos lhe dar um nome.

— Sim, ele não é seu — disse Sir Alistair, tranquilo —, mas preciso de ajuda para pensar em um nome. E, no momento, preciso que alguém o leve para o quintal e garanta que ele faça o restante de suas necessidades lá fora, e não no castelo. Alguém se voluntaria?

As crianças ficaram animadas com a tarefa, e Sir Alistair mal teve tempo de assentir com a cabeça antes de elas saírem do quarto. De repente, Helen estava sozinha de novo com o dono do castelo.

Ela se abaixou para limpar a poça no chão com o pano que havia trazido da cozinha, junto com a comida. E evitou os olhos dele.

— Obrigada.

— Pelo quê? — A voz de Sir Alistair soava despreocupada enquanto ele jogava os lençóis de volta na cama.

—O senhor sabe. — Ela ergueu o olhar para fitá-lo e percebeu que sua visão estava embaçada pelas lágrimas. — Por deixar Abigail e Jamie cuidarem do cachorrinho. Os dois... os dois precisavam disso agora. Obrigada.

Sir Alistair deu de ombros, parecendo um pouco desconfortável.

— Foi uma bobagem.

— Uma bobagem? — Helen se levantou, subitamente irritada. — O senhor quase se matou indo buscar aquele animal. Não foi apenas uma bobagem!

— E quem disse que eu peguei o cachorro para as crianças? — rosnou ele.

— Não pegou? — rebateu ela.

O homem gostava de se passar por grosseiro, mas Helen sentia que, no fundo, ele era uma pessoa completamente diferente.

— E se foi isso mesmo? — Sir Alistair se aproximou e segurou os ombros dela com delicadeza. — Talvez eu mereça uma recompensa.

Ela não teve tempo para pensar, discutir ou mesmo se preparar. Os lábios dele estavam sobre os seus, quentes e levemente ásperos da barba por fazer e, ah, como a sensação era boa. Másculo. Ardente. Fazia muito tempo que Helen não era desejada daquela maneira. Nem se lembrava da última vez em que foi beijada. Ela se inclinou para a frente, segurando os bíceps desnudos dele, e também era maravilhoso sentir aquela pele quente e macia sob seus dedos. Ele abriu a boca e gentilmente a invadiu com a língua, e Helen retribuiu o gesto, acolhendo-o de forma alegre, maravilhosa e fácil.

Talvez fácil demais.

Aquele era seu maior defeito: a tendência a agir rápido demais. A se apaixonar rápido demais. A dar tudo de si apenas para se arrepender de sua paixão impulsiva depois. Em um passado distante, ela também achou os beijos de Lister maravilhosos, e aonde isso a levou?

A nada além de sofrimento.

Helen se afastou, arfando, e olhou para Sir Alistair. Seu olho estava semicerrado, o rosto corado e sensual com a barba escura por fazer.

Ela tentou pensar em algo para dizer.

— Eu...

Porém, no fim das contas, apenas pressionou os dedos contra os lábios e saiu correndo do quarto, como uma virgem tímida.

— PIRATA — DISSE JAMIE.

O menino estava agachado no gramado atrás do castelo, observando o cachorrinho farejar um besouro que encontrara.

Abigail revirou os olhos.

— Você acha que ele tem cara de Pirata?

— Sim — respondeu Jamie, antes de acrescentar: — Ou talvez Capitão.

A garota ergueu as saias com cuidado e encontrou um espaço na grama meio seca para se sentar. Quase tudo estava encharcado da chuva do dia anterior.

— Acho que Lancelote seria legal.

— Esse nome é de menina.

— Não. Lancelote foi um grande guerreiro. — Abigail franziu a testa, sem ter certeza absoluta sobre os fatos. — Ou alguma coisa parecida. Mas com certeza não era uma menina.

— Bem, parece nome de menina — insistiu Jamie, teimoso.

Ele pegou um graveto e o segurou diante do focinho do filhote. O cão mordeu o graveto e o pegou dele. Então se deitou no chão, com as pernas traseiras esticadas para trás, e começou a mastigar o pequeno pedaço de madeira.

— Não deixe ele comer isso — disse Abigail.

— Não vou deixar — falou o menino. — E, de qualquer jeito...

— Ei! — gritou uma voz conhecida. — O que é isso?

O Sr. Wiggins estava atrás dos dois. Sua cabeça encobria o sol matinal, e o cabelo ruivo despenteado ao redor do rosto parecia estar pegando fogo. Ele cambaleou um pouco e olhou emburrado para o cachorrinho.

— É o cachorro de Sir Alistair — disse Abigail, rápido, com medo de que o homenzinho levasse o filhote. — Ele pediu que a gente o trouxesse para cá.

O Sr. Wiggins apertou os olhos pequenos, que quase desapareceram entre as rugas no seu rosto.

— Um trabalho humilde pra filha dum duque, né?

Abigail mordeu o lábio. Ela havia torcido tanto para ele ter esquecido as palavras de Jamie no dia anterior.

Mas o Sr. Wiggins já pensava em outras coisas.

— Só não deixa ele mijar na cozinha. Já tenho muito trabalho por aqui.

— Ele... — começou Jamie, mas Abigail o interrompeu.

— Pode deixar — disse ela com doçura.

— Hum — resmungou o Sr. Wiggins, indo embora.

A menina esperou até que ele desaparecesse dentro do castelo; então virou-se para o irmão.

— Não diga mais nada para ele.

— Você não manda em mim!

O lábio inferior de Jamie tremia, e seu rosto estava ficando vermelho. Ela sabia que esses eram os sinais de uma crise iminente de gritaria ou choro, ou as duas coisas, mas insistiu mesmo assim.

— Isso é importante, Jamie. Não pode sair contando as coisas sempre que ele provocar você.

— Eu não contei nada — murmurou o menino; os dois sabiam que era mentira.

Abigail suspirou. Jamie ainda era muito novo, e esse era o máximo que conseguiria dele. Ela lhe ofereceu o filhote.

— Quer segurar o Pipi?

— O nome dele não é Pipi — respondeu o irmão, mas pegou o cachorrinho, esmagando-o contra o peito, escondendo o rosto no pelo macio.

— Eu sei.

A menina voltou a se sentar na grama e fechou os olhos, sentindo o sol contra o rosto. Ela devia contar à mãe o que Jamie havia dito. Devia fazer isso agora mesmo. Mas então mamãe ficaria irritada e preocupada, e aquela nova felicidade que sentiam seria arruinada. Talvez não fizesse diferença, de toda forma.

— O Pipi ainda não conhece os estábulos — disse Jamie ao seu lado. Ele parecia ter recuperado o bom humor. — Vamos mostrar para ele.

— Pois bem.

Abigail se levantou e seguiu o irmão pela grama molhada. O dia estava maravilhoso, afinal, e eles tinham um cachorro fofo para cuidar. Algo a fez olhar para trás, na direção que o Sr. Wiggins seguiu. O homem tinha desaparecido, mas nuvens escuras pairavam ao longe, agourentas e baixas, ameaçando a luz do sol.

Ela estremeceu e correu para alcançar Jamie.

— Dizem que Wheaton irá propor outra lei de pensão para soldados na próxima sessão do parlamento — comentou o conde de Blanchard, se inclinando tanto para trás na cadeira que Lister temia que a quebrasse.

— O sujeito não desiste nunca — falou Lorde Hasselthorpe com desdém. — Prevejo que conseguiremos refutá-la sem muita discussão. O que acha, Vossa Alteza?

Lister contemplou o copo de conhaque que segurava. Eles estavam no escritório de Hasselthorpe, um cômodo muito agradável, mesmo que decorado em tons de roxo e cor-de-rosa. O amigo era um homem sério, controlado, que tinha ambições de ocupar o cargo de primeiro--ministro — talvez em um futuro muito próximo —, mas sua esposa era uma imbecil. Era bem provável que fosse ela a responsável pela decoração.

Lister encarou o anfitrião.

— A proposta de Wheaton é pura bobagem, é claro. Pensem no quanto uma pensão para cada idiota que já serviu no Exército de Sua Majestade custaria ao governo. Mas a ideia pode atrair certo apoio popular.

— Ora, mas o senhor não acredita que ela será aprovada? — Blanchard parecia horrorizado.

— Aprovada, não — disse Lister. — Mas podemos encontrar oposição. Não viram os panfletos circulando pelas ruas?

— A retórica dos panfletários nunca é sofisticada — zombou Hasselthorpe.

— Não, mas ela influencia os frequentadores de cafeterias. — Lister franziu a testa. — E os eventos recentes nas colônias durante a guerra com os franceses fizeram com que as pessoas refletissem sobre o destino dos soldados comuns. Atrocidades como o massacre de Spinner's Falls fazem muita gente se perguntar se eles recebem o suficiente.

Hasselthorpe se inclinou um pouco para a frente.

— Meu irmão foi morto em Spinner's Falls. A ideia de usarem o massacre como um argumento sensacionalista de panfletos me deixa enojado, senhor.

O duque deu de ombros.

— Concordo. Apenas quero ilustrar a oposição que encontraremos para refutar a proposta.

Blanchard fez a cadeira estalar de novo enquanto começava a tagarelar sobre soldados beberrões e ladrões, mas Lister se distraiu. Henderson tinha aberto uma fresta da porta e enfiado a cabeça dentro do cômodo.

— Com licença — disse o duque, interrompendo as divagações de Blanchard.

Ele mal esperou os outros cavalheiros assentirem para se levantar e seguir para a porta.

— O que foi?

— Perdoe-me, Vossa Alteza, por incomodá-lo — sussurrou Henderson, nervoso —, mas tenho notícias sobre a fuga de certa dama.

Lister olhou para trás. A cabeça de Hasselthorpe e a de Blanchard estavam juntas uma da outra, e, de toda forma, seria difícil que conseguissem ouvi-lo. Ele se virou de novo para o secretário.

— Pois não?

— Ela e as crianças foram vistas em Edimburgo, Vossa Alteza. Faz pouco mais de uma semana.

Edimburgo? Que interessante. Ele não sabia que Helen tinha conhecidos na Escócia. Será que ela encontrara algum lugar para ficar na cidade ou teria prosseguido viagem?

Ele voltou a se focar em Henderson.

— Muito bem. Envie mais uma dúzia de homens. Quero que vasculhem Edimburgo, descubram se ela continua na cidade, e, se não estiver mais lá, para onde raios foi.

O secretário fez uma mesura.

— Pois não, Vossa Alteza.

E Lister se permitiu um pequeno sorriso. A distância entre o caçador e a presa tinha diminuído. Logo, logo, ele teria o belo pescoço de Helen em suas mãos.

Capítulo Sete

Uma noite, enquanto o Contador de Verdades vigiava o monstro, o rapaz não apareceu no horário esperado. O sol baixou no céu e se pôs, as sombras aumentaram no velho jardim, e as andorinhas pararam de voar e se empoleiraram na gaiola. Quando o soldado olhou para o monstro, viu um ser pálido atrás das grades. Curioso, ele se aproximou e, para sua surpresa, descobriu que a criatura havia desaparecido. Em seu lugar, uma mulher nua estava deitava no chão, com o longo cabelo preto espalhado ao seu redor como um manto.

Foi então que o belo rapaz chegou correndo ao pátio do castelo, ofegante, e berrou:

— Vá embora! Vá agora!

Obediente, o Contador de Verdades se virou para sair, mas seu amo gritou às suas costas:

— Viu algo que desse medo hoje?

Ele fez uma pausa, mas não se virou.

— Não...

— Contador de Verdades

Ela o estava evitando. Ao meio-dia, quando uma bandeja com chá e biscoitos foi entregue no escritório por uma das novas criadas em vez de sua sedutora governanta, Alistair teve certeza disso. Será que a deixou enojada com aquele beijo? Ou a assustou com suas óbvias intenções? Bem, que se dane. Aquele castelo era dele, droga; foi *ela* quem insistiu em perturbar sua paz. E não podia se esconder dele agora. Além do mais, refletiu Alistair enquanto descia as escadas da torre, já tinha passado da hora de perguntar sobre a entrega da correspondência daquela manhã.

Quando entrou na cozinha, ele viu a Sra. Halifax conversando com a cozinheira diante de uma panela fumegante na lareira, mas não foi notado logo por ela. Perto da porta por onde entrou, as crianças brincavam com o cachorrinho. Não havia nenhum outro criado por ali.

— O senhor veio almoçar? — perguntou Jamie, segurando o filhote agitado contra o peito. — Vamos dar uma tigela de leite para o Pipi daqui a pouco.

— Não se esqueçam de levá-lo para o quintal depois — murmurou Alistair. Então seguiu para a lareira. — E façam um *esforço* para pensar em outro nome para o cachorro.

— Sim, senhor — disse Abigail às suas costas.

A Sra. Halifax ergueu a cabeça quando ele se aproximou, arregalando os olhos como se sua aparição a surpreendesse.

— Posso ajudar com alguma coisa, Sir Alistair?

Havia certa cautela no seu olhar. *Ou talvez a mulher estivesse apenas horrorizada por ter permitido que um monstro tão nojento se aproximasse dela*, zombou uma voz maldosa.

O pensamento o fez franzir a testa enquanto dizia:

— Vim buscar minha correspondência.

A cozinheira murmurou algo baixinho e se inclinou sobre a panela. A Sra. Halifax seguiu com elegância para uma mesa próxima, sobre a qual havia um pequeno maço de cartas.

— Desculpe. Eu devia ter mandado alguém levá-las lá para cima.

Ela lhe entregou o maço.

Alistair o pegou, seus dedos roçando brevemente nos dela, e então franziu a testa ao analisar os envelopes. A resposta de Etienne não estava ali, é claro — ainda era cedo demais —, mas, mesmo assim, teve esperança de encontrá-la. Desde a carta de Vale, não conseguia parar de pensar sobre o traidor de Spinner's Falls. Ou talvez fosse a aparição da Sra. Halifax, trazendo à tona tudo que ele havia perdido junto com seu rosto naquele terrível massacre.

— O senhor estava esperando alguma correspondência específica? — perguntou a Sra. Halifax, interrompendo seus pensamentos sombrios.

Ele deu de ombros e guardou as cartas no bolso.

— Uma mensagem de um colega de outro país. Nada muito importante.

— O senhor se corresponde com cavalheiros estrangeiros? — Ela inclinou a cabeça, como se estivesse curiosa.

Alistair assentiu.

— Troco descobertas e ideias com outros naturalistas da França, Noruega, Itália, Rússia e das colônias americanas. Tenho um amigo que está explorando as florestas da China agora, e outro imerso nas profundezas da África.

— Que fantástico! E o senhor também deve viajar para visitar esses amigos e explorar por conta própria, não é?

Alistair a encarou. Ela estava zombando dele?

— Eu nunca saio do castelo.

A Sra. Halifax congelou.

— Nunca? Sei que o senhor gosta daqui, mas deve viajar às vezes. E o seu trabalho?

— Não viajo desde que voltei das colônias. — Ele não conseguia mais encarar aqueles olhos azuis, então se focou em outra coisa, observando as crianças brincarem com o cachorrinho perto da porta. — A senhora sabe como é a minha aparência. Sabe por que permaneço aqui.

— Mas... — As sobrancelhas da Sra. Halifax se uniram antes de ela dar um passo na direção dele, forçando-o a reencontrar seu olhar solene. — Sei que deve ser difícil sair. Sei que as pessoas o encaram. Deve ser horrível. Mas viver trancado aqui para sempre... o senhor não merece esse castigo.

— Não mereço? — Alistair sentiu a boca se retorcer. — Os homens que morreram nas colônias não mereciam o fim que tiveram. Meu destino não tem nada a ver com o que eu *mereço* ou deixo de merecer. É um fato simples: tenho cicatrizes. Assusto criancinhas e pessoas mais delicadas. Portanto, fico no castelo.

— Como o senhor cogita passar o resto da sua vida assim?

Ele deu de ombros.

— Não penso no resto da minha vida. Esse é simplesmente o meu destino.

— Ninguém pode mudar o passado. Entendo isso — disse a Sra. Halifax. — Mas uma pessoa não pode aceitar o passado e continuar tendo esperança?

— Esperança? — Alistair a encarou. A intensidade com que ela argumentava indicava que aquilo era, de alguma forma, pessoal. Mas ele não saberia dizer de que forma. — Não entendo o que quer dizer.

A Sra. Halifax se inclinou na direção dele, com os olhos azuis sérios.

— O senhor não pensa no futuro? Não faz planos para tempos felizes? Não tenta melhorar sua vida?

Alistair fez que não com a cabeça. A filosofia dela era completamente oposta à sua forma de ver o mundo.

— De que adianta planejar um futuro quando meu passado nunca irá mudar? Não sou infeliz.

— Mas é feliz?

Ele se virou para a porta.

— Isso faz diferença?

— É claro que faz. — Alistair sentiu a pequena mão dela em seu braço. E virou-se de novo para encará-la, tão radiante, tão bonita. — Como o senhor pode viver sem felicidade, ou pelo menos sem a esperança de ser feliz?

— Agora tenho certeza de que a senhora está zombando de mim — rosnou ele, e se desvencilhou dela.

Alistair saiu a passos largos da cozinha, ignorando os protestos da Sra. Halifax. Ele sabia que a mulher não tinha a intenção de ser tão cruel, mas sua sinceridade era, de certa forma, mais terrível que uma risada zombeteira. Como ele poderia pensar no futuro quando não tinha nenhum, se perdeu todas as esperanças quase sete anos antes? Até mesmo a ideia de ressuscitar aquele otimismo o enchia de pavor. Não, era melhor fugir da cozinha e de sua governanta observadora demais do que encarar a própria fraqueza.

HELEN ESTAVA DO LADO DE FORA, naquela tarde, varrendo a escada, quando o barulho de rodas a fez erguer o olhar. Uma carruagem grande guiada por quatro cavalos vinha na direção do castelo, e a visão era tão inesperada — pois já estava acostumada com o isolamento do lugar — que ela só conseguiu ficar encarando a cena por um tempo, boquiaberta. Então o medo fez seu coração bater disparado contra suas costelas. Meu Deus, será que Lister os havia encontrado?

Na verdade, a obrigação de varrer a escada devia ser de Meg ou de Nellie, mas as criadas estavam ocupadas arrumando a sala de estar do primeiro andar. Então ela mesma resolveu lidar com a tarefa depois do almoço, incomodada com a visão das ervas daninhas crescendo entre as rachaduras. Assim, estava parada ali em um avental amassado, armada apenas com uma vassoura. Não teria tempo nem de tentar esconder os filhos.

A carruagem parou de forma majestosa, e um lacaio de peruca desceu para armar o degrau e abrir a porta. Uma dama muito alta surgiu do interior, baixando a cabeça para não bater no teto. Helen quase desabou no chão de tanto alívio. A mulher usava um elegante vestido bege com uma anágua listrada e touca de renda sob um chapéu de palha. Atrás dela, vinha uma dama mais baixa, rechonchuda, toda de lavanda e amarelo, com um grande gorro cheio de babados e um chapéu que emoldurava seu rosto corado e alegre. A mulher alta se empertigou e franziu a testa ao observar Helen por cima de um par de óculos chamativo e um pouco estranho. Era uma peça grande, arredondada, com molduras pretas grossas e um X entre os olhos.

— Quem é você? — perguntou a mulher.

Helen fez uma mesura muito bem executada, na sua opinião, levando em consideração que segurava uma vassoura.

— Sou a Sra. Halifax, a nova governanta de Sir Alistair.

A mulher alta ergueu as sobrancelhas com ceticismo e virou-se para a companheira de viagem.

— Ouviu issô, Phoebe? Essa moça diz que é governanta de Alistair. Você acha provável que ele tenha contratado alguém?

A dama mais baixa e rechonchuda sacudiu as saias e sorriu para Helen.

— Como ela disse que é a governanta, Sophie, e como ela estava varrendo a escada quando chegamos, devemos presumir que Alistair de fato a contratou.

— Hum — fez a mulher alta. — Então abra a porta para nós, menina. Duvido que Alistair tenha um quarto decente, mas ficaremos aqui mesmo assim.

Helen sentiu o rosto corar. Fazia bastante tempo que ninguém a chamava de menina, mas a mulher não parecia ter a intenção de ofendê-la.

— Tenho certeza de que posso dar um jeito — disse Helen, sem ter certeza nenhuma.

Se mandasse as criadas começarem a limpar dois quartos agora, talvez eles estivessem prontos quando anoitecesse. *Talvez.*

— Acho que devíamos nos apresentar — murmurou a dama baixinha.

— Devíamos? — questionou a outra.

— Sim. — Foi a resposta enfática.

— Pois bem — disse a mulher alta. — Sou a Srta. Sophia Munroe, irmã de Sir Alistair, e esta é a Srta. Phoebe McDonald.

— É um prazer conhecê-las.

Helen fez outra mesura.

— O prazer é nosso — disse a Srta. McDonald com um sorriso radiante, as bochechas fofas e coradas brilhando.

Ela parecia ter esquecido que Helen era uma criada.

— Venham comigo, por favor — disse Helen, educada. — Hum... Sir Alistair está esperando sua visita?

— É claro que não — respondeu a Srta. Munroe na mesma hora, enquanto entrava no castelo. — Se ele soubesse que eu vinha, não estaria aqui. — Ela tirou o chapéu e olhou para o hall de entrada. — Ele *está* aqui, não está?

— Ah, sim — respondeu Helen, pegando os chapéus das damas. Então olhou ao redor do hall e finalmente os colocou sobre uma mesa de mármore, torcendo para que não estivesse empoeirada demais. — Tenho certeza de que ele vai ficar muito feliz com a visita.

A Srta. Munroe soltou uma risada irônica.

— Então você é mais otimista do que eu.

Helen achou melhor não responder. Em vez disso, guiou as visitas para a sala de estar que as criadas limpavam, torcendo para a situação ter melhorado desde o almoço.

Mas, quando abriu a porta, o lacaio Tom soltava um espirro explosivo, a cabeça coberta com uma teia de aranha enorme, e tanto Meg quanto Nellie morreriam de rir. Os criados se empertigaram quando a viram, e Nellie tapou a boca para segurar a risada.

Helen suspirou e se virou para as damas.

— Talvez seja melhor esperarem na sala de jantar. É o único cômodo completamente limpo no castelo, infelizmente. Além da cozinha.

— De forma alguma. — A Srta. Munroe entrou na sala e lançou um olhar crítico para a fileira de bichos empalhados devorados por traças em uma parede. — Eu e Phoebe podemos lidar com isso enquanto você busca Alistair.

Helen concordou com a cabeça e deixou os criados com as damas. Enquanto subia as escadas, ouviu a Srta. Munroe dando ordens. Ela não via Sir Alistair desde a discussão deles na cozinha pela manhã. A verdade era que o estava evitando e até pediu a Meg que levasse seu almoço na torre em vez de entregá-lo ela mesma. Na verdade, percebeu ela ao chegar ao terceiro andar, nem tinha certeza se o patrão estava escondido em sua torre. Até onde sabia, ele podia muito bem ter saído para uma de suas caminhadas.

Mas, quando bateu à porta, a voz grave de Sir Alistair respondeu, rouca:

— Entre.

Helen abriu a porta e entrou. Ele estava sentado à mesa maior, inclinado sobre um livro com uma lupa na mão.

E continuou falando sem erguer o olhar.

— Veio atrapalhar meu trabalho, Sra. Halifax?

— Sua irmã chegou.

Ele se empertigou na mesma hora.

— O quê?

Helen piscou. Sir Alistair tinha feito a barba. Sua bochecha sem cicatrizes estava bem lisa e bonita, na verdade. Ela se forçou a retomar o foco.

— Sua irmã...

Ele deu a volta na mesa.

— Que bobagem. Por que Sophia viria até aqui?

— Acho que ela só...

Mas o patrão já se dirigia para a porta.

— Ela deve estar com algum problema.

— Não acho que algo ruim tenha acontecido — gritou Helen enquanto o seguia.

Sir Alistair não pareceu escutar, enquanto descia as escadas correndo. Ela estava ofegante quando chegaram ao térreo, mas ele não parecia nem um pouco cansado.

— Onde ela está?

— Na sala de estar com aquelas cabeças empalhadas horrorosas — arfou Helen.

— Que ótimo. Ela com certeza vai reclamar — murmurou Sir Alistair.

Helen revirou os olhos. Ela não poderia deixar as mulheres esperando do *lado de fora*.

O dono do castelo saiu andando e abriu a porta da sala de estar.

— O que houve?

A Srta. Munroe se virou e apertou os olhos sob os óculos estranhos.

— Os troféus de caça de vovô estão completamente mofados. Precisam ser jogados fora.

Sir Alistair esboçou uma carranca.

— Você não veio de Edimburgo só para criticar o estado dos troféus de caça de vovô. E que coisa é essa no seu rosto?

— Este — a Srta. Munroe tocou os óculos feios — é o aparelho visual do Sr. Benjamin Martin, desenvolvido cientificamente para reduzir os danos da luz nos olhos. Eu o encomendei de Londres.

— Meu Deus, são muito feios.

— Sir Alistair! — exclamou Helen.

— Ora, mas são mesmo — murmurou ele. — *E* ela sabe disso.

Mas a irmã abriu um sorrisinho.

— Exatamente a reação que eu esperava de alguém tão inculto quanto você.

— Então você veio até aqui para me mostrar isso?

— Não, vim ver se meu único irmão continua vivo.

— E por que eu não estaria?

— Não recebi resposta para minhas últimas três cartas — rebateu a dama. — Não se espante que eu tenha imaginado você apodrecendo em algum lugar deste castelo velho.

— Eu respondo a todas as suas cartas. — Sir Alistair franziu a testa.

— Mas não respondeu às últimas três.

Helen pigarreou.

— Gostariam de um chá?

— Ah, isso seria ótimo — disse a Srta. McDonald, parada ao lado da Srta. Munroe. — E talvez um pãozinho doce? Sophie adora pão doce, não é, querida?

— Detesto... — começou a outra mulher, mas se deteve de repente. Se Helen não estivesse olhando, podia jurar que a amiga a beliscou. A Srta. Munroe respirou fundo e admitiu: — Eu gostaria de um chá.

— Que bom. — Helen gesticulou com a cabeça para Meg, que, junto com o restante dos criados, estava parada na sala, prestando atenção na conversa. — Peça a cozinheira que prepare um chá e veja se há algum pão que seja doce ou um bolo para acompanhar, por favor.

— Sim, senhora.

Meg saiu apressada da sala.

Helen encarou o restante dos criados até eles a seguirem, relutantes.

— O senhor não vai oferecer à sua irmã um lugar para se sentar? — murmurou ela para Sir Alistair.

— Tenho que trabalhar — resmungou ele, mas disse: — Por favor, sentem-se, Sophia, Phoebe. E, Sra. Halifax, acomode-se também.

— Mas... — começou ela, porém mudou de ideia quando o patrão a encarou com seu único olho. Então se sentou com elegância em uma poltrona sem braços.

— Obrigada, Alistair — agradeceu-lhe a Srta. Munroe, e se acomodou em um dos canapés.

A Srta. McDonald sentou-se ao lado da amiga e disse:

— É ótimo vê-lo de novo, Alistair. Ficamos tristes quando você não conseguiu nos visitar no Natal. Tivemos um pato assado maravilhoso para a ceia, acho que nunca vi um tão grande.

— Eu nunca visito vocês no Natal — murmurou Alistair.

Ele escolheu uma poltrona ao lado de Helen, deixando-a envergonhada.

— Mas talvez devesse — repreendeu a Srta. McDonald com gentileza.

As palavras dela pareceram ser muito mais eficazes do que os comentários raivosos da Srta. Munroe. As maçãs do rosto proeminentes do dono do castelo pareceram corar um pouco.

— Você sabe que não gosto de viajar.

— Sim, querido — disse a Srta. McDonald —, mas isso não é motivo para nos ignorar. Sophie ficou bastante magoada por você não ter enviado nem uma carta no Natal.

Ao lado dela, a Srta. Munroe soltou uma risada irônica, não parecendo nem um pouco magoada.

Sir Alistair franziu a testa e fez menção de abrir a boca.

Helen ficou com medo do que ele poderia dizer e se virou para a Srta. McDonald.

— Fui informada de que as senhoritas moram em Edimburgo, não é?

A dama abriu um sorriso radiante.

— Sim, de fato. Eu e Sophie temos uma casa maravilhosa de pedra branca com vista para a cidade. Sophie participa de algumas sociedades científicas e filosóficas, e podemos frequentar palestras, demonstrações ou encontros quase todos os dias da semana.

— Que ótimo — disse Helen. — E a senhorita também se interessa por ciência e filosofia?

— Ah, eu me interesso — respondeu a Srta. McDonald, sorrindo —, mas não tenho a mesma vocação que Sophie.

— Bobagem — rebateu a Srta. Munroe. — Você se sai muito bem para uma mente sem treino, Phoebe.

— Ora, obrigada, Sophie — murmurou a Srta. McDonald, dando uma piscadela conspiratória para Helen.

A governanta escondeu um sorriso. A mulher baixinha parecia saber exatamente como lidar com sua amiga geniosa.

— As senhoritas sabiam que Sir Alistair está escrevendo outro livro maravilhoso? — perguntou ela.

— É mesmo? — A Srta. McDonald bateu palmas uma vez. — Podemos vê-lo?

A Srta. Munroe olhou para o irmão com uma sobrancelha erguida.

— Bom saber que você voltou a trabalhar.

— Ainda estou no começo — murmurou ele.

As criadas voltaram com o chá, e, por um momento, o caos reinou enquanto elas serviam as bebidas.

Sir Alistair se aproveitou da confusão para se inclinar para perto de Helen e sussurrar:

— Maravilhoso?

Ela sentiu as bochechas ruborizarem.

— Seu livro *é* maravilhoso.

O olho castanho dele analisou seu rosto.

— Então a senhora o leu?

— Eu não... não tudo. Mas li uma parte ontem à noite. — Ela sentiu que perdia o ar diante da intensidade do olhar dele. — É fascinante.

— É mesmo?

Sir Alistair encarava sua boca agora, com um olhar focado e intenso, e Helen se perguntou se ele pensava no beijo deles. Ela jurou para si mesma que aquilo não se repetiria. Envolver-se com esse homem seria apenas mais um exemplo de sua tendência a cometer tolices sem pensar nas consequências. Mas, quando ele ergueu o olhar e voltou a focar em seus olhos, ela soube.

Apesar do perigo, aquela tolice estava começando a parecer bem tentadora.

APÓS O CHÁ, ALISTAIR passou o restante da tarde em sua torre, não apenas porque queria terminar o capítulo sobre texugos, mas também por temer que, se passasse muito tempo perto de sua sedutora governanta, poderia fazer alguma besteira. E, além do mais, tinha certeza de que Sophia estava reunindo reforços para limpar o castelo. Seria melhor ficar bem longe disso.

Então, só voltou a ver a Sra. Halifax à noite. Ele tinha acabado de sair do quarto, lembrando-se de se arrumar antes do jantar e até de vestir uma calça e um paletó decentes para que a irmã não reclamasse muito. Pelo visto, parecia que a governanta também resolveu se aprumar. Ele parou no fim da escada, observando-a antes que sua presença fosse percebida. Por todos os dias desde que chegou ao castelo, ela usou o mesmo vestido azul, mas, hoje, escolheu um de festa, verde e dourado, caro demais para uma governanta, e que, pior ainda, deixava seu busto farto ainda mais exposto. De repente, Alistair ficou aliviado por ter se dado ao trabalho de pentear o cabelo e se barbear.

A Sra. Halifax se virou e o viu, ficando paralisada por um instante, com os olhos azuis arregalados e vulneráveis, as belas bochechas coradas e inocentes. Ele devia simplesmente se virar e subir as escadas. Trancar-se na torre e ordenar que ela saísse de seu castelo e de sua vida. A mulher torcia por um futuro radiante, quando Alistair sabia que jamais teria nada assim.

Em vez disso, ele se aproximou dela.

— Parece que deixou tudo em ordem para a refeição, Sra. Halifax.

Ela olhou para a sala de jantar, distraída.

— Creio que sim. Depois me avise se houver algum problema. Tom ainda está aprendendo a servir sopa.

— Ah, mas a senhora estará conosco para observar — disse Alistair, tomando o braço dela. — Ou já se esqueceu de nosso acordo sobre jantarmos juntos? A senhora foi bem enfática sobre minha parte ontem à noite.

— Mas a sua irmã! — As bochechas dela ruborizaram. — Ela vai achar que... que... o senhor *sabe*.

— Ela vai achar que sou excêntrico, e *isso* ela já sabe. — Alistair a observou com cinismo. — Vamos, Sra. Halifax, agora não é hora de ficar cheia de pudores. Onde estão seus filhos?

Ela pareceu ainda mais escandalizada.

— Na cozinha, mas o senhor não pode...

Ele chamou uma das criadas.

— Busque os filhos da Sra. Halifax, por favor.

A criada saiu apressada. Alistair arqueou uma sobrancelha para a governanta.

— Pronto. Viu só? Muito simples.

— Só se alguém ignorar todo senso de decoro — murmurou ela, emburrada.

— Aí está você, meu irmão — disse a voz enérgica de Sophia às suas costas.

Alistair se virou e fez uma mesura para a irmã.

— Em carne e osso.

Ela terminou de descer as escadas.

— Eu não tinha certeza de que você viria jantar. E se arrumou todo. Imagino que devo ficar lisonjeada. Mas, por outro lado — Sophia olhou para a mão da Sra. Halifax apoiada em seu braço —, talvez essa elegância toda não seja para mim.

A Sra. Halifax tentou puxar a mão, mas Alistair a segurou com firmeza, evitando sua fuga.

— Agradá-la é sempre minha maior prioridade, Sophia.

A irmã soltou uma risada sarcástica.

— Sophie — repreendeu-a Phoebe atrás dela.

E lançou para ele um olhar de desculpas. A pobre Phoebe McDonald estava sempre tentando corrigir o comportamento da amiga.

Alistair abriu a boca justamente para fazer esse comentário — sabendo que talvez fosse melhor ficar quieto —, mas Jamie veio correndo pelo corredor, quase dando de cara com Sophia.

— Jamie! — ralhou a Sra. Halifax.

O menino derrapou antes de parar e encarou Sophia.

Atrás dele vinha a irmã, como sempre mais calma.

— Meg disse que devíamos vir jantar.

Sophia encarou a menina por cima do nariz comprido.

— Quem é você?

— Meu nome é Abigail, senhora — respondeu ela, fazendo uma mesura. — Esse é meu irmão, Jamie. Peço desculpas por ele.

Sophia ergueu uma sobrancelha.

— Imagino que faça isso com frequência.

Abigail suspirou, parecendo exausta.

— Sim, faço.

— Boa menina. — Sophia *quase* sorriu. — Irmãos caçulas podem ser cansativos às vezes, mas devemos perseverar.

— Sim, senhora — concordou Abigail em um tom solene.

— Venha, Jamie — disse Alistair. — Vamos jantar antes que elas criem uma Sociedade de Irmãs Mais Velhas Mandonas.

O menino seguiu para a mesa, animado. Alistair ocupou seu lugar de sempre na cabeceira, acomodando Sophia ao seu lado direito, como era adequado, mas certificando-se de que a Sra. Halifax ficasse à sua esquerda. Ele puxou a cadeira para ela, deixando claras suas intenções quando a mulher tentou fugir para a outra extremidade da mesa.

— Obrigada — murmurou ela enquanto sentava, parecendo muito incomodada.

— Disponha — disse ele em um tom gentil enquanto empurrava a cadeira com força.

Sophia estava ocupada ensinando Abigail a posicionar seu copo de água da forma correta, então não percebeu a interação entre os dois, mas Phoebe os observou com curiosidade do outro lado da mesa. Droga. Ele havia esquecido como a mulher baixinha era observadora. Alistair assentiu para ela, recebendo uma piscadela como resposta.

— Então você voltou a escrever — disse Sophia enquanto Tom trazia uma sopeira, acompanhado pela criada que serviria a sopa de legumes.

— Sim — respondeu Alistair com cautela.

— E é o mesmo trabalho? — quis saber a irmã. — Aquele sobre os pássaros, animais e insetos da Grã-Bretanha?

— Sim.

— Que bom. Que bom. Fico feliz. — Ela gesticulou para a cesta de pães que Abigail tentava lhe entregar, recusando-a. — Não, obrigada. Nunca como pães fermentados depois do almoço. Espero — continuou, voltando a se focar no irmão — que você faça um trabalho adequado. O *Zoölogia* de Richards foi motivo de piada há alguns anos. O idiota tentou provar que galinhas e lagartos fazem parte da mesma família. Rá!

Alistair se recostou na cadeira para permitir que a criada acomodasse a tigela de sopa diante dele.

— Richards é um asno pedante, mas sua comparação entre galinhas e lagartos foi bem sensata, na minha opinião.

— Imagino que você também acredite que texugos e ursos façam parte da mesma família... — Os óculos de Sophia brilhavam com um ar perigoso.

— Na verdade, as garras de ambos possuem uma semelhança surpreendente...

— Rá!

— E — continuou ele, sem se deixar abalar, já que, afinal de contas, os dois discutiam assim desde que eram crianças —, quando dissequei a carcaça de um texugo no último outono, encontrei semelhanças no crânio e nos braços também.

— O que é uma carcaça? — perguntou Jamie antes de Sophia ter tempo de rebater.

— Um cadáver — explicou Alistair.

Ao seu lado, a Sra. Halifax engasgou. Ele se virou e, solícito, bateu em suas costas.

— Estou bem — arfou ela. — Mas podemos mudar de assunto?

— Claro — disse Alistair em um tom bondoso. — Talvez seja melhor discutirmos excrementos.

— Ah, meu Deus — murmurou a governanta.

Ele a ignorou, se virando para a irmã.

— Você não vai acreditar no que encontrei nos excrementos de um texugo outro dia.

— Pois não? — perguntou Sophia, interessada.

— Um bico de passarinho.

— Impossível!

— Pois é verdade. Era pequeno, talvez pertencesse a um chapim ou a um pardal, mas era o bico de um pássaro, sem dúvida.

— Com certeza não era um chapim. Eles não costumam pousar no chão.

— Ah, mas acredito que o pássaro já estava morto quando foi devorado pelo texugo.

— O senhor prometeu que pararia de falar de cadáveres — soltou a Sra. Halifax.

Ele a encarou e teve dificuldade para engolir a risada.

— Eu prometi que não falaria sobre cadáveres de *texugos*. Estamos tratando do cadáver de um *pássaro*.

A governanta olhou para ele com a testa franzida, de um jeito lindo, é claro.

— O senhor está inventando desculpas.

— Sim, estou. — Alistair sorriu. — O que a senhora vai fazer quanto a isso?

De esguelha, ele viu Sophia e Phoebe trocarem um olhar desconfiado, mas ignorou as duas.

A Sra. Halifax empinou o nariz.

— Só acho que o senhor devia ser mais educado com a mulher que supervisiona a arrumação da sua cama.

Alistair ergueu as sobrancelhas.

— A senhora está ameaçando colocar sapos na minha cama?

— Talvez — disse ela em um tom desdenhoso, mas seu olhar era risonho.

Ele passou a observar sua boca, carnuda e molhada, e se sentiu endurecendo. Então falou baixo, para ninguém mais ouvir:

— Eu prestaria mais atenção à ameaça se fosse outra coisa que estivesse na minha cama.

— Pare — sussurrou a Sra. Halifax.

— Pare com o quê?

— O senhor sabe. — Aqueles olhos azul-campânula, arregalados e vulneráveis, encontraram o dele. — Não me provoque.

As palavras murmuradas da governanta deviam tê-lo deixado envergonhado. Porém, como era o canalha mais ordinário do mundo, só serviram para aumentar seu interesse. *Cuidado*, sussurrou uma voz. *Não deixe essa mulher seduzi-lo até você começar a acreditar que pode dar o que ela quer.* Seria melhor ouvir àquela voz. Obedecê-la e ignorar a Sra. Halifax antes que fosse tarde demais. Em vez disso, Alistair se inclinou para a frente, hipnotizado e ignorando o bom senso.

MAIS TARDE NAQUELA NOITE, a Srta. Munroe ergueu o pires da xícara de chá, lançou um olhar penetrante na direção de Helen e perguntou:

— Há quanto tempo a senhora é governanta do meu irmão?

Helen engoliu o chá e respondeu com cautela:

— Faz apenas alguns dias.

— Ah.

A Srta. Munroe se recostou na poltrona e mexeu o chá com vigor.

Helen se focou na própria xícara, um pouco nervosa. Era difícil definir se aquele "ah" fora satisfeito, crítico ou algo completamente diferente. Após o jantar, eles tinham seguido para a sala de estar, agora limpa — bem, pelo menos mais limpa que antes. As criadas haviam passado a tarde inteira trabalhando ali e até acenderam a velha lareira de pedra. Os animais empalhados ainda encaravam o cômodo do alto, com seus repulsivos olhos de vidro, mas as teias de aranha penduradas em suas orelhas tinham desaparecido. Isso já era uma grande melhora.

Jamie e Abigail haviam permanecido na sala de estar apenas por tempo suficiente para desejarem um boa-noite a todos. Quando Helen voltou após colocá-los na cama, Sir Alistair conversava com a Srta. McDonald do outro lado da sala. A Srta. Munroe aguardava em uma poltrona ao lado da porta. Se Helen fosse uma pessoa desconfiada, acharia que a mulher esperava por ela.

Então pigarreou.

— Sir Alistair disse que não a via fazia muito tempo.

A Sra. Munroe olhou de cara feia para sua xícara.

— Ele se esconde aqui como se fosse um leproso.

— Talvez se sinta constrangido — murmurou Helen.

Ela olhou para Sir Alistair e a Srta. McDonald conversando. Em vez de chá, o patrão bebia conhaque em um copo transparente. Ele inclinou a cabeça para a dama mais velha, ouvindo com seriedade o que dizia. O cabelo penteado deixava expostas suas cicatrizes, mas também lhe dava uma aparência mais civilizada. Analisando o perfil dele, Helen percebeu que, sem as máculas, Sir Alistair era um homem bonito. Será que estava acostumado a ser alvo de atenções femininas antes de se ferir? A ideia a deixou incomodada, e ela afastou o olhar.

E descobriu que a Srta. Munroe a observava com uma expressão indecifrável.

— É mais do que um simples constrangimento.

— Como assim? — Helen franziu a testa, pensando. — Abigail gritou quando o viu pela primeira vez.

A outra mulher concordou com a cabeça uma vez, em um gesto abrupto.

— Exatamente. As crianças que não o conhecem sentem medo dele. Até homens adultos o encaram com desconfiança.

— Ele não gosta de deixar os *outros* desconfortáveis.

Helen olhou no fundo dos olhos da Srta. Munroe, vendo um brilho de aprovação.

— Dá para imaginar? — refletiu a mulher mais velha, baixinho. — Ter um rosto que lhe torna o centro das atenções em qualquer lugar? Que faz as pessoas se calarem, encararem você e ficarem com medo? Alistair não pode ser ele mesmo, não consegue desaparecer na multidão. Onde quer que vá, todos o observam. Nunca tem um momento de paz.

— Que inferno. — Helen mordeu o lábio, sendo tomada por uma onda de compaixão indesejada que ameaçava acabar com seu bom senso. — Especialmente para ele. Sir Alistair é tão ríspido por fora, mas creio que, por dentro, seja mais sensível do que deixa transparecer.

— Agora você começa a entender. — A Srta. Munroe se recostou na poltrona e lançou um olhar preocupado para o irmão. — Na verdade, ele se comportava melhor assim que voltou das colônias. Ah, seus ferimentos eram mais recentes na época, porém chocantes, mas acho que ele ainda não havia se dado conta da situação. Levou um ou dois anos para que entendesse que as coisas nunca mudariam. Que havia deixado de ser um homem anônimo e passado a ser uma aberração.

Helen emitiu um som baixo de discordância ao ouvir aquele termo cruel.

A Srta. Munroe a encarou com seriedade.

— É verdade. Não adianta tentar esconder os fatos, fingir que as cicatrizes não existem ou que Alistair é um homem normal. As coisas são como são. — Ela se inclinou para a frente, seu olhar tão intenso que Helen ficou envergonhada. — E eu o amo ainda mais por causa disso, entende? Meu irmão era um homem bom quando foi para as colônias. E voltou sendo um homem extraordinário. Muitas pessoas acham que coragem se trata de um único ato de bravura no campo de batalha, algo feito sem qualquer prudência, sem qualquer consideração sobre as consequências. Um ato que acaba em um segundo ou um minuto, no máximo dois. O que meu irmão fez, o que faz até hoje, é viver com esse fardo há *anos*. Ele sabe que passará a vida inteira assim. E segue em frente. — A mulher se recostou na poltrona, os olhos ainda focados em Helen. — Para mim, *isso* é coragem de verdade.

Helen afastou o olhar da Srta. Munroe e encarou a xícara de chá, com as mãos tremendo. Mais cedo, na cozinha, não havia entendido o fardo que ele carregava. Para ser sincera, pensou que era um pouco de covardia de sua parte permanecer escondido naquele castelo sujo. Mas, agora... Passar anos vivendo como um pária da sociedade, compreendendo totalmente sua condenação — da forma como um homem tão inteligente quanto Sir Alistair com certeza compreenderia —, sim, isso exigiria determinação de verdade. Bravura de verdade. Helen não parou para pensar em tudo que ele havia sofrido, em tudo que sofreria pelo restante da vida.

Ela ergueu o olhar. O dono do castelo ainda conversava com a Srta. McDonald, ainda permanecia de perfil. Daquele ângulo, todas as cicatrizes estavam ocultas. Seu nariz era reto e comprido; seu queixo, firme e um pouco saliente. A bochecha era magra; o olho, fundo. Parecia um homem bonito, inteligente. Talvez um pouco cansado, sendo tão tarde da noite. Sir Alistair deve ter sentido que era observado. Ele se virou, revelando completamente as cicatrizes agora, proeminentes, vermelhas e feias. O tapa-olho escondia a órbita vazia, mas a bochecha logo abaixo era funda.

Helen observou o rosto dele, *ele*, vendo tanto o homem bonito e inteligente quanto o recluso desfigurado, mordaz. O ar parecia escasso em seu peito, e respirar era difícil, mas ela continuou olhando, se forçando a enxergá-lo por completo. A enxergar Sir Alistair por completo. O que viu devia ter-lhe causado repulsa, mas, em vez disso, Helen sentia uma atração tão intensa que teve de se controlar para não se levantar e ir ao seu encontro naquele instante.

Ele levantou o copo de conhaque devagar e a cumprimentou antes de beber, observando-a por cima da borda.

Só então Helen conseguiu desviar o olhar, arfando para encher os pulmões de ar. Algo tinha acontecido nos poucos segundos que se encararam. Parecia que tinha visto a alma dele.

E, talvez, ele tivesse visto a dela.

Capítulo Oito

O Contador de Verdades passou o dia seguinte pensando no que tinha visto. Quando as sombras começaram a aumentar no jardim, ele foi até a gaiola das andorinhas e a abriu. Imediatamente, as aves saíram voando e se espalharam pelo céu noturno. Quando o belo rapaz entrou no jardim, soltou um grito raivoso. Então tirou um elegante saco de seda e um pequeno gancho dourado de dentro das vestes e saiu no encalço das andorinhas, se afastando do castelo enquanto as seguia...

— Contador de Verdades

Na manhã seguinte, Alistair acordou antes do amanhecer, como era seu costume. Ele remexeu o fogo na lareira, acendeu uma vela, se lavou na água gélida que estava na bacia sobre a cômoda e se vestiu com pressa. Porém, quando saiu para o corredor, parou, sem saber o que fazer. Quando Lady Grey estava viva, os dois faziam sua caminhada matinal nesse horário, mas, agora, ela se foi, e o cachorrinho novo, ainda sem nome, era jovem demais para passear.

Ele vagou até a janela no fim do corredor, sentindo-se levemente irritado e triste. A Sra. Halifax havia estado ali. A parte interna do vidro estava limpa demais, apesar de a parte externa ainda estar coberta por hera até a metade. Uma luz alaranjada e enevoada começava a iluminar as colinas. Seria um dia ensolarado. Um dia perfeito para caminhar, pensou ele com melancolia. Ou um dia para...

A ideia excêntrica se cristalizou, e Alistair seguiu para as escadas. No andar de baixo, não se via qualquer sinal de luz sob a porta do quarto da irmã e da Srta. McDonald. Ah, fazia anos que não pegava Sophia de surpresa. Ele bateu à porta.

— O que foi? — berrou ela lá de dentro.

Assim como ele, a irmã ficava completamente alerta quando acordava.

— Hora de acordar, dorminhoca — chamou ele.

— Alistair? Você enlouqueceu de vez?

Sophia seguiu a passos pesados para a porta e a escancarou. Ela usava uma camisola volumosa, e o cabelo grisalho estava preso em tranças compridas.

Alistair sorriu ao ver sua expressão emburrada.

— É verão, o dia está ensolarado, e os peixes estão nadando.

Ela arregalou os olhos, mas então os estreitou, compreendendo e ficando empolgada.

— Preciso de meia hora.

— Vinte minutos — gritou ele por cima do ombro. Já estava seguindo para o quarto da Sra. Halifax ao virar o corredor.

— Está bem! — respondeu Sophia, e bateu a porta.

O espaço sob a porta da Sra. Halifax também estava escuro, mas isso não o impediu de bater com força na madeira. Lá de dentro, ouviu-se um gemido abafado e o som de algo caindo. Então, tudo ficou em silêncio. Ele bateu de novo.

O som de passos descalços se aproximou da porta, e alguém a abriu. O rostinho pálido de Abigail espiou pela fresta.

Alistair a encarou.

— Você é a única acordada?

A menina concordou com a cabeça.

— Mamãe e Jamie demoram uma eternidade para acordar.

— Então você vai ter que me ajudar.

Ele empurrou a porta devagar e entrou no quarto. Era um cômodo grande, antes usado para depósito, e ele havia se esquecido da enorme cama horrorosa que havia ali. Jamie e a Sra. Halifax ainda estavam deitados nela, e um canto das cobertas estava remexido no espaço em que Abigail obviamente dormia. O cachorrinho estava enroscado sobre os lençóis, mas se levantou ao notar a presença do dono e se espreguiçou, enrolando a língua cor-de-rosa. Alistair seguiu para a cabeceira da cama e esticou a mão para sacudir a Sra. Halifax, mas parou. Diferentemente de Sophia, a governanta dormia com o cabelo solto. Ele cascateava em uma massa de seda encaracolada macia sobre os travesseiros. Suas bochechas estavam coradas e os lábios, rosados, afastados, enquanto ela respirava profundamente. Por um instante, Alistair ficou hipnotizado pela vulnerabilidade da mulher e por seu membro entre as pernas, que se enrijecia.

— O senhor vai acordá-la? — perguntou Abigail às suas costas.

Meu Deus! Que devasso ele era, tendo esse tipo de pensamento na frente de uma menininha. Alistair piscou e se inclinou para a frente, segurando o ombro da governanta, macio e quente sob sua mão.

— Sra. Halifax.

— Hum — suspirou ela, e moveu o ombro.

— Mamãe! — chamou Abigail, alto.

— O quê? — Ela piscou, e os olhos azuis encararam o dele, confusos. — O que aconteceu?

— A senhora precisa acordar — disse Abigail como se falasse com uma pessoa que não escutava direito. — Nós vamos... — Ela se virou e olhou para Alistair. — *Por que* temos que acordar tão cedo?

— Nós vamos pescar.

— Eba! — exclamou Jamie, pulando do outro lado da mãe.

Ou o menino não tinha tanta dificuldade para acordar quanto a irmã pensava, ou a ideia da pescaria o deixou animado.

A Sra. Halifax gemeu e afastou uma mecha de cabelo da testa.

— Mas por que temos que acordar tão cedo?

— Porque — Alistair se inclinou para sussurrar em seu ouvido — esta é a hora que os peixes acordam.

Ela resmungou, mas Jamie já estava ajoelhado ao seu lado, pulando no colchão e entoando:

— Vamos, vamos, vamos!

— Está bem — disse a mãe —, mas Sir Alistair precisa sair para nos vestirmos.

O rubor em suas bochechas tinha ficado mais intenso, como se ela finalmente tivesse percebido a condição em que se encontrava.

Por um instante, Alistair a desafiou com o olhar. A Sra. Halifax parecia usar apenas uma camisola fina sob as cobertas, e ele ficou tentado a permanecer ali até que ela se levantasse. Para ver os seios livres e balançantes sob o tecido delicado, para observar seu cabelo cair sobre os ombros desnudos.

Loucura, pura loucura.

Em vez disso, inclinou a cabeça, jamais afastando o olhar do dela.

— Vinte minutos.

Ele pegou o cachorrinho e saiu do quarto antes que alguma outra loucura o impedisse.

O filhote se acomodou com docilidade em seus braços enquanto Alistair descia correndo as escadas até a cozinha. Ele surpreendeu a Sra. McCleod, que remexia o fogo da lareira. Uma das criadas bocejava, sentada à mesa, quando ele entrou. Ela se empertigou ao vê-lo.

A cozinheira se endireitou.

— Senhor?

— Pode embrulhar um pouco de pão, manteiga e queijo? — Ele olhou ao redor da cozinha, incerto. — Talvez algumas frutas e frios? Vamos pescar.

A Sra. McCleod concordou com a cabeça, séria, o rosto largo e avermelhado permanecendo inexpressivo diante do pedido inesperado.

— Sim, posso.

— E prepare um bom café da manhã para quando voltarmos. — Alistair franziu a testa. — A senhora viu Wiggins por aí?

A criada soltou um riso irônico.

— Aquele lá ainda deve estar na cama. — Ela corou e se empertigou quando o patrão a fitou. — Des-desculpe, senhor.

Alistair dispensou o pedido de desculpas, gesticulando com a mão que não segurava o cachorro.

— Quando o vir, diga que os estábulos precisam ser limpos.

Wiggins era um desgraçado preguiçoso, pensou ele enquanto seguia para o sol matutino. Mas a extensão de sua preguiça só ficou clara quando os outros criados apareceram. Não, isso não era verdade. Alistair acomodou o cachorrinho sobre a grama molhada de orvalho. Sempre soube que Wiggins era um péssimo funcionário; mas ele pouco se importava com isso antes.

Ele franziu a testa enquanto observava o cão bocejar e empinar o focinho para cheirar a brisa da manhã. Wiggins era um problema com que logo teria de lidar, mas graças a Deus não naquela manhã.

— Vamos, garoto, faça suas necessidades — murmurou ele para o filhote. — É melhor aprender logo a fazer isso aqui fora. Só Deus sabe o que a Sra. Halifax faria se você cagasse dentro do castelo.

Como se entendesse a ordem, o cachorrinho agachou na grama.

Alistair jogou a cabeça para trás e riu.

HELEN PAROU ASSIM que eles saíram da cozinha, e, por um instante, Abigail não entendeu por quê. Mas então saiu de trás dela e viu. Sir Alistair estava parado no sol, com o cachorrinho aos seus pés, as mãos na cintura, rindo. Era uma gargalhada alta, grave, masculina, do tipo que a menina jamais ouviu antes. A menina quase nunca via o duque, e não conseguia se lembrar dele rindo assim. Na verdade, duvidava que fosse *capaz* de rir dessa forma. De alguma maneira, seu pai parecia rígido demais. Como se fosse quebrar alguma parte do corpo se tentasse.

A risada de Sir Alistair era estranha e maravilhosa, e a melhor coisa que ela já ouviu. Abigail ergueu o olhar para a mãe e se perguntou se ela se sentia da mesma forma. Era bem provável que sim, porque seus olhos estavam arregalados, e os lábios, curvados em um sorriso surpreso.

Jamie desviou das duas e saiu correndo até Sir Alistair e o cachorrinho.

— Ainda estou sonhando — disse uma voz.

A menina pulou de susto e se virou.

A Srta. Munroe estava parada na porta da cozinha, e seus olhos pareciam mais brandos por trás dos óculos esquisitos.

— Faz anos que não escuto Alistair rir.

— É mesmo? — perguntou Helen.

Ela olhava para a Srta. Munroe como se tivesse feito outra pergunta. Outra pergunta mais importante.

A outra mulher assentiu com a cabeça. Então, ergueu a voz para chamar Sir Alistair.

— Onde está o equipamento de pesca, meu irmão? Imagino que você não espere que capturemos as trutas com nossas próprias mãos.

— Ah, aí está você, Sophia. Já estava achando que tinha preferido continuar na cama.

A Srta. Munroe soltou um riso irônico num modo não muito apropriado para uma dama.

— Com a comoção que você causou hoje cedo? Seria difícil.

— E a Srta. McDonald?

— Você sabe que Phoebe prefere dormir até mais tarde.

Sir Alistair sorriu.

— As varas estão nos estábulos. Vou buscá-las com as crianças. Pedi à Sra. McCleod que preparasse uma cesta de piquenique. Talvez as senhoras possam ir verificar se está pronta.

Sem esperar por uma resposta, ele se virou na direção dos estábulos, então Abigail correu para alcançá-lo.

Jamie pegou o cachorrinho no colo.

— Nunca pesquei antes.

Sir Alistair olhou para baixo para fitá-lo.

— Nunca?

Jamie fez que não com a cabeça.

— Ah, mas todos os homens elegantes praticam esse esporte, meu garoto. Sabia que até o rei George pesca?

— Não, não sabia.

Jamie deu um pulinho para acompanhar o ritmo dos passos largos de Sir Alistair.

O dono do castelo assentiu.

— Ele mesmo me contou, quando tomamos chá juntos.

— Duques também pescam? — perguntou o menino.

— Duques?

Sir Alistair o observou com curiosidade.

O coração de Abigail quase parou.

Mas então ele respondeu:

— Duques também pescam, sem dúvida. Ainda bem que estou aqui para ensiná-lo. E à sua irmã também.

Sir Alistair sorriu para ela.

Abigail sentiu o peito inflar, e um sorriso pareceu dominar seu rosto; seria impossível contê-lo, mesmo se quisesse.

Os três entraram no estábulo escuro e seguiram até uma porta em um canto. Sir Alistair a puxou com força e revirou o interior do quartinho.

— Aqui estão — resmungou ele, e pegou uma vara que era mais alta que ele. Então a apoiou contra a parede e se inclinou para dentro do quartinho de novo. — Acho que... Sim, estas servem. — Outras quatro varas surgiram. Ele se afastou do depósito e indicou à menina uma cesta velha com alça e detalhes em couro. — Pode levar isto, Abigail?

— Sim — respondeu ela, animada, apesar de a cesta ser mais pesada do que parecia.

A menina segurou a alça com as duas mãos e a ergueu até o peito.

Sir Alistair assentiu.

— Boa menina. E esta aqui para Jamie. — Ele entregou uma cesta menor para o irmão carregar. — Muito bem.

Sir Alistair apoiou as varas sobre um ombro, e os três voltaram para o castelo, onde Helen e a Srta. Munroe esperavam.

— Mamãe, sabia que o rei George pesca? — perguntou Jamie.

Ele segurava o cachorrinho debaixo de um braço e usava a outra mão para levar a cesta.

— É mesmo?

Ela lançou um olhar desconfiado para o patrão.

— De fato, é verdade. — Sir Alistair pegou o braço de Helen com a mão livre. — Todos os dias e duas vezes nas segundas-feiras.

— Hum — falou ela, mas parecia feliz.

Feliz pela primeira vez desde que saíram de Londres, pensou Abigail, enquanto saltitava pela grama molhada.

A PESCA PARECIA ser um passatempo que exigia muita paciência, refletiu Helen meia hora mais tarde. Era preciso prender um anzol pequeno, disfarçado com penas, ao fim de uma linha e então jogá-la no rio, torcendo para o peixe se enganar e morder a isca. Era estranho pensar que os peixes seriam tão tolos a ponto de confundir penas e um anzol com uma mosca caindo na água, mas, pelo visto, peixes eram criaturas tolas. Ou talvez só não enxergassem bem.

— Preste atenção no seu pulso — dizia Sir Alistair. — Ele precisa balançar como a cauda de um peixe.

Helen ergueu uma sobrancelha e olhou por cima do ombro para ele. Alistair estava em um ponto mais acima da margem, observando-a com um ar crítico, aparentemente levando muito a sério suas instruções. Ela suspirou, olhou para a frente e prestou atenção no pulso enquanto impulsionava a vara de pesca. A extremidade de sua linha balançou no ar, foi para trás e se prendeu em um galho acima de sua cabeça.

— Droga — murmurou ela.

Abigail, que já havia lançado a linha com sucesso três vezes, deu uma risadinha. A Srta. Munroe, educada, ficou quieta, apesar de Helen pensar tê-la visto revirando os olhos. E Jamie, que já tinha perdido o interesse em aprender a "balançar" e agora caçava libélulas com o cachorrinho, nem percebeu.

— Aqui.

De repente, Sir Alistair estava ao seu lado, os braços compridos se esticando sobre a cabeça de Helen.

Sua respiração batia quente na bochecha dela enquanto ele tentava soltar a linha do galho. Helen ficou imóvel. Estava tremendo por dentro, mas o homem não parecia nem um pouco afetado pela proximidade dos dois.

— Pronto — disse Sir Alistair quando o anzol se soltou.

Ele continuou parado atrás dela, esticando os braços em torno dos seus para lhe ensinar a segurar o equipamento. O toque leve daquelas mãos era devastador enquanto ele a posicionava da melhor forma.

Mantenha o foco na tarefa, ordenou Helen a si mesma, e tentou parecer concentrada. Logo no começo, ela entendeu que, apesar de não achar ruim passar muito tempo parada na beira do rio, jamais seria uma ótima pescadora.

Surpreendentemente, a história era diferente com Abigail. A menina escutou as instruções de Sir Alistair com a seriedade de uma aprendiz que recebia orientações sobre uma arte muito antiga e mística. E, quando lançou corretamente a linha no meio do riacho pela primeira vez, seu rostinho pálido ficou radiante de orgulho e felicidade. Só isso já fazia valer a pena terem acordado antes do amanhecer e ficarem zanzando pela grama molhada.

— Entendeu agora? — ronronou Sir Alistair em sua orelha.

— Sim, ah, entendi.

Helen pigarreou.

Ele inclinou um pouco a cabeça, e seu olho encontrou os dela a apenas alguns centímetros de distância.

— Posso lhe dar mais instruções, se desejar, sobre como manusear a vara.

As bochechas de Helen arderam, apesar de ele ter falado tão baixo que ninguém mais ouviu.

— Acho que tenho conhecimento suficiente sobre o assunto.

— Tem?

Ele ergueu as sobrancelhas enquanto seu olho a encarava com um ar diabólico.

Helen deslizou a mão lentamente sobre a vara e abriu um sorriso doce.

— Eu aprendo rápido, senhor.

— Sim, mas tenho certeza de que gostaria de se tornar uma especialista. Creio que seria bom praticar mais.

Sir Alistair se inclinou um pouco mais, e, por um instante louco, ela achou que ele a beijaria ali, sob céu aberto, na frente das crianças e da irmã dele.

— Alistair! — gritou a Srta. Munroe.

Helen deu um pulo, sentindo-se culpada, mas ele apenas murmurou:

— Talvez mais tarde.

— Alistair, peguei um peixe!

Ele finalmente se virou ao ouvir a notícia e seguiu até a irmã, que lutava com a linha. Jamie também foi atraído pela animação do momento, e, por alguns minutos, ninguém prestou atenção em Helen, que lutava para recuperar o fôlego.

Quando ela olhou ao redor de novo, Sir Alistair estava provocando a irmã sobre o tamanho do peixe. Ele não percebeu que o pequeno anzol de Helen boiava para a parte mais rasa, quase nas margens do rio, onde com certeza havia bem poucos peixes. O céu azul brilhante se arqueava lá em cima, coberto por nuvens finas. O rio formava bolhas no caminho, a água transparente revelando pedras lisas no fundo. As margens verdes eram ocupadas por grama fresca, e, naquele lado, havia um pequeno bosque de árvores, onde Lady Grey fora enterrada. Era um lugar muito bonito, o riacho de Sir Alistair, um local mágico no qual preocupações comuns pareciam não importar.

De repente, ele deu um berro, e um peixe prateado saiu da água, fazendo a ponta da vara balançar. Jamie se aproximou correndo para ver, Abigail pulava, e a Srta. Munroe gritou e ajudou a segurar a corda. Com a euforia, Helen deixou sua vara cair no riacho.

— Ah, mamãe — disse Abigail, triste, depois que o peixe estava seguro, dentro de uma cesta bem esfarrapada. — A senhora perdeu a vara.

— Não se preocupe — disse Sir Alistair. — Ela deve ter ficado presa na margem pouco depois do bosque. Há um redemoinho lá. Sophia, por favor, cuide das crianças enquanto vou buscar a vara com a Sra. Halifax.

A Srta. Munroe concordou com a cabeça, já focada em sua linha, e ele tomou o braço de Helen para ajudá-la a subir pela margem. Até aquele pequeno toque, os dedos fortes segurando seu bíceps, a fizeram perder o ar. *Sua boba*, recriminou-se ela. *Ele só está sendo educado.* Mas Sir Alistair não soltou seu braço quando os dois chegaram ao topo, e Helen começou a ficar desconfiada. Ele a guiou rapidamente pela grama, sem dizer nada. Talvez estivesse irritado por ter que abandonar a pescaria para ajudá-la a recuperar a vara. Ela era uma tola, pensou, desanimada, por tamanho descuido.

Os dois chegaram ao pequeno bosque e se viraram na direção do rio, saindo completamente da vista das crianças e da Srta. Munroe.

— Desculpe — começou Helen.

Mas, sem dizer uma palavra — sem dar qualquer aviso, na verdade —, Sir Alistair a puxou contra seu peito e capturou a boca dela com a sua. O corpo de Helen se estremeceu involuntariamente. Ela não havia percebido o quanto esperava por aquilo, inconscientemente ansiosa pelo próximo gesto dele. Seus seios estavam esmagados contra o peito duro de Sir Alistair, e as mãos dele seguravam seus braços enquanto a boca se movia sobre a sua, cheia de determinação. Ah, que maravilhoso.

Tão maravilhoso.

Helen inclinou a cabeça, se derretendo contra ele como calda quente sobre torta de maçã. Sua saia era simples, sem *pannier*, e, se chegasse mais perto, talvez, conseguisse sentir aquela parte mais máscula do corpo dele. Fazia tanto tempo que ela não era desejada. Tanto tempo que não sentia o ardor do desejo.

Os lábios quentes se abriram sobre os dela, e a língua dele exigiu entrar. Helen cedeu de bom grado, ansiosa até. Era inebriante ser desejada daquela maneira. Sir Alistair a tomou como um cavaleiro conquistador, e ela o recebeu. A mão dele se moveu, passando por sua barriga apertada pelo espartilho, subindo para o ponto em que os seios eram cobertos apenas pelo fino tecido do vestido. Helen esperou, ofegante com a expectativa, até se distraindo do calor de sua boca, esperando aquela mão agir. Ele não a decepcionou. Seus dedos mergulharam delicadamente sob a borda do lenço leve, acariciando, buscando, fazendo cócegas, provocando-a. Os mamilos dela estavam tão duros de excitação que quase chegavam a doer e, ah, como Helen queria poder tirar a roupa e permitir que aquelas palmas quentes cobrissem seus seios.

Ela deve ter emitido algum som, porque a boca de Sir Alistair se afastou da sua e murmurou tão baixo que foi difícil ouvir as palavras:

— Quieta. Eles não estão nos vendo, mas podem escutar.

Sir Alistair encarou a própria mão, que ainda estava por baixo do lenço. Helen não conseguiu se controlar — se arqueou em sua direção. Ele lhe lançou um olhar ardente. Então fechou o olho e baixou a cabeça sobre seu busto. Ela sentiu sua língua, quente e molhada, sondar a borda do vestido.

Meu Deus.

De cima do morro, a voz aguda de Jamie gritou:

— Mamãe, venha ver esse besouro!

Helen piscou.

— Já vou, querido.

— Eu não consigo me controlar perto de você — murmurou Sir Alistair, baixinho.

Uma onda de desejo a inundou.

— Mamãe!

Ele se empertigou e rapidamente ajeitou o lenço, suas mãos estáveis e certeiras.

— Fique aqui. — Sir Alistair desceu pela margem e primorosamente pegou a vara de pesca, que de fato estava girando devagar no redemoinho. Então subiu de novo a margem e segurou o cotovelo dela, despreocupado. — Venha.

E, enquanto iam na direção de Jamie e dos outros, Helen se perguntou se Sir Alistair não sentiu aquela mesma ânsia incrível enquanto se beijavam.

Loucura, pura loucura, pensou Alistair enquanto voltava para seu lugar de pesca. Um pouco mais abaixo na margem, a Sra. Halifax jogava a linha no rio de forma completamente ineficaz, mas ele não confiava em si mesmo para ir ajudá-la. O que estava pensando, beijando a governanta? O que ela devia pensar dele, um homem enorme e monstruoso, forçando-a a beijá-lo? Com certeza devia estar horrorizada e abalada.

Só que ela não pareceu horrorizada e abalada quando abriu a bela boca para sua língua e pressionou o corpo contra o seu. Seu falo enrijeceu avidamente com a lembrança, quase o fazendo derrubar a vara na água. Alistair notou que Sophia o observava com ar desconfiado. Deus sabe o que a irmã diria se ele perdesse a vara. Faria algum comentário maldoso, sem dúvida.

Ele pigarreou.

— A Sra. McCleod embrulhou alguns pães e outras coisas para nós, creio.

Isso imediatamente chamou a atenção de Jamie. Ele veio aos pulos com o cachorrinho, e a Sra. Halifax abandonou a vara de pesca completamente empolgada para verificar o conteúdo da cesta.

— Que maravilha! Tem presunto, pães e frutas. Ah, e uma torta de carne e alguns bolinhos. — Ela o encarou. — O que o senhor quer?

— Um pouco de tudo — respondeu Alistair.

Ele ficou observando-a pelo canto do olho. A governanta sorria e conversava com o filho enquanto servia os pratos. De vez em quando, lançava olhares rápidos para ele quando achava que não estava sendo vista.

O que fazia aquela mulher chamar tanto sua atenção? Ela era bonita, sim, mas isso costumava ser um ponto negativo em sua opinião. Mulheres bonitas apenas serviam para torná-lo mais consciente da própria feiura. Por algum motivo, a Sra. Halifax era diferente. Não apenas parecia ter se recuperado do choque de sua aparência, mas também *o* fazia esquecer-se de seu aspecto físico. Ao seu lado, ele era apenas um homem que flertava perigosamente com uma mulher.

A sensação era inebriante.

Abigail soltou um som frustrado, e Alistair foi até o lugar onde a menina tentava desembolar a própria linha.

— Aqui, vou ajudá-la.

— Obrigada — disse ela.

Ele encarou aquele rostinho sério.

— Você pode ir comer, se quiser.

Mas a menina fez que não com a cabeça.

— Gosto disso. Gosto de pescar.

— Você parece ter aptidão para o esporte.

Ela o fitou de forma desconfiada.

— Aptidão?

Alistair sorriu.

— Você é boa nisso.

— Sou?

— Sim.

Ela segurou a vara com determinação.

— Nunca fui boa em nada.

Agora, foi ele quem a encarou. Talvez devesse fazer algum comentário clichê, afastar sua insegurança, mas não conseguia ignorar as aflições da menina.

Abigail olhou para trás, para a mãe.

— Sou uma decepção para a mamãe. Eu não... não sou tão *boa* quanto as outras meninas.

Alistair franziu a testa. Ela era séria demais para uma menininha, mas ele sabia que a Sra. Halifax amava a filha.

— Acho que você é boa o suficiente.

Abigail franziu as sobrancelhas, e ele soube que não havia dito exatamente a coisa certa. Abriu a boca para fazer outra tentativa, mas foi convocado pelos participantes do piquenique.

— Sua comida está servida, Sir Alistair — disse Jamie.

A Sra. Halifax erguia um prato, tomando o cuidado de evitar seu olhar. Alistair quase gemeu. Sua tentativa de ser discreta acabava chamando mais atenção do que um flerte explícito. Enquanto se aproximava da governanta, reparou que Sophia lhe encarava com as sobrancelhas erguidas.

Alistair aceitou o prato e lançou um olhar sério para a irmã enquanto murmurava para a Sra. Halifax:

— Obrigado. Eu não queria que a senhora largasse a pescaria para vir nos servir.

— Ah, não tem problema. De toda forma, creio não ter muito talento para esse passatempo.

— Ah, mas a prática leva à perfeição — disse ele, arrastando as palavras.

A cabeça dela se aprumou ao ouvir isso, seus olhos se estreitando com desconfiança.

Alistair sentiu a boca se curvar. Se os dois não estivessem tão expostos, poderiam...

— Ah! Minha linha! — gritou Abigail.

Ele se virou e viu que a vara da menina estava inclinada em noventa graus, com a linha tensionada e desaparecendo sob a água.

— Segure, Abigail!

— O que eu faço? — Os olhos dela estavam arregalados, e o rosto, pálido.

— Só segure firme, não puxe.

Ele já estava ao seu lado agora. A menina tinha os dois pés fincados na margem do rio e arqueava as costas para trás, usando toda a pouca força que tinha para manter a vara nas mãos.

— Firme — murmurou Alistair. A linha se movia em círculos na água. — Seu peixe vai se cansar. Você é maior, mais forte e mais esperta que ele. Só precisa esperar.

— Não seria melhor o senhor ajudá-la? — perguntou a Sra. Halifax.

— Ela pegou o peixe — disse Sophia, resoluta. — Pode ter certeza de que também é capaz de puxá-lo.

— Sim, é — concordou Alistair, baixinho. — Ela é uma menina corajosa.

O rosto de Abigail estava muito concentrado. A linha se movia mais devagar agora.

— Não solte — disse Alistair. — Há peixes que são um pouquinho mais espertos que o restante da família e fingem que estão cansados, mas acabam puxando sua vara.

— Não vou soltar — declarou a garotinha.

O movimento diminuiu logo, até quase parar. Alistair se esticou e segurou a linha, rapidamente puxando um peixe resplandecente da água.

— Ah! — arfou Abigail.

Alistair ergueu o peixe, que se debatia. Não era o maior que já havia visto, mas também não era o menor.

— Uma bela truta. Não concorda, Sophia?

A irmã observou a presa de forma solene.

— A melhor que vejo em muito tempo, creio.

As bochechas de Abigail ganharam um leve tom cor-de-rosa, e Alistair percebeu que ela corava. Fingindo que não notou, ele pegou o peixe, e, ajoelhado, demonstrou como retirar o anzol de sua boca.

Ela observou com atenção, concordando com a cabeça quando ele o guardou com os outros na cesta.

— Da próxima vez, eu mesma faço isso.

E uma emoção estranha tomou o peito dele, tão estranha que levou vários segundos antes de identificá-la: orgulho. Orgulho daquela criança nervosa, determinada.

— Vai fazer, sim — disse Alistair, e ela abriu um sorriso.

E, às costas da menina, a mãe sorriu para ele como se tivesse acabado de ganhar um colar de esmeraldas.

Capítulo Nove

O Contador de Verdades se virou para a gaiola do monstro, encontrando a mulher deitada lá.

Ele se aproximou das grades e perguntou:

— Quem é você?

A mulher se levantou com dificuldade e disse:

— Sou a princesa Compaixão. Meu pai é o rei de uma grande cidade ao oeste. Eu morava em um palácio de cristal, usava roupas feitas de ouro e prata, e todos os meus desejos eram realizados.

O Contador de Verdades franziu a testa.

— Então por quê...

— Quieto. — A dama se inclinou para a frente. — Seu amo está voltando. Ele capturou as andorinhas e, se encontrá-lo falando comigo, vai se irritar.

O soldado não teve outra escolha senão entrar no castelo, deixando a dama enjaulada...

— Contador de Verdades

À tarde, Helen queria poder tirar uma soneca. Abigail e Jamie não pareciam nem um pouco cansados da aventura matinal. Na verdade, os dois tinham aceitado com extrema empolgação o convite das Srtas. Munroe e McDonald para uma expedição em busca de texugos. Helen, por outro lado, bocejava enquanto subia as escadas para o covil de Sir Alistair.

Ela não o via desde cedo. O homem passou aquele tempo todo trancado na torre, fazendo-a perder a paciência. Qual era o motivo por trás daqueles beijos? Será que ele estava apenas brincando com ela? Ou — que pensamento terrível! — teria perdido o interesse depois de prová-la duas vezes? Essas perguntas a perturbaram por todo o dia, até Helen sentir que precisava encontrar respostas.

Talvez fosse por isso que agora levava chá e pãezinhos doces para o patrão.

A porta da torre estava entreaberta, e, em vez de bater, Helen simplesmente apoiou o ombro contra a madeira e a empurrou. A porta abriu sem fazer barulho. Sir Alistair estava sentado à mesa de sempre, ignorando sua presença. Helen ficou parada e o observou. Ele desenhava algo, sua cabeça inclinada sobre o papel à sua frente, mas não foi isso que chamou sua atenção.

O patrão desenhava com a mão direita mutilada.

Segurava o lápis entre o dedão e os dois dedos do meio, mantendo a mão inclinada em um ângulo estranho. Só de olhar para a cena, Helen sentiu a própria mão doendo por empatia, mas ele continuou a fazer pequenos movimentos rápidos e precisos. Era óbvio que usava o lápis dessa maneira havia muitos anos. Ela pensou no que ele tinha passado, voltando desfigurado das colônias e tendo de reaprender a desenhar. A escrever. Será que se sentiu humilhado, tendo de praticar uma tarefa que qualquer menino na escola já teria dominado? Será que ficou frustrado?

Ora, é claro que ficou frustrado. A boca de Helen se curvou em um sorrisinho. Já conhecia um pouco Sir Alistair a esta altura. Ele provavelmente quebrou o lápis, rasgou papéis, espumou de raiva, mas, de algum jeito, sua teimosia o havia feito persistir até que conseguisse voltar a reproduzir os belos desenhos que ilustravam seu livro. Era exatamente isso que devia ter acontecido, porque ela via o resultado agora — um acadêmico se dedicando ao seu manuscrito.

Helen começou a se aproximar, porém, naquele momento, ele gemeu e soltou o lápis.

— O que houve? — perguntou ela.

A cabeça de Sir Alistair se ergueu, e ele a fitou com irritação.

— Nada, Sra. Halifax. Pode deixar o chá naquela mesa.

Ela depositou a bandeja sobre a mesa indicada, mas ignorou a ordem para deixá-lo. Em vez disso, se apressou até ele.

— Qual é o problema?

Sir Alistair esfregava a palma direita com a outra mão, resmungando sobre mulheres teimosas.

Helen suspirou e segurou a mão direita dele com delicadeza, surpreendendo-o o suficiente para calá-lo. Seu dedo indicador era um cotoco avermelhado com menos de dois centímetros. O mindinho fora amputado na primeira junta. Os dedos restantes eram compridos, com pontas um pouco mais largas, e unhas bonitas. Eram dedos elegantes no que antes fora uma bela mão. Ela se sentiu inundada por uma onda de tristeza. Como algo tão lindo fora mutilado?

Então engoliu o nó em sua garganta e disse, rouca:

— Não vejo nenhum ferimento. — Sir Alistair a encarou com irritação, e os olhos dela se arregalaram quando percebeu que havia cometido uma gafe. — Nenhum ferimento recente, quero dizer.

Ele balançou a cabeça.

— É apenas uma câimbra.

E tentou puxar a mão de volta, mas Helen a segurou.

— Mais tarde, perguntarei à Sra. McCleod se ela tem algum bálsamo. Onde exatamente é a dor?

Ela segurou a mão dele entre as suas e massageou a palma larga com os dedões, pressionando com firmeza. A pele era macia, quente. Sir Alistair tinha calos na base dos dedos, que pareciam causados por algum trabalho físico.

— Não há necessidade...

Helen olhou para cima, subitamente irritada.

— Por que não há necessidade? O senhor está sentindo dor, e posso ajudá-lo. Na minha opinião, há muita necessidade.

Sir Alistair a encarou com um olhar cínico.

— Por que a senhora se importaria?

Ele achava que a afastaria com aquelas palavras ríspidas? Que ela sairia correndo com lágrimas infantis escorrendo pelo rosto? Ela não era uma menininha — havia deixado de ser aos dezessete anos.

Helen se aproximou do rosto dele, sem soltar a mão.

— Que tipo de mulher o senhor pensa que sou? Acha que deixo qualquer homem me beijar?

Sir Alistair estreitou o olho.

— Acho que a senhora é uma mulher generosa. Uma mulher bondosa.

A resposta condescendente quase a convenceu a agredi-lo.

— Uma mulher generosa? Porque o beijei? Porque permiti que me tocasse? Ficou louco? Nenhuma mulher é generosa a esse ponto, e eu certamente não sou.

Ele apenas a encarou.

— Então por quê?

— Porque — ela segurou seu rosto, deixando uma das mãos sobre o lado esquerdo, irregular e imperfeito, e a outra sobre o direito, macio e quente — eu *realmente* me importo. E o senhor também.

Então levou os lábios ao dele. Deliberadamente. Com delicadeza. Depositando todo o seu desejo e toda a sua solidão naquele gesto. Helen começou o beijo com calma, mas Sir Alistair inclinou a cabeça, mudando o ângulo e abrindo a boca, e, de alguma forma, ela acabou no colo dele, com as línguas se tocando.

Não que estivesse achando ruim. Fazia dias que esperava por aquele momento, e a realidade a fez estremecer. Ela havia sido uma amante, uma mulher sustentada por um homem rico em troca de favores, por toda a vida adulta, mas aquilo era algo em que ela não tinha experiência alguma. Uma situação compartilhada, uma descoberta. Naquele lugar, com aquele homem, Helen estava no mesmo patamar que ele, e, por algum motivo, saber que os dois eram igualmente responsáveis por tudo, que estavam igualmente envolvidos, a deixava ainda mais excitada. Seus dedos chegavam a tremer contra a lã do paletó enquanto Sir Alistair explorava sua boca com a língua. De um jeito doce, misterioso, erótico. Até ela temer que chegaria ao ápice apenas assim, com os lábios dele.

Helen afastou a cabeça, ofegante.

— Eu...

— Não me peça que pare — murmurou ele. Suas mãos estavam nas fitas do corpete dela, puxando-os depressa. — Deixe-me vê-la. Tocá-la.

Helen concordou com a cabeça e o observou. Parar era a última coisa que ela queria. O rosto dele estava concentrado, o olho completamente focado na tarefa de abrir o corpete. Ela sentiu um rubor começar a lhe subir pela garganta. Fazia anos desde que Lister a levou para a cama pela última vez, e, mesmo naquela época, não o fez com tamanha intensidade, com tanta determinação. E se ela o decepcionasse? E se não conseguisse satisfazê-lo?

O corpete se abriu e foi removido, jogado sobre a mesa, junto com o lenço. O olhar de Sir Alistair não se desviou dos seios dela. Ele passou a se dedicar ao espartilho.

Helen pigarreou.

— Eu consigo...

— Permita-me. — Ele a fitou. — Posso?

Ela concordou com a cabeça, mordendo o lábio. Então ficou completamente imóvel enquanto o espartilho se separava. Os dedos de Sir Alistair roçaram a pele nua, mas ele não parou. Helen estava consciente de cada respiração que dava, da respiração dele, de seu olhar inabalável. Então, o espartilho se foi, e ele desceu as alças de sua combinação pelos ombros, deixando-a exposta até a cintura.

E ficou olhando.

Helen ergueu a mão sem pensar, instintivamente tentando se cobrir.

Sir Alistair segurou seu pulso e o colocou sobre o colo dela.

— Não — sussurrou ele. — Quero olhar para você.

Então ela fechou os olhos, porque não conseguia suportar vê-lo admirando-a.

— Você é linda — murmurou ele. — Linda o suficiente para enlouquecer um homem.

Sir Alistair passou o dedo indicador de mão esquerda no ponto que pulsava rapidamente na garganta dela e foi descendo, descendo, até chegar a um seio. Helen esperou, quase não conseguia respirar. Devagar, ele levou o dedo ao mamilo, circulou-o, fazendo-o enrijecer.

Ela engoliu em seco.

— Eu quero isso tudo — disse Sir Alistair.

Helen abriu os olhos e viu que ele a encarava intensamente, com a boca esticada, reta, de forma arrogante.

O olhar dele subiu para encontrar o dela.

— Quero você inteira.

A boca de Helen ficou seca.

— Então me possua.

Sir Alistair se esticou atrás dela e jogou no chão tudo que estava sobre a mesa. Ela ouviu lápis rolando e caindo no piso, o baque de um livro. Então, ele segurou sua cintura e a levantou, colocando-a sobre a superfície da mesa pesada.

— Tire as saias.

De repente, ele se levantou da cadeira e foi até a porta da torre, trancando-a.

Quando voltou, Helen ainda lutava com os laços na cintura. Sir Alistair afastou suas mãos e começou ele próprio a desamarrá-los. Ela sentiu uma risada alegre surgir em sua boca, mas a engoliu, decidida. Em vez disso, esticou a mão e soltou o laço que prendia o cabelo dele. As mechas pesadas e escuras caíram sobre as bochechas magras, selvagens e indomadas, e ela embrenhou os dedos pelos fios, deleitando-se com aquela intimidade.

Sir Alistair nem pareceu notar o gesto, de tão concentrado em remover o restante de suas roupas. Um instante depois, tirou as saias dela. Helen permaneceu apenas de meias e de sapatos, e teria se sentindo tímida se ele não aparentasse uma seriedade tão grande enquanto os removia. Então, ficou completamente pelada, com a bunda nua acomodada sobre a mesa de madeira, sendo observada por ele como se fosse Afrodite em pessoa. Era uma sensação inebriante ser observada assim. Inebriante e assustadora ao mesmo tempo, pois ela não era Afrodite. Era apenas uma mulher que já havia passado da terceira década. Uma mulher que só teve um outro amante na vida.

— Alistair — sussurrou ela.

Ele tirou o paletó.

— Sim.

Helen não sabia como expressar sua preocupação.

— Eu não... isto é, não tenho muita experiência com... com...

O canto da boca dele se ergueu. Alistair estava apenas de camisa agora.

— Helen, meu bem, não se preocupe.

Então levou a boca ao seio dela, chupando com força, a boca quente no mamilo sensível. Helen arqueou as costas em resposta, segurando a cabeça dele, segurando-o perto do peito. Acariciando seu cabelo macio. Talvez Alistair tivesse razão. Talvez ela não devesse se preocupar. Talvez fosse melhor, ao menos nesse momento, apenas sentir.

Ele passou para o outro seio, segurando-a na curva entre o dedão e o indicador esquerdos. E acariciou o mamilo que havia acabado de abandonar, causando as mesmas ondas de desejo dentro dela. Helen abriu as pernas, tentando puxá-lo para perto, mas ele era grande e pesado, e só se moveria quando quisesse.

Um pequeno gemido de frustração escapou dos lábios dela.

Alistair ergueu a cabeça, com as bochechas coradas e o olho exibindo um brilho malicioso.

– É isso que você quer?

Ele continuou com o olhar focado em seu rosto enquanto descia a mão pela barriga trêmula dela, passando para os pelos encaracolados na junção de suas coxas.

— Alistair! — arfou Helen. — Não sei se...

— Não sabe? — murmurou ele, com o olhar cada vez mais ardente. — Você não sabe, Helen?

E, enquanto ela observava seu rosto, hipnotizada, envergonhada e extremamente excitada, ele a tocou *lá*. Os lábios de Helen se abriram em fascínio silencioso. O dedão de Alistair a esfregava em círculos leves. Seus dedos a acariciavam com delicadeza, afastando, afagando, explorando.

— Ah — arfou ela.

— Olhe para mim — sussurrou ele. — Fique olhando para mim.

Alistair a penetrou com o dedo, devagar, sorrindo ao ver seus olhos se arregalarem. Então, retirou o dedo e o empurrou de novo, com o dedão sempre circulando suavemente seu centro. Os olhos dela se fecharam. Estava quente ali. Helen temia emitir algum som terrível e animalesco se ele continuasse, mas, ao mesmo tempo, não queria que parasse.

— Helen — chamou Alistair. — Bela Helen. Goze e cubra meus dedos com seu doce orvalho.

Ela jogou a cabeça para trás, deixando-a pender sobre os ombros. Aquilo era como um sonho. Helen era uma libertina, uma libertina desejada e maravilhosa, e ele era um homem que a venerava. Ela sentiu a boca de Alistair em seu pescoço, beijando, lambendo, e o ápice começou. Pequenos espasmos que se transformaram em um tremor, uma onda pulsante de calor e prazer — tanto prazer que, por um momento, ela se perdeu por completo.

Quando abriu os olhos, muito tempo depois, ele a observava, sua mão ainda acariciando-a de leve.

— Gostou? — perguntou Alistair, sua voz mais carinhosa do que nunca.

Helen só conseguiu concordar com a cabeça, sentindo o rubor tomar conta das bochechas.

— Ótimo. — Ele removeu a mão e desabotoou a braguilha da calça. — O que acha de repetirmos a dose?

Ela teve apenas um vislumbre de pelos pubianos e pele escura — e de um membro bem maior do que ela esperava — antes de Alistair se posicionar entre suas pernas. Ele a beijou. Devagar. Com delicadeza. Mas o foco de Helen era no que acontecia *lá embaixo*. Ele a pressionou, e ela prendeu o ar ao sentir seu calor, a largura de seu...

Helen achou melhor interromper o beijo, dizendo, ofegante:

— Acho que não...

— Shh — murmurou Alistair. E deu uma mordiscada no canto de sua boca. — É só uma questão de biologia, na verdade. Fui feito para me inserir em você. Você foi feita para me receber. Pois então.

— Mas...

Ele se impulsionou, a cabeça do pênis separando seus vincos, abrindo-a e alargando-a. Os olhos de Helen se arregalaram.

Alistair a observava com um brilho demoníaco no olhar. Ele abriu um sorrisinho e se impulsionou de novo. Helen o sentiu entrando nela, invadindo-a.

— Viu? — ronronou ele. — Tão simples.

Então o quadril dele se moveu de novo, e a base do pênis encontrou seu monte de Vênus. Alistair estava completamente dentro dela. Helen nunca se sentiu tão preenchida. Ele engoliu em seco, fazendo-a perceber que ele não era nem de perto tão impávido quanto fingia ser. Suas bochechas estavam coradas; o olho, estreito; e a boca curvada de um jeito quase zombeteiro.

— Um fato interessante que talvez você não saiba — disse ele em uma voz baixa, rouca — é que, quando o macho chega a este ponto, é quase impossível... ah! — Alistair jogou a cabeça para trás, fechando o olho enquanto ela se contraía internamente. Então voltou a abrir o olho, sua boca agora curvada com uma determinação selvagem. —

Impossível parar. — Alistair retirou o pênis de dentro dela e se lançou contra Helen de novo. — Ele sente a necessidade de completar o ato, como — e a penetrou de novo, desta vez com mais força, mais firmeza — se sua vida dependesse disso.

Helen sorriu e enroscou as pernas em torno dele. Alistair apoiou a mão na mesa, ao lado do quadril dela, usando a outra para segurar sua bunda, e se lançou em um ritmo intenso. A mesa balançava e batia, e algo de vidro chacoalhou até a borda e se espatifou no chão.

Mas ela não se importava. Uma risada subiu por sua garganta de novo, e, desta vez, Helen a soltou. Jogou a cabeça para trás e riu enquanto Alistair fazia amor com ela com seu corpo forte, rápido, determinado. Ela sorriu para o teto de pura felicidade, sentindo o pau pesado dele entrando e saindo, se esfregando nela, preenchendo-a, e percebeu que nunca se sentiu tão leve.

Tão livre.

E então uma outra onda a tomou, pegando-a completamente desprevenida e jogando-a para o alto, para a crista de um prazer puro, maravilhoso. E, em seu ápice, Helen olhou para baixo e o viu, estocando ainda mais rápido, os ombros largos encolhidos e tensos, a testa brilhando com o esforço. Alistair jogou a cabeça para trás e gritou. E então parou, tremendo e se contraindo dentro dela, o rosto se tornando curiosamente sereno.

Helen não reconheceu a expressão de primeira, mas então entendeu: era paz.

AH, DEUS, FAZIA tanto tempo desde a última vez em que se deitou com uma mulher — desde antes de Spinner's Falls, na verdade. Ele havia esquecido como a sensação era estonteante. Na verdade, pensou Alistair enquanto ofegava contra o pescoço de Helen, não se lembrava de nenhuma outra vez em que aquilo foi tão bom. Tão magnífico. Ele sorriu, segurando o corpo feminino e quente contra o seu. Talvez algumas coisas melhorassem com a idade.

Ela se remexeu um pouco, como se a mesa fosse dura demais para sua bunda macia. Alistair se empertigou e a encarou. O rosto de Helen estava corado; os olhos, sonolentos. A onda ridícula de orgulho masculino que o atingiu devia ser natural. Que homem não ficaria orgulhoso por ter dado prazer a uma mulher daquelas?

— Ah — disse ela, baixinho. — Ah, isso foi... hum...

Um sorriso surgiu nos lábios dele. Helen parecia atordoada.

— Fantástico? — sugeriu Alistair, beijando o canto de sua boca.

Ela suspirou.

— Hum...

— Delicioso?

Ele segurou um dos seios rechonchudos, pesados, acariciando o delicado mamilo cor-de-rosa. Por si só, seios já eram maravilhosos, mas os de Helen eram especialmente fascinantes. Era estranho que eles não pudessem ficar descobertos e livres o tempo todo, e que se danassem as ideias civilizadas sobre modéstia. É claro, nesse caso, outros homens poderiam encará-los, e *isso* seria um problema. Alistair segurou o outro seio também. Não, era melhor mantê-los cobertos. Assim, vê-los sendo revelados em particular ficava ainda mais excitante.

Alistair estreitou o olho diante do pensamento, encarando-a de forma especulativa. Ela permitiria que transassem de novo, não é? Se ele tivesse sorte. Na verdade, se esperassem só mais uns minutinhos, tinha certeza de que teria forças para mais uma rodada naquela tarde.

Como se tivesse escutado seus pensamentos, Helen se empertigou de repente.

— Ah, minha nossa! Eles já devem estar voltando do passeio.

— Quem? — perguntou Alistair, sem querer tirar as mãos daqueles seios.

— Sua irmã e as crianças — respondeu ela com impaciência.

A mulher se remexeu de novo, e seu falo flácido deslizou vergonhosamente para fora dela. Alistair suspirou. Então não seria agora. Ele se inclinou e deu um beijo de despedida em cada um dos seios antes de se empertigar e rapidamente fechar os botões da calça. Quando terminou, Helen ainda tentava fechar o vestido, sem muito sucesso.

— Permita-me — disse ele, gentilmente afastando os dedos dela do espartilho. Então amarrou as fitas, escondendo aqueles seios magníficos, e a ajudou com o restante das roupas, o tempo todo se perguntando como tocar no assunto. Ele alisou o lenço sobre o colo dela e respirou fundo. — Helen...

— Onde estão meus sapatos? — De repente, ela se inclinou, procurando embaixo da mesa. — Você os viu?

— Aqui. — Alistair os tirou dos bolsos do paletó, onde os havia guardado antes, distraído. — Helen...

— Ah, obrigada!

Ela se sentou na cadeira dele para calçá-los.

Alistair franziu a testa, impaciente.

— Helen..

— Meu cabelo está direito?

— Maravilhoso.

— Você nem olhou.

— Olhei, sim!

As palavras saíram bem mais irritadas do que o planejado. Ele fechou o olho, se recriminando por ser tão idiota. Quando voltou a abri-lo, a governanta o encarava com ar especulativo.

— Você está bem?

— Estou — resmungou Alistair, e então respirou fundo. — Helen, quero encontrá-la de novo.

As sobrancelhas dela se uniram, expressando uma leve confusão.

— Ora, é claro que vamos nos encontrar de novo. Eu moro aqui, sabe?

— Não foi isso que eu quis dizer.

— Ah. — Os olhos azul-campânula se arregalaram, e Alistair cogitou possuí-la sobre a mesa de novo, mandando para o inferno suas boas maneiras. Os dois não tinham qualquer problema de comunicação quando faziam amor. — Ahhh.

Ele reprimiu sua impaciência.

— E então?

Helen se aproximou dele até os seios — aqueles belos seios! — quase tocarem seu peito. O rosto dela ainda estava um pouco corado, exibindo um rosado bonito, e os olhos brilhavam. Ela ficou na ponta dos pés e lhe deu um beijo casto nos lábios, se afastando quando ele tentou intensificar o contato.

Então seguiu para a porta da torre, parando para fitá-lo por cima do ombro.

— Talvez hoje à noite?

E saiu, fechando a porta com delicadeza.

— MAS EU NÃO gosto de peixe — disse Jamie enquanto eles seguiam para casa depois da caminhada com a Srta. McDonald e a Srta. Munroe. — Não entendo por que temos que comê-los no jantar.

— Porque, caso contrário, seria um desperdício pescá-los — respondeu Abigail. Ela estava ofegante, pois Pipi decidira que estava cansado de andar, e a menina e o irmão se alternavam em carregá-lo. — Se a gente não comer os peixes, será um pecado.

— Mas eu não pesquei nada! — rebateu o menino.

— Não é uma tragédia? — disse a Srta. McDonald, alegre. — Estamos condenados a comer a pesca mesmo quando somos completamente inocentes da pescaria.

— Phoebe — resmungou a Srta. Munroe —, você está sendo impertinente.

— Eu, particularmente — sussurrou a Srta. McDonald bem alto para Jamie —, me encho de sopa e pão. Também não suporto peixe.

— Phoebe!

— Por outro lado, se eles aprendessem a fisgar pudins de Yorkshire, eu adoraria comer a pesca do dia — brincou ela.

Jamie riu, e Abigail sentiu um sorrisinho se formar nos lábios. Eles não tinham encontrado texugos no passeio, mas se divertiram assim mesmo. A Srta. Munroe era muito rígida, mas sabia coisas interessantíssimas, e a Srta. McDonald era bem engraçada.

— Ah, chegamos — disse a Srta. Munroe quando viram o castelo. — Creio que vou tomar um chá e comer uns bolinhos. Alguém me acompanha?

— Eu! — exclamou Jamie na mesma hora.

— Excelente.

Ela abriu um sorriso radiante para Jamie.

— Onde vou deixar o Pipi? — Abigail olhou para o cachorrinho, que dormia em seus braços.

— Acho que precisamos pensar em um nome mais adequado para o cão — murmurou a Srta. McDonald.

— Ele tem uma cama na cozinha? — perguntou a Srta. Munroe.

— Achamos uma caixa de carvão vazia para ele — respondeu Jamie.

— Hum. É melhor enchê-la com palha e um cobertor, se possível — disse a Srta. Munroe.

— Vou procurar no estábulo — disse Abigail.

— Boa menina — comentou a Srta. Munroe. — Vamos guardar um bolinho para você na sala de estar.

Os outros seguiram para o castelo enquanto a menina contornava a lateral para chegar aos estábulos.

— Talvez a gente encontre um cobertor ou um casaco velho para você — sussurrou ela para o cachorro dorminhoco em seus braços.

A orelha macia de Pipi se mexeu, como se ele a tivesse escutado mesmo em seu sono.

Comparado com o dia ensolarado lá fora, estava escuro dentro do estábulo. Ela ficou parada por um instante ao entrar, deixando os olhos se acostumarem com a escuridão. Havia várias baias vazias daquele lado. Abigail seguiu pelo corredor principal. O cavalo enorme de Sir Alistair, Griffin, e o pequeno pônei que puxava o cabriolé ficavam do outro lado. A palha fresca devia estar ali. Ela ouviu um relincho e a batida de um casco enquanto se aproximava, mas então escutou outro som. Um homem resmungando.

Abigail parou. Pipi se remexeu quando ela o apertou com força demais contra o peito. O cavalo relinchou de novo, e então o Sr. Wiggins saiu de uma baia, segurando alguma coisa. A menina se preparou para correr, mas, antes que conseguisse fazer isso, o homenzinho se virou e a viu.

— O que você tá fazendo? — rosnou ele. — Tá me espionando? Você tá me espionando?

Foi então que Abigail notou que ele carregava uma bandeja de prata enorme. Ela balançou a cabeça e deu um passo para trás, encarando a bandeja mesmo sem querer.

Os olhos do Sr. Wiggins se estreitaram, maldosos.

— Se você contar pra alguém, incluindo o patrão, vou cortar sua garganta, tá me ouvindo? Vou cortar sua garganta, a da sua mãe e a do seu irmãozinho também, me entendeu?

Abigail não conseguiu fazer nada além de concordar rápido com a cabeça.

Ele deu um passo em sua direção, e, de repente, suas pernas voltaram a funcionar. A menina se virou e saiu em disparada pelo estábulo, correndo o mais rápido que conseguiu. Mas, às suas costas, ainda podia ouvir o grito do Sr. Wiggins.

— Não conta pra ninguém! Tá me ouvindo?! Não conta pra ninguém!

MAL-HUMORADO, LISTER ENCARAVA a janela do escritório.

— Eu mesmo devia ir para o norte.

Às suas costas, Henderson suspirou.

— Vossa Alteza, faz apenas alguns dias. Duvido que os homens que mandamos sequer tenham chegado a Edimburgo ainda.

Lister se virou para encarar o secretário.

— E quando eles finalmente chegarem e nos enviarem notícias, ela já terá tido bastante tempo para fugir para além-mar.

— Nós fizemos tudo que podíamos.

— E é por isso que eu mesmo devia ir ao norte.

— Mas, Vossa Alteza... — Henderson parecia estar pensando nas próximas palavras. — Ela é só uma meretriz. Não achei que o senhor a estimasse tanto.

— Ela é minha e me deixou. — Lister encarou o secretário, sério. — Ela me desafiou. E ninguém me desafia.

— É claro que não, Vossa Alteza.

— Já me decidi. — Lister voltou para a janela. — Faça os preparativos. Parto para a Escócia amanhã.

Capítulo Dez

Na noite seguinte, o Contador de Verdades soltou as andorinhas de novo, fazendo o belo rapaz sair em busca delas mais uma vez. Ele permaneceu no pátio, observando o sol se pôr e o monstro se transformar na princesa.

Então perguntou:

— Como isso aconteceu com você?

A moça soltou um suspiro triste.

— Seu mestre é um feiticeiro poderoso. Um dia, ele me viu passando pela floresta com minha corte. E, à noite, foi ao castelo do meu pai e exigiu minha mão em casamento. Mas recusei, pois o feiticeiro é um homem mau, e eu queria distância dele. Isso o deixou furioso. Ele me raptou do castelo do meu pai, me trouxe para cá. E me enfeitiçou, fazendo com que eu pareça aquele monstro horrível durante o dia. Só volto à minha aparência normal quando anoitece. Saia daqui agora, para que ele não o veja falando comigo.

E, mais uma vez, o Contador de Verdades foi obrigado a partir...

— Contador de Verdades

A carta da França chegou no final daquela tarde. Alistair estava tão distraído, pensando no que havia acontecido mais cedo com Helen e no que poderia acontecer mais tarde naquela noite que quase não a notou em meio aos papéis que o lacaio levou para a torre. Ele recebia vários periódicos e jornais de Londres, Birmingham e Edimburgo, que costumavam chegar no mesmo dia da semana. Porém, no final da pilha, havia uma carta muito amarrotada, que parecia ter atravessado o Chifre da África em seu trajeto até lá, coisa que, considerando o estado atual do relacionamento entre Inglaterra e França, era completamente possível.

Ele pegou a carta e a abriu com a faca afiada que usou mais cedo para dissecar um arganaz. Então leu o conteúdo, fazendo pausas para reler vários trechos com cuidado antes de jogá-la sobre sua escrivaninha lotada. Alistair se levantou, incomodado, e parou diante da janela. Etienne havia sido prudente ao escolher as palavras que usou, mas a mensagem estava clara. O amigo ouviu boatos vindos de funcionários do governo francês de que de fato havia um espião britânico que informou a posição do vigésimo oitavo regimento da infantaria, levando ao massacre de Spinner's Falls. E ainda foi além, informando que os boatos alegavam que tal espião era um aristocrata inglês. Alistair tamborilou os dedos sobre o peitoril da janela, inquieto. *Essa* informação era novidade.

Etienne escreveu que preferia não deixar mais informações registradas em papel, mas que eles poderiam conversar pessoalmente. O amigo disse ainda que estaria se preparando para embarcar em um navio que aportaria em Londres dali a duas semanas. Se Alistair quisesse encontrá-lo na embarcação, ele lhe daria informações mais específicas.

Alistair tocou as cicatrizes no lado esquerdo do rosto. Agora que finalmente tinha certeza de que aquilo foi causado propositalmente por alguém, seu peito se inflava com uma raiva gélida e determinada. E isso não fazia sentido nenhum. Capturar o traidor não curaria seu rosto. Mas saber que o sentimento era ilógico não fazia diferença para sua fera interior. Por Deus, ele queria que o traidor de Spinner's Falls fosse punido.

Alguém bateu à porta da torre, e Alistair se virou, distraído.

— Sim?

— O jantar está servido, senhor — disse uma das criadas antes de descer às pressas as escadas.

Ele voltou para sua mesa e pegou a carta de Etienne. Encarou-a por um instante, resmungou um palavrão, dobrou-a e enfiou-a em uma gaveta já abarrotada. Seria necessário refletir sobre aquilo tudo antes de tomar uma atitude, talvez informar Vale sobre a novidade, mas, por enquanto, o jantar lhe aguardava.

Ao se aproximar da sala de jantar, Alistair ouviu a voz aguda de Jamie fazendo algum comentário sobre peixes. O simples som já foi o suficiente para fazer sua boca se curvar em um sorriso. Era estranho como o som da voz de uma criança — algo que o irritaria duas semanas atrás — agora lhe trazia alegria. Será que ele era mesmo tão inconstante assim? A ideia o deixou incomodado e foi posta de lado. Por que pensar sobre o futuro quando o presente oferecia momentos muito mais felizes?

Quando entrou na sala, viu que todos já estavam a postos. Sem qualquer explicação, Helen se acomodou na cadeira mais distante possível da cabeceira da mesa, onde ele se sentaria. E evitava encará-lo, com as bochechas levemente coradas. A mulher não tinha talento nenhum para disfarce, e Alistair sentiu um desejo absurdo de beijá-la bem ali, na frente de sua irmã e dos filhos de Helen. Em vez disso, seguiu para sua cadeira, ignorando o olhar curioso de Sophia, e se sentou. Naquele dia, a irmã estava à sua direita, com a Srta. McDonald do outro lado dela. Por algum motivo desconhecido, Jamie estava à esquerda dele. Abigail se sentava ao lado do irmão, parecendo estranhamente desanimada. A mãe ocupava a cadeira ao lado, longe o suficiente para que a comunicação entre os dois só fosse possível com o aceno de bandeiras.

Um dos lacaios trouxe uma travessa fumegante de peixe.

— Ah, que ótimo — disse Alistair, esfregando as mãos, animado. Fazia vários meses que não comia truta fresca, apesar de o prato ser um de seus favoritos. — Aqui vai um peixe bem grande para você.

Ele pegou a maior truta e a serviu no prato de Jamie.

— Obrigado — murmurou o garoto, seu queixo se unindo ao peito magro enquanto ele encarava a comida.

A Srta. McDonald tossiu, usando o guardanapo para cobrir a boca. Alistair olhou para a irmã e ergueu as sobrancelhas.

— Há algum problema?

— Não, nenhum — respondeu Sophia, franzindo a testa para a amiga. — Mas, talvez, Jamie prefira começar com um pedaço menor.

Ele encarou o menino.

— É mesmo?

Jamie concordou com a cabeça, triste.

— Então vou pegar seu peixe, e você pode ficar com meu prato vazio — disse Alistair, trocando os pratos. — Coma um pedaço do pão. — O menino ficou visivelmente animado com a ideia. — Traga um pouco de marmelada ou geleia — instruiu ele ao lacaio, baixinho. — E você, Abigail? Gosta de peixe?

— Sim — sussurrou ela, e aceitou o alimento quando a bandeja lhe foi oferecida, mas apenas a cutucou com o garfo.

Alistair trocou um olhar com Helen. Ela balançou a cabeça, parecendo confusa.

Talvez a menina estivesse se sentindo mal. Alistair franziu a testa e tomou um gole de vinho. Havia um cirurgião em Glenlargo, mas o homem gostava mais de praticar sangria do que de curar pessoas, e ele não confiaria no sujeito para tratar de si mesmo, que dirá de uma criança. Na verdade, era possível que os bons médicos mais próximos estivessem em Edimburgo. Se Abigail estivesse mesmo doente, teria de levá-la à cidade. Doenças infantis podiam ser muito debilitantes — e com frequência eram fatais. Droga. Talvez tivesse sido um erro acordar as crianças tão cedo naquela manhã. Será que o rio estava gelado demais? Será que Abigail ficou animada demais? A teoria de que as mulheres podiam adoecer por excesso de emoção sempre lhe pareceu uma bobagem imensa, mas, agora, com uma menina pequena sob seu teto, Alistair percebia o quão pouco sabia sobre crianças.

— Você está doente? — perguntou ele a Abigail, talvez usando um tom levemente ríspido, já que Helen e Sophia se viraram para encará-lo.

Mas a garota apenas piscou e fez que não com a cabeça.

Alistair estalou os dedos para o lacaio.

— Traga uma taça *bem* pequena de vinho, por favor.

— Sim, senhor.

O homem saiu da sala, mas Alistair não afastou o olhar de Abigail. Sophia pigarreou.

— Nós vimos um falcão e dois coelhos durante nossa caminhada, mas nenhum texugo. Você tem certeza de que existe uma toca aqui perto?

— Tenho — respondeu ele, distraído.

Será que Abigail estava mais pálida do que o normal? Era difícil determinar, considerando que sua pele já era tão clara.

— Bem, teremos que esperar até nossa próxima visita para vê-los. — Sophia suspirou.

Ele a encarou, surpreso.

— O quê?

O lacaio voltou com a taça de vinho, e Alistair indicou a menina. Espantada, ela olhou para a tacinha cheia de líquido rubi.

— Tome um pouco — orientou ele, ríspido. — Vai fortificar seu sangue. — Então se virou para a irmã, encarando-a com irritação. — Do que está falando? Você já vai embora?

— Amanhã cedo — confirmou ela.

— Sophie tem uma reunião na Sociedade Filosófica de Edimburgo amanhã — disse a Srta. McDonald. — O Sr. William Watson veio de Londres especialmente para demonstrar o funcionamento de sua garrafa elétrica de Leiden. Se tivermos sorte, poderemos presenciar o fenômeno da eletricidade.

— Watson diz que, se doze pessoas ficarem de mãos dadas em um círculo, o éter elétrico passa igualmente por todos — continuou Sophia. — Para mim, isso parece um despautério, mas, se der certo, quero estar lá para ver.

— Mas vocês acabaram de chegar — resmungou Alistair.

Quando Sophia e a Srta. McDonald apareceram na casa, ele ficou incomodado, porém, agora, se sentia inexplicavelmente aborrecido com aquela deserção repentina.

— Você pode vir conosco, meu irmão.

Sophia ergueu as sobrancelhas por trás dos óculos, desafiadora.

De repente, Abigail congelou.

— Creio que não — murmurou Alistair, observando a criança.

O que a afligia?

— Mas podia vir nos visitar no próximo Natal, pelo menos — tentou a Srta. McDonald.

Alistair não respondeu. Ainda faltava muito tempo para o Natal. Ele olhou para a governanta, que, curiosamente, corou. Por que planejar um futuro que não lhe traria alegria nenhuma? Era melhor ficar ali e aproveitar Helen enquanto ela permitia que o fizesse. Seu futuro solitário e triste poderia esperar.

Naquela noite, Helen se viu se esgueirando pelo castelo como uma ladra. Ou uma mulher seguindo para um encontro amoroso, coisa que, por acaso, era verdade. As crianças levaram o que parecia ter sido uma eternidade para cair no sono, mesmo depois de ela ter lido todos os quatro contos de fadas. Abigail, em especial, ficou se revirando na cama. E também insistiu para que o cachorrinho dormisse na cama junto com ela e o irmão; nenhum dos argumentos da mãe a convenceu a desistir da ideia. Quando a menina dormiu, apertava o animalzinho contra sua bochecha. Felizmente, ele não parecia incomodado.

Agora que andava na ponta dos pés pelo corredor do andar de cima, Helen franziu a testa. Ela achou que Abigail estava começando a se sentir à vontade no castelo. Naquela manhã, pescando, a filha estava tão feliz. Porém, agora, havia ficado mais amuada do que nunca. Com o passar dos anos, ela aceitou a verdade frustrante de que a menina não podia ser convencida a revelar seus problemas. Abigail só se abriria quando se sentisse confortável, no seu próprio tempo. É claro, saber disso não diminuía a culpa que Helen sentia por não entender o que incomodava a filha.

Às vezes, ela observava outras meninas, bonitas, despreocupadas, falantes, e se perguntava por que a sua era tão melancólica e sensível. Mas bastava olhar para o rostinho pálido e preocupado de Abigail para sentir uma onda de amor inundando seu corpo. Aquela era sua filha, não importava se era uma criança complicada ou não. Parar de amá-la seria tão impossível quanto amputar seu próprio braço.

Helen parou diante do quarto de Alistair.

O amor — físico e emocional — fez sua vida cair em desgraça. Será que estava apenas voltando aos velhos hábitos libertinos ao procurar Alistair? Ela sabia que a maioria das pessoas pensaria que sim. Mas havia uma diferença fundamental entre o que pretendia fazer com Alistair e o que teve com Lister. Com o duque, Helen nunca teve controle da situação. Foi ele quem determinou o ritmo das coisas, que tomou todas as decisões. Por mais arrogante e rabugento que Alistair parecesse ser, ele não tomava decisão nenhuma por ela.

Aquela era sua escolha. Apenas sua.

Respirando fundo, Helen bateu de leve à porta. Silêncio. Ela se remexeu, esfregando um pé frio de sapatilha sobre o outro. Talvez ele não tivesse escutado. Talvez nem estivesse ali. Talvez tivesse decidido passar a noite fora, ou se esquecido da promessa que ela fez naquela tarde, ou mudado de ideia. Deus do céu! Que vergonha seria se...

De repente, a porta foi escancarada, e Alistair agarrou seu braço, puxando-a para dentro do quarto.

Helen soltou um gritinho surpreso.

— Shh!

Ele a encarou com o cenho franzido enquanto abria o penhoar dela.

O quarto estava escuro; apenas algumas velas tinham sido acesas, e restavam apenas brasas na lareira. Alistair usava um robe listrado de azul e preto desfiado nas mangas. O cabelo escuro estava solto, e Helen notou que suas bochechas estavam úmidas.

Ele havia feito a barba para ela.

Essa constatação lhe causou um frio na barriga. Ela ficou na ponta dos pés para passar os dedos pelo cabelo de Alistair, descobrindo que estava um pouco molhado. Ele também tomou banho para ela.

— Adoro seu cabelo — murmurou ela.

Ele piscou.

— Adora?

Helen concordou com a cabeça.

— Adoro.

— Bem, isso é...

Ele franziu a testa, como se não conseguisse pensar em uma resposta.

— E adoro seu pescoço.

Ela lhe deu um beijo bem ali, sentindo a batida da pulsação dele sob seus lábios. Alistair não usava camisa sob o robe, e seu peito estava deliciosamente acessível.

— Você quer, ah, um pouco de vinho? — perguntou ele. Sua voz engrossou enquanto ela ia descendo os beijos pelo V folgado do robe.

— Não.

— Ah. — De repente, Alistair se inclinou e a pegou no colo. — É melhor assim, imagino. Também não quero vinho.

Ele deu três passos enormes e a colocou na cama gigante. Helen afundou um pouco, e então ele fez a cama afundar ainda mais ao apoiar um joelho no colchão.

Ela se sentou, tocando o peito dele para impedi-lo de se aproximar.

— Tire isso.

As sobrancelhas de Alistair se ergueram.

— Por favor — pediu Helen, doce.

Ele bufou, mas saiu da cama para tirar o robe. E lá estava seu peito, tão maravilhoso quanto ela se lembrava. Largo, forte e peludo, mas desta vez era melhor do que a última em que o viu — na noite em que ele trouxe Pipi para casa —, porque, *agora*, podia tocá-lo também.

E pretendia fazer isso.

Quando Alistair fez menção de voltar para a cama, Helen balançou a cabeça.

Ele parou.

— Não?

Ela balançou os dedos, sugerindo a anatomia inferior dele, em um gesto imperioso.

— A calça também, por favor.

Isso o fez esboçar uma carranca.

Então Helen simplesmente tirou o penhoar. Por baixo, usava uma camisola. Ela baixou um ombro, deixando a manga cair.

Alistair encarou o seio revelado pela metade e imediatamente tirou a calça. Ele fez uma pausa, com os dedos na cintura das roupas de baixo, e a encarou.

Ela ergueu uma sobrancelha e, devagar, puxou a fita na gola da camisola, abrindo-a e revelando um seio por completo.

Ele inspirou e arrancou as roupas de baixo, as meias e os sapatos. Então se empertigou, nu e gloriosamente intumescido.

Helen engoliu em seco, encarando aquela parte do corpo dele. Ainda bem que não teve uma visão completa à tarde, porque era maior do que o de Lister — *bem* maior. O pênis se mostrava orgulhosamente ereto, com suas veias magníficas se espalhando como vinhas pelo membro, a cabeça brilhando e quase roxa. Embaixo, entre as coxas musculosas, os testículos eram firmes e volumosos.

Helen suspirou.

Ele pigarreou.

— Creio que agora seja a sua vez.

— Ah!

Ela até se esqueceu da brincadeira. Imediatamente, se ajoelhou na cama e puxou a camisola por cima da cabeça.

O olhar de Alistair foi na mesma hora para seus seios, e um sorriso maldoso surgiu no canto de sua boca.

— Aí estão eles.

Helen olhou para baixo.

— Você está se referindo ao meu busto?

Alistair se aproximou e apoiou um joelho na cama.

— Estou.

Ela franziu a testa.

— Você falou de um jeito tão... possessivo.

— De fato. — Ele se inclinou para os seios dela e lambeu um mamilo, fazendo-a puxar o ar com força. — Você tem os seios mais esplêndidos que eu já vi.

— Obrigada — respondeu Helen, ofegante. — Também posso fazer comentários sobre partes do seu corpo?

— Humm — murmurou Alistair contra o seio, fazendo-a estreme-cer. — Mas não imagino o que você acharia interessante. Meu corpo não é lindo como o seu.

— Claro que é — disse ela, surpresa.

Ele ergueu uma sobrancelha com ar cético.

— Meu corpo é grande, feio e peludo. Como o de todos os homens.

— Seu corpo é grande, bonito e, sim, peludo. E não posso opinar sobre o da maioria dos homens, mas, para mim, ele é maravilhoso. — Helen passou uma mão pelo peito de Alistair. — Maravilhoso e peludo. Gosto de como seus pelos são mais espessos aqui — ela deu um tapinha no peito —, de como ficam ralos *aqui* — seus dedos desceram pela barriga dele —, e de como voltam a engrossar aqui, onde...

Mas a frase não foi concluída. Quando Helen segurou aquela parte mais masculina, Alistair a agarrou pelos ombros e a empurrou para a cama, beijando-a de forma habilidosa. Quando ele ergueu a cabeça para recuperar o fôlego, ela o encarou com uma reprovação zombeteira.

— Eu não tinha terminado.

— Bem, eu estava prestes a terminar — murmurou ele.

Helen sorriu e apertou levemente o pênis dele, que ainda segurava.

Alistair fechou o olho por um instante antes de abri-lo novamente, mais brilhante do que antes.

— E se você quiser que eu dure mais do que um minuto, tem que parar de fazer isso.

Com delicadeza, ele tirou a mão dela de lá e posicionou uma coxa musculosa entre suas pernas. Helen sentia os pelos de Alistair roçando contra sua pele úmida. Ela engoliu em seco e se arqueou, esfregando a pélvis contra ele.

— Bruxa — sussurrou Alistair contra seu pescoço.

Ele a pressionou com mais firmeza, deixando-a praticamente imóvel enquanto a lambia até chegar a um seio, que tomou com a boca, chupando-o devagar, como se tivesse todo o tempo do mundo para saboreá-la.

Helen se remexeu.

— Pare com isso — resmungou Alistair, a voz vibrando contra sua pele úmida.

— Mas eu quero me mexer — arfou ela.

— Mas eu quero saborear seus mamilos — rebateu ele, e seguiu para o outro seio.

Helen olhou para baixo, vendo apenas a pele morena e o cabelo mais escuro ainda se movendo sobre seu corpo pálido. Um tremor de ansiedade erótica percorreu seu corpo.

— Acho que você é obcecado por seios.

— Não — murmurou Alistair, se erguendo levemente para segurar ambas as mamas em suas mãos grandes. Distraído, ele brincou com os mamilos enquanto falava, e ela mordeu o lábio. — Sou obcecado pelos *seus* seios. Quero lambê-los, chupá-los, talvez... — Ele se inclinou para roçar os dentes sobre a curva de um dos seios sensíveis. — Mordê-los.

— Mordê-los? — guinchou ela.

Alistair abriu um sorriso lento e malicioso.

— Hum. Mordê-los.

E baixou a cabeça para delicadamente tomar o mamilo entre os dentes. Helen prendeu a respiração, a ameaça fazendo-a se tensionar por dentro. Ele olhou em seus olhos, parecendo um pirata com o cabelo caído por cima do rosto, e lambeu a ponta do mamilo.

Os seios de Helen sempre foram extremamente sensíveis. Ela sentia sua respiração se tornando cada vez mais acelerada enquanto ele torturava o mamilo. Porém, quando Alistair fechou o olho e o chupou, sugando-o com força, ela apertou as coxas ao redor da perna grossa dele e se segurou.

Por longos minutos ardentes, ele lambeu e chupou e mordeu seus mamilos até eles ficarem inchados, vermelhos e brilhantes de saliva. Helen se movia sob o corpo dele, agitada, totalmente excitada, mas ainda não completamente satisfeita.

Alistair se afastou e analisou o resultado de suas ações. As maçãs do rosto proeminentes dele estavam coradas; o olho, semicerrado; os lábios, avermelhados pelas atividades, mas permaneciam firmes, em uma expressão quase cruel.

— Você parece que está pronta para ser sacrificada em um ritual pagão — murmurou ele. — Preparada e oferecida para um deus — então chegou perto e suspirou na sua orelha — te *foder*.

Helen gemeu ao ouvir aquela palavra proibida. Ninguém jamais falou assim com ela, fez amor assim com ela. Seu corpo foi tomado pelo frenesi do desejo negligenciado.

— Me toque — implorou, tentando abrir as pernas para esfregar aquela parte especial contra a coxa dele.

Alistair inclinou a cabeça, analisando-a como se Helen fosse um espécime interessante. Apenas a dureza extrema de seu membro, pressionando a coxa dela, indicava que sua indiferença era falsa.

— Não sei se você está pronta — murmurou ele.

Ela o encarou.

— Estou pronta.

— É mesmo? — Alistair lambeu a curva de seu pescoço, lançando tremores de ansiedade pela pele extremamente sensível dela. — Não quero começar rápido demais. Talvez isso prejudique sua capacidade de sentir completamente todos os efeitos da nossa união.

— Você — arfou ela, quase histérica — é um *demônio*.

Alistair abriu um sorriso travesso.

— Sou?

— Siiiim. — A resposta de Helen terminou em um gemido, já que ele se mexeu de repente, encostando o pênis diretamente nos vincos molhados dela. — Ah.

— Gostou? — perguntou Alistair, solícito.

Ela só conseguiu concordar com a cabeça enquanto ele lentamente se esfregava nela. Com uma estocada breve, controlada, seu pau abriu espaço dentro dela. Helen engoliu em seco, sem nem se importar com os sons molhados que faziam juntos.

— Então — ronronou ele — talvez você esteja pronta. Para *isto*.

Alistair recuou e a penetrou completamente. Helen arqueou o pescoço com o choque, a emoção, de ser preenchida de forma tão súbita.

Então ele se posicionou mais para cima, abrindo ao máximo as pernas dela e se esfregando sobre seu corpo. Sobre seu clitóris.

Ah, que êxtase!

Helen se sentia incoerente, incapaz de falar, incapaz de pensar, incapaz de qualquer ato humano. Todo o seu ser estava focado ali, em sentir, em receber tudo que ele lhe oferecia, com sua maravilhosa forma de fazer amor. Ela nem sabia dizer quando começou a gozar. Foi apenas uma longa e interminável explosão de calor. Seu corpo tremia descontroladamente.

E em algum lugar — em algum momento — durante aquilo tudo, Helen o ouviu rugir e abriu os olhos. Alistair estava apoiado nos braços esticados acima da cabeça dela, observando-a enquanto faziam amor. Mas, agora, seria impossível achar que sua expressão era desinteressada. Seu lábio superior estava repuxado num sorriso erótico. Seu rosto brilhava de empenho e suor. Seu olho resplandecia, cheio de intenções maliciosas.

Intenções masculinas.

Enquanto ela observava, Alistair acelerou os movimentos até a cama começar a bater contra a parede. Helen abriu ainda mais as pernas e as enroscou sobre seu quadril, observando a batalha dele até seu rosto se contorcer, como se sentisse dor. Um grito escapou da garganta dele enquanto dava a última estocada nela.

E ela se sentiu preenchida pelo calor da força dele.

No COMEÇO DA MANHÃ seguinte, Alistair jogou um braço para o lado, procurando algo que desejava em um nível instintivo; apenas quando acordou completamente, percebeu que buscava Helen e que ela tinha ido embora. Ele suspirou e esfregou o rosto com a mão. Tinha se esquecido de tirar o tapa-olho que usou na noite anterior, e agora coçava. Então o arrancou e o jogou longe, permanecendo deitado ali, sob a luz fraca da manhã.

Sua cama cheirava a sexo e a Helen.

Ela devia ter ido embora durante a madrugada. Alistair estava tão exausto por fazer amor com ela que não sabia direito quando teria ido. É claro, ela não podia ficar ali. Os dois precisavam pensar nas crianças, no decoro, no fato de que sua irmã ainda estava no castelo, mas, que droga, ele queria que ela tivesse ficado. Não só para fazerem amor de novo — apesar de desejar isso também —, mas também para ficarem juntos, deitados. Para que ele sentisse aquelas curvas quentes contra seu corpo. Para segurá-la em seus braços enquanto caía no sono e encontrá-la quando acordasse.

Enquanto Helen lhe permitisse. Porque, apesar de não terem comentado sobre o assunto, ele sabia que a governanta não era o tipo de mulher que apenas vivia no momento presente. Mais cedo ou mais tarde, ela começaria a pensar no futuro, talvez se perguntasse se poderia passá-lo ao seu lado. E então seria inevitável que descobrisse que ele não tinha futuro nenhum para lhe oferecer.

E ela o abandonaria.

Que pensamento deprimente. Alistair o deixou de lado, pelo menos por enquanto, porque já havia aprendido que era inútil brigar com o destino. Em algum momento, Helen o deixaria; em algum momento, ele sentiria sua falta. Mas não hoje. Alistair afastou as cobertas, lavou o rosto, reposicionou o tapa-olho com cuidado e se vestiu. Sophia disse que iria embora cedo, e ele esperava encontrá-la lá embaixo, aguardando com impaciência enquanto suas malas eram colocadas na carruagem.

Porém, quando desceu, ele encontrou o corredor deserto. Quando saiu pela porta, viu a carruagem esperando, mas nem um sinal da irmã. Talvez ela estivesse tomando café. Alistair retornou ao castelo e seguiu para a sala de jantar, onde encontrou uma das criadas colocando os talheres na mesa. A mulher fez uma reverência quando o viu.

— A Srta. Munroe está aqui embaixo? — perguntou ele.

— Ela ainda não desceu, senhor — respondeu a criada.

Alistair sorriu. Sophia dormiu demais e perdeu a hora — algo raro e um motivo para provocá-la.

— Por favor, suba e a acorde, assim como a Srta. McDonald. Minha irmã queria partir o mais cedo possível.

— Sim, senhor.

A criada fez outra reverência e saiu apressada da sala.

Alistair encontrou um cesto com pãezinhos quentes sobre o aparador e pegou um; então voltou para o corredor. Queria estar presente quando a irmã aparecesse, atrasada. Ele comia o pão, andando devagar no corredor, seguindo na direção da cozinha, quando ouviu o som. O barulho fez um calafrio percorrer sua espinha, tirou o gosto da comida em sua boca.

Um choro. Um choro de criança.

Helen ainda não havia chegado àquela parte do castelo, e havia vários cômodos fechados no corredor velho. Alistair foi de porta em porta até encontrar o som terrível, e a abriu. A sala estava escura, partículas de poeira brilhavam no fraco raio de sol que entrava por uma das janelas sujas. Ele não a viu assim que entrou, percebendo sua presença apenas quando ela se mexeu e choramingou.

Abigail estava encolhida em um canto, ao lado de um sofá coberto por um lençol, agarrada ao cachorrinho.

Alistair começou a se aproximar devagar, sem entender qual era o problema nem se seria capaz de solucioná-lo. De esguelha, viu Wiggins saindo de fininho pela outra porta na extremidade da sala.

A raiva tomou seu corpo.

Ele não se lembrava de andar, não se lembrava de planejar o que fazer, mas, quando deu por si, estava agarrado ao pescoço magrelo do homem, esganando-o, tirando a vida do seu corpo, batendo sua cabeça contra o piso de pedra do corredor.

— Alistair!

Alguém nas proximidades gritou seu nome, mas a única coisa que lhe interessava era o rosto nojento e vermelho diante de si. Como ele ousava? Como ousava tocar nela? Nunca mais faria aquilo. Nunca, *nunca* mais.

— Alistair!

Uma mão macia, feminina, tocou sua bochecha desfigurada. Uma leve pressão virou sua cabeça. Então, ele viu os olhos azul-campânula.

— Pare, Alistair. Solte-o.

— Abigail — disse ele, rouco.

— Ela está bem — respondeu Helen, devagar. — Não sei o que ele lhe disse, mas não a machucou.

Essa informação, finalmente, foi a única coisa capaz de devolver a sanidade ao seu cérebro. Alistair soltou Wiggins de repente, se empertigando e dando um passo para trás. Foi só então que viu Sophia e a Srta. McDonald ao pé da escada, ainda em seus penhoares. A Srta. McDonald passara um braço em torno de Jamie, que encarava a cena de olhos arregalados. Helen tremia, apenas de camisola. Ela devia ter descido correndo a escada sem tempo nem para vestir o penhoar. E Abigail estava atrás da mãe, com o rosto molhado pelas lágrimas, abraçada ao cachorrinho.

Alistair respirou fundo para controlar sua voz e perguntou baixinho:

— Ele encostou em você?

A menina fez que não com a cabeça, muda, sem afastar o olhar do dele.

Alistair assentiu e encarou Wiggins, que arfava no chão do corredor.

— Saia daqui. Saia do meu castelo, saia das minhas terras, e nunca mais apareça na minha frente.

— Você vai se arrepender disso! — disse o homenzinho, rouco. — Vai ver só. Eu vou voltar. E vou pegar aquela vagabundinha...

Alistair cerrou os punhos e deu um passo na direção dele. Em um piscar de olhos, Wiggins se levantou e saiu apressado pelas portas do castelo.

Ele fechou o olho, tentando recuperar sua expressão civilizada, e sentiu dois bracinhos envolvendo sua cintura. Ainda com o olho fechado, Alistair se ajoelhou e abraçou o corpinho.

— Nunca mais — sussurrou ele contra o cabelo de Abigail, tão parecido com o da mãe. — Nunca mais vou deixar ninguém machucar você. Eu juro.

Capítulo Onze

Na noite seguinte, o Contador de Verdades soltou as andorinhas da gaiola pela terceira vez. Assim que o feiticeiro saiu correndo do pátio, o monstro se transformou na princesa Compaixão, e ele se aproximou da jaula.

— Como posso libertá-la? — perguntou.

A princesa balançou a cabeça.

— É uma tarefa perigosa. Muitos tentaram e todos fracassaram.

Mas o Contador de Verdades apenas a encarou e disse:

— Quero saber.

Ela suspirou.

— Se quiser mesmo tentar, deve envenenar o feiticeiro primeiro. Uma pequena flor roxa cresce nestas montanhas. Junte suas pétalas e triture-as até formar um pó. No momento certo, sopre o pó no rosto do feiticeiro, e, enquanto ele permanecer banhado pela luz da lua, não poderá lhe impedir. Pegue seu anel leitoso e o traga para mim. E prepare dois cavalos, os mais rápidos que conseguir encontrar, para fugirmos.

O Contador de Verdades concordou com a cabeça.

— Farei tudo isso, eu juro...

— Contador de Verdades

Helen observou Alistair abraçar Abigail, e algo se retorceu e se abriu em seu coração. Ele segurava sua filha com tanto carinho. Era impossível não fazer a comparação mais óbvia. Alistair abraçava a menina como um pai. Porém o verdadeiro pai dela nunca havia feito isso.

A cena a deixou bem abalada. Na noite passada, ele fez amor com ela como se os dois fossem as únicas pessoas no mundo, e, agora, consolava sua filha com ternura. Chocada, Helen percebeu que estava se apaixonando pelo dono solitário e ranzinza do castelo. Talvez já estivesse apaixonada. E seu coração se acelerou, quase em pânico. Sua vida caótica, absurda e tola lhe ensinou uma coisa: o amor a fazia tomar decisões extremamente idiotas. Decisões que colocavam tanto ela quanto seus filhos em perigo.

E, junto com *esse* pensamento desagradável, veio outro terrível. Helen ainda estava confusa — atordoada, desnorteada de sono —, mas, no fundo, sabia que Alistair havia salvado sua filha. Ele salvou a menina, enquanto ela própria falhou.

Ela fechou os olhos e um soluço de choro fez seu corpo estremecer.

— Aqui — disse a Srta. Munroe com brusquidão, colocando um casaco sobre seus ombros. — A senhora parece estar com frio.

— Sou uma boba — sussurrou Helen. — Nunca pensei que...

— Não fique se torturando antes de conversar com a menina — disse a Srta. Munroe.

— Não sei como não o fazer. — Helen secou os olhos com uma das mangas. — Não sei mesmo.

— Mamãe.

De repente, Jamie se enfiou entre as duas e agarrou as saias dela.

— Está tudo bem, Jamie. — Helen fungou uma última vez e se empertigou, cheia de determinação. — O café já deve estar pronto. Vamos nos trocar antes de comer. Todo mundo vai se sentir melhor depois disso.

Alistair a encarou por cima da cabeça de Abigail. Ele ainda não havia se recomposto por completo. Seu olho brilhava, exibindo uma violência animal. Quando ela chegou ao corredor, o patrão parecia prestes a matar o Sr. Wiggins. Mesmo agora, duvidava que ele tivesse parado por conta própria caso ela não o tivesse convencido a encará-la. Helen estremeceu. Os sinais daquela parte selvagem e primitiva de Alistair deviam assustá--la. Porém, por mais estranho que parecesse, aquele lado animalesco dele fazia com que ela se sentisse segura, não temerosa. Segura de um jeito que não se sentia desde a infância, morando na casa do pai. Na época em que as complicações da vida adulta ainda não existiam.

Helen estremeceu, ciente de que estava vulnerável agora — vulnerável demais. Suas emoções eram conflituosas, deixavam-na exposta a ele. Ela precisava se afastar, mesmo que só um pouco, e se recompor.

Depois de engolir em seco e segurar a mão de Jamie, ela ofereceu a outra para Abigail.

— Venha, meu amor. Vamos nos arrumar.

A menina a segurou, e Helen teve de se controlar para não apertá-la com muita força. Ela queria passar os dedos pela cabeça da filha, olhar em seus olhos e ver por conta própria que Abigail estava bem, porém, ao mesmo tempo, não queria piorar seu trauma. Era melhor se acalmar para conversar com ela com tranquilidade.

— Já descemos — disse ela para Alistair com a voz um pouco trêmula.

Então, levou os filhos para o quarto. Jamie parecia ter se recuperado das suas preocupações anteriores, quaisquer que tenham sido. Ele se vestiu rápido e se sentou na cama com o cachorrinho.

Enquanto isso, Helen pegou o jarro cheio de água sobre a cômoda e encheu uma bacia. Ela pegou um pano, o molhou e gentilmente limpou o rosto de Abigail. Fazia anos que não ajudava a filha a se arrumar. A Srta. Cummings era responsável pela tarefa em Londres, e, durante a viagem para o norte, a menina tinha dado conta da tarefa sozinha. Porém, naquela manhã, Helen limpou os sinais de choro do seu rosto com cuidado. Então pediu a ela que se sentasse e se ajoelhou aos seus pés para calçar suas meias, amarrando as ligas sobre seus joelhos com delicadeza, com movimentos calmos e vagarosos. Ela colocou a anágua e a saia de Abigail, amarrando-as à sua cintura.

Quando pegou o corpete, a menina finalmente falou.

— Mamãe, não precisa.

— Eu sei, querida — murmurou Helen. — Mas, às vezes, as mães têm um desejo engraçado de vestir as filhas. Posso continuar, por favor?

Abigail concordou com a cabeça. Suas bochechas tinham recuperado a pouca cor que geralmente exibiam, e o rosto perdeu a expressão assustada. Os dedos de Helen se atrapalharam nas fitas enquanto pensava no olhar terrível que viu no rosto de Abigail ao chegar ao pé da escada. Meu Deus, se Alistair não estivesse lá...

— Pronto — disse Helen baixinho quando terminou de amarrar o corpete. — Passe-me a escova para eu pentear seu cabelo.

— Pode fazer uma trança e arrumá-la como uma coroa? — perguntou a menina.

— É claro. — A mãe sorriu, sentando-se em um banco baixo. — Você vai virar uma princesa. — Quando Abigail se virou para a frente, Helen começou a penteá-la. — Pode me contar o que aconteceu?

Os ombros magros da menina se ergueram, e ela encolheu a cabeça como se fosse uma tartaruga se escondendo dentro do casco.

— Sei que é difícil — murmurou Helen —, mas acho que precisamos falar sobre isso, querida. Pelo menos uma vez. E, depois, nunca mais tocaremos no assunto se você não quiser. Tudo bem?

Abigail concordou com a cabeça e respirou fundo.

— Eu acordei, mas a senhora e Jamie estavam dormindo, então levei Pipi lá para baixo. Nós fomos para o quintal, para ele fazer xixi, mas vi o Sr. Wiggins. Então voltei correndo para casa e nós nos escondemos.

A menina fez uma pausa, e Helen baixou a escova para dividir em três partes o longo cabelo louro.

— E depois?

— O Sr. Wiggins entrou na sala — disse Abigail baixinho. — Ele... ele gritou comigo. Disse que eu estava vigiando tudo que ele fazia.

Helen franziu as sobrancelhas.

— Por que ele pensaria uma coisa dessas?

— Não sei — respondeu a garota, evasiva.

A mãe achou melhor não insistir.

— E o que aconteceu depois?

— Eu... eu chorei. Não queria fazer isso, tentei engolir o choro, mas não consegui — confessou ela, arrasada. — Odiei chorar na frente dele.

Helen apertou os lábios e se concentrou em trançar o cabelo da filha. Por um momento breve e intenso, desejou que Alistair *tivesse* matado o Sr. Wiggins.

— Foi quando Sir Alistair apareceu — continuou Abigail — e me viu, viu o Sr. Wiggins. Mamãe, ele foi tão rápido! Agarrou o Sr. Wiggins pelo pescoço e o puxou para fora da sala. Só entendi o que estava acontecendo quando fui para o corredor, e aí a senhora, Jamie e a Srta. Munroe já estavam lá, e a senhora pediu que Sir Alistair parasse.

A menina respirou fundo no fim daquela declamação.

Helen ficou quieta por um instante, pensando. Ela terminou a trança e deixou a escova de lado.

— Segure os grampos — murmurou — enquanto faço sua coroa. — Então colocou os grampos na mão da filha e começou a ajeitar a trança em torno de sua cabeça. — Obrigada, querida. — Ela pegou um grampo e prendeu os fios com cuidado. — Eu queria saber se mais alguma coisa aconteceu na sala em que você se escondeu com Pipi.

Abigail permaneceu imóvel enquanto a mãe fazia o penteado, mas seus olhos baixaram para os grampos que segurava.

O coração de Helen perdeu o compasso. Algo parecia entalado em sua garganta, e ela precisou engolir em seco antes de conseguir falar de novo.

— O Sr. Wiggins tocou em você?

A menina piscou e ergueu o olhar, confusa.

— Tocou em mim?

Ah, meu Deus. Helen se forçou a usar um tom aparentemente despreocupado.

— Ele encostou em você, meu bem? Ou... ou tentou beijá-la?

— Ecaaa! — O rosto de Abigail foi tomado por uma expressão enojada e horrorizada. — Não, mamãe! Ele não queria me beijar. Queria me *bater*.

— Mas por quê?

— Não sei. — A menina afastou o olhar. — Ele disse que ia fazer isso, mas Sir Alistair apareceu e o tirou dali.

Sua garganta pareceu desentalar de repente. Helen engoliu em seco e perguntou, só para ter certeza absoluta:

— Então ele não encostou em você?

— Não, já disse. Sir Alistair chegou antes de o Sr. Wiggins chegar perto de mim. De toda forma, ele estava tão irritado que não iria querer me beijar.

Abigail a encarou como se a mãe fosse uma boba.

E Helen nunca ficou tão feliz na vida em ser vista como uma idiota. Ela prendeu o último grampo, virou a filha e a abraçou, se esforçando para não apertá-la com força demais, do jeito que queria.

— Bem, estou feliz por Sir Alistair ter aparecido no momento certo. Acho que não teremos mais que nos preocupar com o Sr. Wiggins.

Abigail se remexeu.

— Posso me olhar no espelho?

— É claro.

Helen abriu os braços e liberou a filha. A menina correu para um espelho antigo sobre a penteadeira. Ela ficou na ponta dos pés, virando a cabeça de um lado para o outro, para observar sua coroa de cabelo trançado.

— Estou com fome — anunciou Jamie, pulando da cama.

Helen concordou com a cabeça e se levantou.

— Assim que eu me vestir, vamos ver o que a Sra. McCleod preparou para o café.

Ela começou a se arrumar com o coração mais leve, apesar de uma parte do seu cérebro ainda se preocupar com os detalhes que Abigail não havia contado. Se o Sr. Wiggins queria lhe bater, o que ela estava escondendo?

— Precisamos arrumar um nome para o cachorro — murmurou Alistair para ninguém específico naquela tarde.

Ele ajeitou sua bolsa surrada sobre o ombro.

Parado no topo de uma pequena colina, o dono do castelo observava Jamie e Abigail descendo pelo outro lado. O menino se jogou no chão e saiu rolando, totalmente despreocupado, sem pensar nos obstáculos pelo caminho nem na direção em que seu corpinho seguia. Abigail, no entanto, prendeu as saias ao redor das pernas com cuidado antes de se deitar, cobrindo a cabeça com os braços e rolando morro abaixo em linha reta.

— Você não gosta de Pipi? — perguntou Helen.

Ela estava com o rosto voltado para a brisa e parecia muito angelical. Mesmo assim, ele a fitou com um olhar sombrio.

— O animal vai morrer de humilhação quando crescer o suficiente para compreender o significado do nome.

Helen o encarou com um ar questionador.

— Compreender o significado do nome?

Alistair a ignorou.

— Um cão, especialmente um macho, precisa de um nome digno.

Os dois observaram o cachorrinho, correndo animado atrás das crianças, tropeçar nas patas enormes e rolar até o fim do declive em uma confusão de orelhas compridas e pelo lamacento. Ele se levantou, se sacudiu e subiu a colina de novo.

Alistair fez uma careta.

— E esse cachorro precisa mesmo de um nome digno.

Helen riu.

Ele sentiu sua boca se contorcer em um sorriso relutante. O dia estava maravilhoso, afinal, e ela e as crianças estavam seguras. Por enquanto, era suficiente saber que Wiggins não tocou em Abigail com intenções maliciosas e apenas a assustou. Quando Helen lhe contou o que aconteceu, pouco antes de se sentarem para tomar o café da manhã, um peso terrível saiu de seu peito.

Sophia, que também participou da conversa sussurrada, apenas concordou com a cabeça e disse um "ótimo" antes de se servir do mingau, bacon e ovos preparados pela Sra. McCleod. Pouco depois, ela e a Srta

McDonald partiram para Edimburgo. Alistair observou a carruagem desaparecer pela estrada com sentimentos conflitantes. Ele gostava de implicar com a irmã — tinha esquecido o quanto adorava sua companhia —, mas estava feliz por ficar sozinho de novo no castelo com Helen. Sophia era observadora demais.

O restante de sua manhã foi dedicado ao trabalho, porém, durante o almoço, Jamie pareceu triste ao falar dos texugos que não tinham encontrado no dia anterior. Isso fez surgir a ideia de um passeio vespertino, e, agora, Alistair se via negligenciando o trabalho e caminhando pelo campo.

— Você disse que deixaria que as crianças escolhessem o nome — falou Helen.

— Sim, mas também deixei bem claro que Pipi não é bom.

— Hum. — Os lábios dela se contorceram e depois se firmaram. — Eu não lhe agradeci ainda por hoje cedo.

Alistair ergueu um ombro.

— Não há necessidade.

Ao pé da colina, Abigail se levantou com cuidado e sacudiu as saias. Por um milagre, o tecido não exibia sujeiras da grama, apesar de a menina já ter rolado várias vezes pela ladeira.

Helen ficou calada ao lado dele por um instante, mas então se aproximou e segurou sua mão, o gesto escondido pelas saias.

— Fico feliz que você estava lá para protegê-la.

Alistair a encarou.

Helen observava Abigail com um olhar melancólico.

— Ela é muito especial, sabe... nem um pouco o que eu esperava de uma filha. Mas suponho que temos que aceitar o que Deus nos dá.

Ele hesitou por um instante. Aquilo realmente não era da sua conta, mas decidiu falar, bruscamente:

— Abigail tem medo de decepcioná-la.

— De me decepcionar? — Helen o encarou, confusa. — Ela lhe disse isso?

Alistair concordou com a cabeça.

Helen suspirou.

— Eu a amo tanto. É claro que amo; ela é minha filha. Mas nunca a compreendi. Seus humores são tão sombrios para alguém tão jovem. Não me sinto decepcionada, só queria saber como fazê-la feliz.

— Talvez você não precise.

Ela balançou a cabeça.

— Como assim?

Ele deu de ombros.

— Não sou nenhuma autoridade no assunto, mas, talvez, não exista necessidade de tentar "fazê-la" feliz. Afinal, essa é uma tarefa que acaba levando à frustração. Abigail pode encontrar a felicidade sozinha. Talvez a única coisa necessária seja amá-la. — Alistair encarou os tristes olhos azul-campânula. — E você já a ama.

— Sim. — Helen arregalou os olhos. — Sim, eu amo.

Ele afastou o olhar de novo e sentiu que a governanta apertava sua mão antes de soltá-la.

— Venham, crianças — chamou Helen, e começou a descer a colina.

Alistair a observou, suas saias se balançando enquanto caminhava, o quadril se movendo em um ritmo levemente sedutor, um cacho de cabelo dourado voando sob a aba larga do chapéu. Ele piscou como se acordasse de um sonho e seguiu aquele quadril levemente balançante.

— Onde estão os texugos? — perguntou Jamie.

O menino pegou sua mão em um gesto aparentemente impulsivo.

Alistair apontou com o queixo.

— Pouco depois daquela colina ali.

O grupo estava cercado por colinas onduladas, cobertas por arbustos de tojo e urze, o horizonte completamente limpo. Mais para o oeste, um rebanho pastava, parecendo pontinhos sobre as elevações verdes e roxas.

— Mas nós andamos por aquele caminho ontem — reclamou Abigail.

— A Srta. Munroe não conseguiu encontrá-los.

— Ah, mas porque ela não sabia onde procurar.

A menina o encarou com um olhar desconfiado, e ele teve de se controlar para não sorrir.

— Pipi não quer mais andar — anunciou Jamie.

— Como você sabe? — Abigail franziu a testa, olhando para o cachorrinho, que, na opinião de Alistair, parecia perfeitamente capaz de caminhar.

— Eu sei — rebateu Jamie. E pegou o animal no colo. — Ai. Ele está pesado.

Sua irmã revirou os olhos.

— É porque você deu o resto do seu mingau para ele hoje.

O menino começou a dizer alguma coisa, irritado, mas Alistair pigarreou.

— Encontrei uma poça de xixi na cozinha hoje de manhã que parecia obra de Pipi. Não se esqueçam de levá-lo para o quintal para fazer suas necessidades, crianças.

— Não vamos esquecer — disse Abigail.

— Vocês já pensaram em um nome? Ele não pode ser Pipi para sempre.

— Bem, pensei em George, em homenagem ao rei, mas Jamie não gostou.

— É um nome bobo — resmungou o menino.

— E qual é a sua sugestão? — perguntou o dono do castelo.

— Pinta — respondeu Jamie.

— Ah, ora, esse é...

— Fei-o! — interrompeu Abigail. — Além do mais, ele tem mais manchas do que pintas, e Mancha seria um nome bem pior.

— Abigail — disse Helen. — Por favor, peça desculpas a Sir Alistair. Uma dama jamais deve interromper um cavalheiro.

As sobrancelhas de Alistair se ergueram diante dessa informação. Ele deu dois passos compridos, alcançando-a e inclinando a cabeça, aproximando-se dela.

— Nunca?

— A menos que o cavalheiro esteja agindo com extrema teimosia — respondeu Helen, calma.

— Ah.

— Desculpe — murmurou Abigail.

Ele concordou com a cabeça.

— Segure firme o cachorro agora.

— Por quê? — Jamie olhou para cima.

— Porque a toca dos texugos fica bem aqui. — Alistair apontou com sua bengala. Os texugos viviam em um montinho coberto por tojo. — Estão vendo a terra recém-mexida? É um dos túneis.

— Ahhh. — Jamie se agachou para olhar. — Nós vamos ver algum?

— É provável que não. Eles são muito tímidos, mas podem matar um cachorro, ainda mais um filhote, se sentirem-se ameaçados.

Jamie abraçou Pipi contra o peito até o cãozinho soltar um ganido, e sussurrou, rouco:

— Onde o senhor acha que eles estão?

Alistair deu de ombros.

— Talvez dormindo na toca. Talvez caçando larvas.

— Larvas? — O menino franziu o nariz.

O dono do castelo concordou com a cabeça.

— É o que eles gostam de comer.

— Vejam só! — Com muito cuidado, Abigail agachou, prendendo as saias sob a bunda.

Alistair se aproximou do local para o qual ela apontava e encontrou um montinho preto.

— Ah, muito bem! Você encontrou os excrementos deles. — Às suas costas, Helen emitiu um barulho abafado, mas ele a ignorou. Agachou-se ao lado de Abigail e, com um graveto, cutucou as fezes quase secas. — Observe.

Ele raspou alguns flocos pretos.

A menina chegou mais perto.

— O que são?

— A carapaça de um besouro.

Alistair tirou a bolsa do ombro e abriu um compartimento, revirando-o até encontrar um potinho de vidro. Então pegou os restos do besouro e os guardou, fechando-o com uma rolha minúscula.

— O que é uma carapaça? — perguntou Jamie.

Agora, o menino também estava agachado, respirando pela boca, ansioso.

— A camada exterior mais grossa.

Alistair cutucou um pouco mais e encontrou um osso fino e pálido.

— Ah, de que animal é isso? — perguntou Abigail, interessada.

— Não sei. — O osso era apenas um fragmento. Ele o ergueu e o observou por um instante antes de guardá-lo em outro frasquinho de vidro. — Talvez de um mamífero pequeno, como um rato ou uma toupeira.

— Hum — respondeu a menina, e se levantou. — Existem outras pistas dos texugos que possamos procurar?

— Às vezes, no meio da terra que cavam, conseguimos encontrar fragmentos. — Alistair pegou sua bolsa de espécimes e se aproximou do buraco da toca. Um movimento nas profundezas escuras o fez parar e segurar o ombro de Abigail. — Veja.

— Um bebê! — arfou a menina.

— Onde? Onde? — sussurrou Jamie, alto.

— Está vendo ali?

Alistair inclinou a cabeça perto da do menino e apontou na direção do filhote.

— Que legal!

Um rostinho listrado de preto e branco apareceu no buraco, junto com outro que veio se remexendo atrás. Os texugos ficaram imóveis, encarando-os por um momento, antes de sumir rapidamente.

— Ah, isso foi interessante. — A voz de Helen soou atrás deles. Alistair se virou e a encontrou sorrindo. -- Melhor que os excrementos, creio eu. O que vamos procurar agora?

E ela o encarou como se fosse a coisa mais natural do mundo passar a tarde ao seu lado. Compartilhar seus filhos com ele.

Alistair estremeceu e, de repente, se virou na direção do castelo Greaves.

— Nada. Preciso trabalhar.

Ele saiu andando, sem esperar por Helen e as crianças, ciente de que parecia estar fugindo dos três, quando, na verdade, fugia de algo muito mais perigoso: a esperança do futuro.

DEPOIS DO MODO tão grosseiro com que Alistair interrompeu o passeio da tarde, Helen prometeu a si mesma que não o procuraria de novo. Porém, ao badalar da meia-noite, se viu se esgueirando pelos corredores escuros do castelo, em direção ao quarto dele. Ela sabia que estava brincando com fogo, sabia que arriscava a si mesma e aos filhos com suas ações, mas ainda assim não conseguia ficar longe daquele homem. *Talvez*, sussurrou uma parte imprudente de si mesma, perpetuamente otimista, *ele se abra para você. Talvez aprenda a amá-la. Talvez a queira como sua esposa.*

Pensamentos tolos, infantis. Ela havia passado metade da vida com um homem que nunca a amou de verdade, e seu lado prático e realista sabia que, quando seu caso com Alistair terminasse, teria de ir embora com as crianças.

Mas isso não aconteceria hoje.

Helen hesitou diante da porta, sem bater, mas ele devia ter escutado seus passos. Alistair abriu a porta, pegou seu braço e a puxou para dentro do quarto.

— Boa noite — começou ela, mas ele engoliu a última palavra com um beijo.

Seus lábios eram ardentes e tão ávidos que pareciam quase desesperados. Ela se esqueceu de tudo ao redor.

Então, Alistair ergueu a cabeça e a puxou para a cama.

— Quero lhe mostrar uma coisa.

Helen piscou.

— O quê?

— Sente-se. — Ele não esperou que ela lhe obedecesse e se virou para remexer a gaveta da mesa de cabeceira. — Ah. Aqui está.

Então ergueu um pequeno limão, praticamente do tamanho da ponta do seu dedão.

Ela ergueu as sobrancelhas.

— O que é isso?

— Pedi à Sra. McCleod que o comprasse da última vez que foi buscar mantimentos. Achei... — Ele pigarreou. — Bem, achei que você gostaria de usar um preservativo.

— Um preservativo para... ah.

Helen sentiu um calor subindo por suas bochechas. Na verdade, como suas regras tinham acabado de terminar, imaginava que não estava no período fértil. Mas, como aquele era seu terceiro encontro com Alistair, parecia lógico presumir que logo teria de se preocupar com a prevenção de uma gravidez. Era estranhamente emocionante saber que ele se preocupou com isso — e tomou providências — antes dela.

— Eu nunca... hum, isto é...

Tarde demais, ela lembrou que devia ser uma viúva respeitável. Se esse fosse o caso, jamais teria ouvido falar de preservativos. A verdade era que o duque às vezes usava invólucros especiais, mas não com frequência.

As maçãs do rosto de Alistair também estavam coradas.

— Posso lhe mostrar. Incline-se para trás.

Ela percebeu sua intenção e não quis deixar. Uma coisa era permitir que a visse durante um momento de intimidade, mas, enquanto ele estava completamente vestido e de pé, aquilo parecia... indecoroso.

— Helen — disse Alistair baixinho.

— Ah, está bem.

Ela se deitou e encarou o teto. Suas pernas estavam para fora da cama, enquanto o corpo atravessava o colchão na horizontal.

Então sentiu Alistair erguer as saias do penhoar e da camisola, o leve sussurro da seda escorregando por sua pele no silêncio do quarto. O tecido ficou acumulado ao redor de sua cintura, e as mãos dele se afastaram. Helen ouviu enquanto ele voltava a revirar a gaveta e então sentiu o aroma forte de limão. Quando ergueu a cabeça, o encontrou segurando uma das metades da fruta. Seus olhos se encontraram, e então Alistair se ajoelhou no tapete ao lado da cama. Ela respirou fundo. Uma mão quente tocou suas pernas de novo, e Helen percebeu que ele queria afastar suas coxas. Então engoliu em seco e lhe obedeceu.

— Mais — disse Alistair, rouco.

Helen fechou os olhos. Ah, Deus, ele estava tão perto de suas partes íntimas. Conseguiria ver tudo. Conseguiria sentir seu *cheiro*. Ela mordeu o lábio e afastou as pernas.

— Mais — sussurrou ele.

E ela lhe obedeceu, abrindo as pernas até as coxas começarem a tremer. Até os lábios de seu sexo também se afastarem, deixando-a completamente exposta. Então sentiu uma mão acariciar sua coxa.

— Quando eu tinha quinze anos — disse Alistair em um tom amigável —, encontrei um livro de anatomia do meu pai. Era um tomo muito instrutivo, especialmente sobre as partes femininas.

Helen engoliu em seco. Os dedos dele começaram a acariciar delicadamente seus pelos.

— Isto aqui — Alistair abriu a palma larga da mão sobre seu monte — se chama *mons veneris*. O monte de Vênus. — Os dedos dele roçaram pela dobra interna de sua coxa, quase fazendo cócegas. Ela estremeceu.

— Estes são os *labia majora*.

Ele a acariciou do outro lado.

Então, algo frio e molhado pingou em seus pequenos lábios. Helen deu um pulinho e sentiu o cheiro de limão se intensificar.

Sentiu que ele pressionava a fruta curvada e escorregadia contra seu corpo. E a deslizou pelos vincos molhados.

— Estes são os *labia minora*. Mas aqui — Alistair circulou o topo da abertura com o limão e então, de repente, surpreendentemente, o pressionou — está o problema.

— O problema? — guinchou ela.

— Humm. — A voz dele ficara mais grave, se tornando quase um rosnado. — Este é o clitóris. Foi descoberto pelo *Signor* Gabriele Falloppio em 1561.

Helen tentou prestar atenção nas palavras enquanto ele continuava a pressionar o limão contra ela daquele jeito maravilhoso. Mas nada parecia fazer sentido.

Finalmente, recobrou a voz.

— Você quer dizer... quer dizer que ninguém sabia que ele existia até 1561?

— Essa era a opinião do *Signor* Falloppio, mas acho um pouco... improvável. — Alistair enfatizou *improvável* ao pressionar o limão com mais força. Helen arfou. — Mas existe outro problema. Veja bem, um segundo anatomista italiano, um homem chamado Colombo, alegava ter feito a descoberta dois anos antes.

— Acho que estou com pena das esposas desses cavalheiros — murmurou Helen.

Seu corpo estava quente, e a pressão constante do limão frio a deixava ansiosa. Excitada. Queria que Alistair terminasse logo com aquilo e fizesse amor com ela.

Mas era óbvio que ele não estava com pressa.

— Acho que você devia sentir pena das mulheres cujos maridos não acreditam na existência do clitóris.

Ela apertou os olhos, encarando o teto.

— Existem homens assim?

— Ah, sim, de fato — murmurou Alistair. E finalmente afastou o limão de sua pele sensível. Agora, porém, ela sentia como se algo estivesse faltando. — Há quem duvide de que algo assim exista.

Lentamente, ele deslizou a metade do limão para dentro de Helen.

Ela arfou com a sensação. A fruta gelada, os dedos quentes dele. Alistair girou lá dentro, fez alguma coisa, e então removeu os dedos, deixando o limão posicionado dentro dela.

— Há quem duvide de que a mulher sinta algo quando recebe estímulos aqui. — Ele roçou os dedos por seus vincos de novo até voltar a pressionar o clitóris. — Acho que são loucos, é claro, mas um cientista sempre testa suas teorias. Vamos ver?

Ver o quê?, pensou Helen, mas não teve tempo para dizer nada, porque, antes que conseguisse se expressar, a boca de Alistair tomou o lugar de seu dedo, e seria impossível falar depois disso.

A única coisa que conseguia fazer era sentir.

Ele a lambia com cuidado, com delicadeza, pelas flanges de seu sexo, como se quisesse degustar todas as gotas que tinham escorrido do limão. E, ao chegar ao topo, lambeu ao redor de seu botão, fazendo círculos cada vez menores até Helen agarrar o lençol com ambas as mãos, tremendo de êxtase, com os joelhos erguidos para pressioná-lo. Alistair segurou suas pernas e, tranquilamente, as apoiou sobre os ombros sem afastar a boca. Em vez disso, segurou seu quadril com mais firmeza, impedindo-a de se afastar. Ele estreitou a língua, lançando-a em seu canal, e, quando Helen achou que a sensação a faria se desintegrar, ele subiu de novo. Aquela parte da carne sensível foi presa entre seus lábios, e Alistair a chupou com gentileza e persistência.

Ela não conseguia se mexer, não conseguia escapar de suas carícias determinadas. Estava gemendo e arfando, incapaz de controlar os sons que saíam de sua boca. Em algum momento, tinha entrelaçado os dedos aos longos fios do cabelo dele, e aquilo parecia a única coisa que a mantinha presa ao chão. Helen o puxou, ansiosa, incoerente de desejo, querendo que Alistair parasse ou continuasse — era impossível saber o que desejava, e não fazia diferença.

Nada o interromperia.

Até um brilho explodir por trás de suas pálpebras fechadas e um prazer puro, quase doloroso, irradiar do seu centro, o qual ele ainda estimulava. Helen arfou, sentindo os olhos se encherem de lágrimas.

Sentindo como se tivesse chegado ao paraíso.

Alistair continuou a lambê-la devagar enquanto ela se acalmava, e então se levantou, parando diante da cama, examinando-a quase com desinteresse enquanto tirava a roupa.

— Acho que nunca mais vou conseguir sentir o gosto de um limão sem pensar em você — disse ele em um tom casual. Então, tirou a calça, e seu pênis se ergueu, monstruosamente ereto. — Sem pensar nisto.

Alistair avançou sobre o corpo inerte dela, cercando-a com os braços, seu peso fazendo o colchão afundar. Ele tirou seu penhoar e sua camisola com a mesma facilidade que despiria uma boneca, e Helen apenas o observou, as pálpebras semicerradas, preguiçosas. Então ele a puxou e a ajeitou até posicioná-la no centro da cama, abrindo suas pernas de novo, o máximo possível. E se acomodou sobre seu corpo.

Helen se retraiu um pouco ao seu toque, a pele ainda sensível.

Alistair baixou a cabeça até encostar os lábios em sua orelha.

— Não quero machucá-la, mas preciso estar dentro de você agora. Seria tão impossível me controlar quanto me forçar a parar de respirar. Devagar. — Esta última palavra foi dita quando a cabeça do pênis dele pressionou sua entrada. — Relaxe. Só... me deixe entrar.

Ele se impulsionou um pouco para dentro.

Helen respirava rápido. Ela nunca esteve tão sensível. Até o toque de uma pena a faria estremecer. E o que Alistair introduzia em seu corpo não era uma pena. Ele a penetrou um pouco mais. Ela estava tão molhada, mas também inchada, tomada pela excitação. Então virou a cabeça e lambeu o maxilar dele.

Alistair congelou.

— Não...

Então, com cuidado, ela roçou os dentes sobre sua pele. Não importava quão despreocupadas fossem as palavras dele, o homem estava no limite — era fácil compreender isso pela forma tensa como segurava o corpo —, e uma parte maliciosa dela queria vê-lo perder o controle. Queria levá-lo à loucura.

Ela roçou as unhas por suas costas.

— Helen — disse ele, rouco —, isso não é uma boa ideia.

— Mas eu não quero ser boa — sussurrou ela.

Isso bastou. Qualquer resquício de controle que Alistair ainda possuía desapareceu. Ele se impulsionou com força, penetrando a maciez dela com todo o seu comprimento, com estocadas fortes, arfando, selvagem.

Helen o abraçou e o segurou firme enquanto ele mergulhava e se contorcia sobre ela, observando-o, olhando aquele rosto forte, marcado por cicatrizes. Mesmo quando o canto de sua visão começou a embaçar e o prazer a tomou em ondas quentes, ela ainda forçou os olhos a permanecerem abertos, observando, observando.

E Alistair a observava também, seu olhar focado no dela, o olho se tornando mais escuro ao se aproximar do clímax. Era como se ele tentasse comunicar algo que não conseguia dizer, algo que só poderia expressar com o corpo. Os lábios dele se retorceram, o rosto corou, e a boca se abriu, sem dizer nada, mas seu olhar permaneceu fixo ao dela mesmo enquanto lançava a semente quente da vida dentro de seu corpo.

Capítulo Doze

Nos dias seguintes, quando o feiticeiro o liberava de seus deveres como guarda, o Contador de Verdades ia procurar as flores roxas pela montanha. Foi demorado, pois havia apenas a luz da lua para auxiliar sua busca, mas, com o tempo, ele conseguiu juntar pétalas suficientes para triturá-las e formar um pó. Então, se focou em encontrar dois cavalos. Essa tarefa foi ainda mais difícil, uma vez que o feiticeiro não mantinha cavalos. Porém, uma noite, o Contador de Verdades juntou todo o seu dinheiro e desceu a montanha, em direção a uma fazenda no vale.

Quando acordou o fazendeiro e explicou o que queria, o homem franziu a testa.

— Você não tem dinheiro suficiente. Por essa quantia, posso vender apenas um cavalo.

O Contador de Verdades concordou com a cabeça e entregou ao homem todas as economias que tinha neste mundo.

— Pois bem.

Então, antes que amanhecesse, subiu a montanha com uma única montaria...

— Contador de Verdades

De madrugada, Helen acordou na cama de Alistair. As brasas ainda brilhavam na lareira, mas a vela sobre a mesa de cabeceira parecia ter se apagado fazia muito tempo. Ao seu lado, a respiração do dono do castelo era pesada e lenta. Ela não pretendia dormir ali. O pensamento a deixou completamente desperta. Precisava voltar para seu quarto e para os filhos.

Com esse objetivo em mente, em silêncio, ela saiu da cama e foi devagar até a cornija. Havia um pote cheio de velas ali, e Helen usou as brasas da lareira para acender algumas, para conseguir enxergar enquanto se vestia. Ela olhou ao redor. Metade do penhoar estava embaixo da cama, mas a camisola tinha sumido. Resmungando baixinho, ela pegou uma vela e começou a procurá-la. A peça não estava embaixo nem ao lado da cama. Finalmente, ela se inclinou sobre o grande colchão, tentando encontrá-la emaranhada ao lençol. Mas fez uma pausa quando a luz fraca iluminou Alistair.

Ele estava deitado de costas, um braço jogado acima da cabeça, o lençol cobrindo sua cintura. O homem parecia um deus adormecido, os ombros e braços musculosos escuros contra a roupa de cama clara. Seu rosto estava levemente virado para ela, e Helen viu que, em algum momento durante a noite, ele tirou o tapa-olho. Ela hesitou por um instante antes de se inclinar para examinar o rosto exposto. A única vez em que o viu sem o tapa-olho fora naquela primeira noite, tanto tempo atrás, quando ele abriu a porta. Na ocasião, se sentiu tomada pelo medo. E esse medo dominou sua mente, impedindo que registrasse qualquer detalhe.

Agora, via que a pálpebra do olho ausente foi fechada e costurada. Ela era funda, sim, mas, com exceção desse detalhe, era apenas um olho normal fechado, nada impressionante. O mesmo não podia ser dito sobre o restante daquele lado do rosto de Alistair, é claro. Um entalhe fundo atravessava seu rosto na diagonal, começando abaixo da pálpebra fechada e terminando perto de sua orelha. Abaixo, havia uma área ondulada e vermelha, a pele mais grossa e curtida, talvez a cicatriz de uma queimadura. Linhas brancas menores estavam espalhadas pela maçã do rosto, obviamente o resultado de cortes de faca.

— Não é uma visão bonita, é? — perguntou Alistair.

Helen deu um pulo, assustada, quase derrubando cera de vela no ombro dele.

Alistair abriu o olho para observá-la, tranquilo.

— Está examinando o monstro com quem se deitou ontem à noite? — Sua voz era grave. Rouca de sono.

— Desculpe — murmurou Helen, como uma idiota.

Agora, viu que sua camisola estava presa sob o ombro dele.

— Por quê?

— Como é?

Ela tentou pegar a camisola, mas o corpo dele prendia a maior parte do tecido, e seria impossível puxá-la sem rasgá-la.

Alistair não se mexeu.

— Por que pedir desculpas? Você tem o direito, afinal de contas, de ver a aparência do seu amante por trás da máscara.

Helen desistiu da camisola por ora e, distraída, preferiu pegar o penhoar. Francamente, era muito estranho conversar com alguém enquanto estava nua.

— Eu não queria parecer, bem, mal-educada, só isso.

Ele segurou seu pulso e a puxou, pegando o candelabro e o colocando sobre a pequena mesa de cabeceira.

— Não é falta de educação querer saber a verdade.

— Alistair — murmurou Helen. — Preciso voltar para o meu quarto. As crianças...

— Devem estar dormindo — murmurou ele. Então puxou o braço dela, fazendo-a cair sobre seu corpo, pressionando os seios contra o calor de seu peito. Ele se inclinou por cima de Helen e roçou os lábios nos dela. — Fique.

— Não posso — sussurrou ela. — Você sabe disso.

— Sei? — perguntou ele, rouco, contra seus lábios. — Um dia, você irá embora, mas, agora, só sei que ainda é muito cedo, e minha cama está fria sem a sua presença. Fique.

— Alistair...

215

Helen ainda não o tinha visto assim, agindo como um amante carinhoso, charmoso. Aquele era um lado muito atraente dele, e sua determinação foi abalada.

— É por causa do olho? Posso cobri-lo de novo.

— Não.

Ela se afastou um pouco para observar seu rosto. De verdade, as cicatrizes não a assustavam mais, por mais terríveis que fossem.

Alistair segurou sua nuca com uma de suas mãos grandes e a puxou com delicadeza.

— Então fique um pouco mais. Ainda não tive a oportunidade de cortejá-la do jeito certo.

Helen afastou um pouco o rosto, encarando-o com ar desconfiado.

— Cortejar?

A boca dele se curvou em um canto.

— Ser galanteador. Bajulá-la. Cortejá-la. Fui negligente.

— E o que você faria para me cortejar? — perguntou ela, brincando apenas em parte.

Ninguém nunca a havia cortejado, não de verdade. Ele com certeza não estava falando em casamento, estava?

Alistair dobrou um braço sob a cabeça, ainda sorrindo.

— Não sei. Estou um pouco enferrujado quando se trata de cortejar uma mulher bonita. Talvez eu devesse compor uma ode às suas covinhas.

Uma risada surpresa escapou dos lábios de Helen.

— Você só pode estar brincando.

Ele deu de ombros e ergueu a mão livre para brincar com um cacho de cabelo perto do rosto dela.

— Se você não gosta de poesia, acho que só me restam passeios de carruagem e buquês de flores.

— Você me daria flores?

Helen sabia que Alistair estava brincando, mas um pedacinho tolo de seu coração queria acreditar naquilo. Lister lhe deu joias caras e um guarda-roupa completo, mas nunca cogitou lhe dar flores.

O belo olho castanho de Alistair encontrou os dela.

— Não sou um homem sofisticado e vivo no interior, então você teria que se contentar com flores silvestres. Violetas e papoulas no começo da primavera. Margaridas no outono. Rosas-mosquetas e cardos no verão. E, no fim da primavera, eu traria as campânulas que crescem nas colinas da região. Azuis, campânulas azuis, do mesmo tom dos seus olhos.

E foi então que Helen sentiu: algo se soltando, se libertando. Seu coração se livrou das amarras e saiu correndo, fugindo do seu alcance, do seu controle. Completamente livre, seguindo na direção daquele homem complexo, irritante e tão fascinante.

Meu Deus, não.

QUANDO ALISTAIR ACORDOU de novo naquela manhã, mais tarde do que o normal, resultado de ter passado a noite fazendo amor com Helen — o que, no contexto geral das coisas, era uma reviravolta extremamente satisfatória. Se ele pudesse escolher entre começar o dia cedo ou continuar na cama com sua governanta, temia que escolheria a última opção e ficaria feliz em ignorar completamente o nascer do sol.

Porém, agora, já passava da hora de acordar. Quando ele finalmente fez a barba, se vestiu e desceu as escadas, encontrou a Sra. Halifax ocupada com a limpeza de um dos quartos fechados. Esperava que, aos olhos da amante, ele fosse mais importante que roupa de cama mofada, mas, pelo visto, nem sempre esse era o caso. Distraída, Helen recusou sua oferta de dar um passeio. Mas seu orgulho masculino foi aplacado quando viu o rubor forte em suas bochechas antes de ela se virar para dar ordens aos criados.

Alistair seguiu para a cozinha. Talvez não tivesse conseguido convencê-la a abandonar o trabalho, mas os sentimentos de uma mulher que corava só de encará-lo, com certeza, não eram indiferentes. Ele pegou um pãozinho quente de uma travessa que a Sra. McCleod havia acabado de tirar do forno e foi até a porta dos fundos, jogando o pão de uma mão para a outra. O dia estava bonito, ensolarado, perfeito para um passeio. Assobiando, Alistair foi até os estábulos para pegar sua velha bolsa de couro.

Ele cumprimentou Griffin e o pônei antes de ir pegar a bolsa, que estava jogada a um canto. O odor forte e pungente de urina tomou suas narinas quando a ergueu. E então viu a mancha escura e molhada em um canto.

Alistair encarou a bolsa estragada por um segundo. Então ele ouviu um ganido e se virou. O cachorrinho estava sentado às suas costas, com a língua para fora da boca, o rabo balançando.

— Droga.

De todos os lugares no estábulo, no pátio, no mundo inteiro, por quê, *por que* o animal resolvera mijar na sua bolsa?

— Pipi!

Alistair ouviu a voz aguda de Abigail chamando o cão do lado de fora.

Ele seguiu o animal para fora do estábulo, segurando a bolsa fedida longe do corpo.

A menina estava no pátio e pegou o cachorro no colo. Surpresa, ela o fitou quando o viu sair.

Alistair ergueu a bolsa.

— Você sabia que ele fez isto?

O olhar de confusão no seu rosto respondeu antes de Abigail abrir a boca.

— O quê... ah.

Ela franziu o nariz quando sentiu o cheiro de urina.

Ele suspirou.

— Não posso mais usar esta bolsa, Abigail.

Uma expressão rebelde tomou o rostinho dela.

— Ele é só um filhote.

Alistair tentou controlar sua irritação.

— E é por isso que você devia estar vigiando o animal.

— Mas eu estava...

— Parece que não, ou minha bolsa não estaria toda mijada agora. — Ele colocou as mãos no quadril, observando-a, sem saber direito o que fazer. — Pegue escova e sabão. Quero que limpe isto para mim.

— Mas está fedendo!

— Porque você não cumpriu com sua obrigação! — A raiva finalmente passou por cima de seu bom senso. — Se você não é capaz de tomar conta dele, vou encontrar outra pessoa que o faça. Ou vou devolvê-lo para o fazendeiro de quem o comprei.

Abigail levantou com um pulo, abraçando o filhote com ar protetor, o rosto vermelho.

— O senhor não pode fazer isso!

— Posso, sim.

— Ele não é seu!

— É — respondeu Alistair com os dentes trincados —, ele é meu, sim, droga.

Por um instante, Abigail apenas gaguejou. Então, saindo correndo do pátio, gritou:

— Eu odeio o senhor!

Ele encarou a bolsa manchada por um instante. Então a chutou com raiva e jogou a cabeça para trás, fechando o olho. Que tipo de idiota perdia a calma com uma criança? Ele não queria ter gritado com Abigail, mas, droga, fazia anos que tinha aquela bolsa. Ela sobreviveu às suas perambulações pelas colônias, até sua captura pelos índios após Spinner's Falls e a viagem de volta para casa. A menina devia ter tomado conta do cachorro.

Mesmo assim. Era apenas uma bolsa. Ele não devia ter gritado e feito ameaças que não tinha qualquer intenção de cumprir. Alistair suspirou. De algum jeito, teria de pedir desculpas à menina ao mesmo tempo em que deixava claro que ela precisava prestar mais atenção no animal. Sua cabeça começou a latejar só de pensar nisso. Em vez de fazer seu passeio matinal, Alistair foi trabalhar na torre, se perguntando por que as mulheres, fossem jovens ou velhas, eram tão difíceis de se lidar.

ELE TINHA GRITADO *com ela.*

Abigail correu, tentando engolir as lágrimas, com Pipi em seus braços. Ela havia pensado que Sir Alistair gostava dela. E achou que gostava dele também. Mas agora ele estava com raiva dela. Quando ele começou a gritar, seu rosto se tornou carrancudo, com a testa franzida em uma expressão feia. E o pior é que a culpa tinha sido dela. Sir Alistair tinha razão. Abigail *não* tinha vigiado Pipi o suficiente. Deixou o cachorro entrar sozinho no estábulo enquanto ela observava um besouro que encontrou no chão. Mas reconhecer seu erro só tornava tudo ainda mais difícil. Abigail odiava estar errada. Odiava admitir que tinha errado e pedir desculpas. A ideia a fazia se retrair por dentro, como uma minhoca. E, por odiar aquele sentimento, por saber que ele estava certo e ela, errada, tinha gritado com ele também e saído correndo.

A menina correu pela colina nos fundos do castelo, seguindo na direção do rio e do pequeno aglomerado de árvores onde haviam enterrado Lady Grey. Foi só quando chegou ao local que percebeu seu erro. Jamie já estava ali, agachado diante da margem, jogando gravetos no redemoinho de água. Ela parou, ofegante e suada, e pensou em voltar escondida para o castelo, mas o irmão já a tinha visto.

— Ei! — gritou ele. — Agora é minha vez de ficar com Pipi.

— Não é, não — respondeu Abigail, apesar de ter passado a manhã inteira com o cachorro.

— É, sim! — Jamie se levantou e se aproximou, mas parou ao ver seu rosto. — Você está chorando?

— Não!

— Mas parece estar — insistiu Jamie. — Você caiu? Ou...

— Eu não estou chorando! — gritou ela, e foi correndo para o bosque.

Estava escuro ali, e, por um instante, a menina não conseguiu enxergar. Um galho bateu em seu ombro, e ela tropeçou em uma raiz, cambaleando, mas seguiu em frente. Não queria falar com Jamie e responder às suas perguntas bobas. Não queria falar com *ninguém.* Se as pessoas a deixassem em...

Abigail deu de cara com algo duro, perdendo completamente o ar. E teria caído se não fosse pelas mãos ríspidas que a seguraram. Ela olhou para cima e viu um pesadelo.

O Sr. Wiggins se inclinou, chegando tão perto que o único cheiro que a menina sentia era o fedor de seu bafo.

— Bu!

Ela se remexeu, sentindo-se humilhada por ter se assustado, mas estava *mesmo* com medo. Então olhou atrás dele, e seus olhos se arregalaram de surpresa. O duque de Lister estava parado a três passos de distância, observando os dois, completamente inexpressivo.

ALISTAIR DOBROU A CARTA para Vale com cuidado. Pela frequência com que a carruagem postal passava por ali, era provável que ele chegasse a Londres antes da carta, mas parecia uma boa ideia tentar alertar o visconde. Sua decisão já fora tomada. Sairia do castelo Greaves, faria a jornada até a capital britânica e conversaria com Etienne quando seu navio atracasse. Seria necessário passar duas semanas ou mais fora, porém Helen poderia cuidar do castelo em sua ausência. Ele odiava viajar, odiava cruzar com idiotas que o encaravam com medo, mas sua necessidade de descobrir o que aconteceu em Spinner's Falls era grande o suficiente para suportar o desconforto.

Ele estava pingando cera sobre a carta, para selá-la, quando ouviu passos subindo as escadas da torre. Primeiro, achou que alguém vinha avisar que era a hora do almoço, mas os passos se tornavam cada vez mais altos e rápidos. Quem quer que fosse estava subindo correndo.

Por isso, quando Helen escancarou a porta, Alistair já se levantava com um leve nervosismo. O cabelo dela escapava dos grampos, os olhos azuis estavam arregalados e assustados, e as bochechas tinham se tornado bastante pálidas. A mulher tentou falar alguma coisa, mas apenas se inclinou para a frente, ofegante, com uma das mãos na cintura.

— O que houve? — perguntou ele, bruscamente.

— As crianças.

— Elas se machucaram?

Alistair passou por ela, seu cérebro inundado por visões de corpinhos afogados, escaldados ou quebrados, mas Helen segurou seu braço com uma força surpreendente.

— Elas sumiram.

Ele parou para encará-la, sem compreender.

— Sumiram?

— Não consigo encontrá-las — continuou Helen. — Já procurei em todos os cantos. No estábulo, na cozinha, na biblioteca, na sala de jantar e na sala de estar. Faz uma hora que os criados estão revirando o castelo, e não conseguimos achar os dois.

Alistair pensou nas palavras que gritou para Abigail e foi tomado pela culpa.

— Tive uma briga com Abigail hoje cedo. Ela deve estar escondida com o irmão e o cachorro. Se nós...

— Não! — Helen sacudiu seu braço. — Duas horas atrás, o cachorro apareceu sozinho na cozinha. Logo achei que as crianças não estivessem cuidando dele e fiquei irritada. Fui dar uma bronca nos dois, mas não consegui encontrá-los. Ah, Alistair. — A voz dela engasgou. — Eu ia brigar com Abigail. Ela é a mais velha. Pensei em todas as palavras duras que diria, e, agora, não consigo encontrar minha filha!

A angústia dela o fazia querer socar as paredes. Se a menina estivesse apenas se escondendo, ele teria de puni-la pelo sofrimento que havia causado à mãe, independentemente de isso destruir qualquer relacionamento que os dois tivessem estabelecido. Agora, porém, Alistair sentia a necessidade de fazer alguma coisa, qualquer coisa, para acabar com o sofrimento de Helen.

— Onde você viu Abigail e Jamie pela última vez? Há quanto tempo?

Ele se virou para a porta com a intenção de descer e organizar a busca, quando uma das criadas apareceu na escada, ofegante.

— Ah, senhor! — arfou a mulher. — Ah, Sra. Halifax. As crianças...

— Você as encontrou? — perguntou Helen. — Onde estão, Meg? Você encontrou meus filhos?

— Não, senhora. Ah, sinto muito, senhora, mas não encontramos os dois.

— Então o que foi? — perguntou Alistair baixinho.

— Tom, o lacaio, lembrou que viu o Sr. Wiggins no vilarejo ontem à noite.

O rosto de Alistair se transformou em uma carranca.

— Achei que ele tivesse ido embora da região.

— Todo mundo achou, senhor — disse Meg. — Foi por isso que Tom ficou tão surpreso ao encontrá-lo, apesar de ter sido tolo o suficiente para não ter mencionado nada até agora.

— Vamos a Glenlargo — disse Alistair. — Wiggins deve estar por lá.

Ele não comentou que, se o homem tivesse partido em outra direção, seria muito difícil encontrá-lo. A ideia de que o criado estava com as crianças fez com que um calafrio percorresse suas costas. E se Wiggins quisesse se vingar?

Alistair foi até uma cômoda cheia de gavetas e abriu a última.

— Peça a Tom e aos outros lacaios que me acompanhem.

Ele encontrou o que estava procurando — duas pistolas — e se virou para a porta.

Meg encarou as armas.

— Tom disse que ele não estava sozinho.

Alistair parou.

— O quê?

— Tom disse que viu o Sr. Wiggins conversando com outro homem. Era um senhor muito alto, que trajava roupas elegantes e carregava uma bengala de marfim com ouro no...

Helen arfou, e Alistair notou que seu rosto se tornou levemente verde.

— ... topo. Ele não usava peruca, de acordo com Tom. E era calvo — concluiu Meg, falando rápido, encarando Helen. — Senhora?

A governanta oscilou, e Alistair segurou seus ombros para impedir que caísse.

— Pode ir, Meg, e peça aos lacaios que se prepararem.

— Sim, senhor.

A criada fez uma mesura e partiu.

Alistair fechou a porta com firmeza e se virou para Helen.

— Quem é ele?

— Eu... eu...

— Helen. — Com gentileza, Alistair segurou seus ombros. — Eu percebi sua expressão. Você conhece o homem que Tom viu ontem à noite. Agora, não temos como descobrir em que direção Wiggins e seu cúmplice levaram as crianças. Se você sabe aonde podem ter ido, precisa me contar.

— Londres.

Ele piscou. Não esperava uma resposta tão exata.

— Tem certeza?

— Sim.

Ela concordou com a cabeça. Seu rosto tinha recuperado um pouco de cor, mas, agora, exibia a expressão de alguém que havia se conformado com um desastre.

Alistair sentiu um desconforto revirar sua barriga.

— Como você sabe? Helen, quem é o outro homem?

— O pai das crianças. — Ela o fitou, seus olhos cheios de sofrimento. — O duque de Lister.

Capítulo Treze

O Contador de Verdades escondeu o cavalo que comprou do lado de fora dos muros do castelo. Depois, passou o dia inteiro tomando conta do monstro. Ao anoitecer, como de costume, o feiticeiro apareceu, e também, como de costume, o soldado respondeu à sua pergunta e foi embora. Porém, em vez de entrar no castelo, ele se escondeu atrás da gaiola das andorinhas. E ficou observando e esperando, pacientemente, até a lua nascer, quando saiu correndo para cima do feiticeiro. O homem se virou, surpreso, e o Contador de Verdades soprou o pó em seu rosto. Na mesma hora, o feiticeiro se transformou em um morceguinho marrom e saiu voando, deixando as vestes e o anel no chão. O Contador de Verdades pegou o anel e o passou pelas grades da jaula, oferecendo-o à princesa.

Ela encarou a joia e depois fitou o soldado, surpresa.

— Você não vai exigir nada em troca do anel? A riqueza do meu pai ou minha mão em casamento? Muitos homens o fariam em seu lugar.

O Contador de Verdades fez que não com a cabeça.

— Só desejo a sua segurança, milady...

— Contador de Verdades

Alistair encarou Helen e sentiu a terra tremendo e se abrindo sob seus pés.

— O pai das crianças é um *duque*?

— Sim.

— Explique-se.

Ela o encarou com olhos azul-campânula trágicos e disse:

— Eu era amante do duque de Lister.

Alistair inclinou a cabeça para enxergá-la melhor com seu olho.

— O Sr. Halifax nunca existiu?

— Não.

— Você nunca se casou.

Era uma afirmação, mas ela respondeu mesmo assim.

— Não.

— Meu Deus.

Um maldito *duque*. O peito dele parecia apertado, como se tivesse sido atingido por um punho gigante, cruel. Alistair encarou as próprias mãos e quase se surpreendeu ao ver que ainda segurava as pistolas. Ele foi até a cômoda e as guardou de volta na gaveta.

— O que você está fazendo? — perguntou Helen às suas costas.

Ele fechou a gaveta e se sentou atrás da mesa. Com cuidado, arrumou os papéis diante de si. Logo, teria de voltar ao trabalho.

— Acho que é óbvio. Guardei as pistolas e desisti da busca.

— Não! — Ela veio correndo do outro lado da sala e bateu as mãos na mesa. — Você não pode desistir agora. Ele vai para Londres. Se o seguirmos, podemos...

— O que a senhora acha que podemos fazer? — Graças a Deus, a raiva tomava o lugar daquele aperto em seu peito. — Talvez queira que eu desafie o duque a um duelo por sua honra?

A cabeça dela se retraiu ao ouvir o sarcasmo em sua voz.

— Não, eu...

Alistair a interrompeu, cada vez mais nervoso.

— Ou talvez eu possa simplesmente bater à porta do homem e exigir que devolva as crianças? Tenho certeza de que ele fará uma mesura, pedirá desculpas e as entregará humildemente. O duque provavelmente não queria tanto assim os dois, já que só veio até a *Escócia* para buscá-los.

— Você não entende. Eu...

Alistair se levantou, apoiando os punhos cerrados sobre a mesa e se inclinando na direção dela.

— O que eu não entendo? Que você era uma meretriz? Que, julgando pela idade dos seus filhos, passou anos vendendo seus serviços? Que deu à luz aquelas duas crianças encantadoras e permitiu que fossem ilegítimas desde o momento que começaram a respirar? Que Lister é o progenitor dos dois e que, de acordo com todas as leis de Deus e do homem, tem o direito de levá-los e ficar com eles pelo tempo que quiser? Diga-me, senhora, o que exatamente eu não entendo?

— Você está sendo hipócrita!

Alistair a encarou.

— O quê?

— Você se deitou comigo...

— *Não!* — Ele se inclinou mais para perto, com tanta raiva que quase perdeu o controle. — Não compare o que nós tínhamos com sua vida com Lister. Eu nunca paguei pelo seu corpo. Não gerei filhos ilegítimos em você.

Helen afastou o olhar.

Alistair se empertigou, tentando se acalmar.

— Que droga, Helen. No que você estava pensando, tendo não só um, mas dois filhos com esse homem? A vida deles está marcada. Não será tão ruim para Jamie, mas Abigail... qualquer homem que se interesse por ela saberá que é uma filha bastarda. Isso afeta com quem e como ela vai se casar. O dinheiro de Lister compensava arruinar o futuro de seus filhos?

— Você acha que eu não sei o que fiz? — sussurrou ela. — Por que acha que o deixei?

— Não sei. — Alistair balançou a cabeça e encarou o teto. — Faz diferença?

— Faz. — Helen respirou fundo. — Ele não ama os filhos. *Nunca* amou.

Ele a encarou por um instante, com a boca repuxada, e se impulsionou para longe da mesa com uma risada amargurada.

— E você acha que isso importa? Quer ir atrás de um magistrado e alegar que seu amor é mais verdadeiro do que o do pai das crianças?

Acho melhor lembrá-la de que você se *vendeu* para ele. De que lado qualquer pessoa sã ficaria? De um duque da aristocracia ou de uma prostituta qualquer?

— Não sou prostituta — sussurrou Helen com a voz trêmula. — Nunca fui prostituta. Lister me sustentava, sim, mas não era desse jeito.

Parte de Alistair se doía por causar sofrimento a ela, mas ele não conseguia parar. E, além do mais, outra parte de si queria causar aquele sofrimento. *Como ela teve coragem de fazer aquilo com os filhos?*

Ele apoiou um lado do quadril contra a mesa e cruzou os braços, inclinando a cabeça de novo.

— Então me explique como você era amante de Lister, mas não uma prostituta.

Helen uniu as mãos como se fosse uma menininha fazendo uma declamação.

— Eu era jovem, muito jovem, quando o conheci.

— Com que idade? — perguntou Alistair, irritado.

— Dezessete.

Isso o fez hesitar. Com dezessete anos, ela era praticamente uma criança. Ele apertou um pouco os lábios antes de jogar o queixo para a frente.

— Continue.

— Meu pai era médico, muito respeitado, na verdade. Nós morávamos em Greenwich, em uma casa com um jardim. Quando eu era jovem, costumava acompanhá-lo em algumas de suas consultas.

Alistair a observou. Pelo que descrevia, ela era de uma classe mais inferior do que ele havia imaginado. O pai era médico, sim, mas precisava trabalhar para se sustentar. Helen não fazia parte nem da pequena nobreza. Em nível social, ela estava extremamente abaixo de um duque.

— Você morava sozinha com seu pai?

— Não. — Ela baixou os olhos. — Com minhas três irmãs e meu irmão. E minha... minha mãe. Sou a segunda mais velha.

Ele acenou com a cabeça para que continuasse.

Helen apertava as mãos com tanta força que dava para ver as unhas fincando em sua pele.

— Uma das pacientes do meu pai era a duquesa, mãe de Lister. Naquela época, ela vivia com o duque. Era uma dama idosa, que tinha muitas enfermidades, e papai ia vê-la toda semana, às vezes mais de uma vez. Eu costumava acompanhá-lo e, um dia, conheci Lister. — Helen fechou os olhos e mordeu o lábio. O cômodo estava em silêncio; desta vez, Alistair não tentou interrompê-la. Finalmente, ela abriu os olhos e sorriu com doçura. — O duque é alto, Tom tinha razão. Alto e imponente. Parece mesmo um duque. Eu estava esperando na antessala de visitas enquanto papai terminava a consulta, e ele entrou. Acho que estava procurando alguma coisa. Um papel, talvez, mas não consigo lembrar. Assim que apareceu, nem percebeu que eu estava ali, e fiquei tão deslumbrada que não conseguia me mexer. A duquesa mãe era uma senhora intimidadora, mas aquele era o filho dela, o *duque*. Finalmente, ele me viu. Eu me levantei e fiz uma mesura. Estava tão nervosa que tive medo de tropeçar nos meus próprios pés. Mas não tropecei. — Helen encarou as mãos com a testa franzida. — Talvez tivesse sido melhor tropeçar.

Baixinho, Alistair perguntou:

— O que aconteceu?

— Ele foi gentil — respondeu ela. — Aproximou-se e conversou um pouco comigo, até sorriu. Na época, achei que estava sendo gentil com uma moça nervosa, mas é claro que era mais que isso, mesmo naquele momento. Depois, ele não teve qualquer pudor em admitir que quis que eu me tornasse sua amante assim que me viu.

— E você caiu nos braços dele? — perguntou Alistair com cinismo.

Helen inclinou a cabeça.

— Não foi tão simples assim. Nossa primeira conversa foi muito rápida. Papai voltou dos aposentos da duquesa mãe, e fomos embora. Passei o caminho todo falando sobre Vossa Graça, mas creio que o teria esquecido se nossos caminhos não tivessem se cruzado de novo na visita seguinte. Achei que era uma coincidência estranha que nos víssemos de novo tão rápido. Fazia quase um ano que eu acompanhava papai à casa do duque sem que nunca nos encontrássemos. Lister fez de propósito, é claro. Ele se certificou de entrar na sala de estar em que eu esperava só depois de papai subir para examinar a duquesa mãe. O duque se sentou e conversou comigo, pediu chá e bolinhos. Flertou, mesmo eu sendo inocente demais para ter percebido. — Helen seguiu para os expositores de vidros com espécimes, observou o interior, de costas para Alistair. Ele se perguntou se ela queria esconder o rosto. — Tivemos vários encontros assim, e, nesse meio-tempo, o duque me enviou cartas secretas e presentinhos. Um medalhão incrustado de joias, luvas bordadas. Eu sabia que aquilo era errado. Sabia que não devia aceitar os presentes, que não devia ficar sozinha com um homem, mas... não conseguia me conter. Eu me apaixonei.

Helen hesitou, mas Alistair apenas continuou encarando suas costas curvadas. Mesmo agora, ele a desejava — e talvez sentisse mais do que um simples desejo.

— Então, uma tarde, fizemos mais do que só conversar — disse ela para o expositor de vidro. Alistair via seu reflexo fantasmagórico, e Helen parecia distante e indiferente, apesar de começar a ficar claro que a aparência que ela projetava podia não ser real. — Nós fizemos amor, e, depois, eu sabia que não poderia voltar para casa com papai. Meu mundo, minha vida, tudo havia mudado completamente. Eu sabia por alto que Lister era casado, que tinha filhos quase da minha idade, mas, de certa forma, isso só servia para alimentar minha fantasia romântica. Ele não mencionava a esposa com frequência, mas, quando o fazia, sempre a descrevia como uma mulher fria. Dizia que fazia anos que ela não o permitia em sua cama. Nós não poderíamos viver juntos como marido e mulher, mas eu podia ser sua amante. Eu o amava. Queria estar ao lado dele sempre.

— Ele a seduziu.

Alistair sabia que sua voz soava fria, cheia de raiva reprimida. Como ela pôde fazer aquilo? Como Lister pôde fazer aquilo? Seduzir uma moça jovem, inocente, era um comportamento vil, inaceitável até para o mais devasso dos libertinos.

— Sim. — Helen se virou e o encarou, empertigando os ombros e erguendo a cabeça. — Acredito que sim, apesar de eu estar mais do que disposta. Eu o amava com todo o fervor de uma moça jovem e romântica. Nunca o conheci de verdade; me apaixonei pelo homem que achei que ele fosse.

Alistair não queria ouvir mais. Ele se afastou da mesa.

— Independentemente dos seus motivos aos dezessete anos, os fatos não vão mudar agora. Lister é pai dos seus filhos. E está com eles. Não consigo pensar em nada que você ou eu possamos fazer quanto a isso.

— Posso tentar recuperá-los — disse ela. — Ele não os ama; nunca passou mais de quinze minutos seguidos com nenhum dos dois.

Alistair estreitou o olho.

— Então por que fugir com eles?

— Porque ele os considera suas posses — respondeu Helen, sem se dar ao trabalho de tentar disfarçar a amargura em sua voz. — Ele não pensa nos filhos como pessoas, mas como propriedades. E porque quer me atingir.

Alistair franziu a testa.

— Ele os machucaria?

Ela o encarou com um olhar franco.

— Não sei. Para Lister, os dois não são mais importantes do que um cachorro ou um cavalo. Você conhece homens que dão chicotadas em seus cavalos?

— Droga. — Alistair fechou o olho por um segundo, mas não havia escolha. Ele abriu a gaveta de novo e pegou as pistolas. — Arrume uma mala. Esteja pronta em dez minutos. Nós vamos para Londres.

ELE NÃO FALAVA com ela. Helen se desequilibrou quando a carruagem que Alistair alugou em Glenlargo deu um solavanco ao passar por um buraco na estrada. Apesar de ter concordado em acompanhá-la, em ajudá-la a encontrar e recuperar as crianças, era óbvio que ele não queria mais nada com ela além disso. Ela suspirou. Sinceramente, o que mais esperava?

Helen olhou pela janela minúscula e encardida da carruagem e se perguntou onde Abigail e Jamie estariam agora. Os dois deviam estar assustados. Lister podia ser seu pai, mas eles não conheciam bem o duque, e ele era um homem frio. Jamie estaria paralisado de medo ou pulando na carruagem, agitado. Ela esperava que não fosse a última opção, porque duvidava que Lister reagiria bem ao ver Jamie no seu auge. Abigail, por outro lado, provavelmente estaria preocupada prestando atenção em tudo. Na melhor das hipóteses, a menina permaneceria calada, já que sua língua era bem afiada às vezes.

Mas não. Lister era um duque. O homem obviamente não cuidaria das crianças por conta própria. Talvez tivesse planejado tudo com antecedência e contratado uma babá para ficar com os filhos depois que os pegasse. Talvez a mulher fosse mais velha, maternal, capaz de lidar com a inquietação de Jamie e as amuações de Abigail. Helen fechou os olhos. Ela sabia que estava sendo otimista, mas, meu Deus, por favor, que fosse uma babá simpática, carinhosa, que mantivesse as crianças longe do pai horroroso e de seu péssimo humor. Se...

— E a sua família?

Helen abriu os olhos ao ouvir a voz rouca de Alistair.

— O quê?

Do outro lado da carruagem, ele a encarava com a testa franzida.

— Estou pensando em possíveis aliados para nos ajudar a lutar contra Lister. E a sua família?

— Creio que não. — Alistair apenas a encarou, fazendo-a explicar com relutância: — Faz anos que não falo com minha família.

— Se você não fala com eles há anos, como sabe que não ajudariam?

— Quando me envolvi com o duque, eles deixaram bem claro que eu não fazia mais parte da família Carter.

Alistair ergueu as sobrancelhas.

— Carter?

Helen sentiu o rosto corar.

— É o meu nome verdadeiro. Helen Abigail Carter. Mas não podia usá-lo depois que me tornei amante de Lister. Passei a adotar Fitzwilliam.

Ele continuou a observando.

Finalmente, ela perguntou:

— O que foi?

Alistair balançou a cabeça.

— Eu só estava pensando que até seu nome, Sra. Halifax, é uma mentira.

— Desculpe. Eu estava tentando me esconder de Lister, entende? E...

— Eu sei. — Ele dispensou seu pedido de desculpas com um aceno de mão. — E até entendo. Mas isso não faz com que eu pare de me perguntar se alguma coisa que sei sobre você seja verdade.

Helen piscou, sentindo-se estranhamente magoada.

— Mas eu...

— E a sua mãe?

Ela suspirou. Era óbvio que ele não queria discutir o relacionamento entre os dois.

— Na última vez em que conversei com minha mãe, ela disse que sentia vergonha de mim e que eu tinha manchado o nome da família. Não a culpo. Tenho três irmãs, todas solteiras na época em que me envolvi com o duque.

— E seu pai?

Helen olhou para baixo, fitando as próprias mãos. Houve um momento de silêncio antes de ele falar novamente, e agora sua voz estava mais suave.

— Você o acompanhava em suas consultas médicas. Imagino que fossem próximos.

Ela abriu um sorriso tímido.

— Ele nunca convidava mais ninguém para ir com ele, apenas eu. Margaret era a mais velha, mas dizia que visitar os pacientes era chato e, às vezes, nojento. Acho que minhas outras irmãs achavam a mesma coisa. Timothy era o único menino, mas também era o caçula, uma criança.

— Era só por isso que ele a levava? — perguntou Alistair baixinho. — Porque você era a única interessada?

— Não, não era só por isso.

A carruagem atravessava um pequeno vilarejo agora, com velhos chalés de pedra com aparência desgastada e antiga. Talvez o lugar tivesse a mesma aparência há milênios — sem nunca mudar nem se incomodar com o mundo exterior.

Pela janela, Helen observou o vilarejo pelo qual passavam e disse:

— Meu pai me amava. Amava a todos nós, mas, por algum motivo, eu era especial. Ele me levava nas visitas e me falava sobre cada um dos pacientes. Seus sintomas, o diagnóstico, o tratamento e se estavam melhorando ou não. Às vezes, quando voltávamos tarde para casa, me contava histórias. Nunca as ouvi sendo repetidas para os outros, mas, quando o sol começava a se pôr, meu pai me contava histórias sobre deuses e deusas e fadas. — A carruagem chegou ao último chalé do vilarejo, e ela viu uma mulher cortando as flores de um jardim. Baixinho, continuou: — Sua favorita era sobre Helena de Troia, apesar de eu não gostar muito dessa, porque o final era tão triste. Ele me provocava, falando do meu nome, Helen, dizendo que um dia eu seria tão bonita quanto Helena de Troia, mas que precisava tomar cuidado, porque a beleza nem sempre é uma vantagem. Às vezes, ela causava sofrimento. Nunca me dei conta disso, mas ele tinha razão.

— Por que você não pede ajuda a ele? — perguntou Alistair.

Helen o encarou, lembrando-se do pai em sua peruca cinza encaracolada, os olhos azuis risonhos enquanto ele fazia suas brincadeiras sobre Helena de Troia, e então pensou na última vez em que o viu.

— Porque, quando falei com minha mãe pela última vez, quando ela me chamou de rameira e disse que eu não fazia mais parte da família, meu pai também estava presente. E não falou nada. Apenas virou a cara para mim.

A CULPA ERA DELA, pensou Abigail enquanto observava o Sr. Wiggins roncando no canto da carruagem do duque. Ela devia ter contado à mãe que o criado sabia que eram filhos de um duque, que Jamie gritou seu segredo para aquele homem terrível. Seria impossível culpar Jamie. O irmão era pequeno demais para entender por que devia ficar quieto. Agora, ele estava encolhido ao seu lado, o cabelo suado e grudado na cabeça depois de tanto chorar. Na última estalagem em que pararam, o duque disse que não aguentava mais o drama de Jamie e montou um cavalo para seguir viagem ao lado da carruagem.

Abigail acariciou o cabelo do irmão, e, enquanto dormia, ele fez um barulho engraçado antes de se aconchegar mais perto dela. Também não dava para culpá-lo por chorar. Ele só tinha *cinco* anos e sentia falta da mamãe. Apesar de ele não ter dito isso, Abigail sabia que o irmão estava com medo de nunca mais a verem. Depois que o duque saiu, o Sr. Wiggins gritou para que Jamie calasse a boca. Ela temeu que o homem pulasse do outro lado da carruagem e batesse no seu irmão, mas, por sorte, Jamie já estava muito cansado e caiu no sono de repente.

A menina olhou pela janela. Lá fora, colinas verdes passavam, salpicadas por ovelhas brancas aqui e ali que pareciam ter sido colocadas por uma mão gigante. Talvez eles nunca mais vissem a mãe. Além de mandar Jamie parar de chorar, o duque não falou muito com os dois. Mas ela o ouviu dizer ao Sr. Wiggins e ao cocheiro que voltariam para Londres. Será que os levaria para morar em sua mansão?

Abigail franziu o nariz. Não, os dois eram ilegítimos. Bastardos deviam viver escondidos, não podiam ocupar a mesma casa que o pai. Então o duque os esconderia em algum lugar. Mamãe teria muita dificuldade em encontrá-los. Porém, talvez, Sir Alistair a ajudasse. Apesar de ela não ter tomado conta de Pipi e o cachorro ter estragado sua bolsa, ele ainda ajudaria mamãe a encontrá-los, não ajudaria? Sir Alistair era alto e forte, e parecia ter talento para encontrar coisas, até mesmo crianças escondidas.

Agora, ela estava muito arrependida por não ter cuidado melhor de Pipi. Seus lábios se curvaram para baixo, seu rosto se franziu, e um soluço escapou antes que conseguisse se controlar. *Burra! Burra!* Irritada, a menina esfregou o rosto. Chorar não ajudaria em nada. Só deixaria o Sr. Wiggins mais feliz se ele a visse. Esse pensamento deveria ajudá-la a engolir o choro, mas as lágrimas não paravam. Ignorando sua vontade, elas escorriam por seu rosto, e a única coisa que Abigail podia fazer era abafar o som com suas saias, torcendo para o Sr. Wiggins não acordar. No fundo, a menina sabia por que chorava, mesmo enquanto secava o rosto.

Aquilo tudo era sua culpa. Quando mamãe os tirou de Londres naquela viagem terrível para o norte e ela viu o castelo de Sir Alistair pela primeira vez, uma parte de seu coração tinha desejado secretamente que o duque aparecesse e os levasse de volta para casa.

Agora, seu desejo se tornou realidade.

APENAS QUANDO ELES pararam em uma estalagem para passar a noite, Alistair se deu conta do problema de estarem viajando juntos. Quando um homem e uma mulher viajavam sozinhos isso só podia significar três coisas: eles eram casados, parentes de sangue ou amantes. Se muito, o relacionamento entre os dois era mais parecido com a última alternativa. O pensamento fez Alistair franzir a testa. Ele não gostava de achar que tinha qualquer coisa em comum com Lister, porém, de certa forma, não havia usado Helen de um jeito parecido? Casamento jamais foi uma opção. Talvez ele fosse tão canalha quanto o duque.

Sob as sobrancelhas franzidas, Alistair observou Helen. Ela olhava pela janela, preocupada, enquanto os criados da estalagem vinham segurar os cavalos. Seu rosto ainda não havia retomado a cor normal, permanecendo um pouco pálido, e isso o fez tomar uma decisão.

— Vamos dividir um quarto — disse ele.

Distraída, ela o encarou.

— Como é?

— Não seria seguro deixá-la sozinha.

Helen o encarou com um olhar estranho.

— É uma estalagem pequena, no interior. Parece bem segura.

Alistair sentiu o rosto corar um pouco, e, como resultado, suas palavras saíram um pouco ríspidas.

— Mesmo assim, vamos nos apresentar como Sr. e Sra. Munroe e dividir o quarto.

E encerrou a discussão ao saltar da carruagem antes que a mulher pudesse argumentar. O lugar parecia mesmo seguro. Alguns homens idosos estavam sentados do lado de fora da porta principal, que fora escurecida pelo tempo. Havia uma boa quantidade de criados e ajudantes andando pelos arredores e conversando, e, em um canto do pátio, um menino com cabelo castanho bagunçado brincava com um gatinho. Alistair sentiu uma dor no peito ao vê-lo. O garoto era completamente diferente de Jamie, mas os dois pareciam ter a mesma idade.

Meu Deus, permita que as crianças estejam bem!

Ele se virou de novo para a carruagem, para ajudar Helen a descer, bloqueando com o corpo a visão do garotinho.

— Vamos entrar e ver se encontramos um quarto particular.

— Obrigada — disse ela, ofegante.

Alistair ofereceu o braço de um jeito marital, e a hesitação antes de ela o aceitar foi tão breve que talvez ele não tivesse percebido. Mas percebeu. Então ele cobriu a mão enluvada de Helen com a sua e a guiou para a estalagem.

No fim das contas, havia um quarto particular pequeno — bem pequeno — nos fundos da propriedade. Os dois se acomodaram à mesa rústica ao lado de uma lareira diminuta, e, logo depois, uma refeição quente de carne de carneiro e repolho foi servida.

— Você tem certeza de que Lister iria para Londres? — perguntou Alistair enquanto cortava a carne.

Fazia meia hora que o pensamento o incomodava; talvez os dois estivessem perdendo tempo, seguindo para a capital quando o duque possa ter escolhido um destino completamente diferente.

— Ele tem uma propriedade no interior. Na verdade, tem várias — murmurou Helen. Ela empurrava a comida no prato, sem comer. — Mas quase nunca sai de Londres. Diz que odeia o campo. Imagino que talvez prefira esconder as crianças em outro lugar. Mas, se foi buscá-las pessoalmente, vai querer voltar para Londres primeiro.

Alistair concordou com a cabeça.

— Seu raciocínio faz sentido. Você sabe aonde ele os levaria em Londres?

Ela deu de ombros, parecendo cansada e triste.

— Poderia ser para qualquer lugar. Ele tem uma casa principal, é claro, uma mansão na Grosvenor Square, mas também é dono de muitas outras propriedades.

Um pensamento desagradável lhe passou pela mente. Devagar, Alistair partiu um pãozinho e, sem tirar o olho da tarefa, perguntou:

— Onde ele mantinha você?

Helen permaneceu em silêncio por um instante. Ele passou manteiga no pão sem erguer o olhar.

Finalmente, ela disse:

— O duque me deu uma casa. Ficava em uma praça pequena, em um lugar bem agradável, na verdade. Eu tinha vários criados que cuidavam de tudo e me serviam.

— A vida da amante de um duque parece muito elegante. É difícil entender por que você o abandonaria.

Alistair a encarou e mordeu o pão.

O rosto dela estava corado, e seus olhos azuis brilhavam de raiva.

— É difícil? Acho que você não me entende muito bem, mas vou tentar explicar. Eu passei catorze anos sendo um brinquedo para aquele homem. Tivemos dois filhos. E ele não me amava. Acho que nunca me amou. Todas as joias do mundo, todos os criados, a casa, os vestidos bonitos, nada era suficiente para compensar o fato de que eu permiti que um homem que não se importava comigo nem com as crianças me usasse. No fim, decidi que eu valia mais do que aquilo.

Helen apoiou as mãos na mesa com irritação, se levantou e saiu da sala; felizmente, conseguiu se controlar e não bateu a porta.

Alistair pensou em ir atrás dela, mas um instinto lhe disse que seria mais seguro esperar um pouco. Ele terminou a refeição se sentindo melhor do que havia começado. Saber que ela não amava mais Lister — se é que já o amou — era um alívio. Ele pegou o prato que Helen havia deixado e subiu para o quarto onde passariam a noite.

Quando bateu à porta, de leve, esperava que ela não o deixasse entrar — afinal, a mulher estava muito irritada com ele —, mas uma fresta foi aberta quase imediatamente. Alistair empurrou a porta, entrou no cômodo apertado, fechou-a e trancou-a. Após atender à porta, Helen foi para o outro lado do quarto e agora estava parada diante de uma pequena janela com gabletes, de costas para ele, usando apenas a camisola e um xale sobre os ombros.

— Você não comeu nada do seu jantar — disse Alistair.

Um ombro elegante se ergueu, mostrando indiferença.

— A viagem até Londres é longa — continuou ele, gentil —, e você vai precisar de suas forças. Venha comer.

— Talvez possamos alcançar Lister antes de Londres.

Alistair fitou aquelas costas esbeltas, corajosas, e o cansaço que havia disfarçado o dia inteiro quase o dominou.

— Ele saiu muito antes de nós. Acho improvável.

Helen suspirou e se virou. Por um momento, ele achou ter visto lágrimas brilhando em seus olhos. Porém ela baixou a cabeça e se aproximou, impossibilitando-o de ver sua expressão. Então pegou o prato de comida, mas parecia não saber o que fazer.

— Sente-se aqui — disse Alistair, indicando uma cadeira pequena diante da lareira.

Ela se sentou.

— Não estou com fome. — Sua voz soava como a de uma criancinha.

Ele se agachou diante dela e começou a cortar a carne.

— O carneiro está muito gostoso. Coma um pouco.

Alistair espetou um pedaço da carne com a ponta do garfo.

Helen o fitou enquanto aceitava a comida. Seus olhos estavam molhados, campânulas que caíram em um riacho.

— Nós vamos trazê-los de volta — disse ele baixinho. E pegou mais um pedaço de carne com o garfo. — Vamos encontrar Lister e as crianças. Vamos tê-los de volta, sãos e salvos. Eu juro.

Helen concordou com a cabeça, e ele, com cuidado, com carinho, lhe serviu quase toda a comida no prato antes de ela dizer que não aguentava mais comer. Então ele seguiu para a cama, enquanto tirava a calça e apagava as velas. Helen permaneceu virada para o outro lado, imóvel e solitária, quando ele se deitou na cama. Ele encarou o teto escuro e ficou ouvindo a respiração dela, ciente de que estava rijo e latejante de desejo. Os dois passaram mais de meia hora assim antes de Helen se tornar ofegante e Alistair perceber que ela estava chorando de novo. Então, sem dizer uma palavra, ele se virou para ela e puxou seu corpo tenso para perto. Ela estremeceu, ainda abafando os soluços, e Alistair apenas a abraçou. Depois de um tempo, o corpo de Helen foi desfazendo a tensão. Ela relaxou, se acalmou e parou de chorar.

Mas ele continuou acordado, teso e insaciado.

Capítulo Catorze

A princesa Compaixão pegou o anel e o colocou no dedão. No mesmo instante, as grades de ferro da gaiola se transformaram em água e jorraram para o chão. Conforme a jaula dela desaparecia, o mesmo acontecia com a das andorinhas. Os pássaros irromperam pelo ar, fazendo círculos de alegria. O Contador de Verdades deu à princesa sua capa gasta, pois ela não tinha outros trajes, e a guiou para o local onde havia escondido o cavalo. Porém, quando ela encontrou apenas um animal, ficou imóvel.

— Onde está o seu cavalo? — perguntou a moça.

— Eu só tinha dinheiro para comprar um — respondeu o Contador de Verdades enquanto a erguia até a sela.

A princesa se inclinou para baixo e tocou seu rosto.

— Então, quando o feiticeiro voltar, você precisa mentir. Diga que uma bruxa me raptou. Ele vai machucá-lo gravemente se achar que você me ajudou a fugir!

O soldado apenas sorriu e bateu no flanco do cavalo, impulsionando o animal a galopar pela montanha...

— Contador de Verdades

Uma semana depois, Helen apoiou a mão na de Alistair e saiu da carruagem que havia parado diante da residência do duque de Lister em Londres. Ela olhou para a construção alta, clássica, e estremeceu. Já tinha visto o lugar antes, é claro, mas nunca tentara entrar ali.

— Ele não vai nos receber — disse ela para Alistair, não pela primeira vez.

— Não custa nada tentar.

Ele lhe ofereceu o braço, e ela posicionou os dedos sobre a manga, fascinada com o fato de o gesto ter se tornado costumeiro na última semana.

— Estamos perdendo tempo — murmurou Helen em uma tentativa inútil de acalmar o nervosismo.

— Se eu achasse que Lister iria simplesmente entregar as crianças, então, sim, seria uma perda de tempo — murmurou Alistair enquanto subiam os degraus da frente. — Mas esse não é meu único objetivo hoje.

Ela o encarou. Ele usava o cabelo elegantemente penteado para trás, além de um chapéu preto e um casaco marrom-avermelhado. Os dois itens eram mais novos do que qualquer roupa que Helen já o vira usar, e ela precisava admitir que lhe davam uma ótima aparência — um cavalheiro imponente.

Ela piscou e se concentrou.

— Então qual é seu objetivo?

— Conhecer meu adversário — respondeu Alistair, erguendo o batedor e jogando-o contra a porta com força. — Agora, fique quieta.

Do interior da casa, ouviram-se passos se aproximando antes de a porta se abrir. O mordomo era obviamente um criado altivo, mas seus olhos se arregalaram ao ver o rosto de Alistair. Helen engoliu um comentário indignado. Por que as pessoas precisavam encarar Alistair de forma tão grosseira? Elas agiam como se ele fosse um animal ou um objeto inanimado — um macaco em uma jaula ou uma máquina bizarra — e ficavam boquiabertas, como se o homem não tivesse sentimentos.

Enquanto isso, Alistair simplesmente ignorou a falta de educação do criado e anunciou sua visita ao duque. O mordomo se refez, perguntou seus nomes e os levou para uma pequena sala de estar, antes de verificar se o patrão estava disponível.

Helen se sentou em uma poltrona preta e dourada cheia de adornos e ajeitou as saias com cuidado. Ela se sentia extremamente deslocada ali, na casa em que Lister vivia com a família legítima. O cômodo era decorado com objetos dourados, pretos e brancos. Em uma das paredes, via-se o quadro de um garoto, e ela se perguntou se seria um parente do duque, talvez um filho. Sua esposa lhe dera três meninos, Helen sabia. Ela rapidamente desviou o olhar da imagem, envergonhada por ter dormido com um homem casado.

Alistair rondava o cômodo como um gato atrás da caça. Ele parou diante da coleção de pequenas estátuas de porcelana sobre uma mesa e perguntou, sem se virar:

— Esta é a residência oficial dele?

— Sim.

Ele foi até o quadro do garoto.

— E o duque tem filhos legítimos?

— Duas meninas e três meninos.

Helen passou um dedo pelo bordado na manga de seu vestido.

— Então existe um herdeiro.

— Sim.

Alistair estava atrás dela agora, fora de vista, mas sua voz parecia próxima quando perguntou:

— Quantos anos tem o herdeiro dele?

Ela franziu a testa, pensando.

— Vinte e quatro, talvez? Não tenho certeza.

— Então é um homem adulto.

— Sim.

Ele voltou para sua frente, seguindo para as janelas altas com vista para o jardim dos fundos.

— E a esposa? Quem é ela?

Helen encarou a própria saia.

— Ele se casou com a filha de um conde. Nunca a conheci.

— Não, claro que não — murmurou Alistair, se virando para ela. — Isso não faria sentido mesmo.

A voz dele não apresentava qualquer tom de censura, mas Helen ainda percebeu um calor subir por sua garganta e seu rosto. Ela não sabia como responder e se sentiu bastante aliviada quando o mordomo voltou.

Agora, o rosto do homem era impassível ao comunicá-los que o duque não estava disponível para visitas. Helen chegou a pensar que Alistair exigiria vê-lo e passaria direto pelo homem. Em vez disso, ele apenas concordou com a cabeça e a escoltou até a carruagem que os aguardava.

Ela o encarou com curiosidade quando o veículo começou a se afastar.

— A visita foi útil para você?

Ele concordou com a cabeça.

— Creio que sim, mas espero que as próximas ações do duque sejam melhores ainda.

— As próximas ações do duque?

— Sua reação à nossa presença na cidade. — Alistair a encarou, sorrindo com o canto da boca. — É como se estivéssemos cutucando um vespeiro para ver o que acontece.

— Creio que você seria cercado por um monte de vespas irritadas — disse Helen, ríspida.

— Ah, mas será que elas vão atacar imediatamente ou vão esperar por outra cutucada? Será que virão todas de uma vez ou enviarão alguém para sondar o terreno antes?

Ela o encarou, achando graça.

— E cutucar Lister como um vespeiro vai lhe dar todas essas respostas?

— Ah, vai.

Alistair parecia extremamente satisfeito enquanto mantinha a cortina aberta com um dedo para observar a vista da janela.

— Certo.

Helen acreditava nele, no fato de que, de alguma forma, Alistair adquiria informações naquela guerra, mas tais estratagemas maquiavélicos eram demais para sua mente preocupada. Ela só queria os filhos de volta, simples assim. Mas precisava ser paciente. Se os métodos de Alistair a ajudassem a recuperar as crianças, ela poderia esperar.

Poderia, sim.

— Tenho outro compromisso hoje — disse ele.

Helen olhou para cima.

— Onde?

— Preciso obter informações sobre um navio no porto.

— Que navio? Por quê?

Ele ficou em silêncio, e, por um instante, ela achou que não responderia. Mas, então, Alistair franziu a testa e afastou o olhar da janela para encará-la.

— Um navio norueguês vai atracar aqui depois de amanhã, ou pelo menos deveria. Um amigo está embarcado nele, um colega naturalista. Prometi que ia encontrá-lo.

Helen o observou. Havia algo que Alistair não estava lhe contando.

— Por que esse homem não pode visitar você?

— Ele é francês. — Sua voz soava impaciente, como se as perguntas dela fossem incômodas. — Não pode sair do navio.

— Vocês devem ser muito amigos, então.

Alistair deu de ombros e desviou o olhar, sem responder.

Os dois seguiram em silêncio até o hotel onde dividiam um quarto.

— Não vou demorar — disse ele antes de ela saltar da carruagem. — Podemos conversar depois.

Helen observou o veículo se afastar com os olhos estreitos antes de olhar para o hotel. Era um estabelecimento muito bom, caro, mas ela não tinha vontade nenhuma de ficar sentada em um quarto elegante, apenas esperando por ele.

Então se virou para um dos criados que aguardava na parte externa do hotel.

— Pode chamar uma liteira para mim?

— Sim, senhora!

O garoto saiu num pulo.

Ela sorriu. Alistair não precisava ser o único com segredos.

O HOMEM QUE OS SEGUIU da residência de Lister até o hotel continuou atrás de Alistair quando a carruagem seguiu seu caminho. Ele soltou um grunhido de satisfação, e largou a cortina, que voltou a cobrir a janela da carruagem. O sujeito com aparência bruta que vestia um colete caramelo, um casaco preto e um chapéu de aba larga estava a pé, mas o trânsito de Londres era tão lento que tornava fácil acompanhar o ritmo do veículo. Que interessante saber que Lister se preocupava tanto com o seu paradeiro quanto com o Helen. Era óbvio que o duque o considerava uma ameaça, mesmo sem conhecê-lo.

Os lábios de Alistair se curvaram. Lister estava certo.

Uma hora depois, o criado do duque ainda seguia a carruagem quando ela parou diante do escritório do superintendente do porto. Navios altos tumultuavam o trecho do Tâmisa onde o canal era fundo o suficiente para abrigá-los. Barcos e navios menores permaneciam em constante movimento, levando mercadorias e pessoas para as embarcações ancoradas. O odor do rio era forte ali, parte peixe, parte podridão. Alistair saltou e seguiu para o escritório do superintendente, fingindo não notar o espião, que agora se apoiava na parede de um armazém. Vários homens ocupavam a sala, mas todos ficaram em silêncio ao vê-lo. Ele suspirou. O falatório voltaria, ainda mais ávido, quando ele se retirasse. Depois de certo tempo, se tornou cansativo sempre ser a parte mais bizarra do dia dos outros.

Alistair conseguiu confirmar que o navio de Etienne ainda faria uma parada em Londres. Era uma boa notícia. Se ele precisou sair de casa e atravessar a Inglaterra, pelo menos poderia aproveitar para descobrir mais sobre o traidor de Spinner's Falls. Porém, mais preocupante era o fato de que o navio só atracaria em Londres para pegar suprimentos. O capitão não permitiria que os tripulantes saíssem. O tempo que Alistair teria para visitar a embarcação seria muito breve — apenas uma questão de horas. Droga. Ele teria de verificar o cais com frequência para se certificar de que não perderia o navio. Depois que partisse, Etienne daria a volta no Chifre da África. Os dois poderiam passar meses sem se falar, talvez anos.

Alistair saiu do escritório e parou para ajeitar o tricórnio. Sob a aba do chapéu, olhou rapidamente ao redor e viu que o homem ainda esperava. Ótimo. Ele entrou na carruagem e bateu no teto, indicando ao cocheiro que podia partir. Esperava que o espião tivesse descansado o bastante, porque ele passaria mais uma hora correndo antes de retornarem ao hotel.

Ele sorriu e baixou o chapéu sobre os olhos, pronto para tirar uma soneca nesse meio-tempo.

— EU SEI QUE ELE não quis me receber antes — disse Helen pacientemente para o mordomo —, mas acho que vai falar comigo agora. Diga a Vossa Graça que estou sozinha.

Era óbvio que o homem não queria incomodar o patrão, mas, após muita perseverança e paciência, ela finalmente conseguiu convencê-lo. O mordomo a deixou na mesma sala de estar em que esteve com Alistair uma hora antes. Ele ficaria irritado se soubesse que ela foi falar com o duque sozinha, mas Helen não conseguiria esperar quieta pela reação de Lister. Ao menos precisava tentar convencê-lo a mudar de ideia. E sabia que, se viesse sozinha, o duque a receberia. Ela apresentaria seus argumentos, até imploraria se precisasse. Abigail e Jamie eram as únicas coisas boas de sua vida cheia de tolices. Helen faria de tudo para tê-los de volta, seguros.

Meia hora depois, quando seu nervosismo chegava ao auge, o duque de Lister entrou na sala. Ela se virou ao ouvir a porta abrindo. Agora, enquanto o observava se aproximar, lembrou-se da primeira vez em que o viu, mais de uma década antes. Ele não havia mudado muito. Ainda era alto, e mantinha a cabeça empertigada com arrogância. Sua barriga era um pouco protuberante, e ela sabia que, por baixo da peruca encaracolada, seu cabelo era mais ralo. Porém, fora isso, o homem permanecia praticamente igual — um cavalheiro mais velho, bonito, que sabia muito bem quanto era poderoso. Mas ela havia mudado. Helen não era mais uma moça inocente, embasbacada pela posição social e pela riqueza de um aristocrata.

Ela fez uma mesura rápida.

— Vossa Graça.

— Helen. — Lister a encarou com olhos frios, seus lábios pálidos estreitos. — Você me deixou muito, muito irritado.

— É mesmo? — perguntou ela, e viu um brilho rápido de surpresa nos olhos azul-claros do duque. No passado, jamais ousaria rebater qualquer coisa que ele dissesse. Isso era uma das qualidades que a transformaram em uma amante exemplar: sua disposição a aceitar todos os desejos dele. — Achei que você nem sentiria a minha falta.

— Então se enganou. — Lister gesticulou para que ela se sentasse. — Infelizmente, vai ter que se esforçar muito para recuperar meu afeto.

Helen se sentou e engoliu a raiva.

— Eu só quero meus filhos de volta.

Ele se acomodou na poltrona diante dela, afastando a barra de seu paletó de veludo.

— Os filhos também são meus.

Helen se inclinou para a frente, incapaz de controlar o tom nervoso em sua voz.

— Você nem sabe os nomes deles.

— James e a menina... — O duque estalou os dedos enquanto tentava se lembrar do nome. — Abigail. Viu só, eu sei seus nomes. *Não* que isso faça diferença, no contexto geral das coisas. Você sabia muito bem o que aconteceria se me deixasse. Não se faça de vítima agora.

— Eu sou a mãe deles. — Helen tentou afastar o tom de súplica de sua voz, mas era difícil. Impossível, na verdade. — Os dois *precisam* de mim, Lister. Devolva meus filhos. Por favor.

O duque sorriu, seus lábios se esticando sem qualquer humor — ou emoção.

— Que bonito, mas suas súplicas não me abalam. Você me desafiou, Helen, e, agora, precisa sofrer as consequências. Tenha bom senso. Volte para a casa que lhe dei, e talvez eu me sinta mais disposto a conversar sobre as crianças.

Ela o encarou, chocada de verdade. Não lhe ocorreu que ele tentaria suborná-la daquela forma.

— Mas por quê?

Ele levantou as sobrancelhas no que pareceu ser sincera surpresa.

— Porque eu a quero, claro. Você é tão minha quanto as crianças.

— Você não me quer. Faz anos que não me visita, que não faz amor comigo. Sei que tem outra amante, talvez mais de uma.

Lister fez uma careta desgostosa quando ela mencionou suas intimidades.

— Por favor, Helen, não sejamos grosseiros. Não quero que pense que eu a esqueci apenas porque não lhe visito com a mesma frequência de antes. Gosto muito de você, minha querida; acredite em mim, por favor. E, quando você voltar, talvez eu tenha a generosidade de recompensá-la com uma lembrancinha. — O duque pareceu empolgado com a ideia. — Sim, talvez brincos de safira, ou quem sabe um colar. Você sabe como gosto de vê-la com safiras.

Ele se levantou e se aproximou dela, oferecendo a mão para ajudá-la a se levantar.

Helen fechou os olhos, tentando engolir o pânico. Ele parecia tão sensato, tão certo de que teria tudo que desejava. E por que não? Lister era um *duque*. Ele sempre conseguiu tudo o que queria na vida. Mas ela, não.

Ela, não.

Helen abriu os olhos e o encarou, aquele homem que amou tanto tempo atrás, aquele homem que era o pai de seus filhos. Ela segurou sua mão e se levantou.

— Eu não vou voltar.

Os olhos do duque se tornaram sérios e opacos, e seus dedos se apertaram em torno da mão dela.

— Ora, não seja boba, Helen. Você já me irritou. Acho que não gostaria de me ver furioso.

Ela prendeu a respiração diante da ameaça velada, puxando a mão, tentando se libertar. O duque a deixou se debater por um momento antes de soltá-la de repente. E sorriu. Helen o encarou, se perguntando se realmente o conhecia. Então se virou, saiu da sala de estar e da casa. Praticamente correu pelas escadas até chegar à liteira. Quando se fechou dentro do veículo apertado, se permitiu tremer. Meu Deus, será que conseguiria se manter firme? Se voltar para Lister fosse a única forma de recuperar Abigail e Jamie, seria capaz de se opor a ele? Não. No fundo, ela já sabia a resposta. Não.

Se tivesse de escolher entre o próprio orgulho e seus filhos, o orgulho ficaria para trás.

— Mamãe — sussurrou Abigail.

De pé dentro da casa do duque, no antigo quarto das crianças, a menina observava a dama muito parecida com sua mãe que corria pelas escadas e entrava em uma liteira. Os homens ergueram a estrutura e seguiram pela rua, virando uma esquina.

Mas Abigail continuou olhando pela janela.

Talvez a dama fosse outra pessoa. Era muito difícil ter certeza dali de cima, e havia grades que a impediam de chegar muito perto do vidro, mas ela torcia para ter sido sua mãe. Ah, como torcia!

Relutante, a menina se afastou da janela. O duque os levou para sua casa, porque sua família oficial estava no interior. Ele os trancou no quarto quente e ordenou que o Sr. Wiggins e uma criada tomassem conta dos dois. A criada era melhor que o Sr. Wiggins, porque, no geral, ficava sentada em um canto, parecendo entediada. O Sr. Wiggins também parecia entediado enquanto tomava conta deles, mas gostava de provocá-los. Inclusive, provocou uma crise histérica em Jamie.

Agora, o homem fora embora, e a criada dormia em um canto. Depois de tanto berrar, Jamie caiu no sono. De novo. Ele dormia demais ultimamente e, quando estava acordado, parecia triste. Não se interessou nem pelo conjunto enorme de soldadinhos de chumbo no quarto. À noite, Abigail ouvia o irmão chamar pela mãe e não sabia o que fazer. Será que devia tentar fugir com Jamie? Mas aonde iriam? E se...

A porta do quarto abriu, e o duque entrou. No canto, a criada se levantou com um pulo e fez uma reverência. O patrão a ignorou.

Ele olhou para Abigail.

— Eu queria ver como vocês estão, minha querida.

A menina concordou com a cabeça. Ela não sabia o que mais poderia fazer. O duque quase não falou com os dois desde que chegaram da Escócia. Ele nunca bateu nela nem em Jamie, mas algo em seu comportamento a deixava muito nervosa.

O duque franziu a testa, sem parecer irritado, mas incomodado.

— Você sabe quem eu sou, não sabe?

— O duque de Lister.

Abigail se lembrou de fazer a mesura que devia ter feito quando ele entrou.

— Sim, sim. — O duque acenou com uma das mãos, impaciente. — Eu quis dizer quem eu sou para vocês. Você sabe que nós somos parentes, não sabe?

— O senhor é meu pai — sussurrou Abigail.

— Muito bem. — Ele abriu um sorriso rápido. — Você é espertinha, não é?

Ela não sabia o que responder, então ficou em silêncio.

O duque seguiu para uma prateleira cheia de bonecas.

— Sim, sou seu pai. Sustentei vocês a vida toda. Eu lhes dei comida. Roupas. Dei à sua mãe uma casa para dormirem. — Ele pegou uma boneca e a virou, a encarou, antes de devolvê-la à prateleira. — Você gostava da casa onde morava com sua mãe, não gostava? — Ele se virou e a encarou com a mesma expressão com que encarara a boneca. — Não gostava?

— Sim, Vossa Graça.

Aquele sorriso surgiu de novo.

— Então vai ficar feliz quando voltar para lá com sua mãe e seu irmão.

O duque se virou para a porta. Talvez não quisesse mais falar com ela. Mas, então, viu Jamie dormindo na poltrona.

Ele parou e encarou a criada com a testa franzida.

— Por que o menino está dormindo a esta hora?

— Não sei, Vossa Graça — respondeu a mulher.

Ela correu até Jamie e o sacudiu.

O menino se sentou com o cabelo amassado e o rosto corado, marcado pelo tecido da poltrona.

— Ótimo — disse o duque. — Meninos não devem dormir durante o dia. Certifique-se de que ele permaneça acordado até a hora de ir para a cama.

— Sim, Vossa Graça — murmurou a criada.

O duque assentiu e seguiu para a porta.

— Comportem-se, crianças. Se vocês forem muito bonzinhos, farei outra visita.

E foi embora.

Abigail chegou perto de Jamie.

Ele começou a choramingar por ter sido acordado.

— Eu quero a mamãe, Abby.

— Eu sei, querido — sussurrou ela no mesmo tom de voz que ouviu a mãe usar muitas vezes. — Eu sei. Mas temos que ser fortes até a mamãe vir nos buscar.

Abigail abraçou o irmão e o balançou um pouco, tentando consolá--lo, mas admitia que era também para consolar a si mesma. Porque o duque estava errado. Ela não queria mais morar na casa grande de Londres. Queria voltar para a Escócia. Queria ajudar a mãe a limpar o castelo sujo de Sir Alistair. Queria fazer passeios com ele para procurar texugos e pescar no riacho azul e transparente. Queria que todos voltassem para o castelo Greaves e morassem juntos lá.

E ela temia profundamente nunca mais voltar a ver o castelo Greaves nem Sir Alistair de novo.

Capítulo Quinze

O Contador de Verdades olhou para cima e viu que nuvens cobriam a lua. Ele se lembrou do que a princesa Compaixão havia dito: o feiticeiro só permaneceria transformado enquanto fosse iluminado pelo luar. Enquanto o soldado se virava para correr pela montanha, o morceguinho marrom apareceu. As nuvens cobriram a lua, e o animal se transformou de volta no feiticeiro. Nu, o rapaz caiu no chão e se levantou, forte e furioso.

— O que você fez? — gritou ele.

O Contador de Verdades o encarou e lhe respondeu da única forma que podia: com a verdade.

— Eu o droguei, libertei a princesa e soltei as andorinhas. Ela fugiu em um cavalo rápido, impossível de ser alcançado. Por minha causa, você a perdeu para sempre...

— Contador de Verdades

Quando Alistair finalmente retornou ao hotel, a noite já caía. O espião conseguiu acompanhar a carruagem pelo trajeto desde o porto, mas, assim que alcançaram o destino final, outro homem ocupou seu lugar. Um sujeito mais baixo, usando o que um dia havia sido um paletó amarelo, estava escorado na parede em frente ao hotel. Não que Alistair se importasse com isso agora. A única coisa que queria era ir para o quarto que dividia com Helen, escapar de todos os olhos que não paravam de encará-lo e talvez pedir que o jantar fosse servido em seus aposentos, para comerem sozinhos.

Ele só queria descansar.

Porém, assim que entrou no quarto, sentiu a tensão que dominava Helen. Alistair parou por um instante na porta, observando-a. Ela andava de um lado para o outro diante das janelas, fazendo um caminho rápido entre a cama e a parede, com as sobrancelhas franzidas, esfregando as mãos na altura da cintura.

Ele suspirou e fechou a porta. Helen estava apenas um pouco ansiosa quando Alistair a deixou ali mais cedo. O que a incomodava agora?

— Pensei em pedir uma refeição simples para jantarmos no quarto, se você quiser — disse Alistair enquanto se aproximava de uma cômoda. Ali, havia uma bacia e um jarro com água fresca. Ele despejou um pouco de água na bacia.

Às suas costas, o único som que se ouvia era o dos passos dela.

— Você gostaria? — perguntou ele.

— O quê? — A voz de Helen soava distraída.

— Você gostaria de jantar aqui no quarto?

Ele jogou água no rosto.

— É... pode ser.

Alistair pegou uma toalha e secou o rosto, virando-se para encará-la. Ela havia parado diante da janela e encarava os próprios pés.

Ele jogou a toalha de lado.

— O que você fez durante a tarde?

— Ah, nada de mais.

A pele clara de Helen corou, um tom bonito de cor-de-rosa que subia por seu pescoço até chegar às bochechas. Ela estava linda, mas mentia.

Alistair se aproximou, analisando-a.

— Você não saiu?

Ela olhou para baixo.

E, de repente, ele entendeu o que tinha acontecido, sem qualquer sombra de dúvida.

— Você foi falar com Lister.

Helen ergueu a cabeça, fitando-o com um ar desafiador.

— Fui. Eu precisava pelo menos tentar convencê-lo a mudar de ideia.

Uma raiva escaldante começou a borbulhar em suas veias, mas ele a manteve sob controle — por pouco.

— E conseguiu? — perguntou Alistair com a voz calma.

— Não — respondeu ela. — O duque está determinado a ficar com as crianças.

Ele inclinou a cabeça, virando o olho para Helen.

— E Lister simplesmente a deixou ir embora, sair correndo da sua casa, sem tentar impedi-la? Talvez tenha acenado com um lenço em despedida enquanto você partia, não?

Helen ficou ainda mais corada.

— Ele não tentou me impedir...

— Não, é claro que não. Por que faria uma coisa dessas quando já se deu ao trabalho de sequestrar seus filhos para tê-la de volta?

A cabeça de Helen virou como se tivesse levado um tapa.

— Como você sabe que ele me quer de volta?

Alistair riu, o som ríspido e rápido.

— Não me trate como um idiota. Um homem não sequestra seus filhos ilegítimos quando já tem três filhos e herdeiros. Eu conheço Lister. Sei qual é seu plano. Ele vai usá-los como reféns para convencer você a voltar, não vai?

— Ele disse que eu nunca mais os veria se não voltasse a ser sua amante.

Algo dentro dele explodiu. Alistair sentiu a ruptura, sentiu algo transbordando os limites da razão e se transformando em loucura.

— Você aceitou? — De alguma forma, ele atravessou o quarto e agarrou os braços dela. — Diga, Helen. Você aceitou voltar para ele? Aceitou voltar para a cama daquele homem? Ser sua meretriz? Aceitou?

Ela o encarou com aqueles malditos olhos de campânulas afogadas.

— Lister disse que eu nunca mais veria Abigail e Jamie se não voltasse para ele. Os dois são tudo que tenho, Alistair. Meus filhos. Meus bebês.

Ele a sacudiu uma vez.

— Você aceitou?

— Não posso nunca mais vê-los.

— Que droga, Helen. — O peito de Alistair estava pesado de pavor. — *Você aceitou?*

— Não. — Helen fechou os olhos. — Não. Eu disse que não.

— Graças a Deus. — Alistair a puxou para seus braços e encontrou sua boca num beijo, esmagando aqueles lábios macios. Apenas pensar em Helen com Lister bastava para fazê-lo perder o controle. — Ele a machucou?

— Não — arfou Helen. — Ele... ele apertou minha mão com força, mas...

Alistair agarrou as mãos dela e viu marcas vermelhas na direita. De repente, ele ficou imóvel, segurando aqueles dedos delicados em sua palma grande.

— Ele a machucou.

— Foi uma bobagem.

Com delicadeza, ela puxou a mão.

— Ele a machucou, ou a *tocou*, em algum outro lugar?

— Não, Alistair, não.

— Ele queria tocá-la, eu sei — disse Alistair, esfregando os ombros dela, descendo para os braços. — Ele queria tocá-la, prová-la, senti-la.

— Mas não fez nada disso. — Helen levou as mãos, frias e macias, para o rosto dele. — Ele não tocou em mim.

— Graças a Deus.

Alistair tomou a boca de Helen com selvageria, impelindo a língua, querendo apagar Lister da mente dos dois.

A aceitação de Helen o acalmou até ele conseguir se afastar.

— Desculpe. — Alistair fechou o olho, enojado consigo mesmo. — Você deve achar que sou uma fera sem pudor.

— Não — falou Helen baixinho. Ele sentiu os lábios dela roçarem pelo lado desfigurado de seu rosto. — Acho que você é um homem. Só isso. Um homem.

E, quando ela levou a boca de volta à dele, Alistair conseguiu beijá-la com calma desta vez. Com doçura. Idolatrando-a.

Seu olho permanecia fechado — talvez não quisesse mais ver a realidade da situação dos dois —, então ele apenas sentiu quando Helen passou as mãos por seu peito, a pressão leve através das camadas de roupa. O toque foi descendo até suas calças, e uma parte primitiva dele aguardou, sem ar, para ver o que aconteceria em seguida. Os dedos de Helen passaram para os botões da braguilha, abrindo, libertando-o.

Então, Alistair a segurou.

— Helen.

— Não — disse ela, firme. — Não, deixe.

E as mãos dele se afastaram, pois, apesar de ser um homem honrado, Alistair não era santo. Ele ouviu o farfalhar de saias enquanto Helen se ajoelhava, sentiu os dedos dela em seu pau latejante, e então o sopro do hálito dela.

Alistair fez um esforço heroico e tentou mais uma vez dissuadi-la.

— Não precisa fazer isso.

O sussurro de Helen assoprou a cabeça intumescida de seu pau enquanto ela dizia:

— Eu sei.

Então sua boca quente o envolveu, e Alistair era capaz apenas de gemer e firmar as pernas para não cair. Meu Deus! Ele pagou uma prostituta para fazer isso uma vez, muito tempo atrás, mas se decepcionou. Na época, foi apenas uma sugação e puxões brutos, e ele mal conseguiu terminar. Agora... Agora, havia uma pressão suave, o toque aveludado da língua de Helen, e, acima de tudo, o fato de que *ela* fazia aquilo com ele. Alistair não conseguiu se controlar. Quando abriu o olho e olhou para baixo, quase gozou no mesmo instante. A cabeça loura de Helen se inclinava sobre ele, seu membro avermelhado deslizando pelos lábios cor-de-rosa, aqueles dedos delicados e brancos contra sua pele vulgar.

Ela olhou para cima para encará-lo, o pau ainda em sua boca aberta, e os olhos azul-campânula estavam escuros agora. Misteriosos, femininos, a visão mais erótica que Alistair já tivera na vida.

ELE TINHA GOSTO de homem e de sal e de vida.

Helen fechou os olhos, saboreando a sensação do pênis de Alistair em sua boca. Ela havia feito aquilo algumas vezes com Lister, mas não gostara do ato. Era algo que só fazia para agradá-lo. Agora, o ato também lhe agradava. Era poderoso ter a parte mais elementar de um homem entre seus lábios, sentindo-o estremecer enquanto o acariciava, ouvindo a respiração dele se tornar rápida e pesada enquanto o chupava.

E havia outra coisa. Ela adorava o gosto de Alistair, adorava lamber a cabeça macia de seu pau. Adorava acariciar a pele tenra de seu falo e sentir a dureza firme por baixo. Aquilo era erótico. Primitivo, e só um pouquinho atrevido. Seus seios estavam inchados sob o corpete e o espartilho; seus mamilos, sensíveis e rijos. Helen sentia a umidade entre suas coxas e as pressionou, chupando-o com força ao mesmo tempo.

— Meu Deus! — exclamou ele acima dela, rouco.

Naquele momento, ela se sentiu a mulher mais sedutora da Inglaterra. Com cuidado, com delicadeza, Helen enfiou uma mão dentro das calças de Alistair e encontrou os testículos, pesados em seu saco. Eram como ovos dentro de bolsas de couro extremamente macias, e ela as girou em sua mão. E o chupou de novo.

Ele grunhiu.

Helen olhou para cima. A cabeça de Alistair estava caída para trás, as mãos fechadas em punhos ao lado do corpo, e ela sentia as coxas dele, duras e tensas, perto de sua cabeça. Ela podia continuar com aquilo, chupando-o até ele perder o controle e despejar seu sêmen em sua boca. A ideia era maliciosamente sedutora, e Helen cerrou os lábios para chupá-lo com vontade.

Mas o subestimou. De repente, Alistair se inclinou, segurando-a, ele foi tão rápido que ela deu um pequeno grito de susto. Então a jogou na cama, pulando ao seu lado antes mesmo de Helen se acomodar sobre o colchão.

— Chega — disse ele, ríspido. E rasgou as fitas de seu vestido, arrancando o corpete e o jogando do outro lado do quarto. — Chega de brincar. Chega de me provocar. Chega de enrolar.

Alistair puxou suas saias e a virou de costas antes que Helen tivesse tempo de reagir. Então a puxou e empurrou até ela ficar de joelhos, apoiada nos cotovelos, e levantou a saia de sua combinação. Ele a penetrou por trás sem aviso, e Helen arfou.

Quente e duro. Comprido e grosso.

Ela mordeu o lábio, tentando não gritar diante da sensação. Alistair era tão certo, tão perfeito. Ele se afastou um pouco, ajustando a posição de suas mãos no quadril desnudo de Helen antes de voltar com força. Metendo rápido, fundo. Os braços dela cederam sob as investidas poderosas dele, até ela retomar o controle e se apoiar de novo. Então fechou os olhos e apenas sentiu. Os movimentos fortes dentro de sua carne molhada, macia. O calor que crescia em seu âmago.

De repente, Alistair parou, e Helen gritou desta vez — de decepção. Mas ele esticou as mãos por baixo dela, ainda enterrado completamente em seu corpo, e levou as mãos até seus seios. Então os puxou levemente, e os mamilos escapuliram do espartilho, rijos e sensíveis. Ele os beliscou com força, fazendo-a morder o lábio, empurrando mais na direção do seu quadril.

Ele riu, um som ofegante, como um rosnado, e voltou a estocá-la com força, uma das mãos segurando-a com firmeza para recebê-lo, a outra ainda provocando seus mamilos. Helen gemeu e olhou para baixo, observando aquela mão grande e bronzeada brincando com seus seios brancos. A visão a fez se apertar por dentro, e, de repente, foi cercada por uma explosão violenta; seus braços cederam com a força da sensação. Uma luz se expandiu do seu âmago, cegando-a e deixando seus membros fracos de prazer. Helen caiu de bruços na cama, e Alistair a acompanhou, ainda penetrando-a com força, seu pau vivo dentro dela, exigindo submissão, exigindo prazer.

Então ela cedeu. Sem vontade própria. Sem qualquer pensamento consciente. Sua barriga estremecia com o orgasmo contínuo, inabalável. Helen arfou sobre o lençol, mordendo um canto do travesseiro para não gritar.

Então sentiu a parte de cima do corpo de Alistair se afastar, fazendo com que sua pélvis a pressionasse ainda mais. De canto de olho, ela observou um dos braços dele se apoiar ao lado de seu ombro. Alistair se afastou. Devagar. Naquela posição, sob ele, com as pernas ligeiramente afastadas, a pressão era intensa. Ele estava tão apertado dentro dela. Seu falo se arrastava por Helen quando se retirava daquela carne macia. Ela fechou os olhos, perdida na intensidade da sensação. Alistair a penetrou de novo, com a mesma lentidão, e deu para sentir cada centímetro rijo voltando para seu corpo. Era maravilhoso. Uma sensação diferente de qualquer coisa que já havia sentido antes. Helen seria capaz de se deitar assim e se submeter a ele para sempre, regozijando-se em seu membro duro, o cheiro masculino que a cercava.

— Helen — disse Alistair, rouco. — Helen.

Então ela o sentiu se contrair. Ele deu mais uma estocada, enfiando o pênis dentro dela, e Helen gozou de novo, uma onda de prazer doce, quente, fluida, após a intensidade de antes. Alistair se retirou de repente, e sêmen quente molhou sua coxa. Ele ficou imóvel acima dela, com a respiração pesada, o peso ainda mantendo-a presa à cama. Helen desejou que pudessem continuar assim, com o corpo pesado a pressionando contra o colchão, mas era inevitável que Alistair girasse para o lado.

Ele se escorregou para longe dela e se levantou da cama, tirando as roupas, se movendo devagar, como se estivesse extremamente cansado. Então voltou para o seu lado, nu, e a puxou para perto, o que tornou tudo melhor. Sem dizer nada, ele encaixou seu corpo maior, mais duro, ao dela, aconchegando a cabeça de Helen sobre a curva de seu braço.

Sonolenta, ela observou enquanto o peito dele subia e descia, os batimentos lentos e estáveis do coração dele sob sua bochecha. E se perguntou o que fariam se conseguissem recuperar as crianças. Se ele a amava e se poderiam algum dia ter uma vida juntos.

Então, finalmente, decidiu que seria melhor não pensar naquilo tudo agora. Fechando os olhos, Helen caiu no sono.

QUANDO ELA ACORDOU, o quarto estava praticamente escuro. Devagar, Alistair puxava o braço sob sua cabeça. Foi o movimento que a despertou. Helen não emitiu nenhum som, mas ficou observando enquanto ele se levantava e pegava as roupas de baixo e as calças, vestindo-as sobre as pernas compridas. Então se lembrou de algo que queria lhe perguntar antes, quando ele voltou para o hotel.

— Aonde você foi?

As mãos de Alistair, que abotoavam a braguilha da calça, pararam ao som da voz dela, mas então voltaram ao trabalho.

— Eu disse. Fui ao porto perguntar sobre um navio.

Helen apoiou a cabeça em uma mão, deitando-se de lado.

— Eu lhe contei meus segredos. Não está na hora de você me contar os seus?

Depois da última relação entre os dois, ela resolveu correr o risco de fazer a pergunta. Talvez ele demonstrasse mais uma vez aquela raiva intensa com que a atacou na última semana. Talvez fingisse não ter entendido o comentário.

Porém Alistair não fez nenhuma dessas coisas. Em vez disso, se inclinou e pegou a camisa, segurando-a com ambas as mãos e encarando-a como se nunca tivesse visto linho branco antes.

— Há quase sete anos, eu estava nas colônias americanas. Você sabe disso. Foi quando escrevi meu livro. E também foi quando perdi meu olho.

— Conte mais — sussurrou ela, sem ousar se mover ou respirar, com medo de interromper a história.

Alistair assentiu.

— Meu objetivo lá era descobrir novas plantas e animais. Os melhores lugares para procurar coisas não descobertas são os que permanecem inexplorados pelo homem, os limites da civilização. Porém, por estarmos falando dos limites da civilização e por estarmos em guerra com os franceses, também eram os lugares mais perigosos para se ficar. É claro que, com isso em mente, achei vantajoso acompanhar vários regimentos do Exército. Passei três anos assim, marchando com eles, coletando amostras e fazendo anotações quando montávamos acampamento.

Ele passou um instante em silêncio, ainda encarando a camisa que segurava, antes de balançar a cabeça e olhar para ela.

— Perdoe-me. Estou protelando o cerne da questão. — Alistair respirou fundo. — No outono de 1758, eu acompanhava um pequeno batalhão de soldados, o vigésimo oitavo regimento da infantaria. Nós atravessávamos uma mata fechada, rumo ao Forte Edward, onde montaríamos acampamento e passaríamos o inverno. A trilha era estreita, as árvores eram muito próximas umas das outras, e chegamos a uma cachoeira...

A voz dele falhou, emudecendo, e o olhar que surgiu em seu rosto era algo que Helen jamais o vira esboçar antes. Desespero. Ela quase gemeu.

Mas então a expressão de Alistair voltou ao normal, e ele pigarreou.

— Depois descobri que o lugar se chamava Spinner's Falls. Nós fomos atacados dos dois lados pelos franceses e um grupo de aliados indígenas deles. Basta dizer que perdemos. — Um canto de sua boca se ergueu em algo que poderia ter sido um sorriso. — Digo "nós" de propósito. No calor da batalha, é impossível ser um mero expectador. Apesar de eu ser civil, lutei com a mesma voracidade que os soldados ao meu lado. Nossa luta era a mesma, afinal: queríamos manter nossa vida.

— Alistair — sussurrou Helen.

Ela viu a forma como ele tocou o cadáver de Lady Grey, viu sua paciência ao ensinar Abigail a pescar. Aquele não era um homem que cometia atos violentos com facilidade, ou se recuperava deles rápido.

— Não. — Alistair dispensou sua compaixão com um aceno de mão. — Estou protelando de novo. Sobrevivi à batalha relativamente intacto com vários outros, e os índios nos prenderam. Passamos muitos dias marchando pela floresta antes de montarmos o acampamento deles. — Alistair franziu a testa ao olhar para a camisa e a dobrou com cuidado. Os músculos de seus braços desnudos se mexerem sob a luz fraca. — O povo nativo daquela parte do mundo tem um costume quando sai vitorioso de uma batalha. Eles capturam os inimigos sobreviventes e os torturam; o objetivo é em parte comemorar, em parte mostrar a covardia do inimigo. Pelo menos é isso que penso. É claro, talvez não houvesse motivo nenhum para a tortura. Nossa própria história apresenta inúmeros exemplos de pessoas que infligem sofrimento por puro prazer.

A voz dele tinha um tom calmo, quase indiferente, mas os dedos dobravam e desdobravam a camisa, e Helen sentia as lágrimas escorrendo por seu próprio rosto. Será que ele pensou dessa forma enquanto era torturado? Será que tentou se distrair da dor e do tormento ao refletir e analisar as pessoas que o capturaram? A ideia era terrível demais para suportar, mas ela precisava ter forças. Se Alistair foi capaz de sobreviver àquele sofrimento, o mínimo que Helen podia fazer era escutar o que havia acontecido.

— Vou direto ao ponto. — Ele respirou fundo como se tentasse se acalmar. — Os nativos nos juntaram e tiraram nossas roupas. Amarraram nossas mãos atrás das costas e as prenderam a uma estaca com uma corda, para que conseguíssemos nos mexer, mas sem nos afastarmos demais. Primeiro, escolheram um homem chamado Coleman. Eles o surraram, cortaram suas orelhas e atiraram brasas nele. E, quando o coitado caiu no chão, o escalparam e cobriram seu corpo ainda vivo com carvões em chamas.

Helen emitiu um som de protesto, mas Alistair pareceu não ouvir. Com os olhos desfocados, ele encarou as próprias mãos.

— Coleman demorou dois dias para morrer, e passamos esse tempo todo observando, sabendo que seríamos os próximos. O medo... — Ele pigarreou. — O medo causa reações terríveis nos homens, os torna menos humanos.

— Alistair — sussurrou Helen de novo, sem querer continuar escutando a história.

Mas ele seguiu em frente.

— Outro homem, um oficial, foi crucificado e queimado vivo. Enquanto morria, ele gritava alto; era um som terrível, animalesco.

Nunca tinha ouvido nada parecido até então, nem depois. Quando me pegaram, quase fiquei aliviado, por incrível que pareça. Eu sabia que morreria; minha tarefa era apenas morrer com o máximo de coragem possível. Não gritei quando pressionaram a brasa contra o meu rosto nem quando me cortaram. Mas quando levaram a faca ao meu olho... — Alistair tocou aquele lado da face, e seus dedos tracejaram as cicatrizes com delicadeza. — Acho que enlouqueci um pouco. Não lembro com clareza. Não me recordo de nada que aconteceu antes de eu acordar de novo na enfermaria do Forte Edward. Fiquei surpreso por estar vivo.

— Que bom.

Alistair a encarou.

— O que é bom?

Helen secou as bochechas.

— Você ter sobrevivido. Deus ter apagado sua memória.

Ele então sorriu, seus lábios se retorcendo de um jeito horrível.

— Mas Deus não teve nada a ver com isso.

— Como assim?

— Nada teve sentido. — Alistair acenou com uma mão. — Você não compreende? Nada teve motivo ou razão. Alguns de nós sobrevivemos, outros não. Alguns foram desfigurados, outros não. E não fazia diferença se um homem era bom, corajoso, fraco ou forte. Era puro acaso.

— Mas você sobreviveu — sussurrou Helen.

— Sobrevivi? — Seu olho brilhava. — Sobrevivi? Estou vivo, mas não sou o homem que era antes. Será que sobrevivi mesmo?

— Sim. — Ela se levantou e se aproximou dele, tocando sua bochecha mutilada. — Você está vivo, e isso me deixa feliz.

Alistair cobriu a mão de Helen com a sua e, por um instante, os dois ficaram assim. Ele buscou algo no olhar dela, parecendo concentrado e confuso.

Então virou a cabeça, e Helen baixou a mão. Era como se ela não tivesse entendido algo que aconteceu naquele momento, mas era impossível saber o quê. Perdida em pensamentos, ela se sentou de novo na cama.

Alistair voltou a se vestir.

— Assim que melhorei o suficiente para viajar, peguei um navio para a Inglaterra. Você sabe o restante, creio.

Ela assentiu.

— Sim, pois bem. Desde aquela época, vivi praticamente da forma como você me encontrou no castelo. Eu evitava a companhia de outras pessoas por motivos óbvios. — Ele tocou o tapa-olho. — Porém, um mês atrás, o visconde Vale e a esposa, sua amiga, Lady Vale... — Alistair se interrompeu, franzindo a testa. — Ora, como foi que você conheceu Lady Vale? Essa parte da história também foi inventada?

— Não, isso é verdade. — Helen fez uma careta. — Imagino que seja estranho, a amante de um homem casado, eu, fazer amizade com uma mulher respeitável como Lady Vale. Confesso que não nos conhecemos muito bem. Nós conversamos no parque em várias ocasiões, mas, quando fugi de Lister, ela me ajudou. Somos amigas, de verdade.

Alistair pareceu aceitar essa explicação.

— Enfim, Vale foi um dos homens capturados em Spinner's Falls. Quando ele apareceu no castelo, me contou uma história estranha. Boatos de que o vigésimo oitavo regimento da infantaria foi traído por um soldado britânico em Spinner's Falls.

Helen se empertigou.

— O quê?

— Sim. — Ele deu de ombros e finalmente deixou a camisa de lado. — Faz sentido. Nós estávamos no meio da floresta e, mesmo assim, fomos atacados por uma tropa enorme de franceses e nativos. Por que outro motivo aqueles homens estariam lá se não soubessem a nossa rota?

Ela respirou fundo. Por algum motivo, saber que tamanha destruição de vidas foi *planejada* — e ainda por cima por um compatriota — tornava tudo pior.

Helen o encarou, curiosa.

— Seria esperado que você estivesse consumido pelo desejo de vingança.

Alistair abriu um sorriso largo e triste.

— Mesmo se descobrirmos o culpado, o levarmos a julgamento e o enforcarmos, nada vai trazer de volta meu olho nem as vidas perdidas em Spinner's Falls.

— Não mesmo — concordou ela em um tom tranquilo. — Mas você quer pegá-lo, não quer? Será que isso não lhe traria paz de espírito?

Alistair afastou o olhar.

— Imagino que já conquistei o máximo de paz de espírito que sou capaz de ter. Porém seria justo punir o traidor.

— E o francês, o amigo que você quer encontrar, tem alguma conexão com isso tudo?

Ele foi até a lareira e acendeu um pavio. E o usou para acender várias velas pelo quarto.

— Etienne disse que ouviu boatos no governo francês, mas não queria registrá-los em papel, tanto para sua segurança quanto para a minha. Mas aceitou um cargo em um navio de exploração. Ele vai parar em Londres depois de amanhã, antes de partir para o Chifre da África. — Alistair jogou o restante do pavio na lareira. — Se eu conseguir conversar com Etienne, talvez solucione o mistério.

— Compreendo. — Ela o observou por mais um instante antes de suspirar. — Você quer descer para jantar?

Alistair piscou e a encarou.

— Eu queria pedir que trouxessem alguma coisa.

Ela começou a desamarrar o espartilho, e o olhar dele imediatamente baixou para seus seios.

— Pedi comida e vinho mais cedo. — Com a cabeça, Helen sinalizou uma cesta coberta sobre uma cadeira. — Está ali. Se você achar suficiente, podemos ficar aqui sem falar com mais ninguém.

Alistair foi até a cesta e ergueu o pano que a cobria, observando o conteúdo.

— Um banquete.

Ela esticou o corpete da combinação sobre os seios, se levantou da cama e se aproximou dele.

— Sente-se aqui, na frente da lareira, e vou lhe servir.

Alistair franziu o cenho na mesma hora.

— Não precisa.

— Você não reclamava dos meus serviços quando eu era sua governanta. — Helen revirou a cesta e encontrou uma pequena ameixa. Então a ofereceu na palma da mão. — Por que a hesitação agora?

Ele aceitou a fruta, roçando os dedos pela palma dela, fazendo um calafrio percorrer seu braço.

— Porque você não é mais minha criada; você é minha...

Alistair balançou a cabeça e deu uma mordida na ameixa.

— O quê? — Helen se ajoelhou aos seus pés. — O que eu sou?

Ele engoliu e disse, ríspido:

— Não sei.

Ela concordou com a cabeça e se virou para a cesta, escondendo as lágrimas. Aquele era o problema, não era? Os dois não sabiam mais o que eram um para o outro.

Capítulo Dezesseis

Ao ouvir as palavras do Contador de Verdades, o feiticeiro malvado foi tomado por uma terrível fúria. Ele ergueu os braços e lançou uma maldição horrível sobre o soldado, transformando-o em uma estátua de pedra.

O feiticeiro o colocou em seu jardim de teixos, junto com os outros guerreiros de pedra. E lá ele permaneceu, dia após dia, mês após mês, ano após ano, enquanto pássaros vinham descansar em seus ombros e folhas mortas caíam aos seus pés. Seu rosto imóvel encarava o jardim sem piscar, e seria impossível saber o que pensava. Até seus pensamentos se transformaram em pedra...

— Contador de Verdades

Helen não era lá muito respeitável. Esse pensamento só passou pela cabeça de Alistair quando os dois estavam parados na porta de Lorde Vale. Foi um erro levá-la para visitar um visconde e uma viscondessa no meio da tarde. Mas, por outro lado, ela disse que era amiga de Lady Vale, então talvez não fizesse diferença.

Felizmente, o mordomo escolheu aquele momento para abrir a porta. Depois de perguntar os nomes, o homem fez uma mesura e os conduziu até uma grande sala de estar. Não demorou muito para o próprio Vale entrar vigorosamente no cômodo.

— Munroe! — gritou o visconde, se aproximando aos pulos e pegando sua mão. — Meu Deus, homem, achei que precisaria usar explosivos para fazer você sair daquele maldito castelo frio.

— Foi quase isso que aconteceu — murmurou Alistair, apertando com força a mão de Vale para que a própria não fosse esmagada. — Você já foi apresentado à Sra. Helen Fitzwilliam?

Vale era um homem alto, com mãos e pés que pareciam grandes demais para seu corpo, como um cachorrinho alegre. Seu rosto era comprido, marcado por rugas verticais profundas que, em repouso, o faziam parecer perpetuamente pesaroso. Em contraste, sua expressão habitual era quase abobada, alegre e simpática, causando um falso senso de superioridade em muitos homens.

Agora, porém, a expressão do visconde se tornou curiosamente neutra diante da apresentação de Helen. Alistair se preparou. A ajuda de Vale era fundamental, mas se o visconde decidisse insultá-la, ele a defenderia sem se importar com as consequências. Por instinto, seus músculos ficaram tensos.

Mas um sorriso rápido surgiu no rosto de Vale, e ele deu um pulo para a frente, pegando a mão de Helen e se inclinando.

— É um prazer, Sra. Fitzwilliam.

O visconde se empertigou assim que Lady Vale entrou pela porta às suas costas. Apesar dos passos silenciosos da dama, ele pareceu perceber a presença da esposa imediatamente.

— Veja só quem veio nos visitar, querida esposa! — exclamou o visconde. — Munroe abandonou sua charneca deprimente e veio para a bela Londres. Creio que deveríamos convidá-lo para o jantar. — Ele se virou para Alistair. — Você vem jantar conosco, não vem, Munroe? Sua presença também será muito apreciada, Sra. Fitzwilliam. Morrerei de desgosto se recusarem.

Alistair concordou rápido com a cabeça.

— Seria um prazer jantar com você, Vale. Mas eu queria discutir uma questão de negócios nesta tarde. É urgente.

O visconde inclinou a cabeça, parecendo um cão de caça inteligente.

— É mesmo?

— Gostaria de passear pelo meu jardim, Sra. Fitzwilliam? — murmurou Lady Vale.

Alistair assentiu com a cabeça em agradecimento à viscondessa e observou as damas saírem da sala.

Quando se virou, se viu analisado pelos olhos excessivamente observadores de Vale.

O visconde sorriu.

— A Sra. Fitzwilliam é uma mulher adorável.

Alistair engoliu uma resposta grosseira.

— Na verdade, quero conversar com você sobre um assunto relacionado a ela.

— É mesmo? — Vale seguiu lentamente para um decantador e o ergueu. — Conhaque? Ainda está um pouco cedo, eu sei, mas sua expressão sugere que talvez precisemos beber.

— Obrigado. — Alistair aceitou um copo de cristal e tomou um gole, sentindo o líquido queimar sua garganta. — Lister sequestrou os filhos de Helen.

O visconde parou com o copo na metade do caminho até os lábios.

— Helen?

Alistair o encarou.

Vale deu de ombros e tomou um gole do conhaque.

— Imagino que estejamos discutindo os filhos do duque de Lister também, não?

— Correto.

Vale ergueu as sobrancelhas.

Impaciente, Alistair balançou a cabeça.

— O sujeito não tem interesse nenhum nos filhos. Ele quer Helen. Pegou as crianças para tentar forçá-la a voltar.

— E presumo que você não queira que ela retorne aos braços do duque.

— Não. — Alistair bebeu o restante do conhaque e fez uma careta. — Não quero.

Ele esperou por algum comentário malicioso de Vale, mas este parecia apenas pensativo.

— Que interessante.

— É? — Ele foi até uma pequena estante cheia de livros, encarando os títulos sem vê-los. — Lister não quer me receber. Não se importa de ver Helen, mas não quero que ela chegue perto daquele desgraçado. Preciso descobrir onde as crianças estão. Preciso descobrir como pegá-las de volta e preciso conseguir falar com ele.

— Para fazer o quê? — perguntou Vale baixinho. — Você pretende argumentar de forma sensata ou desafiá-lo a um duelo?

— Duvido muito que ele aceite argumentos sensatos. — Alistair encarou a estante. — Se for preciso, eu o desafiarei.

— Você não está sendo muito sutil, meu caro — murmurou o visconde. — Geralmente, seu comportamento é mais sofisticado.

Alistair deu de ombros, incapaz de explicar seus sentimentos até para si mesmo.

— Mas estou curioso para saber o que essa mulher significa para você. Por um acaso ela é sua amante?

— Eu... não. — Ele se virou e olhou para Vale com a testa franzida. — Sua esposa não lhe disse que mandou a Sra. Fitzwilliam para o castelo, para ser minha governanta?

— É curiosíssimo como uma esposa é capaz de guardar segredos do marido — refletiu o visconde. — Minha inocência foi destroçada desde nosso casamento. Mas, sim, de fato, ela finalmente se dignou a me contar por que andava tão presunçosa nos últimos tempos. — Vale serviu mais conhaque em seu copo. — Mas se você está disposto a ir tão longe para agradar sua governanta, fico me perguntando sobre a situação dos criados na Escócia. Deve ser extremamente difícil encontrar bons funcionários.

Vale arregalou os olhos e tomou um gole da bebida.

— Ela é para mim mais do que apenas uma governanta — rosnou Alistair.

— Que maravilha! — O visconde lhe deu um tapa nas costas. — E já era tempo. Eu estava começando a achar que suas partes importantes tinham atrofiado e caído pelo desuso.

Ele sentiu um calor incomum subir por sua garganta.

— Vale...

— É claro, isso significa que minha querida esposa ficará insuportável agora — disse o visconde. — Melisande fica bastante convencida quando acha que seus planos deram certo, e tenho certeza de que você já entendeu a essa altura que ela enviou a Sra. Fitzwilliam para o seu castelo por um motivo.

Alistair apenas rosnou e ergueu seu copo. Ele não se surpreendia mais com as mulheres e suas artimanhas.

Gentilmente, Vale lhe serviu outra dose.

— Fale mais sobre as crianças.

Ele fechou o olho e respirou fundo, se lembrando de seus rostinhos. A última vez em que viu Abigail, ela estava vermelha de mágoa e quase chorando. Droga, ele desejava a oportunidade de fazer as pazes. Se Deus quisesse, a teria.

— São dois, um menino e uma menina, de cinco e nove anos. Eles nunca ficaram longe da mãe. — Alistair abriu o olho e encarou o visconde com franqueza. — Preciso da sua ajuda, Vale.

— Então o duque de Lister lhe encontrou — murmurou Lady Vale.

— Sim — disse Helen.

Ela olhou para o delicado pires em suas mãos.

Lady Vale pediu aos criados que lhes servissem chá e bolo no jardim. Ao redor das duas, plantas floriam e abelhas zumbiam preguiçosamente de broto em broto. O lugar era lindo. Mas Helen não conseguia segurar as lágrimas.

A viscondessa tocou seu braço.

— Sinto muito.

Helen assentiu.

— Eu e as crianças fugimos para tão longe que achei que ele nunca nos encontraria.

— Eu também. — Lady Vale tomou um golinho do chá. — Mas creio que, com o auxílio do meu marido e Sir Alistair, seja possível recuperarmos seus filhos.

— Deus queira que sim — disse Helen com fervor. Ela não sabia o que faria sem seus bebês, não conseguia imaginar passar a vida sem nunca mais vê-los. — Lister ofereceu devolvê-los se eu voltasse para ele.

Lady Vale ficou paralisada, com as costas empertigadas e os olhos castanho-claros focados em Helen. Ela não era uma mulher bonita — seu rosto era comum demais, a cor de seu cabelo e de seus olhos não se destacava —, mas tinha uma fisionomia agradável. E, além disso, a mulher exibia uma nova serenidade desde a última vez em que Helen a viu, pouco mais de um mês atrás.

— Você vai aceitar? — perguntou a viscondessa baixinho.

— Eu... — Ela olhou para o pires em seu colo. — Não quero, é claro. Mas, se essa for a única maneira de rever meus filhos, como posso me negar?

— E Sir Alistair?

Helen a encarou, calada.

— Eu notei... — Lady Vale hesitou, cheia de tato. — Fiquei impressionada com o fato de Sir Alistair ter vindo até Londres para ajudar você.

— Ele tem sido muito bom com meus filhos — contou Helen. — Acho que se afeiçoou aos dois.

— E a você? — murmurou a viscondessa.

— Talvez.

— De toda forma, ele deve ter uma opinião sobre a situação.

— Ele não gosta da ideia, é claro. — Helen encarou a outra mulher com franqueza. — Mas que diferença isso faz? Meus filhos precisam de mim. Eu preciso deles.

— Mas e se Sir Alistair recuperá-los?

— E o que aconteceria depois? — sussurrou Helen. — Que tipo de vida eu teria com ele? Não quero ser amante de outro homem, e não creio que exista outra forma de ficarmos juntos.

— Casamento?

— Ele não tocou nesse assunto. — Helen balançou a cabeça e abriu um sorrisinho. — Não acredito que estou conversando com você sobre esse assunto de forma tão direta. Você não condena meu comportamento?

— De forma alguma. Fui eu quem lhe disse que fosse para o castelo dele.

Helen a encarou. Lady Vale franzia levemente o espaço entre suas sobrancelhas retas, alisando-o com os dedos. Porém, diante do olhar dela, a mulher a fitou e sorriu.

Helen arregalou os olhos.

— Você...?

Lady Vale concordou com a cabeça.

— Ah, sim!

— Mas... aquele castelo estava tão imundo!

— E imagino que não esteja mais — rebateu a viscondessa, serena.

Helen bufou.

— No geral, não. Ainda há cantos em que eu não entraria sem água fervente e um bom sabão de lixívia. Não acredito que você me mandou para lá sabendo que aquele lugar era horrível.

— Ele precisava de você.

— O castelo precisava de mim — corrigiu Helen.

— Sir Alistair também, creio eu — disse Lady Vale. — Quando o conheci, tive a impressão de que era um homem muito solitário. E você já realizou um milagre, o convencendo a vir para Londres.

— Por causa dos meus filhos.

— Por sua causa — disse Lady Vale, delicadamente.

Helen voltou a olhar para o pires em seu colo.

— Você acha mesmo?

— Eu sei — respondeu a viscondessa de imediato. — Vi a forma como ele a observava na minha sala de estar. Aquele homem se importa com você.

Helen tomou um gole de chá, sem responder. Aquele era um assunto tão pessoal, tão novo e confuso, e ela ainda não sabia se queria discuti-lo com outra pessoa, mesmo alguém como Lady Vale, que a tratou com tanta generosidade.

Por um instante, as duas damas tomaram seus chás em silêncio.

Então Helen se lembrou de uma coisa. Ela baixou a xícara.

— Ah! Eu me esqueci de contar que terminei de copiar o livro de contos de fadas sobre os quatro soldados.

Lady Vale sorriu prazerosamente.

— É mesmo? E o trouxe?

— Não, sinto muito. Nem pensei nisso, porque...

Ela ia dizer *estava tão preocupada com as crianças*, mas apenas balançou a cabeça.

— Eu compreendo — disse a viscondessa. — E, de toda forma, preciso encontrar alguém para encaderná-lo. Você pode guardá-lo para mim até eu lhe mandar um endereço para onde enviá-lo?

— É claro — murmurou Helen, já voltando a pensar em Abigail e Jamie.

Será que eles estavam em um lugar quente e seguro? Será que choravam de saudade dela? Será que ela os veria de novo?

De repente, o chá em sua boca passou a ter gosto de bile. *Por favor, meu Deus, permita que eu veja meus filhos de novo.*

— O CONDE DE Blanchard vai oferecer um almoço em homenagem ao rei — disse Vale. — E Lister foi convidado.

Os dois continuavam na sala de estar, e Vale tomava o terceiro copo de conhaque, apesar de não apresentar sinais de embriaguez.

— Blanchard. — Alistair franziu a testa. — Esse não era o título de St. Aubyn?

Reynaud St. Aubyn fora capitão do vigésimo oitavo regimento da infantaria. Um homem bom e um líder capaz, havia sobrevivido ao massacre de Spinner's Falls apenas para ser capturado e mais tarde assassinado no acampamento dos indígenas. Alistair estremeceu. Ele contou a Helen sobre o destino de St. Aubyn — o homem que fora crucificado e queimado vivo.

St. Aubyn também era o melhor amigo de Vale.

O visconde concordou com a cabeça.

— O herdeiro do título é um primo distante, viúvo. A sobrinha dele atua como anfitriã nas festas.

— Quando é?

— Amanhã.

Alistair encarou o copo vazio que segurava. O navio de Etienne chegaria no dia seguinte e ficaria apenas por algumas horas ancorado. Seria possível encontrar o duque de Lister e o amigo no mesmo espaço curto de tempo? Provavelmente não. Se ele fosse ao almoço, correria o risco de perder o navio. Por outro lado, se fosse comparar as crianças às informações sobre o traidor de Spinner's Falls, era óbvio que as crianças eram mais importantes. Como poderia ser de outra forma? Elas eram vida, enquanto o traidor era morte.

— Isso é um problema? — perguntou Vale.

Alistair encarou o olhar observador do visconde.

— Não. — Ele deixou o copo de lado. — Você foi convidado para esse banquete?

— Infelizmente, não.

Alistair sorriu.

— Ótimo. Então pode me fazer um favor enquanto invado o almoço de Blanchard.

Capítulo Dezessete

Todas as noites, o feiticeiro vinha ao jardim para sorrir para o soldado e se vangloriar de o haver enfeitiçado. Porém, durante o dia, o rapaz se trancava no castelo e bolava planos malévolos.

Um dia, uma andorinha se uniu aos pássaros que descansavam nos ombros de pedra do Contador de Verdades. Aquela ave era uma das muitas que havia sido aprisionada pelo feiticeiro no passado e, de alguma forma, pareceu reconhecer seu salvador. Descendo para a sebe do jardim, a andorinha pegou uma única folha. Então, abriu as asas e voou para cima, para o céu, se afastando do castelo...

— Contador de Verdades

Quando Helen e Alistair chegaram à porta do conde de Blanchard, o almoço já tinha começado. Alistair insistiu em esperar por uma mensagem misteriosa no hotel, e isso causou o atraso. Pouco antes de partirem, um menininho magricela lhe entregou uma carta suja. Ele a leu, resmungou algo satisfeito e mandou o menino embora com uma moeda e outra carta, escrita rapidamente.

Enquanto esperavam que alguém abrisse a porta, Helen batia o pé no chão.

— Relaxe — rosnou Alistair baixinho ao seu lado.

— Como posso relaxar? — rebateu ela, impaciente. — Não sei por que aquela carta era tão importante. E se nós tivéssemos perdido o almoço?

— Não perdemos. As carruagens ainda estão na rua e, além do mais, esses eventos duram horas; você sabe disso. — Ele suspirou e murmurou: — Você devia ter ficado no hotel, como sugeri.

Helen o encarou.

— Eles são meus filhos.

Alistair olhou para o céu.

— Repita o plano mais uma vez — pediu ela.

— Eu só preciso fazer Lister renegar as crianças — disse ele com uma voz enlouquecedora de tão calma.

— Sim, mas como?

— Confie em mim.

— Mas...

A porta foi aberta por uma criada afobada.

— Pois não?

— Atrasados como sempre, infelizmente — disse Alistair em um tom de voz alto, alegre, nada parecido com o que costumava usar. — E minha esposa acabou de rasgar um pedaço de renda ou coisa assim. Você pode nos mostrar um lugar para ela se arrumar?

A moça afastou o olhar horrorizado do rosto dele e deu um passo para trás, deixando-os entrar. A mansão Blanchard era uma das mais sofisticadas da praça, o hall de entrada decorado com mármore cor-de-rosa e acabamentos chapeados de ouro. Os três passaram por uma estátua de mármore branco da deusa Diana com seus cães, e então a criada abriu a porta de uma sala de estar elegante.

— Aqui está excelente — disse Alistair. — Por favor, não queremos atrapalhar seu trabalho. Podemos seguir para a festa quando minha esposa estiver pronta.

A moça fez uma mesura e saiu apressada. Um almoço em homenagem ao rei com certeza exigia a presença de todos os criados disponíveis.

— Fique aqui, por favor — disse Alistair.

Ele lhe deu um beijo na boca e se virou para a porta.

E ficou paralisado.

— O que foi? — perguntou Helen.

Na parede ao lado da porta, havia um quadro enorme — uma pintura em tamanho real de um rapaz.

— Nada — murmurou ele, ainda focado no quadro. Alistair balançou a cabeça e se virou para ela. — Fique aqui. Volto para buscá-la depois que falar com Lister. Combinado?

Helen mal teve tempo de concordar com a cabeça antes de ele sair da sala.

Ela fechou os olhos e respirou fundo, tentando se acalmar. Já tinha concordado que o melhor plano era Alistair conversar sozinho com o duque. Não podia mudar de ideia agora. Precisava esperar e deixar Alistair persuadi-lo. Mas era tão difícil não tomar uma atitude.

Helen abriu os olhos e olhou ao redor, procurando algo que a ajudasse a se distrair. Havia vários conjuntos de cadeiras baixas e delicadas, os braços pintados de branco e dourado. Quadros enormes estavam alinhados na parede, figuras vestidas em modas de um tempo distante, porém a imagem mais impressionante era a do jovem que Alistair havia encarado. Helen se aproximou para observá-la.

O quadro exibia um rapaz vestido em roupas de caça casuais. Ele segurava um chapéu ao lado do corpo, com ar despreocupado, e suas pernas cobertas com perneiras estavam cruzadas na altura dos tornozelos. Apoiado num carvalho grande, segurava um rifle comprido na curva de um braço. Aos seus pés, dois cães de caça estavam deitados, as cabeças encarando-o com afeição.

Helen entendia o olhar reverente. O homem era tão bonito que quase parecia delicado, seu rosto liso e sem rugas no primeiro despertar da vida adulta. Seus lábios eram grossos, sensualmente largos e levemente inclinados, como se tentassem reprimir um sorriso. Seus olhos pretos semicerrados pareciam rir do expectador, como se o convidassem a participar de uma piada maliciosa. Todo seu porte era tão cheio de vigor e vida que quase se esperava que ele pulasse da tela.

— Ele é fascinante, não acha? — perguntou uma voz às suas costas.

Helen se virou, assustada. Não tinha escutado ninguém entrar na sala. Na verdade, achou que estivesse parada diante da única porta.

Mas uma moça entrou por uma abertura na parede, quase escondida. Ela fez uma mesura.

— Sou Beatrice Corning.

Helen retribuiu o cumprimento.

— Helen Fitzwilliam.

E torceu para que a outra mulher não reconhecesse seu nome.

A Srta. Corning tinha um rosto jovem, simpático, com algumas sardas. Os olhos cinza-claro eram muito bonitos e sinceros, e o cabelo tinha uma bela cor de trigo, preso em um coque largo no alto da cabeça. Felizmente, ela não parecia querer jogar Helen para fora da casa.

— Eu sempre o achei impressionante — continuou ela, indicando o quadro com a cabeça. — Ele parece estar achando graça de alguma coisa. Tão satisfeito consigo mesmo e com o mundo, não acha?

Helen olhou de novo para a pintura, abrindo um meio sorriso.

— Ele provavelmente fascina todas as damas.

— Talvez no passado, porém não mais.

Helen encarou a moça.

— Por quê?

— Esse é Reynaud St. Aubyn, visconde Hope — disse a Srta. Corning. — Ele seria o conde de Blanchard, mas foi morto nas colônias pelos indígenas, no massacre de Spinner's Falls. Imagino que eu deveria ficar grata por isso. De outra forma, meu tio jamais se tornaria o conde de Blanchard, e eu não moraria nesta mansão. Mas não consigo ficar feliz com sua morte. Ele parece tão vivo, não é?

Helen se virou de novo para o quadro. *Vivo*. Aquela era a palavra em que pensou antes, quando analisava o rapaz.

— Perdoe-me — disse Beatrice Corning com ar pesaroso —, mas acabei de me dar conta da sua identidade. A senhora tem uma ligação com o duque de Lister, não tem?

Helen mordeu o lábio, mas nunca teve talento para mentir.

— Eu era amante dele.

As belas sobrancelhas da Srta. Corning se ergueram.

— Então pode me explicar o que está fazendo aqui?

* * *

O PLANO ERA uma aposta arriscada. Se cometesse um erro, ele e Helen poderiam perder as crianças para sempre. Por outro lado, se não tomasse uma atitude, as perderiam com certeza.

Alistair tocou de leve a porta fechada da sala de jantar, respirou fundo e a empurrou com firmeza. O conde de Blanchard não poupou despesas para o almoço real. Flores estavam dispostas em vasos ao longo dos aparadores, grinaldas suntuosas de tecido dourado e roxo cobriam cada superfície, e cisnes entalhados em açúcar ocupavam o centro da sala de jantar.

Havia tantos criados quanto convidados, e um sujeito de peruca perto da porta ergueu a mão para impedir a entrada de Alistair.

— Senhor, não pode...

— Vossa Majestade — chamou Alistair em uma voz grave. Ele se certificou de que o som chegasse ao fim da mesa, onde o rei George estava sentado, ao lado de um homenzinho emperiquitado, provavelmente o conde de Blanchard. Ele seguiu até o monarca, andando rápido e com tamanha segurança que ninguém ousou impedi-lo. — Uma palavra, Vossa Majestade.

Alistair alcançou o rei e fez uma reverência baixa, com os braços estendidos e uma perna esticada diante de si.

— E quem é o senhor? — perguntou o rei e, por um instante, seu coração pareceu parar. Mas então ele olhou para cima, e o rosto do jovem monarca se iluminou. — Ah! Sir Alistair Munroe, nosso fascinante naturalista! Blanchard, traga uma cadeira para Sir Alistair.

O conde franziu o cenho, mas estalou os dedos para um lacaio, que deu um pulo e foi cumprir a missão. Uma cadeira apareceu, posicionada ao lado direito do rei.

— Você conhece o conde de Blanchard, Munroe?

O rei gesticulou para o anfitrião.

— Ainda não tive o prazer. — Alistair fez outra mesura. — Perdoe-me, senhor, por invadir sua festa de forma tão abrupta.

A expressão no rosto de Blanchard era amargurada, mas seria impossível criticá-lo agora que o rei o recebeu. O homem assentiu em um gesto ríspido.

— E esses cavalheiros são o duque de Lister; seu filho e herdeiro, o conde de Kimberly; e Lorde Hasselthorpe.

O rei indicou os homens sentados diante dele e do outro lado.

Hasselthorpe ocupava o lugar à esquerda do monarca. Era um cavalheiro de aparência distinta, de meia-idade. Lister e o filho se sentavam diante do rei. O duque parecia estar na mesma faixa etária que Hasselthorpe. Ele usava um paletó vinho com um colete que se projetava sobre sua barriga acentuada. O herdeiro era um rapaz forte que mantinha o cabelo castanho penteado para trás. Ele franzia de leve a testa, como se estivesse confuso com a entrada repentina. Lister o encarava com olhos estreitos sob uma peruca cinza encaracolada.

Alistair fez uma mesura e se sentou. O fato de o herdeiro de Lister estar presente era um golpe de sorte inesperado.

— Peço perdão, Vossa Majestade, cavalheiros, mas vim tratar de um assunto de extrema urgência.

— É mesmo? — O rei era um homem louro, com bochechas rosadas e olhos azuis chamativos. Exibindo uma peruca branca como a neve, ele usava um casaco e um colete de um azul muito brilhante. — Você já terminou sua obra sobre a fauna e a flora da Grã-Bretanha?

— Estou quase no fim, Vossa Majestade, e, se me conceder a honra, gostaria de dedicar-lhe este livro também.

— Concedo, meu querido Munroe, concedo. — O rei ficara vermelho de alegria. — Estamos ansiosos para ler o tomo quando ele for concluído e publicado.

— Obrigado, Vossa Majestade — respondeu Alistair. — Espero que..

Mas Lister o interrompeu, tossindo alto.

— Por mais agradável que seja ter notícias sobre o progresso do seu livro, Munroe, não vejo sentido em interromper o almoço do rei para lhe informar o fato.

O rei franziu de leve o cenho. Na outra extremidade da sala, a porta abriu de novo e uma moça loura entrou e se sentou na cadeira vazia à mesa. Ela lançou um olhar curioso para a cena.

Alistair se virou para Lister e sorriu cordialmente.

— Eu não pretendo entediá-lo com os detalhes sobre meus estudos como naturalista. Compreendo que nem todos compartilhem da mesma fascinação sobre as particularidades da criação de Deus como eu e Sua Majestade. — O rosto do duque se tornou inexpressivo quando ele compreendeu sua gafe, mas Alistair continuou: — Na verdade, o assunto de que vim tratar também envolve Vossa Graça.

Ele fez uma pausa e tomou um gole do vinho que lhe foi servido.

Lister ergueu as sobrancelhas.

— E pretende entrar em mais detalhes?

Alistair sorriu e baixou a taça.

— É claro. — Ele se virou e falou para o rei: — Recentemente, comecei a estudar os hábitos dos texugos, Vossa Majestade. Os segredos escondidos até nos animais mais mundanos são fascinantes.

— É mesmo?

O rei se inclinou para a frente, interessado.

— Ah, sim — disse Alistair. — Por exemplo, apesar de a texugo-fêmea ser conhecida por seu temperamento desagradável e até agressivo, quando se trata dos filhotes, ela demonstra um lado maternal belíssimo que se equipara até ao dos animais mais afetuosos.

Ele fez uma pausa para tomar outro gole de vinho.

— Que extraordinário! — exclamou o rei. — Nós nunca imaginaríamos que um simples texugo teria os sentimentos superiores que Deus concedeu aos homens.

— Exatamente. — Alistair assentiu. — Eu mesmo fiquei emocionado com o sofrimento de uma fêmea quando seus filhotes foram mortos por um falcão. Ela chorou de forma muito comovente por seus filhos mortos, passando dias andando de um lado para o outro e se recusando a comer. De fato, achei que ficaria sem se alimentar até morrer, tamanha sua tristeza pela perda dos filhotes.

— E o que isso tem a ver conosco? — quis saber Lister, impaciente. Com toda a calma, Alistair se virou para o duque e sorriu.

— Ora, o senhor não sente nem um pouco de compaixão de um animal tão desolado com a perda dos filhos, Vossa Alteza?

Lister soltou uma risada irônica, mas o rei respondeu:

— Qualquer cavalheiro com o mínimo de sensibilidade se comoveria, é claro, com tamanha devoção.

— Claro — murmurou Alistair. — E quão mais comovente seria o sofrimento de uma dama que perde os filhos?

O lugar foi tomado pelo silêncio. Os olhos de Lister se estreitaram tanto que não passavam de fendas. O filho o observava, começando a entender a situação, e Hasselthorpe e Blanchard ficaram paralisados. Alistair não sabia quanto os outros cavalheiros sabiam sobre Helen, o duque e seu drama com as crianças, mas era nítido que o filho de Lister sabia de alguma coisa. Ele olhava do pai para Alistair, a boca apertada em uma linha irritada.

— Você está se referindo a uma dama específica, Munroe? — perguntou o rei.

— De fato, Vossa Majestade. Uma mulher previamente próxima à Sua Graça, o duque de Lister, perdeu os filhos há pouco tempo.

O rei apertou os lábios.

— Eles morreram?

— Não, graças a Deus, Vossa Majestade — respondeu Alistair, tranquilo. — Só estão sendo mantidos afastados da mãe, talvez por um simples engano.

Lister se remexeu na cadeira. Sua testa começou a brilhar de suor.

— O que você está insinuando, Munroe?

— Insinuando? — Alistair arregalou os olhos. — Não estou insinuando nada. Apenas cito fatos. O senhor nega que Abigail e Jamie Fitzwilliam estão sendo mantidos na sua residência em Londres?

O duque piscou. Sem dúvida, Helen não sabia onde as crianças estavam escondidas. Na verdade, Alistair só descobriu sua localização naquela manhã, através da simples artimanha de enviar um garoto para subornar um dos lacaios de Lister.

O outro homem visivelmente engoliu em seco.

— Tenho todo direito de manter as crianças na minha casa.

Alistair ficou em silêncio, observando-o e se perguntando se ele via a armadilha se armando.

O rei se remexeu na cadeira.

— Quem são essas crianças?

— São... — começou Lister, e então se interrompeu de repente quando finalmente entendeu o que Alistair o forçaria a dizer.

O duque se calou e o encarou, enquanto Alistair sorria e bebia seu vinho, esperando para ver se o adversário estava irritado o suficiente para perder a cabeça. Se ele reconhecesse a paternidade das crianças na presença do rei, Abigail e Jamie poderiam se apresentar como seus filhos e, mais importante, ter direito à herança.

Kimberly se virou para encarar o duque e murmurou:

— Pai.

Lister balançou a cabeça como se saísse de um sonho, e seu rosto assumiu uma expressão educada.

— As crianças não têm relação nenhuma comigo. São apenas filhos de uma antiga amiga.

— Que bom. — O rei bateu as mãos, unindo as palmas. — Então podem ser devolvidas imediatamente à mãe, não podem, Lister?

— Sim, Vossa Majestade — murmurou o duque, e se virou para Hasselthorpe. — Quando você pretende apresentar a lei para o parlamento?

O duque, Hasselthorpe e Blanchard começaram a falar de política, enquanto Kimberly apenas parecia aliviado.

O rei acenou, pedindo mais vinho. Quando o serviram, ele inclinou a taça para Alistair e disse:

— Ao amor maternal.

— Sim, Vossa Majestade.

Alistair bebeu, feliz.

O rei baixou a taça, inclinou a cabeça e disse, baixo:

— Imaginamos que esse era o resultado que você queria, não era, Munroe?

Alistair encarou os olhos azuis alegres do monarca e se permitiu abrir um sorrisinho.

— Vossa Majestade continua tão perspicaz como sempre.

O rei George concordou com a cabeça.

— Termine o livro, Munroe. Estamos ansiosos para convidá-lo para outro chá.

— Com esse objetivo, peço permissão de Vossa Majestade para me retirar deste adorável almoço.

O rei acenou com a mão adornada com renda.

— Vá. Mas se certifique de não passar tanto tempo longe de nossa capital, certo?

Alistair se levantou, fez uma mesura e se virou para sair da sala. Enquanto o fazia, passou pelo encosto da cadeira de Hasselthorpe. Ele hesitou, mas quando teria outra oportunidade de falar com o lorde?

Ele se inclinou sobre a cadeira e disse:

— Posso lhe fazer uma pergunta, milorde?

Hasselthorpe o encarou de cara feia.

— Você já não fez o suficiente por uma tarde, Munroe?

Alistair deu de ombros.

— Sem dúvida, mas serei rápido. Quase dois meses atrás, Lorde Vale queria conversar com o senhor sobre seu irmão, Thomas Maddock.

Hasselthorpe ficou tenso.

— Thomas morreu em Spinner's Falls, como você certamente está ciente.

— Sim. — Alistair o encarou sem piscar. Havia muitas perguntas para deixar que a raiva de um irmão enlutado o impedisse de conseguir respostas. — Vale cogitava que Maddock poderia saber algo sobre...

Hasselthorpe se inclinou, chegando perto do rosto dele.

— Se você ou Vale ousarem insinuar que meu irmão participou de qualquer traição, não tenha dúvidas de que vou desafiá-lo para um duelo, senhor.

Alistair ergueu as sobrancelhas. Sua intenção jamais foi insinuar algo assim — nunca lhe ocorreu que Maddock poderia ser o traidor.

Mas Hasselthorpe não tinha terminado.

— E se você se importa com Vale, vai dissuadi-lo a continuar com essa busca.

— Como assim? — perguntou Alistair, com toda a calma.

— Ele e Reynaud St. Aubyn eram melhores amigos, não eram? Cresceram juntos?

— Sim.

— Então duvido muito que Vale queira saber quem traiu o vigésimo oitavo.

Hasselthorpe se recostou na cadeira, a boca apertada.

Alistair se inclinou tão perto dele que seus lábios quase roçavam a orelha do homem.

— O que você sabe?

Hasselthorpe balançou a cabeça.

— Só escutei boatos, coisas mencionadas entre altos oficiais do Exército ou no parlamento. Dizem que a mãe do traidor era francesa.

Alistair encarou os lacrimejantes olhos castanhos do lorde por um instante antes de se virar e sair rápido da sala. A mãe de Reynaud St. Aubyn era francesa.

HELEN ESTAVA VENDO UM LIVRO encadernado à mão quando Alistair entrou na sala de estar. Ela deixou o livro cair de seus dedos nervosos e o encarou.

— O duque negou ter qualquer relação com as crianças — disse ele imediatamente.

— Ah, graças a Deus.

Helen fechou os olhos, aliviada, mas Alistair lhe pegou pelo braço.

— Venha, vamos embora. É melhor não passarmos mais tempo aqui do que o necessário.

Os olhos dela se arregalaram de nervosismo.

— Você acha que ele vai mudar de ideia?

— Duvido, porém, quanto mais rápido agirmos, menos tempo ele terá para pensar no assunto — murmurou Alistair enquanto a arrastava para fora da sala de estar.

O olhar dela encontrou o quadro de Lorde St. Aubyn.

— Eu devia deixar um bilhete para a Srta. Corning.

— O quê?

Ele parou e a encarou com a testa franzida.

— A Srta. Corning. A sobrinha de Lorde Blanchard, uma moça muito gentil. Sabia que ela encaderna livros à mão? Ela me contou.

Alistair balançou a cabeça.

— Meu Deus. — Ele retomou sua marcha para a porta, e Helen teve de correr para acompanhá-lo. — Escreva uma carta depois.

— É o jeito — murmurou ela enquanto subiam na carruagem.

Alistair bateu no teto do veículo, e eles partiram com um solavanco.

— Contou à Srta. Corning quem você é?

— Eu estava na casa dela — respondeu Helen. E sentiu suas bochechas ficarem quentes, porque sabia que ele estava se referindo à sua ligação com Lister. Então ergueu o queixo. — Mentir seria uma grosseria.

— Talvez até fosse grosseria, mas diminuiria suas chances de ser expulsa da casa.

Helen baixou o olhar para as mãos, apoiadas em seu colo.

— Sei que não sou uma mulher respeitável, mas...

— Você é muito respeitável para mim — rosnou ele.

Ela olhou para cima.

Alistair ainda franzia a testa. Na verdade, fazia uma careta.

— O problema são as outras pessoas. — Ele afastou o olhar e murmurou: — Não quero que você se magoe.

— Faz muito tempo que aceitei o que eu sou, o que fiz de mim mesma — disse ela. — Não posso mudar o passado nem como ele afeta a mim e aos meus filhos agora, mas posso decidir como vivo apesar das minhas terríveis escolhas. Se eu tivesse medo de ser magoada pelas outras pessoas ou pelo que dizem sobre mim, teria que passar a vida inteira escondida. E não farei isso.

Helen observou enquanto ele assimilava sua declaração, ainda sem encará-la. Aquele era o problema entre os dois, não era? Ela tomou uma decisão sobre como viveria.

Alistair, não.

Helen afastou o olhar, observando a vista da janela, e franziu a testa.

— Nós não estamos indo para a casa de Lister.

— Não — respondeu Alistair. — Espero conseguir alcançar o navio de Etienne no porto. Se corrermos e tivermos sorte, talvez eu ainda consiga.

Porém, meia hora depois, quando chegaram ao porto e perguntaram sobre o navio, um sujeito sujo apontou para uma embarcação que desaparecia pelo Tâmisa.

— O senhor o perdeu por pouco, patrão — disse o homem em um tom solidário.

Alistair lhe deu uma moeda por sua ajuda.

— Sinto muito — disse Helen quando os dois voltaram para a carruagem. — Você perdeu a oportunidade de conversar com seu amigo porque estava salvando meus filhos.

Ele deu de ombros, taciturno, olhando pela janela.

— Não havia outro jeito. Se eu tivesse que tomar a mesma decisão de novo, não mudaria de ideia. Abigail e Jamie são mais importantes do que qualquer informação que Etienne pudesse me dar. Além do mais — Alistair soltou a cortina da carruagem e se virou para ela —, não sei se eu gostaria de ouvir o que ele teria para me contar.

Capítulo Dezoito

Àquela altura, já fazia muito tempo que a princesa Compaixão havia voltado sã e salva para o castelo do pai, mas ela ainda estava preocupada. Será que seu salvador, o Contador de Verdades, conseguiu escapar do feiticeiro? A preocupação pelo soldado era tão presente em seus pensamentos que, com o tempo, ela parou de comer e dormir e passou as noites andando de um lado para o outro. Seu pai, o rei, ficou preocupado com seu bem-estar e contratou muitos médicos e enfermeiras, mas ninguém entendia qual era seu problema. Apenas a princesa conhecia o Contador de Verdades, sua coragem, e seu medo secreto de que ele não havia escapado das garras do feiticeiro.

Então, uma noite, quando uma andorinha pousou em sua janela e lhe ofereceu a folha de um arbusto de teixo, ela entendeu exatamente o que aquilo significava...

— Contador de Verdades

— Você acha que ele é mesmo amigo de Sir Alistair? — sussurrou Jamie para Abigail.

— Claro — respondeu ela, resoluta. — Ele sabia o nome de Pipi, não é?

Abigail sempre soube que não deveria falar com desconhecidos. Porém, quando o homem alto com o rosto engraçado entrou de repente no quarto das crianças da casa do duque, ele sabia exatamente o que fazer. Ordenou que o lacaio saísse do cômodo e explicou aos dois que era amigo de Sir Alistair, que os levaria de volta para a mamãe. E, mais importante, disse que Sir Alistair lhe contou o nome de Pipi. Isso fez Abigail tomar uma decisão. Era melhor ir com aquele desconhecido do que permanecer na prisão do duque. Então, os dois seguiram o cavalheiro alto, saindo de fininho pelas escadas dos fundos e entrando em uma carruagem que os aguardava. Pela primeira vez em muitos dias, Jamie parecia feliz. Ele praticamente pulava em seu assento enquanto partiam.

Agora, sentados lado a lado, os dois ocupavam uma poltrona de seda, em uma sala muito elegante. Estavam sozinhos, já que o cavalheiro fora embora por algum motivo, e só agora Abigail começava a pensar em todas as coisas horrendas que o homem de rosto engraçado poderia fazer com eles se *não* fosse amigo de Sir Alistair.

Mas tomou cuidado, é claro, para não deixar que o irmão percebesse seu medo.

Então Jamie se remexeu e disse:

— Você acha que...

Ele foi interrompido pela porta sendo aberta. O cavalheiro voltou, seguido por uma dama que andava muito empertigada. O pequeno terrier que corria em volta das saias da mulher deu um latido agudo e correu na direção dos dois.

— Rato! — gritou Jamie, e o cachorrinho foi direto para seus braços.

Abigail o reconheceu então. Ela e Jamie conheceram Rato, o cão, e sua dona do Hyde Park. A menina se levantou e fez uma mesura para Lady Vale.

A dama parou e a analisou enquanto Rato enchia Jamie de beijos com sua língua cor-de-rosa.

— Vocês estão bem?

— Sim, milady — sussurrou Abigail, e um grande peso foi tirado de seu peito.

Tudo ficaria bem. Lady Vale os protegeria.

— É melhor pedirmos chá e biscoitos, Vale — disse a viscondessa.

Ela abriu um sorrisinho, e Abigail sorriu também.

Então, algo ainda mais maravilhoso aconteceu. Vozes altas vieram do corredor, e a mãe deles entrou correndo.

— Meus amores! — gritou ela, e caiu de joelhos, esticando os braços.

Jamie e Abigail correram em sua direção. Os braços da mãe eram tão quentes. Seu cheiro era tão familiar e, de repente, Abigail chorava apoiada em seu ombro, e todos se abraçavam, até Rato. Foi maravilhoso, de verdade.

Eles ficaram assim por muito tempo até a menina notar a presença de Sir Alistair. O homem estava sozinho em um canto, observando-os com um pequeno sorriso no rosto, e seu coração deu um salto feliz ao vê-lo também. Abigail se afastou da mãe.

Então secou os olhos e foi devagar até ele.

— Estou feliz por ver o senhor de novo.

— Também estou feliz por ver você.

A voz dele era grave e rouca, mas seu olho castanho sorria.

A menina engoliu em seco e disse, rápido:

— E quero pedir desculpas por ter deixado Pipi se aliviar na sua bolsa.

Sir Alistair piscou, pigarreou e disse baixinho:

— Eu não devia ter gritado com você, pequena Abigail. Era só uma bolsa. — Ele ergueu a mão. — Pode me perdoar?

Por algum motivo, os olhos dela se encheram de lágrimas de novo. A garota aceitou a mão oferecida. Ela era dura, quente e grande e, quando a apertou, se sentiu segura.

Segura, como se estivesse em casa.

UMA HORA DEPOIS, Alistair observou enquanto Helen e as crianças se despediam de Lady Vale na área externa da casa dos aristocratas.

Ele se virou para o visconde, parando ao lado dele e admirando a cena.

— Obrigado por buscá-los para mim.

Vale deu de ombros, tranquilo.

— Não foi problema nenhum. Além do mais, foi você que concluiu que, se fosse com a Sra. Fitzwilliam ao almoço na mansão Blanchard, o espião os seguiria e deixaria a casa do duque com menos guardas.

Alistair assentiu.

— Mesmo assim, era arriscado. Ele podia ter muitos outros homens vigiando as crianças.

— Podia, mas não tinha. No fim das contas, a única pessoa a criar caso foi seu antigo criado, Wiggins. — Vale o encarou, parecendo envergonhado. — Espero que você não tenha ficado chateado por eu ter empurrado o sujeito escada abaixo.

— De forma alguma — disse ele com um sorriso amargurado. — Só queria que ele tivesse quebrado o pescoço com a queda.

— Ah, mas nem todos os nossos desejos podem se tornar realidade, não é?

— Pois é. — Alistair observou Helen sorrindo e trocando um aperto de mão com Lady Vale. Um cacho de cabelo dourado foi soprado sobre sua bochecha rosada. — De toda forma, eu lhe devo um favor, Vale.

— Disponha. — O visconde coçou o queixo. — Será que existe alguma chance de Lister tentar pegá-los de novo?

Alistair balançou a cabeça, determinado.

— Duvido. Ele os renunciou na presença do rei. E do seu herdeiro. No mínimo, é do interesse de Kimberly não permitir que o pai reconheça os filhos ilegítimos. Se os boatos forem verdadeiros, Abigail e Jamie não são os únicos filhos de Lister fora dos laços do matrimônio. Kimberly tem um desafio e tanto, certificando-se de que o pai não dê as partes de sua herança não vinculadas ao título para seus muitos meios-irmãos ilegítimos.

— De fato. — O visconde resmungou e se balançou nos calcanhares. — Aliás, fiquei sabendo que Hasselthorpe estava no almoço. Você por acaso conseguiu falar com ele?

Alistair assentiu, encarando a carruagem.

— Tivemos uma conversa rápida.

— E?

Ele hesitou apenas por uma fração de segundo. Como Hasselthorpe mencionou, St. Aubyn foi o melhor amigo de Vale. E, além do mais, o homem tinha morrido. Seria melhor não o desenterrar.

Alistair se virou para o visconde.

— Ele não sabia de nada concreto. Sinto muito.

Vale fez uma careta.

— Era previsível que não soubesse mesmo. Hasselthorpe nem estava lá. Imagino que nunca descobriremos a verdade.

— Pois é.

As damas tinham se afastado, Helen e as crianças seguiram para a carruagem. Havia chegado a hora de partir.

— É só que... — disse Vale, baixinho.

Alistair o encarou, fitou seu rosto comprido cheio de rugas, a boca grande e expressiva, os extraordinários olhos azul-esverdeados.

— O quê?

O visconde fechou os olhos.

— Às vezes, ainda sonho com ele, com Reynaud. Naquela maldita cruz, com os braços esticados, as roupas e a pele em chamas, a fumaça preta subindo pelo ar. — Vale abriu os olhos, parecendo sombrio agora. — Eu queria poder lhe fazer justiça e encontrar o homem que o colocou lá.

— Sinto muito — disse Alistair, porque não podia falar mais nada.

Um momento depois, ele trocou um aperto de mão com o visconde, fez uma mesura para Lady Vale e entrou na carruagem que o aguardava. Enquanto o veículo se balançava pela rua, as crianças acenaram em despedida, entusiasmadas.

Helen as observava, sorrindo. Então, sentada diante dele, ela o encarou, ainda sorrindo, e foi como se Alistair levasse um soco. Ela era tão bonita, tão amorosa. Em algum momento, acabaria percebendo que ele não passava de um misantropo feio com um castelo igualmente feio. Os dois nem tinham discutindo se ela queria voltar com ele para a Escócia.

Talvez, quando chegasse ao castelo, Helen mudasse de ideia, vendo o castelo Greaves como o lugar interiorano que era, e o abandonasse. Eles precisavam ter aquela conversa para esclarecer seus planos para o futuro, mas a verdade era que Alistair não queria apressar uma escolha da parte dela. Se isso fazia dele um covarde, paciência.

Durante a hora seguinte, que passaram sacolejando ao atravessar Londres, as crianças falavam sem parar. Jamie era o mais animado, dando detalhes sobre o sequestro e a longa viagem de carruagem até a capital britânica com o traiçoeiro Wiggins. Alistair notou que o menino quase não mencionou o pai e, quando o fez, chamou-o apenas de "o duque". As crianças não pareciam ter qualquer carinho pelo homem. Talvez fosse melhor assim.

Pouco depois de deixarem Londres, a carruagem seguiu para uma pequena estalagem e parou.

Helen se inclinou para olhar pela janela.

— Por que paramos aqui?

— Um compromisso rápido — respondeu Alistair, evasivo. — Espere aqui, por favor.

Ele pulou da carruagem antes que ela o bombardeasse com mais perguntas. O cocheiro estava descendo do seu assento.

— O senhor disse meia hora?

Alistair assentiu.

— Isso mesmo.

— Tempo suficiente para uma cerveja — respondeu o homem, e foi correndo para a estalagem.

Alistair olhou ao redor do pátio. O estabelecimento estava tranquilo, sem outros veículos. Apenas um cabriolé com uma égua adormecida ocupava um espaço sob o beiral do estábulo. Um cavalheiro saiu da estalagem. Ele ergueu a mão para proteger os olhos do sol e viu a carruagem e Alistair. Então baixou a mão e seguiu devagar em sua direção. O homem usava uma peruca curta grisalha e, conforme se aproximava, Alistair notou que seus olhos eram de um azul-campânula chamativo.

Ele olhou para a carruagem às suas costas.

— Ela está...?

Alistair fez que sim com a cabeça.

— Vou esperar na estalagem. Falei ao cocheiro que ficaremos aqui por meia hora. Fica a seu critério usar esse tempo todo ou não.

E, sem esperar para ver o que o homem faria, seguiu para o estabelecimento.

— O QUE ELE está fazendo? — murmurou Helen enquanto esperavam na carruagem.

— Talvez Sir Alistair precise usar a casa de banho — disse Jamie.

Isso a fez lançar um olhar desconfiado para o filho. Jamie tinha cinco anos, mas, pelo visto, sua bexiga não era muito grande, porque...

Alguém bateu à porta. Helen franziu a testa. Alistair certamente não bateria na própria carruagem, não é? Então a porta se abriu, e ela perdeu a linha de pensamento.

— Papai — sussurrou Helen, com o coração na garganta.

Fazia catorze anos que não o via, porém jamais se esqueceria de seu rosto. Havia mais rugas ao redor dos olhos e na testa, a peruca grisalha de médico parecia nova, e a boca estava mais franzida do que ela se lembrava, mas aquele era seu pai.

Ele a encarou, mas não sorriu.

— Posso entrar?

— É claro.

O pai subiu na carruagem e se sentou diante dos três. Seu casaco, seu colete e sua calça eram pretos, deixando-o muito sério. Agora que tinha entrado, ele parecia não saber o que fazer.

Helen passou os braços em torno das crianças. Então pigarreou para conseguir falar com clareza.

— Estes são meus filhos. Abigail tem nove anos, e Jamie, cinco. Crianças, esse é meu pai. Seu avô.

Abigail disse:

— Como o senhor está?

O menino apenas encarou o avô.

— Jamie. — O avô pigarreou. — Ah. Ora.

Seu nome de batismo era James. Helen esperou para ver se ele faria algum outro comentário, mas sua expressão era um pouco atordoada.

— Como vão minhas irmãs e meu irmão? — perguntou ela em um tom formal.

— Todos se casaram. Timothy foi o último, no ano passado, com Anne Harris. Você se lembra dela, não lembra? Morava duas casas depois da nossa, teve uma febre horrível aos dois anos de idade.

— Ah, sim. A pequena Annie Harris.

Helen sorriu com um misto de alegria e tristeza. Anne Harris tinha apenas cinco anos — a idade de Jamie — quando ela saiu de casa para viver com Lister. Tinha perdido uma vida inteira de convívio com a família.

O pai concordou com a cabeça, parecendo mais tranquilo agora que tinha um assunto familiar para discutir.

— Rachel se casou com um jovem médico, um antigo aluno meu, e está esperando o segundo filho. Ruth se casou com um marinheiro e se mudou para Dover. Ela escreve com frequência e nos visita uma vez por ano. Só tem uma filha. E sua irmã Margaret tem quatro crianças, dois meninos e duas meninas. Ela teve um bebê natimorto há dois anos, outro menino.

Helen sentiu as lágrimas entalando em sua garganta.

— Sinto muito.

O pai assentiu.

— Sua mãe acha que ela ainda não superou a perda.

Helen respirou fundo, tomando coragem.

— E como está a minha mãe?

— Bem. — O pai olhou para as próprias mãos. — Ela não sabe que vim vê-la hoje.

— Ah.

O que mais poderia dizer? Helen olhou pela janela. Um cachorro dormia diante da porta da estalagem, no sol.

— Eu não devia ter permitido que ela a mandasse embora — disse o pai.

Helen se virou para encará-lo. Ela nunca imaginou que ele não concordava completamente com a mãe.

— Suas irmãs ainda não tinham se casado, e sua mãe se preocupava com o futuro delas — continuou ele, e suas rugas pareceram se tornar mais profundas. — Além do mais, o duque de Lister é um homem poderoso, e ele deixou bem claro que esperava que você o acompanhasse. No fim das contas, era mais fácil deixá-la ir e lavar nossas mãos. Foi mais fácil, porém errado. Há muitos anos que eu me arrependo dessa decisão. Espero que você possa me perdoar um dia.

— Ah, papai.

Helen foi para o outro lado da carruagem e o abraçou.

Os braços dele a cercaram, apertando-a.

— Desculpe, Helen. — Ela se afastou e viu que os olhos dele estavam cheios de lágrimas. — Infelizmente, não posso levá-la para casa. Sua mãe não cederia nesse ponto. Mas creio que ela ignoraria se você me escrevesse. E espero que eu possa vê-la de novo algum dia.

— É claro.

Ele assentiu e se levantou, tocando a bochecha de Abigail e o topo da cabeça de Jamie.

— Preciso ir agora, mas enviarei minhas cartas para Sir Alistair Munroe.

Helen fez que sim com a cabeça, sentindo um nó na garganta.

Ele hesitou, mas então disse, sem jeito:

— Ele parece ser um bom homem. Monroe.

Ela sorriu, apesar de seus lábios estarem trêmulos.

— Ele é.

O pai concordou com a cabeça e saiu.

Helen fechou os olhos, levando uma das mãos à boca trêmula, prestes a se debulhar em lágrimas.

A porta da carruagem se abriu de novo, e o veículo balançou quando alguém entrou.

Ao abrir os olhos, Helen encontrou Alistair encarando-a com uma expressão furiosa.

— O que ele disse? Ele a ofendeu?

— Não, ah... não, Alistair. — E, pela segunda vez, Helen se levantou e foi para o outro lado da carruagem, lhe dando um beijo na bochecha. Então se afastou e fitou seu olho chocado. — Obrigada. Muito obrigada.

Capítulo Dezenove

A princesa Compaixão juntou todos os objetos mágicos que encontrou — feitiços, poções, amuletos que supostamente transmitiam poderes —, pois sabia que precisaria estar armada para enfrentar o feiticeiro. Então partiu à noite, sozinha e sem contar sobre seu destino a ninguém no castelo do pai. A jornada de volta ao covil do feiticeiro foi longa e árdua, mas a princesa Compaixão usou como guias sua coragem e a lembrança do homem que a salvou.

Finalmente, após muitas semanas cansativas, ela chegou ao tenebroso castelo preto no momento em que o sol nascia para um novo dia...

— Contador de Verdades

Eles demoraram mais de uma semana para chegar ao castelo Greaves. Uma semana na qual Helen e Alistair dividiam quartos minúsculos de estalagem com as crianças. Ela não queria perder os dois de vista, e ele a julgaria se agisse de outra forma. Então, talvez tenha sido por isso que, na noite em que chegaram, no instante em que o relógio bateu nove horas da noite, Alistair saiu do seu quarto e seguiu para o dela.

Havia uma urgência em seus passos que não podia ser totalmente explicada pelo acúmulo de desejo. Ele queria, *necessitava*, reestabelecer seu relacionamento com Helen. Certificar-se de que tudo continuava igual ao que era antes de as crianças serem raptadas. Alistair precisava dela em um nível primitivo, e não queria ainda que seu tempo juntos acabasse. E admitia essa fraqueza para si mesmo, o que só acelerava seus passos.

Ele também estava ciente de que Helen não tinha mais qualquer motivo secreto para permanecer no castelo Greaves. Ela não precisava de emprego, pelo menos por enquanto. Não com o tesouro de joias que ela lhe mostrou em uma das estalagens em que passaram a noite. Lister, aquele desgraçado, lhe deu pérolas e ouro suficientes para uma vida inteira, se ela administrasse bem seus gastos. E com os planos do duque arruinados, também não havia mais necessidade de se esconder.

O que levava à pergunta: quando Helen o deixaria?

Alistair afastou o pensamento triste, parando diante do quarto dela. Ele bateu de leve à porta. Pouco depois, ela a abriu, de camisola.

Ele a encarou sem dizer nada e ofereceu a mão, com a palma para cima.

Helen olhou para o quarto às suas costas e a aceitou, saindo para o corredor e fechando a porta. Alistair apertou sua mão, provavelmente com força demais, e a guiou rapidamente para seus aposentos. Sua ereção já era monstruosa e latejava com a necessidade de tomá-la. Ele parecia ter perdido qualquer resquício de civilização que já teve um dia.

A porta mal tinha fechado quando ele a virou em seus braços e tomou sua boca. Sentindo seu gosto. Devorando-a. *Helen.* Ela era frágil por fora, mas, por baixo de sua pele, dava para sentir a força de seus músculos e ossos, a força de seu âmago.

Alistair enfiou a língua na sua boca, exigindo a satisfação de seus desejos, e Helen o aceitou, chupando-o com doçura. Submetendo-se a ele, apesar de ele saber que aquilo era uma ilusão. Então passou as mãos por seus ombros, descendo gentilmente pelas curvas de seu quadril. E encheu suas palmas com o traseiro redondo dela, apertando-o.

Helen interrompeu o beijo, arfando, e o fitou com olhos arregalados.

— Alistair...

— Shh.

Ele a pegou no colo, sentindo o peso dela em seus braços, e gostou de bancar o conquistador. Ali, ela não poderia escapar.

— Mas nós precisamos conversar — disse Helen com uma expressão séria no rosto.

Alistair engoliu em seco.

— Ainda não. Só me deixe...

Ele a colocou com delicadeza sobre a cama grande, e seu cabelo dourado se espalhou pela coberta escura, uma oferenda que agradaria a qualquer deus. Alistair não era um deus; e não a merecia, mas aproveitaria sua companhia pelo tempo que pudesse.

Tirando o robe, ele engatinhou, nu, sobre o corpo de Helen. Aqueles olhos azul-campânula o observaram se posicionando. Arregalados e tão inocentes. Escuros agora, um pouco tristes. Ela ergueu a mão e acariciou com cuidado, com carinho, sua bochecha mutilada. E não tentou mais falar, porém seus olhos, sua expressão, a própria delicadeza daquele toque, fizeram gelar as veias dele.

Alistair se inclinou e a beijou para não ter mais de encarar seus olhos. Ele levantou a camisola das pernas dela, sentindo-as se mexendo sob seu corpo, inquietas, sentindo o roçar de pelos púbicos contra sua barriga. Então ergueu a cabeça rapidamente para terminar de remover a camisola e jogá-la para longe antes de encostar seu corpo nu ao dela e a beijar de novo.

Os homens falam de uma vida após a morte repleta de um êxtase paradisíaco, mas aquele era o único êxtase que Alistair desejava, naquela vida e na próxima: a sensação da pele desnuda de Helen sob a sua. O prazer de sentir a pele macia de suas coxas ao redor da dele. A pressão de seu falo rijo contra o veludo do ventre dela. O aroma feminino e íntimo misturado ao cheiro de limões, e sentir a sensação do calor de sua pele. Ah, Deus, ele abriria mão de qualquer oportunidade que tivesse de ir ao paraíso, feliz, se pudesse permanecer bem ali, nos braços de Helen.

Alistair tracejou as leves protuberâncias das costelas dela, o recuo de sua cintura, a curva de seu quadril, até chegar ao seu centro. Helen estava molhada, seus cachos já encharcados, e ele ficou grato por não precisar passar nem mais um segundo fora dela. Então segurou seu membro e se guiou para dentro daquele calor, daquela maciez.

Do seu lar.

Helen estava apertada, apesar de molhada. Alistair firmou a mandíbula e começou com estocadas curtas, afastando seus vincos, se enterrando profundamente. Ela se segurou a ele, que fechou o olho em uma tentativa de não gozar rápido demais. Sentiu os braços dela o envolverem, puxando seu rosto para baixo. Helen o beijou com sua boca úmida, aberta, e abriu mais as pernas, enroscando as panturrilhas ao redor do quadril dele. Alistair precisou se mexer então — se não o fizesse, morreria. Deslizando, esfregando, empurrando sua carne para dentro da dela. Fazendo amor. Helen continuou a beijá-lo sem pressa, a boca aceitando sua língua enquanto o corpo aceitava seu falo.

Aquilo era tudo que ele desejava. Aquilo era o paraíso.

Mas seu corpo precisava acelerar, a necessidade de plantar sua semente prevalecendo sobre o deleite de uma cópula lenta. Ele se levantou um pouco, apoiado nos braços, para intensificar suas estocadas. Alistair observou enquanto as pálpebras pesadas de Helen se fechavam, seu rosto corava num cor-de-rosa profundo. Sua respiração se tornou ofegante, mas ela ainda não havia chegado ao ápice. Ele se apoiou em uma das mãos, usando a outra para buscar aquele pedaço da carne feminina que a faria perder o controle. Quando a encontrou, escondida nos vincos escorregadios, pressionou-a delicadamente, fazendo círculos, devagar. Os braços de Helen escapuliram dos ombros dele e foram lançados para trás, agarrando os travesseiros com ambas as mãos. Alistair a observava, brincando com sua pérola e trepando com força, mas, quando a viu jogando a cabeça para trás, também foi tomado pela sensação. O começo da explosão turbulenta de seu orgasmo.

Ele saiu de dentro dela na hora certa, se derramando em suas coxas. E sentia o coração disparado, a respiração ofegante. Alistair girou de lado para não a esmagar e ficou deitado assim por um instante, com o braço sobre a cabeça, exausto. Na verdade, estava caindo no sono quando Helen se moveu, aconchegando-se nele e passando os dedos por seu peito.

— Eu amo você — sussurrou ela.

Alistair abriu o olho imediatamente, encarando o teto do quarto sem prestar atenção ao que via. Sabia o que deveria dizer, é claro, mas as palavras não vinham. Ele parecia mudo. E, agora, era tarde demais. Tarde demais. O tempo que tinham juntos chegou ao fim.

— Helen...

Ela se sentou ao seu lado.

— Eu o amo do fundo do meu coração, Alistair, mas não posso viver assim com você.

HELEN ACREDITOU JÁ ter se apaixonado antes, quando era jovem e muito ingênua. Mas aquilo havia sido o impulso de uma garota impressionada com a posição social de um homem e suas posses materiais. O amor que sentia por Alistair era completamente diferente. Ela conhecia seus defeitos, seu temperamento ruim e seu cinismo, mas também admirava suas melhores partes. Seu amor pela natureza, a docilidade que escondia da maioria das pessoas, sua lealdade inabalável.

Ela já viu seu pior e seu melhor lado, além de todas as partes complicadas entre esses dois extremos. Até sabia que havia coisas que ele ainda não havia contado, coisas que desejava ter tempo para descobrir. Ela sabia disso, e o amava apesar de tudo, ou talvez por causa de tudo. Aquele era o amor de uma mulher madura. Um amor que tinha ciência de suas fraquezas humanas e da nobreza de espírito dele.

Mas ela também sabia, no fundo de seu coração, que só aquele amor, por mais maravilhoso que fosse, não seria suficiente para ela.

Alistair ficou imóvel ao seu lado, seu grande peito ainda molhado de suor do amor que tinham acabado de fazer. Ele não falou nada após sua confissão de amor, e isso quase acabou com ela. Porém, no fim das contas, não importava se ele admitiria ou não que a amava também.

— Fique comigo — disse Alistair, rouco.

Sua expressão era séria, mas seu olho exibia desespero.

E isso quase partiu o coração dela.

— Não posso viver desse jeito de novo — respondeu Helen. — Fugi de Lister porque entendi que eu merecia ser mais do que o brinquedinho de um homem. *Preciso* ser mais, por mim e pelas crianças. E apesar de eu amá-lo mil vezes mais do que já amei Lister, não vou repetir meu erro.

O belo olho de Alistair se fechou, e ele virou o rosto para o outro lado. Acima de sua cabeça, suas mãos estavam cerradas em punhos. Helen esperou, mas ele não esboçou qualquer outra reação, sem falar nem se mover. Era como se tivesse virado uma estátua.

Por fim, ela saiu da cama e pegou a camisola no chão. Depois de vesti-la, seguiu para a porta. E olhou para trás pela última vez, mas ele continuava imóvel. Então ela abriu a porta, saindo do quarto e deixando Alistair — e seu coração — para trás.

NA MANHÃ SEGUINTE, Alistair se escondeu na torre, mas tudo havia mudado. O tratado sobre o comportamento dos texugos que tanto lhe interessava antes agora havia se tornado absurdamente ridículo. Seus desenhos, seus espécimes, seus cadernos e anotações, tudo no cômodo parecia sem propósito e inútil. A pior parte era que as janelas da torre tinham vista para o pátio do estábulo, e ele conseguia ver Helen supervisionando suas malas sendo carregadas no cabriolé. Por que ele se deu ao trabalho de se levantar naquela manhã?

Seus pensamentos tristes foram interrompidos por uma batida à porta. Alistair a encarou com uma carranca, cogitando ignorar a batida, mas acabou gritando:

— Entre!

A porta se abriu, e Abigail enfiou a cabeça pela fresta.

Ele se empertigou.

— Ah, é você.

— Nós queríamos nos despedir — disse ela, sua voz excessivamente séria para uma criança de nove anos.

Alistair assentiu.

Ela entrou, e ele viu que Jamie a seguia, segurando um Pipi agitado no colo.

A garota uniu as mãos diante do corpo, fazendo-o se lembrar demais da mãe dela.

— Nós queríamos agradecer ao senhor por ter ido nos salvar em Londres.

Alistair começou a dispensar o agradecimento com um aceno de não, mas ela não tinha terminado.

— E por nos ensinar a pescar, nos deixar jantar na sua mesa e nos mostrar onde os texugos moram.

Abigail fez uma pausa, encarando-o com os olhos de sua mãe.

— Não foi incômodo nenhum. — Ele apertou a ponte do nariz com o indicador e o dedão. — Sua mãe ama você, sabe.

Os olhos da menina, tão parecidos com os de Helen, se arregalaram, e ela o encarou sem dizer nada.

— Sua mãe a ama — ele precisou parar e pigarrear — do jeito que você é.

— Ah. — Abigail olhou para os próprios pés e franziu a testa para não chorar. — Nós também queríamos agradecer ao senhor por deixar que escolhêssemos um nome para seu cachorro.

Alistair ergueu as sobrancelhas.

— Resolvemos chamá-lo de Texugo — explicou ela, séria —, porque ele nos acompanhou até a toca dos texugos. Além do mais, não podemos chamá-lo de Pipi para sempre. É um nome bobo, na verdade.

— Texugo é um nome maravilhoso. — Alistair olhou para os próprios pés. — Não se esqueçam de passear com ele todos os dias e de não lhe dar comidas muito gordurosas.

— Mas ele não é nosso — disse Abigail.

Alistair balançou a cabeça.

— Eu sei que disse que Texugo era meu, mas, na verdade, o peguei para vocês.

A menina o encarou com a mesma maldita determinação que sua mãe usou com ele na noite anterior.

— Não. Ele não é nosso.

Ela deu um empurrãozinho em Jamie, que parecia arrasado. O menino se aproximou com o cão e o entregou para Alistair.

— Aqui. Ele é seu. Abby diz que o senhor precisa do Texugo mais do que nós.

Alistair aceitou o corpinho quente e agitado, completamente atordoado.

— Mas...

Abigail marchou até a mesa e puxou seu braço até que ele se inclinasse para a frente. Então passou os braços magros em torno de seu pescoço, quase o estrangulando.

— Obrigada, Sir Alistair. Obrigada.

A menina se virou, pegou a mão do irmão chocado e o puxou para fora do cômodo antes que Alistair conseguisse pensar no que dizer.

— Droga. — Ele encarou o filhote, e Texugo lambeu seu dedão. — O que vou fazer com você agora?

Então seguiu para a janela e olhou para baixo bem a tempo de ver Helen ajudando as crianças a subir no cabriolé. Abigail olhou para cima uma vez, talvez em sua direção, mas afastou rápido o olhar, então ele poderia ter se enganado. Então Helen entrou no veículo, e o lacaio que o guiava balançou as rédeas. Eles todos foram embora, saindo do pátio do estábulo, saindo de sua vida, e Helen nunca olhou para trás.

Seu corpo queria ir atrás dela, mas sua mente o prendia ali. Se a mantivesse no castelo, estaria apenas adiando o inevitável.

Agora ou no futuro, Alistair sempre soube que Helen o abandonaria.

Capítulo Vinte

O feiticeiro abriu suas portas para a princesa Compaixão sem hesitar, porém, quando ela lhe explicou o motivo de sua presença ali, ele riu. Então a guiou para o jardim e apontou para o espaço que o Contador de Verdades ocupava, imóvel e frio.

— Ali está seu cavaleiro — disse o feiticeiro. — Você pode usar seus parcos conhecimentos de magia para salvá-lo, mas já aviso: lhe darei apenas o dia de hoje. Se ele continuar sendo uma estátua ao pôr do sol, vou transformá-la em sua noiva de pedra, e, juntos, os dois passarão toda a eternidade em meu jardim.

A princesa aceitou esse acordo terrível, pois de que outra forma poderia transformar o Contador de Verdades em um homem de carne e osso de novo? Durante todo aquele dia, ela executou os feitiços e encantamentos que trouxe consigo, porém, quando os raios de sol começaram a se dissipar, o soldado permanecia em forma de pedra...

— Contador de Verdades

Três dias depois, Alistair foi acordado por uma comoção no andar de baixo. Alguém gritava e fazia escândalo. Ele gemeu e enfiou a cabeça sob o travesseiro. Acordar cedo não era mais uma prioridade em sua vida. Na verdade, não havia mais prioridades. Era melhor ficar na cama.

Porém a comoção se tornou mais barulhenta e próxima, como uma tempestade de verão que avançava, até — ameaçadora — chegar à porta de seu quarto. Ele havia acabado de jogar as cobertas por cima da cabeça quando a irmã entrou de supetão.

— Alistair Michael Munroe, você enlouqueceu? — berrou Sophia.

Ele agarrou os lençóis contra o peito como uma moça assustada e olhou para ela.

— A que devo a honra de sua visita, querida irmã?

— À sua estupidez — respondeu Sophia de imediato. — Você sabia que encontrei com a Sra. Halifax em Edimburgo, em Castlehill, e ela me disse que vocês dois decidiram seguir caminhos diferentes?

— Não. — Alistair suspirou. Texugo tinha acordado com o barulho, é claro, e veio cambaleando pela cama para lamber seus dedos. — Ela lhe disse que seu nome verdadeiro não é Halifax?

Sophia, que andava de um lado para o outro do quarto, parou com uma expressão preocupada.

— Ela não é viúva?

— Não. Ela era amante do duque de Lister.

A irmã piscou e depois franziu o cenho.

— Fiquei com medo de ainda ser casada. Se ela abandonou Lister, seu passado não faz diferença. — Sophia dispensou o histórico escandaloso de Helen com um impaciente aceno de mão. — O importante é que você se arrume agora mesmo, vá para Edimburgo e peça desculpas àquela mulher por qualquer idiotice que tenha dito ou feito.

Alistair encarou a irmã, que, agora, abria vigorosamente as cortinas.

— Fico lisonjeado por presumir que nossas desavenças aconteceram por minha culpa.

Ela apenas soltou uma risada sarcástica.

— E o que você acha que devo fazer depois que pedir desculpas? — continuou ele. — A mulher não quer morar aqui.

Sophia se virou para encará-lo e apertou os lábios.

— Você a pediu em casamento?

Alistair afastou o olhar.

— Não.

— E por que não?

— Não seja ridícula, Sophia. — A cabeça dele doía, e ele só queria voltar a dormir. Talvez para sempre. — Ela era a amante de um dos homens mais ricos da Inglaterra. Passou a vida inteira morando em Londres ou perto da capital. Você devia ver as joias e o ouro que Lister lhe deu. E talvez não tenha percebido, mas eu sou um homem nojento, deformado, com um olho só, que está quase completando quatro décadas e mora em um castelo imundo no meio do nada. Por que diabos ela se casaria comigo?

— Porque ela ama você! — gritou a irmã.

Ele balançou a cabeça.

— Helen pode dizer que me ama...

— Ela admitiu isso, e você não fez nada?

Sophia parecia escandalizada.

— Posso terminar? — rosnou Alistair.

Sua cabeça latejava, sua boca tinha o gosto da cerveja forte que havia tomado na noite anterior, e ele não se barbeava desde que Helen partira. A única coisa que queria fazer era acabar com aquela conversa e voltar para a cama.

A irmã pressionou os lábios e acenou para que ele continuasse, impaciente.

Alistair respirou fundo.

— Helen pode dizer que me ama agora, mas que futuro teria comigo, aqui? Que futuro eu teria quando ela se cansasse de mim e fosse embora?

— Que futuro você tem agora? — rebateu Sophia.

Lentamente, ele ergueu a cabeça e a encarou. A expressão no rosto da irmã era determinada, mas seus olhos exibiam tristeza por trás dos óculos redondos.

— Você está tão empolgado assim para passar o resto da vida sozinho? — perguntou ela, baixinho. — Sem filhos, sem amigos, sem uma amante ou uma companheira para conversar à noite? Que vida é essa que o está protegendo tanto do abandono de Helen? Alistair, você precisa ter fé.

— Como? — sussurrou ele. — Como faço isso, quando sei que tudo pode mudar em um segundo? Quando posso perder tudo? — Ele passou a mão pelas cicatrizes. — Não sou mais capaz de acreditar em finais felizes, em sorte, na própria fé. Eu perdi meu *rosto*, Sophia.

— Então você é um covarde — disse a irmã, e aquilo foi como levar um tapa.

— Sophia...

— Não. — Ela balançou a cabeça e ergueu as mãos para ele. — Sei que as coisas serão mais difíceis para você do que para a maioria das pessoas. Sei que não lhe restam quaisquer ilusões sobre felicidade, mas, que droga, Alistair, se você deixar Helen ir embora, pode muito bem se matar agora. Você estaria desistindo de tudo, reconhecendo que não só a felicidade é um capricho, mas que você não tem qualquer *esperança* de ser feliz.

Ele respirou fundo, sofrendo. Parecia que seu peito havia sido tomado por cacos de vidro, quebrando, se mexendo, cortando seu coração. Fazendo-o sangrar.

— É tão impossível mudar seu rosto quanto mudar o passado dela — continuou Sophia. — As histórias de vocês estão aí e sempre estarão. Mas você precisa aprender a viver com suas cicatrizes da mesma forma que Helen aprendeu a viver com o passado dela.

— Eu aprendi a viver com meu rosto. É com *ela* que estou preocupado. — Alistair fechou o olho. — Não sei se Helen conseguiria viver comigo. E não sei se eu aguentaria caso ela não conseguisse.

— Eu sei. — Ele ouviu a irmã se aproximar. — Você aguenta qualquer coisa, Alistair. Já aguentou. Certo dia, falei para Helen que você era o homem mais corajoso que já conheci. E é mesmo. A pior tragédia do mundo já abalou sua vida, e não lhe resta qualquer ilusão. Nem imagino quanta coragem é necessária para viver na sua pele, mas estou lhe pedindo que encontre ainda mais.

Ele balançou a cabeça.

O colchão afundou, e Alistair abriu o olho para encontrar Sophia ajoelhada ao lado da cama, com as mãos unidas diante dela como se rezasse.

— Dê uma chance a Helen, Alistair. Dê uma chance à sua *vida*. Peça a ela que se case com você.

Ele esfregou o rosto. Meu Deus, e se Sophia tivesse razão? E se estivesse jogando fora uma vida inteira com Helen apenas por medo?

— Pois bem.

— Ótimo — disse a irmã, ríspida, e se levantou. — Agora, levante e se vista. Minha carruagem está esperando. Se nos apressarmos, chegaremos a Edimburgo ao anoitecer.

HELEN FAZIA COMPRAS na High Street quando ouviu o grito. Era um dia lindo, ensolarado, e a rua estava lotada. Quando chegaram a Edimburgo, ela decidiu ficar por um tempo e comprar roupas novas para Jamie e Abigail. As mangas do casaco do menino estavam começando a ficar pequenas demais. A mente dela era povoada por pensamentos sobre tecidos e alfaiates e o preço escandaloso de sapatos infantis, então não se virou de imediato para ver qual era o problema.

Pelo menos não antes do segundo grito.

Ela se virou então e, a vários passos de distância, viu uma bela moça desmaiando graciosamente nos braços de um cavalheiro surpreso que usava um elegante paletó vermelho-escuro. Ao seu lado, estava Alistair, encarando com desagrado a jovem, que obviamente teve uma reação dramática ao se deparar com seu rosto.

Ele ergueu o olhar e a viu; por um instante, seu rosto se tornou inexpressivo. Mas então ele começou a abrir caminho na multidão, se aproximando sem jamais desviar o foco de Helen.

— É Sir Alistair! — exclamou Abigail, finalmente o vendo.

Jaime puxou a mão da mãe.

— Sir Alistair! Sir Alistair!

— O que você está fazendo aqui? — perguntou Helen quando ele parou diante dos três.

Em vez de responder, o homem se ajoelhou.

— Ah!

Ela levou uma das mãos ao peito.

Ele ergueu um triste buquê de flores silvestres murchas, fitando-as de cara feia.

— Demorei mais do que esperava para chegar a Edimburgo. Aqui.

Helen aceitou as flores molengas, aninhando-as como se fossem as rosas mais lindas do mundo.

Alistair a encarou, seu olho castanho firme, concentrado exclusivamente em seu rosto.

— Eu disse que, se a cortejasse, lhe daria flores silvestres. Bem, estou cortejando você, Helen Carter. Sou um homem mutilado e solitário, e meu castelo é uma bagunça, mas espero que, um dia, você me conceda a honra de se tornar minha esposa apesar disso tudo, porque eu a amo do fundo do meu triste e sofrido coração.

A esta altura, Abigail praticamente pulava de alegria, e Helen sabia que seus olhos estavam cheios de lágrimas.

— Ah, Alistair.

— Você não precisa me dar uma resposta agora. — Ele pigarreou. — Na verdade, ainda não quero uma. Prefiro ter um tempo para cortejá-la da maneira apropriada. Para lhe mostrar que posso ser um bom marido e que tenho um pouco de fé no futuro. No *nosso* futuro.

Ela balançou a cabeça.

— Não.

Alistair ficou imóvel, encarando-a.

— Helen...

Ela se inclinou e acariciou sua bochecha mutilada.

— Não, não posso esperar tanto tempo assim. Quero me casar com você agora. Quero ser sua esposa, Alistair.

— Graças a Deus — arfou ele, e se levantou.

Então a puxou para seus braços e lhe deu um beijo extremamente inapropriado ali mesmo, no meio da High Street, na frente de Deus, da multidão boquiaberta e das crianças.

E Helen nunca se sentiu tão feliz.

SEIS SEMANAS DEPOIS...

Helen se aconchegou na grande cama no quarto de Alistair — no quarto *deles* agora — e se espreguiçou, prazerosamente. Às dez horas daquela manhã, ela havia se tornado oficialmente Lady Munroe.

A cerimônia foi pequena, com apenas a família e alguns amigos, mas o pai de Helen conseguiu comparecer, e o visconde e a viscondessa Vale também tinham vindo, e ninguém mais importava. Ela notou que seu pai ficou emocionado ao vê-la saindo da pequena igreja de Glenlargo.

Ele passaria alguns dias como seu hóspede no andar inferior, em um cômodo recentemente arrumado. Abigail e Jamie estavam exaustos da agitação do dia. Os dois estavam em seu quarto um andar acima, com Meg Campbell, a criada que foi promovida ao alto posto de babá. Alistair já estava falando sobre contratar uma professora para eles. Texugo tinha dobrado de tamanho no último mês e meio e provavelmente dormia ao pé da cama de Jamie, apesar de o lugar certo para ele fazer isso fosse a cozinha.

— Admirando as cortinas novas? — A voz rouca de Alistair veio da porta.

Ela olhou em sua direção e sorriu. Seu marido estava apoiado no batente, com a mão atrás das costas.

— Esse azul ficou maravilhoso, não acha?

— Eu acho — começou ele, se aproximando da cama, onde ela estava deitada — que a minha opinião não faz diferença nenhuma quando se trata da decoração do meu castelo.

— É mesmo? — Helen arregalou os olhos. — Então imagino que não vá se importar se eu decidir pintar sua torre de castanho-avermelhado.

— Nem imagino como seja essa cor, mas parece péssima — respondeu Alistair, apoiando um joelho sobre o colchão. — Além do mais, achei que tínhamos concordado que você poderia fazer o que quisesse com o castelo, contanto que não mexesse na minha torre.

— Mas... — começou Helen, com a intenção de provocá-lo ainda mais.

Alistair levou a boca à sua, interrompendo as palavras dela com um beijo demorado.

Quando ele finalmente ergueu a cabeça, ela encarou seu rosto querido com um olhar sonhador e sussurrou:

— O que você está escondendo aí atrás?

Alistair se apoiou em um dos cotovelos, ao seu lado.

— Dois presentes, um pequeno e outro um pouco maior. Qual você quer primeiro?

— O pequeno.

Ele esticou uma mão fechada e a abriu, revelando um limão.

— Na verdade, este presente tem uma condição.

Helen engoliu em seco, se lembrando da última vez em que usaram um limão como preservativo.

— Qual?

— Você só deve usá-lo se quiser. — Alistair a encarou, e ela viu uma esperança hesitante em seu olhar. — Estou feliz do jeito como as coisas estão, com apenas Abigail e Jamie, e podemos continuar assim pelo tempo que você quiser, seja breve ou longo. Mas, se preferir abrir mão disto — ele girou o limão entre os dedos —, eu também ficaria muito contente.

Lágrimas bobas encheram seus olhos.

— Então acho que prefiro usar este limão para uma limonada.

Ele não respondeu, mas o beijo ardente que lhe deu foi eloquente. A ideia de os dois terem um filho juntos no futuro também o enchia de alegria.

Quando Helen conseguiu recuperar o fôlego, perguntou:

— E o outro presente?

— É mais uma oferenda, na verdade. — Alistair revelou um buquê de flores silvestres. — Pelo menos não estão murchas desta vez.

— Eu adoro flores murchas — disse ela.

— Que homem de sorte eu sou, com uma esposa tão fácil de agradar. — Ele ficou sério. — Quero lhe dar um presente de casamento. Talvez um colar, um vestido novo ou um livro especial. Pense no assunto e me diga o que quer.

Helen foi amante de um duque. Já havia ganhado uma variedade de joias e vestidos, e nada disso lhe trouxe felicidade. Agora, sabia o que era importante.

Ela ergueu uma das mãos e acariciou as cicatrizes na bochecha do marido.

— Eu só quero uma coisa.

Ele se virou para beijar seus dedos.

— O quê?

— Você — sussurrou Helen antes de Alistair encontrar sua boca. — Só você.

Epílogo

A princesa Compaixão olhou para o céu e viu que havia fracassado. Logo, se juntaria ao seu salvador em um sono de pedra. Desesperada, ela abraçou a fria cintura de pedra do Contador de Verdades e beijou seus lábios imóveis.

Então, algo estranho aconteceu.

O rosto cinza do soldado foi tomado por cor e calor. Seus membros de pedra se transformaram em carne e osso, e seu peito forte se mexeu, puxando ar.

— Não! — gritou o feiticeiro, e ergueu as mãos para enfeitiçar os dois.

Porém um bando de andorinhas surgiu de repente, voando ao redor de sua cabeça, atacando seus olhos e puxando seu cabelo. O Contador de Verdades puxou a espada e, com um golpe, cortou a cabeça do feiticeiro.

Imediatamente, as andorinhas caíram no chão e se transformaram em homens e mulheres, curvando-se diante do soldado. Muito tempo atrás, eles haviam sido criados do castelo. O feiticeiro os roubou de um príncipe e os enfeitiçou. Ao mesmo tempo, as estátuas de cavaleiros e guerreiros voltaram à vida, homens que tinham fracassado em suas tentativas de salvar a princesa. Eles caíram de joelhos em uníssono e juraram lealdade ao Contador de Verdades como seu lorde e mestre.

O soldado agradeceu aos criados do castelo e aos cavaleiros solenemente e então se virou para a princesa. Olhando nos olhos dela, disse:

— Agora tenho um castelo, criados e guerreiros, quando antes só tinha as roupas de meu corpo. Mas eu abriria mão disso tudo para ter seu coração, pois a amo.

A princesa Compaixão sorriu e tocou a bochecha quente do Contador de Verdades.

— Não há necessidade alguma de abrir mão de sua nova fortuna. Você ganhou meu coração no dia em que me deu o anel do feiticeiro sem querer nada em troca.

Então ela o beijou.

Leia a seguir um trecho de
"O fogo da perdição",
livro quatro da série
A lenda dos quatro soldados

Prólogo

Era uma vez, em um país sem nome, um soldado que voltava para casa depois da guerra. Ele havia marchado por muitos quilômetros com três amigos, mas, em uma encruzilhada, cada um escolhera um caminho diferente e seguira em frente, enquanto nosso soldado havia parado para tirar uma pedra do sapato. Agora, ele estava sentado sozinho.

O soldado calçou o sapato novamente, mas ainda não tinha interesse em continuar sua jornada. Ele partira para a guerra fazia muitos anos e sabia que não havia ninguém esperando por ele em casa. Aqueles que poderiam lhe dar as boas-vindas tinham morrido fazia muito tempo. E, se ainda estivessem vivos, ele tinha dúvidas se reconheceriam o homem no qual ele se transformara com o passar dos anos. Quando um homem vai para a guerra, nunca volta o mesmo. O medo e o desejo, a coragem e a perda, a matança e o tédio, tudo o afeta aos poucos, minuto a minuto, dia a dia, ano a ano, até ele se tornar outra pessoa, uma versão distorcida, para o bem ou para o mal, do homem que fora um dia.

Então nosso soldado se sentou em uma pedra e refletiu sobre tudo isso, enquanto uma brisa fria soprava contra o seu rosto. Ao seu lado, encontrava-se uma longa espada que inspirara o nome dele.

Pois o chamavam de Longa-espada...

— Longa-espada

Capítulo Um

A espada do soldado era especial, pois era não apenas pesada, afiada e mortal, como também só podia ser empunhada pelo próprio Longa-espada...

— *Longa-espada*

LONDRES, INGLATERRA
OUTUBRO DE 1765

Poucos eventos eram tão entediantes quanto encontros de cunho político. A anfitriã dessas reuniões costumava ansiar por alguma coisa — *qualquer coisa* — que tornasse sua festa mais interessante.

Mas talvez a presença de um homem que mal conseguia se manter em pé e que, até então, era dado como morto fosse interessante até *demais*, refletiu Beatrice Corning mais tarde.

Até a chegada do homem morto e cambaleante, a festa estava indo conforme o esperado. O que significava que estava um tédio. Beatrice havia escolhido o salão azul, que era, de acordo com o previsto, azul. Um azul suave, plácido e *chato*. Pilastras brancas alinhavam-se diante das paredes e iam até o teto, com pequenos arabescos discretos no topo. Mesas e cadeiras estavam postas e espalhadas pelo salão, enquanto, no centro, encontrava-se uma mesa oval com um vaso cheio de margaridas roxas colhidas fora de época. Os aperitivos consistiam em finas fatias de pão com manteiga e pequenos bolinhos cor-de-rosa bem clarinhos. Beatrice insistira em incluir tortinhas de framboesa, pensando que pelo menos elas seriam *coloridas*, mas tio Reggie — o conde de Blanchard para os demais — não aprovara a ideia.

Beatrice suspirou. Ela adorava tio Reggie, mas ele tinha mania de economizar o máximo que podia. Era por isso que o vinho tinha sido diluído com água até alcançar uma coloração rosada e anêmica e que o chá estava tão fraco que dava para enxergar a pintura de um minúsculo templo budista azul no fundo das xícaras.

Ela avistou o tio do outro lado do salão, apoiando-se sobre as rechonchudas pernas arqueadas e enfaixadas, com as mãos no quadril, em uma discussão acalorada com Lorde Hasselthorpe. Pelo menos ele não estava degustando os bolinhos, e Beatrice estava atenta para garantir que não lhe servissem mais do que uma taça de vinho. A ira de tio Reggie era tanta que a peruca dele escorregou e ficou torta em sua cabeça. Beatrice sentiu um sorriso afetuoso se formar nos próprios lábios. Céus! Ela fez um gesto para chamar um dos lacaios, lhe entregou seu prato e atravessou lentamente o salão para ajudar o tio a se recompor.

Porém, quando estava quase na metade do caminho, um toque suave em seu cotovelo e um sussurro conspirador impediram-na de continuar:

— Não olhe agora, mas Sua Alteza está fazendo sua famosa imitação de um bacalhau irritado.

Beatrice virou-se e se deparou com olhos castanho-avermelhados brilhantes. Lottie Graham tinha um pouco mais de um metro e cinquenta, um corpo rechonchudo e cabelos pretos. A inocência estampada no rosto redondo e cheio de sardas não condizia com a língua afiada que ela tinha.

— Não acredito — murmurou Beatrice, então retraiu-se ao olhar discretamente em direção ao homem. Lottie tinha razão, como sempre. O duque de Lister de fato parecia um peixe irritado. — Além do mais, que motivo um bacalhau teria para se irritar?

— Exatamente — disse Lottie, satisfeita por ter provado seu ponto. — Não gosto daquele homem, nunca gostei. E isso não tem nada a ver com as opiniões políticas dele.

— Shhh — advertiu-a Beatrice.

As duas conversavam baixinho, mas havia vários grupos de cavalheiros em volta que poderiam ouvir a conversa se quisessem. Como todos os homens presentes eram integrantes do Partido Tory, cabia às damas esconder suas inclinações liberais que correspondiam ao Partido Whig.

— Ah, francamente, Beatrice, querida — disse Lottie. — Mesmo que um desses rapazes sábios e importantes ouvisse o que estou falando, nenhum deles teria a capacidade de perceber que nossas belas cabecinhas são pensantes, principalmente se essas cabecinhas não concordam com a deles.

— Nem mesmo o Sr. Graham?

As duas moças se viraram para um dos cantos do salão a fim de observar um belo rapaz que usava uma peruca branca como a neve. As bochechas dele estavam coradas, os olhos, brilhantes, e, com uma postura invejável, ele entretinha os homens ao seu redor com uma história.

— Principalmente Nate — disse Lottie, franzindo a testa, observando o marido.

Beatrice inclinou a cabeça em direção à amiga.

— Mas você não estava progredindo na tarefa de persuadi-lo para o nosso lado?

— Eu me enganei — disse Lottie baixinho. — Aonde os integrantes do Partido Tory vão, Nate vai atrás, quer concorde com eles ou não. Ele é firme como um chapim no meio de uma ventania. Receio que ele votará contra a proposta do Sr. Wheaton sobre a pensão para os soldados aposentados do exército de Sua Majestade.

Beatrice mordeu o lábio. O tom de Lottie era de alguém que não se importava, mas Beatrice sabia que a amiga estava chateada.

— Sinto muito.

Lottie deu de ombros.

— É estranho, mas me sinto mais desapontada por ter um marido com opiniões tão influenciáveis do que ser casada com alguém com ideais totalmente opostos aos meus, mas que pelo menos tem certeza do que quer. Isso é muito idealista da minha parte?

— Não, é apenas quem você é. — Beatrice entrelaçou o braço no de Lottie. — Além do mais, acho que o Sr. Graham ainda pode mudar de lado. Você sabe que ele ama você, não sabe?

— Ah, eu sei. — Lottie analisou uma bandeja cheia de bolinhos cor-de-rosa em cima da mesa mais próxima. — É isso que torna tudo tão trágico. — Ela enfiou um bolinho na boca. — Hummm. São bem mais gostosos do que parecem.

— Lottie! — protestou Beatrice, sorrindo discretamente.

— Mas é verdade! É o tipo de bolinho que integrantes do Partido Tory serviriam, e eu achei que fossem ter um gosto horrível, mas até que dá para sentir um leve toque de rosas. — Ela comeu mais um. — Você notou que a peruca de Lorde Blanchard está torta?

— Sim. — Beatrice suspirou. — Eu estava indo ajeitá-la antes de você me parar.

— Hummm. Terá que enfrentar o Peixe Velho então.

Beatrice viu que o duque de Lister se juntou ao tio dela e a Lorde Hasselthorpe.

— Que ótimo... Mas ainda preciso salvar a peruca do coitado do tio Reggie.

— Que alma corajosa a sua! — comentou Lottie. — Vou ficar aqui, tomando conta dos bolinhos.

— Covarde — murmurou Beatrice.

Ela exibia um sorriso nos lábios ao retomar o caminho até o grupo do tio. Lottie tinha razão, é claro. Os cavalheiros reunidos no salão azul do tio dela eram as pessoas mais importantes do Partido Tory. A maioria tinha um lugar na Câmara dos Lordes, mas havia alguns plebeus presentes também, como Nathan Graham. Todos eles achariam um absurdo se descobrissem que Beatrice tinha opinião política, ainda mais se fosse contrária à de seu tio. No geral, ela preferia não verbalizar tais posicionamentos, mas a questão de uma pensão justa para soldados veteranos era um assunto importante demais para ser deixado de lado.

Beatrice vira de perto o que um ferimento de guerra era capaz de fazer a um homem — e como poderia continuar afetando-o por anos após deixar o exército de Sua Majestade. Não, era simplesmente...

A porta do salão azul foi aberta com tanta força que bateu contra a parede. Todas as cabeças presentes se viraram em direção ao barulho e encararam o homem que estava parado na entrada. Ele era alto, seus ombros largos preenchiam facilmente a passagem. Usava uma calça justa de couro e uma camisa sob um casaco azul vivo. O cabelo preto e comprido caía despenteado pelas costas, e uma barba que não era aparada fazia dias quase cobria as bochechas abatidas pela magreza. Uma cruz de ferro pendia de uma das orelhas, e um facão desembainhado estava preso à cintura dele por uma corda.

Ele tinha os olhos de um homem que estava morto por dentro.

— Quem diabos é...? — começou tio Reggie.

Porém, o homem falou mais alto, sua voz era grave e rouca.

— *Où est mon père?*

Os olhos do homem estavam fixos em Beatrice, como se não houvesse mais ninguém no salão. Ela estava paralisada, surpresa e confusa, uma das mãos apoiada na mesa oval. Não podia ser...

O homem avançou na direção dela com passos firmes, arrogantes e impacientes.

— *J'insiste sur le fait de voir mon père!*

— Eu... Eu não sei onde está o seu pai — gaguejou ela. Os passos longos do homem diminuíam cada vez mais o espaço entre eles. Ele estava quase a alcançando. Ninguém se movia, e ela esquecera todo o francês que havia aprendido na escola. — Por favor, não sei...

Mas ele já estava na frente dela, esticando as mãos grandes e brutas em sua direção. Beatrice retraiu-se; não havia nada que ela pudesse fazer. Era como se o diabo em pessoa tivesse vindo buscá-la, ali, na própria casa, logo naquela festa chata, o lugar mais improvável de todos.

Então as pernas dele cederam. Com a mão suja, agarrou a mesa, em uma tentativa de se equilibrar, mas o pequeno móvel não foi capaz de suportar seu peso. Ele o levou junto quando desabou de joelhos. O vaso de flores espatifou-se ao lado dele, transformando-se em um misto de pétalas, água e cacos de vidro. O olhar raivoso do homem permanecia fixo no dela, mesmo enquanto seu corpo tombava inerte sobre o tapete. Então, seus olhos pretos se reviraram, e ele caiu.

Alguém gritou:

— Meu Deus! Beatrice, você está bem, querida? Onde diabos meu mordomo se enfiou?

Era tio Reggie quem Beatrice ouvia atrás dela, mas ela já estava ajoelhada ao lado do homem estirado no chão, ignorando a água derramada do vaso. Com hesitação, tocou os lábios do homem e sentiu a respiração fraca dele roçar seus dedos. Ele estava vivo. Graças a Deus! Ela pegou a cabeça pesada dele e a posicionou em seu colo, para que pudesse olhá-lo mais de perto.

Então recuperou o fôlego.

O homem havia sido *tatuado*. Havia um desenho de três aves de rapina que voavam selvagens e ferozes bem acima de seu olho direito. Os olhos pretos e imponentes dele estavam fechados, e as sobrancelhas eram grossas, levemente franzidas, como se ele estivesse aborrecido com ela mesmo inconsciente. A barba por fazer estava mais comprida que o usual, mas ainda era possível ver a boca dele, que se destacava pela delicadeza. Os lábios entreabertos estavam dispostos de forma bem sensual.

— Minha querida, por favor, se afaste dessa... Dessa *coisa* — disse tio Reggie. Ele puxava o braço dela, insistindo para que a sobrinha se levantasse. — Os lacaios não podem tirá-lo daí se você não se mexer.

— Eles não podem levá-lo — disse Beatrice, com o olhar preso naquele rosto.

— Minha querida...

Ela olhou para cima. Tio Reggie era muito dócil, mesmo quando ficava impaciente e com as bochechas coradas. O que estava prestes a revelar poderia levar o tio à morte. Quanto a ela... O que aquilo significava para ela?

— Este homem é o visconde Hope.

Tio Reggie a encarou.

— O que disse?

— Visconde Hope.

Então os dois se viraram para olhar o quadro perto da porta. O retrato de um rapaz jovem e bonito, o antigo herdeiro do condado. O homem cuja morte possibilitou que tio Reggie se tornasse o conde de Blanchard.

Os olhos pretos e penetrantes do retrato os fitavam de volta.

Beatrice encarou mais uma vez o homem vivo. Os olhos dele permaneciam fechados, mas ela se lembrava bem deles. Pretos, raivosos e cintilantes, idênticos aos do retrato.

Seu coração parou, surpreso com a constatação.

Reynaud St. Aubyn, visconde Hope, o verdadeiro conde de Blanchard, estava vivo.

Richard Maddock, Lorde Hasselthorpe, observava os lacaios do conde de Blanchard erguerem o corpo do lunático que havia desmaiado no chão do grande salão. Como o homem havia passado pelo mordomo e pelos lacaios no corredor era um mistério. O conde devia proteger melhor seus convidados — por Deus, a elite do Partido Tory estava quase toda ali.

— Maldito idiota — resmungou o duque de Lister ao lado de Richard, dando voz aos pensamentos do lorde. — Se não havia segurança suficiente, Blanchard devia ter contratado mais guardas.

Hasselthorpe grunhiu, dando um pequeno gole em seu terrível vinho aguado. Os lacaios já se aproximavam da porta, obviamente penando para carregar o peso daquele homem louco e selvagem. O conde e a sobrinha seguiam logo atrás deles, aos sussurros. Blanchard olhou de relance para o lorde, e Hasselthorpe ergueu uma sobrancelha, mostrando sua desaprovação. O conde desviou o olhar de imediato. O título de Blanchard podia ser importante na nobreza, mas a influência política de Hasselthorpe era maior — vantagem que Hasselthorpe usava com parcimônia. Blanchard, junto com o duque de Lister, eram seus maiores aliados no parlamento. Hasselthorpe estava de olho no cargo de primeiro-ministro e, com o apoio de Lister e Blanchard, esperava consegui-lo no próximo ano.

Se tudo acontecesse conforme o planejado.

A pequena procissão saiu do salão, então Hasselthorpe olhou para os convidados, sua testa ligeiramente franzida. Alguns convidados reunidos perto do local onde o homem havia caído fofocavam baixinho. Algo estava acontecendo. Dava para ver o percurso que a notícia fazia, adentrando e se espalhando na multidão. Conforme ela alcançava um novo grupo de cavalheiros, sobrancelhas se erguiam e cabeças com peruca se inclinavam para ficar mais próximas e poder conversar baixinho.

Em um dos grupos mais próximos dele, estava o jovem Nathan Graham. Ele havia acabado de ser eleito para a Câmara dos Lordes, um homem ambicioso que contava com a riqueza para bancar suas aspirações, além de ter o potencial para se tornar um grande orador. Era alguém em quem Hasselthorpe devia prestar atenção e quem sabe treinar para ajudá-lo no futuro.

Graham afastou-se da roda de conversa e foi até o canto do salão onde Hasselthorpe e Lister estavam.

— Estão dizendo que é o visconde Hope.

Hasselthorpe piscou, confuso.

— Quem?

— Aquele homem! — Graham gesticulou, indicando o local onde uma criada recolhia os cacos do vaso quebrado.

Por um instante, a mente de Hasselthorpe congelou, em choque.

— Impossível — grunhiu Lister. — Faz sete anos que Hope morreu.

— Por que as pessoas pensariam que é Hope? — perguntou Hasselthorpe, baixinho.

Graham deu de ombros.

— Havia certa semelhança, senhor. Eu estava perto e pude ver o rosto do homem quando ele entrou daquele jeito no salão. Os olhos são... Bem, a única palavra possível é *impressionantes*.

— Olhos, mesmo que impressionantes, não são prova suficiente para ressuscitar um defunto — declarou Lister.

O duque tinha motivos para falar com tamanha autoridade. Lister era grande, alto, tinha uma barriga estufada e uma presença inegável. Além disso, era um dos homens mais poderosos da Inglaterra. Portanto, era natural que todos parassem para ouvir quando ele falava.

— Concordo, Vossa Alteza — falou Graham com uma singela reverência ao duque. — Mas ele estava perguntando pelo pai.

O rapaz não precisou acrescentar: *E estamos na residência do conde de Blanchard em Londres.*

— Que ridículo! — Lister hesitou, então disse, mais baixo: — Se for mesmo Hope, Blanchard acabou de perder o título.

Ele lançou um olhar preocupado a Hasselthorpe. Perder o título significava que ele não teria mais lugar na Câmara dos Lordes. Eles perderiam um aliado crucial.

Hasselthorpe franziu o cenho, virando-se para o retrato em tamanho real do visconde pendurado ao lado da porta. Hope era apenas um menino, no máximo em seus vinte anos, quando posara para o quadro. A imagem exibia um jovem sorridente, com saudáveis bochechas coradas e imaculadas, e olhos pretos alegres e vivos. Se o homem louco fosse mesmo Hope, ele havia sofrido uma mudança monumental.

Lorde Hasselthorpe virou-se para os outros homens e abriu um sorriso sombrio.

— Um lunático não pode tomar o lugar de Blanchard. E, de toda forma, ninguém provou que se trata mesmo de Hope. Não há motivos para alarde.

Ele bebeu um gole de seu vinho. Por fora, estava calmo e sereno, mas, por dentro, sabia o verdadeiro desfecho de sua frase.

Não havia motivos para alarde... ainda.

FORAM NECESSÁRIOS QUATRO lacaios para levantar o visconde Hope, e, mesmo assim, eles cambaleavam, tentando equilibrar o peso dele. Beatrice observava os passos deles com atenção enquanto os seguia ao lado do tio, temendo que deixassem Hope cair. Ela havia convencido tio Reggie a levar o homem inconsciente para um quarto que não costumavam usar, embora o tio não tivesse gostado nada da ideia. Inicialmente, tio Reggie queria jogá-lo na rua. Mas ela assumira uma postura mais solidária, não só pela educação cristã, mas também pela preocupação mesquinha de que, caso o homem fosse mesmo Hope, não ficaria nada bem para eles expulsar um lorde da própria casa.

Os lacaios cambaleavam pelo corredor com o peso. Hope estava mais magro do que no retrato, mas era um homem muito alto — tinha mais de um metro e oitenta, segundo os cálculos de Beatrice. Ela estremeceu. Por sorte, ele não havia recuperado a consciência depois de tê-la encarado com um olhar tão maligno. Caso contrário, ela duvidava de que teriam conseguido levá-lo dali.

— Visconde Hope está morto — murmurou tio Reggie enquanto a acompanhava. Ele mesmo não parecia acreditar nesse argumento. — Faz sete anos!

— Por favor, tio, não se exalte — pediu Beatrice, nervosa. Ele odiava ser lembrado disso, mas tivera um ataque de apoplexia no mês passado; algo que a havia deixado apavorada. — Lembre-se do que o médico disse.

— Ah, ora essa! Estou mais saudável do que nunca, apesar do que aquele charlatão diz — rebateu tio Reggie, firme. — Sei que você tem um coração enorme, minha querida, mas esse sujeito não pode ser Hope. Três homens juraram que o viram, ele foi assassinado por aqueles selvagens nas colônias americanas. Um dos homens que estavam com ele era visconde Vale, amigo de infância de Hope!

— Bem, é evidente que eles se enganaram — murmurou Beatrice. Ela franziu o cenho, vendo os lacaios subindo ofegantes a larga escadaria de carvalho marrom escuro. Todos os quartos da casa ficavam no terceiro andar. — Cuidado com a cabeça dele!

— Sim, senhorita — disse George, o lacaio mais velho.

— Se esse for Hope, ele ficou doido da cabeça — bufou tio Reggie quando chegaram ao topo da escada. — O sujeito estava esbravejando em francês ainda por cima. Querendo saber do pai! E tenho certeza absoluta de que o último conde morreu há cinco anos. Eu mesmo fui ao enterro, ninguém me contou. Você não vai me convencer de que o velho conde também está vivo.

— Sim, tio — respondeu Beatrice. — Mas creio que o visconde não saiba que o pai dele faleceu.

Ela sentiu uma tristeza repentina pelo homem inconsciente. Por onde Lorde Hope andou durante todos esses anos? Como acabara com aquelas tatuagens estranhas? E por que não sabia que o pai estava morto? Meu Deus, talvez o tio tivesse razão. Talvez o visconde tivesse mesmo ficado doido.

Tio Reggie deu voz aos pensamentos terríveis dela.

— O homem ficou maluco, isso é óbvio. Esbravejando, indo para cima de você. Digo, não seria melhor se deitar um pouco, querida? Posso mandar alguém comprar um daqueles doces de limão de que você tanto gosta, não ligo para o valor.

— É muito gentil da sua parte, tio, mas ele não chegou a tocar em mim — murmurou Beatrice.

— Não foi por falta de tentativa!

Tio Reggie olhou com desaprovação enquanto os lacaios levavam o visconde para o quarto de cor escarlate. Era o segundo melhor quarto de hóspedes, e, por um instante, Beatrice ficou em dúvida. Se aquele fosse o visconde Hope, certamente merecia o melhor quarto de hóspedes da casa, certo? Ou isso não fazia nenhum sentido, uma vez que, se ele fosse mesmo Lorde Hope, deveria ser acomodado no quarto do conde, onde, é claro, tio Reggie dormia? Ela balançou a cabeça. Não havia palavras para descrever aquela situação, e, de qualquer forma, o quarto escarlate era o que estava disponível por enquanto.

— O homem devia estar em um hospício — dizia tio Reggie. — É bem capaz que ele acorde e mate todos nós enquanto estivermos dormimos. *Se* ele acordar.

— Duvido que ele fará uma coisa dessas — rebateu Beatrice, com firmeza, ignorando a própria ansiedade e o tom esperançoso do tio nas últimas palavras. — Sem dúvida, é só uma febre. Ele estava pelando quando toquei em seu rosto.

— Imagino que terei que chamar um médico. — Tio Reggie olhou para Lorde Hope com uma cara feia. — E pagar do meu bolso.

— Seria o que um cristão faria — murmurou Beatrice.

Nervosa, ela observou os lacaios colocarem Hope na cama. Ele não havia se mexido nem emitido nenhum som desde que desmaiara. Será que estava morrendo?

Tio Reggie resmungou.

— E ainda vou ter que dar um jeito de explicar a situação para meus convidados. Mais um assunto para fofocarem. A cidade inteira vai falar de nós, pode acreditar.

— Sim, tio — disse Beatrice em um tom tranquilizador. — Posso ficar aqui e supervisionar o quarto se o senhor preferir dar atenção aos convidados.

— Não demore e não chegue muito perto desse malfeitor. Não sabemos o que ele pode fazer se acordar. Tio Reggie olhou de novo com uma cara feira para o homem que continuava inconsciente antes de sair do quarto, batendo os pés.

— Não se preocupe. — Beatrice virou-se para os lacaios que esperavam ordens. — George, por favor, peça a alguém que chame um médico caso o conde se distraia e esqueça.

Ou caso ele pense melhor sobre os custos, acrescentou ela mentalmente.

— Sim, senhorita. George seguiu em direção à porta.

— Ah, e peça a Sra. Callahan que venha até aqui, está bem, George? — A moça franziu a testa, olhando para o homem pálido e barbado na cama. Ele se mexia, inquieto, parecendo prestes a acordar. — A Sra. Callahan sempre sabe o que fazer.

— Sim, senhorita. — George saiu apressado do quarto.

Beatrice olhou para os outros lacaios.

— Um de vocês precisa pedir à cozinheira que esquente um pouco de água, conhaque e...

Mas naquele momento os olhos pretos de Hope se abriram. O movimento foi tão repentino, e o olhar dele era tão intenso, que Beatrice soltou um grito agudo e deu um pulo para trás. Ela se recompôs e, envergonhada, correu em direção à cama quando Lorde Hope ameaçou se levantar.

— Não, não, milorde! O senhor precisa ficar na cama. Está doente. — Ela o empurrou pelos ombros, com gentileza e firmeza ao mesmo tempo.

Então, de repente, foi como se um furacão tivesse passado pelo quarto. Lorde Hope a agarrou com força, trazendo-a para junto dele na cama e girando-a para que pudesse ficar por cima dela. Ele podia ser magro, mas, para Beatrice, era como se um saco de tijolos tivesse caído sobre seu peito. Ela respirava com dificuldade, então encarou os olhos pretos e malévolos que estavam a apenas alguns centímetros de distância. Seu rosto estava tão perto que ela poderia contar cada cílio escuro dele.

Tão perto que Beatrice sentiu a pressão dolorosa daquela faca terrível na lateral de seu corpo.

Beatrice tentou afastá-lo, empurrando o peito dele com uma das mãos — ela não conseguia respirar! —, mas Lorde Hope segurou a mão dela e a esmagou enquanto rosnava como um animal:

— *J'insiste sur le fait...*

Então Henry, um dos lacaios, o acertou na cabeça com um aquecedor de cama. Lorde Hope desmoronou na hora, e sua cabeça pesada despencou sobre o peito de Beatrice. Por um instante, ela temeu sufocar de vez. Mas Henry tirou o homem de cima dela. Ela respirou fundo e se levantou com as pernas trêmulas, virando-se para ver o homem inconsciente na cama. A cabeça dele pendia inclinada, os penetrantes olhos pretos estavam agora fechados. Será que ele realmente a machucaria? Ele parecia tão mal — desvairado até. O que em nome de Deus havia acontecido com ele? Ela massageou a mão dolorida, engolindo em seco enquanto se acalmava.

George voltou ao quarto e ficou chocado quando Henry lhe contou o que havia acontecido.

— Mesmo assim, você não devia ter batido nele com tanta força — repreendeu-o Beatrice.

— Ele estava machucando a senhorita — insistiu Henry.

Ela passou a mão trêmula pelos cabelos, conferindo se o penteado ainda estava intacto.

— Bem, não chegou a esse ponto. Mas admito que por um momento tive medo. Obrigada, Henry. Me desculpe, ainda estou um pouco nervosa. — Ela mordeu o lábio, voltando a olhar para Lorde Hope. — George, acho que seria prudente manter um vigia na porta do visconde. Dia e noite, está bem?

— Sim, senhorita — respondeu George, com firmeza.

— Tanto para o bem dele como para o nosso — disse Beatrice. — E tenho certeza de que ele ficará bem depois que se recuperar dessa doença.

Os lacaios trocaram olhares duvidosos.

Beatrice mudou o tom de voz, com o intuito de disfarçar a própria preocupação, e disse, com firmeza:

— Eu agradeceria se esse incidente não chegasse aos ouvidos de Lorde Blanchard.

— Sim, senhorita — respondeu George em nome de todos os lacaios, apesar de ainda ter suas dúvidas.

A Sra. Callahan apareceu naquele momento, entrando agitada no quarto.

— O que aconteceu, senhorita? Hurley me contou que um cavalheiro desmaiou.

— O Sr. Hurley tem razão. — Beatrice apontou para o homem deitado na cama. Ela se virou para a governanta, ansiosa, quando um pensamento lhe ocorreu. — A senhora o reconhece?

— Ele? — A Sra. Callahan torceu o nariz. — Creio que não, senhorita. Um cavalheiro bem cabeludo, não é mesmo?

— Ele diz ser o visconde Hope — declarou Henry, complacente.

— Quem? — A Sra. Callahan o encarou.

— O camarada da pintura — explicou Henry. — Perdão, senhorita.

— Não precisa se desculpar, Henry — disse Beatrice. — A senhora conheceu Lorde Hope antes de o antigo conde falecer?

— Não. Sinto muito, senhorita — respondeu a Sra. Callahan. — Comecei meus serviços aqui apenas quando seu tio virou conde, não se lembra?

— Ah, é verdade — concordou Beatrice, decepcionada.

— Praticamente todos os criados vieram trabalhar aqui naquela época — continuou a governanta —, e os mais antigos... Bem, a essa altura não sobrou mais nenhum. Faz cinco anos que o antigo conde faleceu afinal.

— Sim, eu sei. Mas eu tinha esperanças. — Como poderiam afirmar com tanta certeza quem era o homem se não havia ninguém do passado dele que pudesse identificá-lo? Beatrice balançou a cabeça. — De qualquer forma, isso não faz diferença agora. Não importa quem ele seja, temos o dever de cuidar dele.

Ela deu ordens aos lacaios e delegou tarefas. Quando terminou de conversar com o médico — tio Reggie não se esquecera de chamá-lo, no fim das contas —, de supervisionar a cozinheira na preparação do mingau e de organizar um calendário com a dieta que o médico havia passado, a festa já tinha terminado fazia um bom tempo. Beatrice deixou Lorde Hope — se esse fosse mesmo ele — sob o olhar de águia de Henry e desceu as escadas até o salão azul.

O espaço agora estava vazio. A única evidência dos dramáticos eventos ocorridos horas antes era a mancha úmida no tapete. Beatrice observou a mancha por um tempo antes de se virar e inevitavelmente deparar-se com o retrato do visconde Hope.

Ele parecia tão jovem, tão despreocupado! Ela chegou mais perto, como sempre fazia, atraída por uma força a qual não conseguia resistir. Na primeira vez que viu aquele quadro, Beatrice tinha dezenove anos. Era bem tarde quando ela e o tio, o novo conde, chegaram de mudança à mansão Blanchard. Ela havia sido apresentada ao seu novo quarto, mas a casa nova, a longa viagem de carruagem e a própria Londres foram muita emoção para um único dia e isso tudo fez com que a jovem perdesse o sono. Depois de passar mais de meia hora deitada esperando o sono chegar, Beatrice vestiu um robe e desceu a escada na ponta dos pés.

Ela se lembrava de ter espiado a biblioteca, examinado o escritório, de passar de fininho pelos corredores, e, por alguma razão — destino, talvez —, havia acabado aqui. Aqui, onde estava agora, a um passo de distância do retrato do visconde Hope. Naquela noite, assim como nesta, foram os olhos risonhos que chamaram a atenção dela primeiro. Com leves rugas, carregados de malícia e de um humor travesso. A boca veio em seguida, larga, com aquela curva suave, sensual, no lábio superior. Os cabelos eram pretos como tinta, lisos, penteados para trás, saindo da testa larga. Recostado em uma árvore, relaxado e com uma espingarda de caça pendurada na dobra do braço, com dois cachorros *spaniels* olhando admirados para aquele rosto.

Quem poderia culpá-los? Beatrice provavelmente exibiu a mesma expressão quando o viu pela primeira vez. Talvez ainda exibisse. Ela havia passado incontáveis noites fitando-o daquela maneira, sonhando com um homem capaz de valorizar sua beleza interior e de amá-la do jeito que ela era. Na noite de seu vigésimo aniversário, ela fora de fininho até o quadro, se sentindo animada e na expectativa de que algo maravilhoso fosse acontecer. Na primeira vez que fora beijada, viera até aqui para refletir sobre seus sentimentos. Era curioso como agora não conseguia se lembrar direito do rosto do rapaz que a beijara de maneira tão desajeitada. E, quando Jeremy voltara, fragilizado por conta da guerra, ela também viera até aqui.

Beatrice deu uma última olhada naqueles travessos olhos cor de ébano e se afastou. Durante cinco longos anos, ela havia passado horas pensando no homem daquele quadro, um objeto de sonhos e fantasias. E agora o homem em carne e osso estava a apena dois andares acima.

A questão era a seguinte: será que, por baixo de todo aquele cabelo e da barba, da sujeira e da loucura, ele ainda era a mesma pessoa que posara para aquele retrato tanto tempo atrás?

Este livro foi composto na tipografia Minion
Pro, em corpo 11/16, e impresso em
papel off-white no Sistema Cameron da
Divisão Gráfica da Distribuidora Record.